冬月流水

何丹萌◎著

西安出版社

图书在版编目（CIP）数据

冬月流水 / 何丹萌著.—西安：西安出版社，
2016.4（2021.4重印）

ISBN 978-7-5541-1458-2

Ⅰ.①冬… Ⅱ.①何… Ⅲ.①散文集—中国—当代
Ⅳ.①I267

中国版本图书馆CIP数据核字(2016)第095600号

冬月流水
Dong Yue Liu Shui

著　　者：何丹萌
责任编辑：张增兰　邢美芳
责任校对：张爱林　陈　辉
装帧设计：艺杰设计
出版发行：西安出版社
地　　址：西安曲江新区雁南五路1868号影视演艺大厦11层
电　　话：(029)85253740
邮政编码：710061
网　　址：www.xacbs.com
印　　刷：永清县晔盛亚胶印有限公司
开　　本：720mm×1020mm　1/16
印　　张：22.25
字　　数：280千
版　　次：2016年5月第1版
印　　次：2021年4月第2次印刷
书　　号：ISBN 978-7-5541-1458-2
定　　价：46.00元

读者购书、书店添货或发现印装质量问题，请与本公司营销部联系、调换。
电话：(029) 68206213　68206222 (传真)

一月为正月，十二月乃腊月，所谓冬月，十一月也。

书名。冬月流水，取其中篇曾为名。其意曰：冬日……

里，记了些流水帐而已。郁人悟性不高，不善编织

故事，后来很少再写小说，觉得习练散文，记下

自己而思路，抒发真情实感，是谓真人不说假话。

余以为说真话易，讲假话难，起码不用费脑筋去编织。

如此罢，有了冲动就写，没感觉时就去玩耍。这样

的治法，似更宜于我，如今读书人少，我写书更是少

人问津，权当錐威本子，好存档，亦可赠予亲朋，以示

存念书了。 丙申春记 何井前 〔印〕

人物篇

003　阅读费先生

010　邀梦京夫

015　开言唤声炜评君

019　也来说说方英文

033　文化坑旧事之——李高信

038　文化坑旧事之——李相虎

043　文化坑旧事之——王军强

048　文化坑旧事之——刘军

055　连成兄走了

062　哭弟弟

066　"二狗"的成长故事

072　麻将馆人物素描

082　街口的鞋匠

084　祥祥的夏天

目录
CONTENTS

游历篇

089　从古城到张村

096　村口的老杨树

099　带泪的花儿

101　马栏河畔的歌声

106　少时的连阴雨

111　思念岱山

118　五月，鞑子梁探友

125　遥望额尔古纳河
　　　——读迟子建长篇小说《额尔古纳河右岸》

132　一首歌与一个地方

135　又见桐花串串开

138　在西沙读海

142　这山·那山

145　重阳登高

随感篇

151　大义与小义之思

156　冬月流水

161　反唇相讥

164　关于松树

168　老树进城

170　简说得体

174　乱弹汪曾祺与高尔泰

177　一个人的影响

180　我观我骨

182　梨，以及其他

185　亲人

189　"妈妈是个好东西"

192　母亲节余想

195　陪女儿高考

197　麻将声声

201　灭蟑记

203　悄悄地过去

206　年，总算过完了

209　人有病，天知否？

213　清晨，有一个甜甜的梦

215　清晨三宝

217　事影儿婆娑

221 酒醉断语

223 跑城管

227 圣诞晨记

230 天生雷锋必有用

232 童车与轮椅

234 我的穷苦乡党们

238 我的蛇马换岗之际

241 无法还原的真实

245 无名指上的老茧

247 医院里有个怡心园

250 有关风雪夜归

252 元宵杂记

255 咒男人

漫议篇

261 《见证贾平凹》自序

267 浅悟中国精神

269 诗来诗往

流水冬月

272 黄梅戏《小辞店》赏析

282 评剧《花为媒》报花名浅赏兼谈其他

290 看吉剧《焦裕禄》

294 修改一首歌词

297 "夜话"并非温柔乡

301 爱幼容易敬老难

304 我读《古炉》

308 我说《天狗》

312 阅读《履影回眸》的感想

319 牧歌的守望

322 酒席间的争执

325 学唱两板秦腔

328 吹牛不用脸红吗

332 巴山深处百灵鸟，长歌隽舞动古城

334 有感于矫枉过正

337 说金刚绘画

339 看一次书展

343 由蚊子说开去

人物篇
REN WU PIAN

阅读费先生

　　和费秉勋先生第一次见面，大约在 1982 年夏秋之际。在贾平凹家吃过晚饭，平凹很神秘地说，走，丹萌，我领你去见一个人。他没说要去见谁，我也不问。他骑着自己的黑色"28 延河"，我骑着韩俊芳的蓝色"26 飞鸽"，他在前边带路，我在后边尾随，沿回民巷七拐八拐，又穿过莲湖路、青年路，来到了药王洞一个叫作红武里的大杂院，在一间低矮的平房里，首先看见了干练的女主人，她热情招呼我们，平凹亲切地称她：刘岚嫂子！刚下过一场雨，我们来时，女主人手持小铁铲在门前挖了条浅浅的排水沟，用炉渣围堵成渠沿，或为防潮或为防屋内进水。跨进里屋，见四壁皆用报纸裱糊，虽显灰暗，但一开灯，却发现这低矮的屋子在简陋中呈现了十分的整洁。刚坐下喝水，一位戴着眼镜的儒雅中年男人从外面进来，平凹介绍说：这就是费秉勋费老师。接下来，他们俩谈了许多话，有些高深的话我听不太懂，插不进去嘴。费老师显得木讷，半天才说一句，禅语般的洗凝。

　　想不到的是，五年以后，那地方被拆迁改造成六层楼房，而我，就恰恰住在了费老师当年所住的那个位置，并且一住就是 25 年。费老师那时在省艺术馆工作，后来他到西大读研并留校，这期间我才由商洛调来省馆，分配的住房，就是费老师当年所住位置的上空。我想，我虽在四楼空中，而还能接着费老师所住过的那个方位上的地气，很以此为慰藉。步费老后尘在这个单位工作了，常能听到一些老同志说到他，印象是，他是个中规中矩的文化人，大家都佩服着他性格的耿直与学养的深厚。

以后的交往，当然多与平凹有关。在车家巷平凹的旧居里，我们常能遇到，他虽言语不多，但逢上一些争议难决的话题时，我总会竖起耳朵，期待聆听他的最后表态。在一些有关文学艺术的讨论会上，我宁愿憋着不去上厕所，也要等待他的发言。比如关于如何振兴秦腔，我就信服了他所持的自然达观的态度和观点。别人约我写一本有关贾平凹传记的书，我写了20多万字的《透视贾平凹》，而我自己首先认真拜读的，是费秉勋的《贾平凹论》，这本书虽然字数不多，但那透彻入骨的理论解剖，将贾氏早年的艺术追求与内心世界，勾画得清澈见底，不仅令读者叹服，也让贾平凹自己感到那是帮助自己、理清自己、盘点自己、提高自己的重要文献。当年的西安，有一批朝气勃勃的文学评论家很是活跃，他们成立过"笔耕文学组"，费秉勋，就是这支评论队伍中的重要一员。但是记得有一年，老费专门托人带给我一本书，是他写的《中国舞蹈史研究》，我纳闷，他是文学评论家，怎么就研究起中国的舞蹈历史来了呢？而且他的研究，很快得到了国家舞蹈界的首肯，于是他成了中国舞蹈协会的理事。后来，我的好朋友李连成就读西大作家班，投身费老门下，对费老师很崇拜，还帮其协助推演奇门遁甲，由此，我知道了费老又在研究易学与中国神秘文化了。等到他的四五本易学研究著作相继出版以后，他已成为国内有名的易学大师，并担任了中国易经学会副会长。他的学问越做越大，也越做越杂，而在我的脑海里，还留着他那亲和、自然且带点顽童形象的画面。

大概在1986年的麦收季节，有人组织了贾平凹故乡行，同行者中就有费秉勋、董子竹、刘大鹏等人，他们那时均已50左右，而我刚及而立之年。在丹凤县城边的龙潭水库大坝下，费、董、刘三人都脱得只剩个裤头，我则一丝不挂，老少咸聚，集体在水潭里打江水。记不清是谁带了120相机，让我至今还保留了那三位我认为已是"老汉子"的赤裸形象。这三位如竹林七贤般放浪形骸者的难得画面，是我按下了快门的；而我那一丝不挂的样子，自然不宜入画，但我的放纵和不雅，记得是受了费老的教唆。在我还欲保留一条三角内裤时，是费老说，这么安静的山沟，又没有人来，留那干啥嘛？于是，我索性就一丝不挂了。有一次在孙见喜家串门，刚欲走，见喜却说先别走，费老要来打牌。于是留下，在出版社家属院的地下室，和费老打了一次麻将。没想到，有一就有了二，随后竟然接连在那个地方与费老打了三四次牌。我便在心里嘀咕，一贯谦谦治学的费老退休了，他也有喜欢玩牌的另一面呀！我便与他开玩笑说：你会算卦，事先能算好今天的输赢，那还有什么玩的？他说，但是谁今天坐在哪个方位，是未知的呀。的确，费老的卦是很灵的，我曾邀请他去给某企业老板看过风水算过卦，但他一般不给人算，他说，我是研究易学的，不是算卦先生。我自己也一般不请人占卜，不信那些。但在今年乔迁新居时，还是电话里求告了费老，他那时正在四川游历，让我将生辰年月短信发去，不几天，他告诉了我最宜搬迁的日子。我还是按他的提示择日迁居，因为我理解，此应看作是人在自然天象或者风水中的顺应性选择，为的是避免违逆之举，而并非简单的迷信。

那一年，中国道教协会会长闵智亭从北京的白云观来到西安，见喜兄约我一同去见，去了，费秉勋、李明忠等人已经在座。在城东的八仙庵庙宇，在当年慈禧西逃时住过的那个屋子，喝茶，谈琴。谈了整整一下午有关古琴的话题。听得我困倦而迷糊。但自那以后，我知道了费老、平凹、见喜三人都在学古琴，有段时间，这三人的屋内各有贵廉不等的古琴供置于显著位置，各用红、黑、绿三色平绒布覆盖，煞有介事的样儿。然而大约一年后，平凹的琴不见了，见喜的琴搁置了，唯有费老在始终坚持，不久，他便能像模像样地弹出几首古曲来。还有一年，我得到一本陕西著名书画家的挂历，里边的书家作品有吴三大、钟明善、薛养贤等人的墨宝，仔细翻看时，其中竟也收有费老的书品，我一下子惊诧不已。因我虽知他也在临池习书，但没想到，他这么快就跃入了陕西书画名家的行列。我从内心敬佩，费老无论学问还是学艺，总是那么严谨、执着而顽忍。因此，他在许多领域都能有所建树。在参加为他的 70 寿诞而举办的书画展览及系列活动的时候，我深深感受了西安各界学人对他的虔心敬重和真诚爱戴。比如，贾平凹就很敬重地为他题了四个大字："贯通老人"。但是他，却总是一副宠辱不惊的样子。

说起我与费老师的交往，年头很久，次数不少，但都不深，总是蜻蜓点水。因为我跃不到他的层面，无法坐同一板凳。费老现居昆明路，而我如今也搬到这条街上来，说好了，我们是要常走动的，但实际却相聚甚少。其原因应归罪于我，因我嫌他话少，若只是我俩碰头，易出现冷场的尴尬。还因他学问甚大，我则是半罐子，不敢贸然与他展开同一话题。但是前不久，我到了他的佛堂，他签名送我一本书，是他的散文随笔集《杂家独白》，拿回来就持续认真拜读，于是，就有了《阅读费先生》这个文题。

尊费秉勋为费先生，我认为够了。他是蓝田人，四岁丧母，七岁求学，一生坎坷，心地善良；中年执着治学，老来持重修身；拨沉探冗，坦荡贤达；所涉领域颇多，均能抵达高度。如今安命修行，素味体证佛禅。蓝田县出过一位关中大儒牛兆濂，此人被陈忠实在《白鹿原》中化作了朱先生，我以为，费老就是那个朱先生在世，若能跨时空比较，不谈身体力行，单就学问论，费老堪称有过之而无不及。旧时的文化人少，出一个，就很醒目，而且其身上的杂质，常被历史滤掉了，剩下的，只是神话般的传说。其实如今我们身边就有大儒，却常被人视而不见。这种感觉，不仅源于多年与费老的结识交往，在阅读《杂家独白》之后，来得更为强烈。我曾会心地发笑，笑他的"魂断蓝桥"。在辋川蓝桥，那地方有过痴情抱柱的蓝桥生，更有着王维幽居的诸多遗迹，而十二岁的费秉勋，就曾是那个地方的一位求学少年，历史的积淀以及所氤氲的文化气场，在那个秦岭山坳里并未散尽，在 20 世纪的时候，就曾浇注到了这位费秉勋身上，从而造就了一个我心目中的费先生来。

阅读《杂家独白》，是与杨宪益的《银翘集》交替进行，读几篇费老的随笔散文，再读上几首杨宪益的诗。杨宪益是位大家人物，主业从事翻译，有不少外国名著，都是由他和他的外国夫人戴乃迭共同译成的。杨老之诗，坦荡潇洒，率真感人。费老的文，也具有着同样的属性。杨宪益住在北京，与黄苗子、邵燕祥以及郁达夫的侄女郁风等人交往甚密。我由此联想，汪曾祺是住在京城的蒲黄榆的，他有他的一个文化交往圈，诗来文往，呼应对答；史铁生常在天坛一带划着轮椅兜风，他也有自己的一个亲密圈子，畅谈生死，咀嚼生命。那么，如果说费秉勋也居住在北京，他也定会有属于自己的文化交往圈，那样，他的圈子就大了，规格就高了，相应的也就水涨船高了。费老自称是个杂家，我也就联想到了京城里的王世襄、马未都等人，那都是些享誉国内而为人熟知的杂家和玩家，其实，费先生若淆合于京城的某个圈子，名气自然会比现在更大。当然，西安的文化圈也不小，规格也不低，但比起京畿重地，自是少了些区位优势。唐长安城的时候，这里是多么风光而令人向往，而如今的西安文化人，只能活在相比有所亏欠的文化生态圈之中，损光减热，少了应有的光芒。李白不入长安，难以结识类似王维那样的诗坛前辈，诗词华章也难得灿烂；杜甫不入长安，亦无法鸟瞰国情、洞彻民生而悲悯天下。我就又想了，假如费老生活在京畿，那么他在《儒林漫像》栏目所描画的那些人物，就不仅仅是王愚、张敏、周矢、孙见喜、方英文、董子竹、高民生、马河声等位先生了，描摹的对象人物，会比现在的影响力更大，文章和作者名字，自然也会更加响亮。当然，费老笔下的这群儒生，个个已是形神兼备、活灵活现的了。

阅读《老叟学琴》，让我心窗另开，我在这篇文章里盘桓了很久。除了对于古琴以及有关古琴历史的释解，能使我学而知之以外，还有更大的收获，比如他还说："能弹古琴了，我感到作为一个万物之灵的人的个体，又提升了一个境界。这种提升，与升官发财的提升是有本质区别的。有了钱有了官，社会地位迅速飙升，当然会带来强烈的幸福感，但作为个体人的生命质量没有变，而且由于权和钱的副作用，其生命质量还有可能沉降。所谓生命质量的提升，就是多了一种宇宙体味。这种体味是生命享受。"细嚼，仿如醍醐灌顶。轻物质而重精神，琴棋书画可以提升生命质量，真正的艺术可以接通并体味宇宙。透过这些话，我一下子感受了费老作为一个纯粹的文化人的精神高贵、境界高远、品质高洁。他对伯牙也有着自己的看法，他说："钟子期一死，他竟然毁琴绝弦，终身不复鼓琴。这只能说明他的心胸狭隘或不自信。如果一种艺术弄到天下只有一个人能赏识，这种艺术的意义和价值就要打一个大大的问号了。"这见解，是我从未思及的一面，由此不再局限于"知音"一层，也更加醒悟了世间各种艺术的雅俗关系。

读这篇文章时，我心中总是会浮现出一个场景来：好友李连成逝去了，我和费老、见喜一同从三兆回来，费老要到北关的旧居去抱他的古琴，我陪着上到八楼，在尚未搬完的书堆上抱了琴，然后在街口等待孙见喜开车过来。孙迟迟不来，我与费老站立凛冽风中，看街上人来人往，也注目一位拾荒人在脏兮兮地分拣垃圾。那天，我感冒发烧了，未能护送他和古琴去昆明路，但一老一少，风中抱琴，伫立街头，等待见喜时的那个画面，是被我深深印在脑子里了。

翻到《老年丧妻》这篇，又使我感从中来。我知道费老失去老伴之后的恓惶，但他在文章里却没有先涉自己，而从毕业于清华园、曾得朱自清赏识的他的老师郝御风先生说起，道出了一些文化学者一生只知弄学，而生存技能欠缺，常需紧紧依仗老伴生活，老伴先逝了，于是就窘况连连，他还以"西安书法四老"之一的邱星为例，印证了此类人物老来不幸的尴尬与凄凉景况，让人联想颇多，唏嘘不已。问题是，他始终没说自己，却让我一直往他身上去联想，这好比中国艺术中的含蓄与留白，让我就有了独特的难以言表的阅读体验。总而，在《老之将至》这组文章中，我读出了生命的苍凉，也读出了费老本人在这种苍凉中的坦荡与达观，既感欣慰，也有心酸。

读费老师发表在各类报刊上的零散文章多了，凡见到他的文章，我就有阅读欲望。比如在一本地方性刊物读了他的《说埙乐》，就感慨他对音乐和器乐的研究，竟也是那么独到，他将中国的器乐按金、木、水、火、土的五行分类，我以为这是十分鲜见的一种独特表述途径，一下子就让人把中国的器乐与宇宙联想起来。再比如阅读他在李相虎书画展上的发言稿，就又领悟了他对画家人品和精神的要求与赞赏，由此道出了绘画艺术的最高渊薮，也表陈了他自己真挚的人生观和艺术观。还有，读他在博客上所发的老子与自然的一些文章，以及南水北调对中国自然风水的影响等等，凡读他的所有文章，都能感受出两个字来：知，品。知即知识，品乃人品。还有，当我读到他的《民性与虚伪》《"最差"广告法》等文章时，我发现他与我在对于世风败颓的现实状况上，看法是同样的深恶痛绝，但他的抨击，很理性而不似愤青一类。我也写过此类文章，既没有他之深，又出于他之后，便后悔在写那些文章时，怎的就没有先见到费老的文章呢。

读完《杂家独白》的时候，我就想了，如今有些略带官方色彩的散文评奖事项，只见这个得了奖，那个得了奖，拿出来招摇显摆，四处炫耀张扬。其实那些文章，实在没什么可读。而费老的《杂家独白》，倒是真该得一得某个散文奖的，却不被执事者重视。个中原因，一是费老不炒作也不张扬，操守儒家品性；二是世人认假不认真，有那些瞎眼窝们败坏着世风，甚嚣尘上。如同费文中所言："凡货真价实的学者，大部分不印名片。"

一言难尽。我早在心中尊费秉勋为先生了，别人怎么看，是人家的事，与我无关。我该敬的神，自然会在我的内心深处。

邀梦京夫

有的人死了，你便不想让他再到你的梦里来。因为你害怕狰狞，或者害怕暗示出什么不祥信息。但京夫不同，我是希望他能来我梦中，让我感受那种慈祥与安闲，以至温暖梦境的美好和宁静。可是，京夫去世已经五年，他仅两次光临我的梦里，且只是打个照面，没留下任何过节。我就疑惑着在心中嘀咕：老先生啊，你活着就从不愿叨扰人，如今闭眼仙去了，难道也不愿搅扰他人之梦么？我不，我将他的最后一本著作《鹿鸣》，专意从书架上取下置于枕边，每夜翻阅几页，看看他能否再到我的梦里来。

京夫先生，你何不常到我的梦中走走呢？相识几十年了，我们虽交往不多，但凡有过的交道，桩桩件件，回忆起来都是那么美好而令人难忘。

20世纪70年代初，京夫在县文化馆，我在地区中心文化馆，相居同一座小山城。有人玩笑时形容，说那类于中央与北京市、陕西省与西安市的关系。我们两家的互动不多，但都干着同样的事业。有段时间，我俩都坚持清晨跑步，常会在丹江河堤遇见。我在地区馆操办文艺小报《商洛山》，京夫也参与了县级文艺杂志《丹水》的创办。县里的杂志倒是比地区的小报气派、厚重、容量大，且因京夫等人的作品有影响，显示了斐然的创作成果，这让我们多少有点嫉羡。记得京夫的《手杖》荣获了全国优秀短篇小说奖，就曾引发我们地区馆创作人员的好一阵热议。我偶尔会到他们县馆创作组去，小院里住着京夫、宁有志、郝忠凯等人，一人一间平房，各自在台阶上生炉子熬糊汤。京夫话少，屋里的书却很多，见面坐一会儿，就冷场。他只是静静地打量我，问最近写些什么，读到谁的好作品没有。京夫偶尔也到我们地区馆来，多数是来会见专事鲁迅研究的高信先生，或看望写诗写戏的田涧青先生，他与涧青同学，均长我十几岁，我总是钦羡着他们的学问，尊其个个为师长。有一次，京夫的某件作品要在国家级刊物发表，编辑索要他的素描画像，他来求地区馆的画家李相虎帮忙。相虎与我隔壁，给京夫端把椅子坐在院中，相虎撑开画板描摹，我在一旁观阵。画着画着，相虎突然惊叹：丹萌啊，你发现没有，咱的郭景富（京夫原名）先生，原来是个标准的美男子呀！京夫抿嘴一笑，这时再仔细端详他，竟发现他那眼睛、鼻子、嘴巴，五官英俊，布局周正，眼大有神不说，且上下眼睑都是双眼皮。我就故意逗他，说：郭老师，你再年轻几岁，也堪称貌比潘安了，老嫂子这辈子不觉委屈吧？京夫还是没言语，只嘻嘻一笑，继而又拿稳了神情，任李相虎为他造像。

　　不久，省作协专门在商洛召开京夫作品研讨会。省作协主席、著名文艺评论家胡采先生带队，一大群省里的文学大腕儿都来了，平时只听过那些人名字，没见过真人，因了京夫，名人们呼啦啦云集小城，虽见京夫还是不动声色，可连我这个无资格参会者也兴奋不已。那时候，地委书记也才乘坐"帆布篷"式的北京吉普；而胡采主席级别高，他是陕西唯一几个参加过延安文艺座谈会的人，他带来的是"两头平"的上海牌轿车。我伙同地区文化局的小车司机康铁岭，诱使省作协司机开出天蓝色的上海轿车，提议到二龙山水库去为会上买鱼。第一次乘坐轿车在山城里风光，引来不少企羡的目光，我心里有着莫名的骄傲。就想，这全是因了京夫的创作成绩，而为山城带来的荣耀啊，因此，我为京夫骄傲，也为文学而骄傲！那会儿，商洛已有两人先后荣获全国小说奖，日渐成为文坛名人，其中的贾平凹，已经步入了省城，而京夫还在商洛山中。但就是这两面旗帜，已开始引导和影响着我们，我决计毫不动摇地步其后尘，为文学事业奋斗终身了。

这年春节将至，地区文化局的司机康铁岭主动要求送京夫回马角山的老家过年，并要我陪同护送。我们开着北京吉普，拉着京夫及家人还有备好的年货，有大米、香油、蒜苗等，在通往马角的山路上颠簸。公路到了尽头，京夫提出下车步行，可司机小康不允，挂上前后加力，继续在河滩的石头浪里攀爬，他是想让京夫少走点山路，以示对作家的敬重。另外，他也想让小车一直开到郭景富的家门口，起码能开到村边上，为他制造一种衣锦还乡的荣耀。但这一愿望，最终还是落空了。因巨石当道，在荒无人烟处，实在无法前行了，再问京夫，距家还有多远？他说还有三里半，然后再爬一面坡就到了。我当时心想，好我的景富老师呀，你原来生长于这么偏远的山坳，就这，还取了个笔名京夫，你哪里像个京城里的老夫子呢？后来读到他的一些自传散文，知道他少年时便是从这里走出，穿一双麻鞋，背着干粮，去百里外的洛南县城求学。去过了他的老家，便能想象得出，他的小时候会是多么艰辛。我在《人民日报》上读到他的那篇《娘》的时候，就曾联想过他的童年生活际遇。

到了 20 世纪 80 年代中期，京夫调进了省城。他先是在《陕西文艺》做见习编辑，后调至省作协成为专职作家。跟着，我也调进了省艺术馆，我们又在同一座城市生活了。虽然相居同城，见面还是不多，偶然去作协看他，他拿出长篇小说《文化层》赠我，我看了，是写文化馆生活题材的。我感叹，京夫只知默默写作，而省里文化单位的人事争斗激烈复杂，我的这位憨厚乡党，会不会吃什么亏呢？见他的日子依然艰窘，难免有点寒心。不过我相信，好人终有好报。同时也在心里自我宽慰：我们的京夫，不得罪谁，不与人争，别人也许不会将我的这位乡党怎么样吧！商洛籍文化朋友聚会，也很少有人想到要叫上京夫。因为他即便是来了，也只是静静地坐着，不多言，不插嘴，谁问什么，他答什么，答完也就完了。不过，有一次乡党聚会，谁提出让京夫也唱一首民歌，他唱了，是完整的陕北民歌《挖野菜》。

"第一次去你家你不在，你妈妈说你去挖苦菜。

第二次去你家你也不在，你家的大黄狗咬了我裤腰带。

第三次……"

我第一次听京夫唱歌，也是第一次听到那首民歌，这让我惊奇不已，也非常高兴地看到了京夫的另一面。他声音不大，但音调、音准都不错。我明白了，即便是少言寡语的作家，内心世界也是极为丰富的。我于此也清晰地认识到，京夫这个人，看上去老实巴交，其实内心坦荡、开放、阳光，也能很有分寸地追赶时代，与时俱进。比如他的《鹿鸣》，从思想性到艺术手法，都在力求摆脱传统的窠臼，有了许多新观念和新潮元素的注入。然而，我是不敢枉在"京老"面前放言的，孙见喜与京夫年龄相差无几，他敢于与其开玩笑，说京夫与某位女作家关系不一般，京夫听了，当然还只是羞涩而和善地笑笑，不解释，不反驳，喜开玩笑的老孙，玩笑也就到此为止。

"陕军东征"那年，一下子爆出了《白鹿原》《废都》等五部作品，其中就有京夫那70多万字上下两册的《八里情仇》。记得我们一同在贾平凹书房相聚，平凹一激动，便为京夫题写了十个大字：人瘦精神肥，言短文章长。京夫看了，也还只是微笑着将这幅题字收藏了。

2008年夏天，听说京夫病了。他从不叨扰人，我们也就不想对病中的他造成搅扰，相约了七八人集中前往探望。那天，见大家都来了，他虽显得气力不支，但情绪很好，拢理着一头银发，坐在电扇边逐个询问各自近况，表情里流露出害大家冒暑前来的愧色。刘炜评嫌电扇离他太近，提到了一边远远对着他吹。马河声说还没有拿到"京老"的《鹿鸣》，"京老"便让老嫂子赶快拿出几本，分别为大家签名。我也是于那天拿到《鹿鸣》的。我这人不记事，尤其不记年月日，如今翻看《鹿鸣》，有京夫的题字在，知道那是2008年7月的事。相隔不到两月，京夫还是走了，闻噩耗，我在"将就屋"里惶惶踱步，心酸鼻塞，泪花盈眶，情绪久久难以平复。

我想，今生里读过京夫的不少文字，却竟然记不住他十句以上的口头话语。所以，我自己也不知对这位良善的好作家该说些什么了。苦吟半晌，挥毫写下几句打油诗来：

> 杖藜麻鞋别马角，
>
> 艰难苦恨寄文学。
>
> 八里情仇情未了，
>
> 一声鹿鸣泪滂沱。
>
> 清苦岁月刚褪尽，
>
> 白发无奈顽症何。
>
> 幸留德山高万仞，
>
> 阴阳两界任汝活。

京夫去世了，这个世界欠他的很多。三周年忌日临近时，有人就提出搞个追思会，不少人都赞同，但不知何故，仅成了说说而已，最终未能落实。我想，皆因全乃民间朋友的愿望，官方并无人出面组织，老板们也没人愿意出资等等缘故吧。

几年前，女史张艳茜在怀念京夫的文章里有过一段精彩描述，大意是：我看见，京夫安静地伫立于他家阳台，凝神敛气，极目远望。有一只鸟儿，不知何时竟已悄然落在了他的肩膀，他也不曾觉晓。

天哪！这是多么传神的用笔！几十个字，便将京夫的性格形象与为人品质描写得透彻入木。确实，这是再也生动不过的细节刻画了。京夫确就是那样的人，他活着，毫不影响别人活着；他的存在，不对任何人构成威胁，包括动物。似乎鸟儿也知道了他的温良和善，才敢大胆地落到他肩头去。可是，我这就不明白了，老天啊，怎能让一位不对他人造成威胁的人，就早早地去了呢？老天呀老天，你让这个大善人活着，又妨碍着谁了？

开言唤声炜评君

置《半通斋散文选》于枕旁，每夜阅读数篇，越读，越有了说不完的感慨。想对于炜评贤弟，到底该如何称呼好？冠之以商州才子刘炜评吧，可惜多年前有人将此称用给了平凹，再用，就少了唯一性；称其西大才人刘炜评吧，余对西大不熟，或许那里才人济众，加之将此誉放诸社会，也不一定有人知其分量，反而有了局限。总而，炜评才华横溢是知者公认，至于"溢"到什么程度，我不好界定，只觉越读他的文章，越发生出些敬佩和惜爱来，竟不知该如何相称了，且先"开言唤声炜评君"罢。

比炜评高一学辈的阎琦教授，在该书的序言里开口就称炜评君了，并将其与西晋才人陆机作比，且引司空张华语："人之作文，患于不才，至子为文，乃患太多也。"阎先生由衷夸奖炜评博通、多智、多趣，这也确属事实。然另一方面，会听话者也许应当悟出，此中是否也有另一层意思暗含呢？余以为，也许会因炜评文章才气过盛，虽能由此及彼，恣肆汪洋，这固然好，但也必有因才盛而生"患"之时。无论什么东西，太多了都会累赘。而才太多，在文章中易生何患呢？我揣度半天，最后想，怕是因了才多识广，易于思绪不羁，驰骋无疆，游诠辽远，满满荡荡，导致所留空白太少，影响了含蓄与空灵的文学意境生成。于是我在书的空白处写道："我与炜评比，差的恰是才，我患不才，他患才盛，加起来除以二，也许才刚好了。"

事实确如此。我的某篇文稿刚刚草就，常是先送方英文或他审阅，他即便再忙，也会直接动笔，在其中略加点缀，剔除谬误与蹩脚处，增添些掌故或典籍出自，一下子就使文章周正、顺溜、厚重起来。我自叹弗如，却也为身边有这样有才的挚友而庆幸。

唉！为何来有一利便跟着有了一弊呢？郁达夫有句："曾因酒醉鞭名马，生怕情多累美人。"改一下给炜评："曾因酒醉出诳语，生怕才高羡美人。"老百姓尝言："有啥常跟啥着气。"本来是艺多不压人的，才多岂能生患？真让人忿忿不平。我宁愿如他那般利弊同兼，也患自身之才寡。炜评善旧体诗，诗中常用"恨不"二字，屡有"恨不如何如何"的句式杂陈诗内，方文慧公就开玩笑叫他"刘恨不"。而类于"生怕""恨不"等词句，所表达的意思，也就是一个"患"字。是在忧患着、发愁着、熬煎着不该发生的什么事情，偏偏就发生了。炜评才多，成了熬煎，正如某某人因钱多而生患一样。

这本《半通斋散文选》，是炜评对自己多年来散落满地的一些珠玑的收拢。他性格里是有点"大笼贯"的，常有"遗鞋掉帽子"的事发生，他曾自题一联曰："率性大宛马，痴情蓝桥生"。年轻时只顾由着性子往前奔，哪里黑了哪里歇；和我一样，没什么人生总体规划，也不善经营和炒作自己，亦可谓只管耕耘，不问收获。到了"奔五"的年龄，才在大家的劝说下，将一部分无韵文字拢作散文选，将他擅长的古体诗归纳成诗词选。只这么轻轻地一盘点，回头看时，原来在他的身后，已经走出了那么长的公里，留下过难以磨灭的深深脚印。

且不说他的《半通斋诗选》了，在《半通斋散文选》里，我最喜欢、也最惊叹的是他的那些半文半白或纯粹的新文言文。我说，现在的有些人，是在卖弄文雅、故弄艰涩，喜欢写些文白间杂的文章，一看就有夹生感，像福建或广东人学说普通话，总是咬不准某些字音。而炜评玩弄此类文字，那是北平人改说了普通话，不费力，就能做到娴熟而自然。尤其是对某些现代语汇和信息，他能在古韵古风中加以妙用，且显得是那么严丝合缝，毫无别扭之感。比如他的《孙氏真元山庄碑林序》《西汉高速公路竣工记》《耀州支公墓表》《商漫高速公路赋》《半通斋志》等，无论序、表、记、赋、志等各类文体，他都能拿捏得得体而自如。我就又说，在我阅读的现今的文白相间的文字里，能逾炜评者罕。我甚至鼓励他，可否在"古文今用"方面创出一条路子，创造出一个"炜评体"的文学样式来？他是大学里讲授古代文学的，他应该有这个能力与宏志。

文言的字"活儿"玩得精到而细琐，那是他才华之自然彰显；白话的小品文写得调皮灵动，那又是他机智多趣的性格外化。而在有些亲情、友情、师情类的"正版"文字里，又足见出他的情怀、胸襟、气节和清正坦荡的品格，当然还有衷肠与苦心。比如读了他的《我们的内心强大从哪里来》一文，我就突然提笔在后面的空白处写道："想起了一句话：炜评在飞！这感觉缘于眼见着他心灵世界的日益博大。是学养的丰厚、知识的浸淫，让他的精神境界得以飞跃升华？是生活的阅历、世事的兴衰，给了他理性的归纳而坚毅了生命态度？也许兼而有之，总而他的人生，正由原先曾有的游戏状，朝着某种庄严、神圣的殿堂迈进，这样走下去，他会渐渐伟岸和高大起来。我明显感到，炜评的肩膀似乎比以前宽阔了许多，有了可依靠、可交付、堪重任、能担当的硬帮。"今年春节时，我有好几天没和他在一起，后来听说，他将父母与岳父母四位老人一同接到家里，济济一堂，他系上围裙，烹炸煎炒，潜心践行孝道。一想他那样子，我就感动而心疼了。联想他对于师长的尊崇敬爱，对自己学生的殷情善诱，满腹衷肠苦心，就都历历在目了。

我猜想炜评幼少时一定是个富于心性的"耍娃娃"，烂漫于广东坪那深山野洼里，活泼机敏，灵性十足，白皙隽秀，甚逗人爱。父亲常年在外地教书，做着民办教师的母亲，含辛茹苦地拉扯着他和妹妹。母亲祖上曾经是地主，成分高，而其母并未蝉享过中国式地主家大小姐的丝毫福分，倒是承传了耕读人家知书达理的深厚教养，以乡间"明白人"和"大家女"

的情怀，教儿育女，入辄行事。加上山水灵气，还有勤劳善良的爷爷的濡染浇灌，从而意外地养育了炜评这个林中"人参娃娃"。乡里放映《闪闪的红星》，乡民们一看，都说炜评长得像潘冬子，他不仅比一般农家娃娃生得俊靓，也确实有志向、天分高、学习好。他的对于艺术的感悟能力，也源于一种慧根，一段音乐，多句戏文，他听过两遍就能不大走样地复唱出来；他的天才的成分主要是记性好，能过目成诵，以至许多年后，他还能将儿时的课文倒背如流。我曾因他而概言：啥叫灵学生？啥叫昧学生？灵学生就是记性好，老师教一遍就记住了；昧学生老师讲十遍也记不住。炜评当年就是灵学生，在商中读书时就与马文敏、田书民等人"恰同学少年，风华正茂，书生意气，指点江山，激扬文字，挥斥方遒"。后来，他是以商州文科状元的成绩考入西北大学的。

我与炜评的所谓师徒关系，是因他席间的一句戏言。听我唱了几段民歌，他说要认我为师傅，从此真的叫开来。师傅长，师傅短，不避人，不改口，不分场合。有时叫得我受宠若惊，有时叫得我颈红脸热。深感凭他之才，滔滔汩汩，为我之师亦不为过，而我有何德能，经得住他这么亲称昵呼？我是悉心培育过几位徒弟的，曾辅之以情，献之于智，甚者昼夜厮守，不吝物我。然有些徒弟出了大名后，就不大认叩。盖因鄙人不才，扶不住"名师高徒"所谓，不得不让人缄口了。炜评非我徒，然却不改口，我首先看出的是他的"无累"。不畏人言，无所顾忌，既已呼之，错了也认。世态炎凉，人情冷暖，众生皆趋利避害，拣高枝儿攀，谁像炜评，一根筋，无怨无悔地称个比他才短的人为师傅？这让我清晰地看到了炜评心地里的赤裸与明光。自称我师傅以后，他年年正月初三提着礼物来看我，有了好事，从不忘与我分享，让我意外感受了浓浓温情；我也因了有他，常常沾光，备感骄傲。

炜评、英文、见喜，当然有时还有平凹，有这些乡党加密友在一起的时候，我感到我是拥有着巨大的财富，喝一口凉水也丝丝的甜。但是，以后炜评要再喊我师傅时，我会还一声：炜评君！

也来说说方英文

方氏英文，文风优雅，幽默智慧，才气逼人。刘炜评为其取雅号方文慧公，深得圈内朋友赞许。算起来，我和这位好兄弟交往已经 32 年了。

1983 年秋，商洛文化馆分来个大学生，听说是镇安人，名叫方英文。未谋面时，我的心情还真有点复杂。那时，我尚未踏过大学门槛，于读大学之向往，以致成为心结。要和西大中文系的正牌毕业生同一锅里搅勺把了，用今人说法，似有点羡慕嫉妒恨。但我又是喜结有文采者的，于是也希望与这位大学生尽快交往，看看他到底是骡子是马。一边读着《组织部新来的年轻人》，一边想着文化馆新来的大学生。幸有文化馆七年馆龄垫底，打消了学历上的自卑，我以老馆员的目光迎接他。然心中还是没底，不知后面会发生什么故事。

后来方知，他的毕业分配很不如意。本要去省级某家出版社的，却因缺少根基而被中途变易，他一筹莫展地在已空空如野的宿舍楼里躺了一月，最终还是无奈地拿着派遣书回了商洛山。能理解，一个山里孩子，靠奋斗走出了大山，谁想四年大学读完，却又返回山中，怎能接受这个事实呢？心情不好，加之初来乍到，对文化馆工作似乎还找不着北，就整日和我下棋。我学围棋，由他教会；但中国象棋，我俩旗鼓相当，棋力还能稍胜他一筹。棋逢对手下，诗向会人吟。我们就昏天黑地了。彼时吾妻带学生去了外地，由我经管着三岁女儿苗苗。夜里哄其安睡，开始与英文在路灯下厮杀。激战正酣，却听苗苗在坑下的屋子呼喊："何——丹——萌——"娃半夜醒了，发现爸不在身边，就这么喊。次日，英文问："苗苗呀，你咋不叫爸，为啥要喊你爸名字呢？"苗苗说："婴儿叔婴儿叔你不晓得，我只喊爸，满院子的娃，咋知道谁家娃喊他爸呢？"英文笑了，说："英文叔，不是婴儿叔！"他纠正着孩子咬不真的字。有次妻子回来了，可我俩还是夜深不寐，被妻子赶来猛揭了棋单，一子飞落，砸至我额头，次日还青乌一片，这事让英文当笑柄话及多年。

郁闷的心情似乎渐渐消散，看来，命运注定要回商洛山，改变起来也一时无望，他只有潜下心读书写作。人一旦文化了，并有了读写嗜好，那也是青山遮不住的。英文当时主攻中短篇小说和散文，而我什么都想写，但更多的还是把精力投向了戏剧。凭写作改变命运，这大概是我们当时埋于内心深处的原动力。我们一同到楼上的图书馆阅览新书，一块于晚饭后去门房迎接邮递员送来的报纸书信。英文如果首先接到某家报刊杂志的采用通知单，他定会大声嚷嚷，甚至几天里都会念叨此事。当他咧着大嘴又一次对我宣布消息时，我说："你已经给我说过八遍了！"他便尴尬一笑，又开始自谦："唉，拟用，还不一定哩，最终见了铅字才算数。"我知道了，英文喜欢炫耀，但他也实在没什么可炫耀的，仅有自己的文字而已。

自己的文章，人家的婆娘，此乃世间两好。文化馆经费短缺，倒是不缺稿纸，平日里各自囚在宿办合一的斗室里编织文字，俗称爬格子。那印有"商洛地区中心文化馆"头签的稿纸，不知被我们糟蹋了多少本。我估摸英文糟蹋的要比我多得多。去翻阅英文的案头，他的钢笔字锦簇隽秀。还没看几页，他便夺过去说，我给你念，给你念。他和平凹一样，都喜欢给人念自己的文章。

单位的伙食办不下去，我和英文并肩去地委和行署食堂借餐。路遇一美女，秀色可餐，却与一不起眼男子相伴。英文突然伏向我耳畔小声说了一句话，我当即给他一捶："你个坏怂！"还有一次，我托他办件事，他面露难色，憋红了脸说："你这是把屎拉在石缝里——给狗出难题哩呀！"我哈哈大笑起来，忘了说事，只感叹他语言的生动。这话，成了我从方英文处学来的生动语言之一，以后曾反复使用过，且每次使用，皆获奇效。

几年相处，我大概知道了英文身世。他生在镇安西口程家川一个名叫作安岭的山坳里，三岁父母离异，由母亲拉扯成人。母亲26岁便开始守寡，离婚未离家，含辛茹苦，吃斋念佛，一边孝敬长辈，一边以一种坚强信念，精心抚育着唯一的骨肉小英文。由此，我除了怜惜英文的童年际遇，更多的则是敬重起他那堪称伟大的母亲来。方母识文断字，能读长篇小说。同时，可喜英文还有个老中医的祖父，具有乡间秀才风范，他对年幼聪颖的小英文也偏爱有加，有意用心浇灌，这对英文的成长，助莫大焉。关于他的童年和幼少时的艰辛，他在后来的散文《出山》中做了全面交代，我读那篇文章，亦曾泪流心田。

那年春节，三十的夜饭，我没在自己家吃，而来到了英文的小灶房。馆里给每位职工宿舍前搭建了小灶房，八九平米大小，土地庙似的一间挨着一间。英文将自己的"土地庙"收拾得干净整洁。他将母亲接来过年，我想，仅那母子二人的年夜饭，多少会有点冷清，就抛下自己众多家口，去陪他母子。小桌上摆出六个菜，五素一荤，方母吃素，肉是给儿子的。其母尚健谈，且很有知识礼数，她那一口镇安话，抑扬顿挫，入耳动听。英文给宿舍和小灶房都贴上了对联，尤其卧室的精彩："卧深坑思高天飞鸟，居黑窑写光明文章。"此联不仅描述了当时的居住环境，且抒发了英文的高远情志，同时还有庄谐兼备、意味悠长的特效，透射着撰主的幽默性格与聪颖才气。此时，街巷里年味正浓，不时有噼噼啪啪的鞭炮声传来，我们都不喜欢鸣炮，只是静静地过年，他说："挣死鬼吹号，二杆子放炮，咱吃咱的饭，来，喝酒。"

英文要结婚了，娶的是丹凤彭家女。那天早上，我以伴郎身份陪他去接新人。王能才开来崭新的北京吉普，马逍遥开来伏尔加轿车，两个文友自告奋勇帮忙，两车一溜儿驶向了丹凤县龙驹寨。彭家生有八女一男，最小的儿子"九娃"，似有痴呆残障，但八个女儿却个个漂亮。英文娶了五女书霞，五姑娘是八姐妹中最漂亮的一个。老丈人寡言不语，丈母娘甚是殷勤，乐呵呵给英文端了荷包蛋来，大嘴吃罢，便迎了新人与至亲上车，一路返回商州城内。说来，我与英文老丈人早就结识了。1979年在镇安农村蹲点，那时彭父在镇安县邮电局工作，他是老革命，是我们蹲点组长老梁的老上级。老梁告诉我，他参加革命，是彭志超先生引荐的，老人家刚解放时就担任着丹凤县庚家河区的区长。一个周末，老梁带我去看望他的老上级，进了杂乱的小院，印象深刻的是有一群高高低低的女子，而谁长什么模样，并未十分留意。没想到，其中那个叫彭书霞的五姑娘，后来就做了好友英文的妻子。英文乃镇安人，书霞随父母在镇安长大，我猜他俩结缘，必有某种镇安情结在暗暗作用吧。刚结婚时，书霞在丹凤党校工作，他们两地分居。一天，贾平凹回商洛采风，我们三人聚在了英文房中。看着玻璃板下压着的书霞照片，平凹很冲动地说："丹萌呀，英文媳妇是个美人呢！你看她像谁？"我反问："你说像谁？"平凹说："日本影星山口百惠么！"我这时重新端详那照片，还真的有点相像。说这话时，我们谁也都没去想，这屋内的三个男人，也都是丹凤女婿。平凹本乃丹凤人，娶乡邻为亲不足为怪，我和英文同做了丹凤女婿，这使我想起陕北时期的老革命，多娶米脂婆姨。在商洛七县，丹凤是老区，也是出美女的县分。

　　1985年，我被借调到省艺术馆，翌年，就正式调来了。这时的英文，正处在发奋写作时期。我们那个"文化坑"里，已有不少人纷纷调进省城，这或许对英文是个很大的刺激，逼他更加坚定了靠写作改变命运的决心。但他的写作也处在爬坡阶段或曰破壳时期。飞机穿越云层，要摆脱地球引力，是最费力的时候。寄给《延河》的稿件多次被退回，他心中极为不服。一次出差西安，他路过建国路的省作协，故意用头去撞《延河》的铁门。常被文学的中心圈子冷落，所谓的文学风流们风光招摇，无人对才子方英文正眼相看，遭冷落和被边缘的他，就产生了一个奇怪而极具真理性质的理论，他生气了，说：母鸡下不下蛋，绝不取决于母鸡是否参加了下蛋协会。其实，这只还没名气的母鸡，正在偷偷地下着自己的蛋。平凹说过，你越是说我写得不好，我越要写，写一个更好的给你看。英文也有这种心理，这是山里人的一种骨子里的顽忍。这一时期，英文写了几十个中篇小说和成百篇短篇小说，还有难以统计的散文短章。孙见喜供职太白文艺出版社，编了《中国实力派作家大系》，方英文卷中所收作品，就是他那一时期的"鸡蛋篮子"。

1987 年，陕西省第八届故事会在耀县召开。我在会务组工作，英文风尘仆仆带着商洛代表队来了。乡党加朋友，我和他们走得很近。夜里，少不了与英文对弈厮杀，完了挤在同一房间。去药王山拜望孙思邈，我一直与商洛代表队同行，所留照片，资为见证。在宾馆后院芭蕉树下，我俩坐在水泥凳上的闲散留影，后来翻看时，觉得那时的稚气还依稀可见，却遗憾再也难以返回彼时的英年时光了。约在次年，商洛文化馆举办小品汇演，我和英文都写了小品参赛。颁奖典礼时，均获了照顾性的三等奖，奖品是仿制的唐三彩马，我俩红着脸上去领奖，陈彦在下面偷笑，糟蹋我们：那么大的人物，好意思上台去领个三等奖，不嫌脸发烧？我和英文都只是尴尬地笑笑，无言辩驳。

很快，英文的一篇小说在湖南获奖了。在陕西吃不开，他就墙内开花墙外香，走一条"农村包围城市"的道路。领奖归来，一下火车就直奔我处，带了条红豆香烟给我，决定在我那位于药王洞的将就屋下榻。我知道，他本意是要在我处借宿，其更大目的，是想对老友炫耀他的获奖。谁知，我故意对获奖之事只字不提，且让他一夜未曾眨眼。我们摆开阵势，棋至通宵达旦。天亮刚躺下，中午一睁眼，英文却不见了。桌上留下一张纸条："看你睡态可掬，不忍叫醒，我回商洛了。祝你文琪，并愿少喝酒，多交桃花运。"后来，我去上海戏剧学院就读，他也给我来过一封信，信中很不正

【人物篇】老友情深——也来说说方英文

经地说："何大帅！我在报上发现了一篇臭文章，把人熏失塌了，没办法，只有给你寄来……本想和你多扯几句的，方韵在旁捣蛋，只好作罢。"下面，还用钢笔画了一幅画，画了个女人的胸罩，还有个花瓶，瓶中一朵鲜花，同时配了一只高脚酒杯和一副骰子。不正经，那是他的风格，我照样对他心存感激。老朋友在报上看见我的文章，剪下来千里寄予，能不感激？我也在猜想，当他画出那个胸罩时，为了安顿正在捣蛋的儿子，一定会问四岁的小方韵：这是啥？方韵答：我妈腔子上戴的么。又画了个酒杯，问：这是啥？方韵答：你成天爱喝的酒么。英文一定会骂：去你妈的，看你那出息！这是你丹萌伯爱的，咋能说是爸爱的？方韵反驳：他爱你也爱么。因读信时有过这些联想，所以将此信存留多年，后来几次搬家，不知丢于何处。

约在 1992 年，方英文再度冲出了商洛山。刚来，他在一家名曰《收藏》的杂志社当编辑。英文当编辑，自然要向我们约稿，我还真给他们的杂志写过文章。他是个好编辑，用稿眼光独特，处理文字严谨。但他和那个颐指气使的主编似乎尿不到一个壶里去，心情很是不悦。二返长安，虽有前度刘郎今又来的壮怀，却也事事不顺。工作不顺心，吃的住的也无着落，一时间，这个星宿似乎还没找到自己的位置。有一度，他有了重返商洛山的念想，这时，是妻子彭书霞阻止了他欲打退堂鼓的想法，语重心长一番话，支持他在长安城里坚持了下来。为此，他敬佩着妻子的眼光与胸襟。他说："女人多数情况下都是一副猪脑子，但有时候，长头发里还是藏了些远见的。"幸好，恰遇《三秦都市报》组建，采用招聘制。英文一旦出去应聘，便凸显了人中之杰的一面，很快，他就当上了该报的文艺部主任。他当文艺部主任，我占便宜。那段时间，我只要捣鼓出个千字文来，就直奔他处了。羊肉泡一吃，棋一下，不几天，文章就见报了。读样报时，发现英文将我的文章已处理得妥帖得当。在有些句子间小着一二字，便有了锦上添花之效。我是粗枝大叶，英文周密细致，他为我做的"嫁衣裳"严丝合缝。

那段时间，我几乎成了《三秦都市报》的专栏作家，就连报社的打工者们，也都厮混成了熟人，比如卢萌、万波、朝阳、毛毛、军朝、小斌等等。这也充分显现了英文当时在报社的人气。

有了报纸的平台，英文渐渐张开了风。工作，以他的能力撒拉着就干了，且干得出色。工作之余，他开始谋划自己的写作，并通过报纸的有利位置，将自己的文学目光，投向全国范围。但是，吃住还是有点问题。那时，他借居在建国路东十一道巷深处的一间破平房里，冬日里寒冷异常，仅靠一只小电炉取暖烧水。环境糟糕，但去过的人还是不少。我去了，穆涛去了，王书田、祝绍信等人都去了。去了就赖在他那四处不平弹簧暴翘的大床上不走，几人挤一张烂床彻夜说话，冷得胡拉被子乱扯毡，放着自己家的暖和不享，不知何苦。英文说，你都不知道跑来弄啥嘛！我就说，穷在闹市无人问，富在深山有远亲，你呢，你这是酒香不怕巷子深呀。那会儿，我和他都还将妻子丢在商洛，隔十天半月，我们会相约了回去探亲。英文说，猪八戒是忘不了要回高老庄的。这话不仅幽默，似乎还蕴藏了某种哲理。也许是他的这话，传到了平凹耳朵，在大师处得到了艺术发酵，才有了长篇小说《高老庄》的萌生呢？是否事出此因，未曾顾得坐实。

我和英文乘长途车返回西安的一日，雪大路堵了。秦岭顶上，汽车排成了长龙，夜黑风寒，我们相依了缩在座位上，看前排的一男一女，用黄大衣盖着，胶一样粘在一起，在黑暗中摸摸索索。我俩相视一笑，各自在自己口袋里摸烟。一会儿就饥肠辘辘了，听说岭顶的路边有家小饭馆，就徒步四道盘山雪路前去解决肚子问题。饭馆挤满了人，刚下出一锅糊汤面，眼看已经舀光。是我擎起两只老碗，越过众人头顶，一下子将碗伸到老板娘眼皮跟前，这才为我和英文抢了两碗饭，终于解决了民生问题。他后来提及此事，很感激我。假如那晚只他一人，怕要忍受冻饿之苦了。天亮了，太阳出来，而路还未通。百无聊赖，英文从商洛带回一本《辞海》，他的工具书都还在商洛，回去一次，就捎来一点，老鼠搬家一样迁移。这回带的是厚厚的《辞海》。没事，就读字典，一个字一个字地阅读。这也就是他那散文《秦岭顶上读大典》的生活出自。

单身的日子过了几年，书霞调来了，报社也给英文分了一套面积不大的老式单元房。这时，英文开始谋划自己的长篇小说。在陕西，乃或全国，没写过两三部长篇小说的作家，似乎算不上真正的作家，是不会被作家圈和评论家们放到秤盘里去的。所以，英文要补这一课。他当时用于写作的房间很小，且无窗，白天也需开灯。但报社的暖气烧得不错，很暖和。我曾在那小屋的床上睡过两夜，盖个薄被也热得出汗。他就是在那间屋里，开始了长篇小说《落红》的写作。时隔一月，他对我说："已经十几万字了，写长篇还是累啊！"我知道，他虽嘴上喊苦，那只是发布消息、引我关注的一个话由，他是不会很累的，凭才气，他的写作不会有艰难劳苦之态的。真写累了，我就去陪他下棋。有时，我们还到报社对面的城墙公园晒太阳，去淋一淋"太阳雨"。一日阳光甚好，我俩眯缝着眼看天。英文突然说："哎呀，幸亏组织部呀、人事局呀的，他们不管阳光，若人家连阳光也管了，恐怕连一条缝儿也不会给咱留的。"我笑了，笑他语言俏皮。同时也想起亚历山大和第欧根尼的故事。亚历山大征服了半个地球，不可一世，却并不被印度高僧第欧根尼放在眼里。那日，亚欲探望第这个奇人，第正在海边赤身裸体沐浴阳光。亚仪仗威严地来了，侍从喝道："看看谁来了，亚历山大大帝！"第欧根尼连眼也不睁，说："我不管你什么大帝，请别把我的阳光挡住，阳光在每个人面前都是平等的。"

《落红》《后花园》两个长篇小说的问世，改变了方英文在陕西文坛的地位。他的名气渐渐大了，但我不在意这些，我俩一见面，还是先要下几盘棋。一个雨夜，在他办公室下了32盘棋，26胜，6负。越输，英文越是不服。窗外檐水叮咚，屋内坐着三人。他的同窗好友、文学评论家杨乐生在旁观阵。我俩下了一夜，杨乐生在旁边评论了一夜。乐生口畅，爱用犀利的语言糟践人。他一夜都在骂方英文臭棋篓子，瓜怂、傻逼等等的词语也连连不断。我心中好笑，一个文学评论家，不去研究文学，彻夜评论象棋。评论到天亮了，还要请我到建国路的巷子里去吃水盆羊肉，真是不可思议了。这时的英文，已做了《报刊荟萃》主编。正下棋时，一位编辑拿了稿子送审，英文手心还攥着个棋子审稿。本以为他会敷衍过去，但突然见他眉头一撇，对那编辑说："写许世友的文章，怎能归入伟人轶事栏目呢？毛泽东、周恩来、邓小平，包括鲁迅，堪称伟人。谁告诉你许世友可以归为伟人了？"方主编的一番话，让那编辑哑口无言。编辑走了，我们开始讨论人这个话题。人，好人，优秀的人，杰出的人，伟大的人。这是做人的五个台阶，每个人一生都在爬这几个台阶，可有人事情干得非常大，也无法步入伟人行列，伟人，是凤毛麟角，是永远活在世人心中的人，这是由诸多因素构建而成的，没有哪个词条可解释谁可堪称伟人，但世人心中有数。一般人，是不可企及的。我们做人，能做到好人或优秀的人，就很不错了。

　　我与英文的棋事，可以单独写篇长文章。他在明德门购置了新房，乔迁时，我思来想去无以为赠，就买了象棋、围棋，还有棋盘送他，很贵的，花了好几百块。恰遇囊中羞涩，咬了牙的。去了，英文说："你真会送呀！其实送的东西都是你来了用的，像给你自己买东西一样嘛。"但到了后来，我们下棋还是少了，就连见面的机会也少了。不知因忙，还是另有别因，有人请吃，英文也时常推脱。炜评和见喜就说："那人，身量大了，矜持得很哪，难请啊。"有意见归有意见，朋友的情谊总是不断。有人说在西安城里，是有个商洛帮的，其实哪里有什么帮啊，方英文的意识里，就很不看重这些，除了老孙喜欢牵连，我们似乎都不看重这些。平凹也最不看重什么帮不帮的，他很少参加我们的聚会。我理解，我们的朋友关系，就像微信里和诗人们说的，见不见面，心灵总在呼应着。都活着，都以自己的方式存在着，就是一种牵挂和激励。关中和陕北人印象中我们是商洛帮，他们并不知晓，西安城的商洛籍文化人，都是在散淡地各自为战，虽无抱团意识，但个体尚且优秀，能心灵相通，相互包容与互取，只在暗中关注，并以个体的努力来激励乡党朋友，不在乎来往的疏密。有段时间，英文和平凹似乎关系不正常，据说是为了某个女人。说是英文先认识的某美女，正想下笊篱，被平凹发现而喜欢，并收编在了自己门下，罩护了起来。为此俩人别扭了很长时间，一个不服一个，最后还是平凹首先示好，待时过境迁，两人就又相好如初了。是不是这个原因，我真不清楚，道听途说而已。这不，半夜三更，我正写文章，英文的电话就来了。开口便是："正做爱哩？手在哪儿放着？快拿下来吧。"我只有骂他一句不正经，还能说些什么呢。

一方面，我对英文的聪明才智有点嫉妒，恨我不如。曾深深感叹：深山出鹰鹞啊！西安城有两个镇安大山出来的人，陈彦和方英文，都不得了！但也对英文的爱炫耀有看法。比如，席间正喧闹，英文偶然镇住大家，说我给你们讲个故事。听完，你知道了他在说去了什么地方、会见了什么大人物或小人物，故事可能精彩，但主题却一定是突出了自己，他是在不失时机地宣传着他的文章或毛笔字的影响。他宣传自己很巧妙，不露声色，润物无声，不让人看出是刻意而为之。他恭维人，拍人的马屁也非常智慧且极具艺术性。比如他对陈忠实说：老陈呀，刚才我路过建国路，两个小伙正打架哩，难分难解，一个小伙突然从地上摸了个砖一样的东西，照另一小伙头上猛然一拍，那小伙当即躺在地上就不动了。我疑惑小伙是拿啥把人拍死的，上前一看，是一本《白鹿原》么！老陈听罢，明知是个马屁，又怎能忍得住开怀大笑呢？他这一拍，被人称作20世纪陕西文坛的绝佳一拍。我将我对方英文的看法说与孙见喜，老孙避开英文而言我："你这人哪，啥都好，就是不善于经营自己。"我明白了，哦，做人原来还是要经营的。自己都不宣传自己，舍不得为自己投入广告经费，谁能知道你呢？我不善于经营自己，我的菜园子就要荒草丛生了。那么，要我向英文和平凹等人学习，我又是千万学不来的。我想了想，自己对自己说：人比人活不成，骡子比马驮不成。认命了，认命了。

另一方面，我从深心里感激着英文对我的好。算了一下，英文对我的人生帮助还真是不少。他当编辑时，编发了我不少文章。我的文章去了，他认真处理，并当面点评，删改之后放在报纸很合适的位置发表。不仅如此，就连标题与正文的字号乃至标点符号的斟酌使用，也在电脑上帮我认真修订完善。有些文章不宜他们报纸刊用，他就帮我推荐给别处，连信封和邮寄费也不用我管。他常常笑着说："何大帅要得大啊，我这么大的人物，还要给人家当秘书！"我说："岂止是秘书？"因为走的时候，他还要摸一两盒好烟，塞到我口袋里去。那年，人民文学出版社的张继华先生找到英文，要英文写一本关于贾平凹的文学传记。英文推了，却说我给你们另荐个人来写。推荐的人，就是我。我无法再度推脱了，就写了26万字的《透视贾平凹》，后由百花文艺社出版，我还挣了几万元稿费的。后来我对英文说："人家找你的好事，你让给了我，我怎么谢你呀？"他一笑，继续幽默："那有啥呀？融四岁，能让梨嘛！咱们朋友间，狗皮袜子哪有反正呢？"还有，是通过英文，我结识了两位重要朋友，使我终生收益。一个叫袁西安，是位经商者，堪称银行家和经济学家，他凭借知识与智慧，早就跃入了富人行列。此人好读书，爱文学，也爱下棋。通过英文而认识后，我俩走得很近，曾在北京城里厮混了好几年，相处投缘，谈吐便宜，认知一致，经济上也常能沾人家的光。比如我们一起下馆子，包括外出的住宿，从来都是西安掏钱。即便真心争抢埋单，也总是争不过他。西安说：和你们这些文学家在一起，我不掏钱，我还有什么存在的价值呢？现在，袁西安若回西安，不给英文打电话也要先给我打电话。相处日久，情深义笃，我们成了永远的朋友。还有一人，就是刘炜评了。之前我与炜评仅见过一面，知是乡党，在西大文学院当教授，无甚过从。炜评要主持召开西部作家研究的一个座谈会，邀了英文，英文就给炜评打电话，要求将我也忝列其中，至此，我们才算认识了。后来的一个聚会上，我凭借几首民歌和一些"黄段子"，还有文化馆下乡搜集的民间故事，镇住了深居大学校园轻易不服人的刘炜评，此后他喊我师傅，我们的关系越走越近。这位西大才子，对我的文学帮助更是不小。我们间的关系，是需用专门文章表述的。人生之旅，会遭遇很多朋友，有些是自己结识的，有些是朋友介绍而认识的。你介绍给我，我引荐于他，慢慢就分不清头绪了。但若饮水思源，我明白这两个至交朋友，是通过方英文结识的，所以我感激他。我在背后以玩笑口吻表扬英文：他除了老婆不让人，很舍得将好朋友介绍给我的。他大学的同班同学，大半我都认识。

　　除了感激英文，我还敬重其母。那年秋天，他要送母亲回镇安，我要求一同前往。因他总是将自己的故园写得十分秀丽美好，说那像韶山冲一样。我就不信，执意要去亲历。到了县城，往西口的路不通，县里的宣传部长派越野车更换了我们所带的轿车，绕道米粮镇，沿着只有乡村拖拉机才能通行的崎岖土路抵达安岭。我一看，还真是个风水宝地。两道山脉间，一个不大的小川道，铺陈在家舍门前。他家屋后有个竹园，园中毛竹挺拔。对面山根，有条清溪潺潺流淌。外出的路，就顺着小溪蜿蜒而去。远处的山头，植被茂盛。英文说，那林子里，是出过豹子的。方妈妈经常一个人生活在那两间不大的土屋里，一间起居，一间里放置着早就备好的自己的棺材。昏暗的墙上，我看见了英文小时留下的字迹。在他家门前徜徉，我想象出一个画面：生产队里分粮，或者是分红薯，方母带着七八岁的英文去了，回来时，母子用磨棍抬着一只箩筐。英文好胜，以为能帮母亲忙了，岂不知，母亲尽量将重的一头往自己这边倾斜移动，小英文的肩上，只是远离重负的磨棍梢子。乃或是母子抬水，方妈妈会照样将重负留给自己，既让儿子参与，却也以此来心疼儿子。这里山清水秀，难怪方妈在西安待不惯，常要一人回到安岭来生活。我清楚英文是个孝子，我常打电话问英文：你在家干啥哩？他说：我给我妈包了些素饺子。轻描淡写中，我多次体味了他对母亲的孝心。这母子俩，关系处得很独特。母亲喜欢看英文的文字，看了从来不说好，而且母子间经常为世间大事与家庭琐事而动辄抬杠，嚷吵完了，却不生气，该干啥还干啥。英文常将他母子间的事讲与我听，我的理解是，他们既是母子，也像恋人；既是冤家，又是骨肉相依的亲人。爱到深处，会以争吵使气的方式，才觉足以完成表达。

方妈妈去世的时候，我们这些好朋友纷纷前往镇安殡仪馆吊孝，只遗憾在安葬遗体时，我没有再度前往安岭。

一个相交了32年的朋友，实在能写一本书，所以写一篇文章总觉太长，又总觉写不完。看了别人写英文的文章，逗得我心痒，我自己写吧，又写不好。如同画家给人画像，我功力不逮，心中有人物，笔下却难以尽意。然不管怎么说，英文的文字总是令我佩服而望尘。这不，明天要去讲课，就翻出了英文的"天晴帖"来给学生举例。他用毛笔在书案上信手涂写，就能写下一段很优雅别致的文字：

"……天上有些薄云，白羽般的，如仙女内衣般纯洁。秋天，阳光真好，像旧日朋友一样好，像领导讲话一样好，像心爱的女人一样好，像简素的佛乐一样好……"

这是他的《天晴帖》里的一段话。我对学生们讲，看看方英文，是怎么样使用比喻的。文字贵在迁想，是谓迁想妙得。以彼言此，以此言彼，才叫形象思维……在《落红》《后花园》里，在他的任何一本散文集里去看他的文字，说不到两句话，方英文就要使用形容与想象了，所以他的表达，总显得活泛、生动、滋润、有趣。而那些乖僻的比喻，就是方英文的独特之处，就是作家性格特征的直接外化了。因为，这正是他思维的独特之处。领导讲话好吗？也可能好，也可能听来十分生厌，但你又怎能说其不好呢？这里，有调侃的意味，有幽默的成分，读到此，自然会心一笑了。除了英文，又有谁会这么写呢？

确实，英文的文字已越来越圆熟，越来越性格化了。他的语言，与贾平凹、陈忠实等人，形成了鲜明对比。隐去作者姓名，仅读一段文字，就知道是不是方英文的句子。这是他多年修炼的正果，也是他的文学特色。除此之外，这几年他还酷爱写毛笔字，研练书法艺术。短文、信札，都用毛笔书写。字已越写越好，常挤进书法行里混饭吃，还到处给人题字。他曾送我一套文房四宝，要我也来练字，可我，缺少方文慧公的慧根，与他不可同日而语。

正在屋里嫉妒地恨他，他电话来，说是袁西安回西安了，要我快过去，赶到明德门来几盘象棋擂台赛。我一想，机会来了。我恨袁西安太有钱，恨方英文太有才，我要赢他们几盘棋，以此来泄愤。一见面，英文第一句话就说："老朋友相聚难得的很呀！见一面少一面呀。"我说："住口！这么好的社会，咱们朋友咋不得活个九十一百岁？离死还早着呢！你见得也罢，不见得也罢，这辈子，是把你缠住了，想摆脱，没门！"

文化坑旧事之——李高信

迟迟不敢写李高信，是因吃不透，描不准。如于山脚望峰峦，横看成岭侧成峰，不知其高何仞。

其实，在那个被称作"文化坑"的小院，我和他曾多年为邻，可以敲墙而语。晨昏相见，并蹲台阶，口衔香烟，谈天说地。但这只是读写劳累时的小憩，而到了该读该写的正点时刻，便各自闭门，进入的，就是各自的不同世界了。

1975年，我从电影公司调进文化馆。那时，地区文化系统只有一台打字机，我调来了，打字机也跟着来。高信写了篇文章，不想再用手写夹着复写纸去誊抄，让我帮其打印，态度和蔼地拿来了。许因他知道，我的打字机只打公文，个人写作的文字，不属我的打印任务。这是一篇带有随笔性质的论文，标题曰：《文学是战斗的》，约5000字左右。一字一字在字盘上敲打，首先被高信的文笔吸引，其特点是：干净，准确，凝练，犀利，蕴含丰富而无枝无蔓。我第一次打印这样的文章，饶有兴趣，从中学得不少知识。但这不像以往的公文，生僻字较多，看不清或不理解处，就会喊一声李老师，高信就很快过来辨认和讲解。记得此文主要阐述的是鲁迅文学的战斗精神，文中的引例，也多出自鲁迅的文章，如《纪念刘和珍君》《论费厄泼赖应该缓行》等。后来，该文在上海《朝霞》杂志发表，高信专门送我一本样刊，签名以示纪念。从那以后，我知道了高信是专门

研究鲁迅的。不久，他的研究专著《鲁迅笔名探索》，也由陕西人民出版社正式出版了，这在"文化坑"小院里，引惹得其他人好一阵窃窃私语。嫉妒也罢，羡慕也罢，大家都是搞文字的，而正式出版专著，高信毕竟乃小院第一人，因而不得不对他刮目相看。

那会儿，一到下午，同事们便会踊跃奔往大门口的传达室去，目的是看报、查收信件，而那更大的希冀，还是想看看自己寄出的稿件有无消息。若接到的是退稿，不免沮丧；若接到了某个报刊的采用通知单，自然会喜上眉梢，忍不住逢人就宣讲夸耀，还装着小事一桩的样子，以不很在乎的口吻来表演谦逊，实则有掩饰不住的喜悦。当时，好像也流行明信片。高信就有一张发出的明信片，或因收件人地址不祥而被退回。信的内容就被谁在传达室看了，并且记住了，传得小院里人所尽知。我记住的大约有如此句子："我欲五月抵京，参加一个鲁研方面会议，期间拜望唐弢和许涤新二位。会罢，随便取道日本，拜访内山完造先生……"这是别人复述给我的，不一定准确。传话人明显有点小嫉妒，不相信此乃实事而带有倾轧意味，而我，却咀嚼着那话语和句子，暗暗佩服了高信文字语言的干练。

那几年，商洛地区每年都搞一次戏剧汇演，地直剧团与七个县剧团均来参赛，活动举行七八天。这时，李高信、全政、田涧青几位笔杆子，必会抽调到简报组。而我，就是那个打印简报的打字员。简报每天一期，他们轮流负责当天简报稿的撰写，每人均会使出浑身解数，表现各自的才能。我呢，在打印的过程中，就分别从他们对于戏剧创作的评论、对演出活动的描述中，学习了他们的艺术观点和语言特色。虽说是各有千秋，但高信的文字，还是给我留下了最深印象。

在我婚后，听妻子说，她早就认识李高信了。那是1970年，由高信带队，领着商洛地区革命故事代表队，去合阳县参加陕西省首届革命故事调讲。妻当年14岁，便是那个代表队中的故事员之一。前二年，中央电视台一个回顾性质的节目，还涉猎了李高信带队参加革命故事调讲之事。我在半截看到，电话告知高信，他很认真地查找到了。妻曾说，你不知道，高信年轻时是很英俊的，浓眉大眼，高挑个头，目光炯炯有神，云云。我说，我怎能不知呢？我们相识之时，他也不过三十四五岁，正是英气勃勃之时。当然，我也听说了他的命运多舛。我不知他最初的学历或是学什么的，只听说他"文革"前就曾因所谓的"反动日记"而横遭厄运，被发配到柞水深山做了名银行职员。但他酷爱读书与写作，才华如泉如水，青山遮不住，所以"文革"后便被调回地区创作组，也就是地区中心文化馆的前身。然而不几年，不知他撞碰了哪位领导，又被下放到商南县，安置在工会俱乐部打杂。然而，高信无论身居何处，皆不忘读书写作。记得我去商南下乡时见到过他，他在煤油灯或蜡烛之下，依然笔耕不辍。他说，半夜里一摸，鼻孔里都是黑烟。待他再次回地区时，便与我有了好几年的隔墙而居。

冬天来了，我们都要生木炭火。清晨，端了火盆至院中，架起木炭，讲究谁能用一张报纸便可将火生着，那便是能者。若谁的火先燃旺了，其他人即可不必劳神，夹了黑炭去换红炭便是。火着了，各自端回火盆，开始闭门读写。我学写小说、散文、诗歌，高信研究鲁迅，也广读博览各种书籍。我的创作举步维艰，而高信看似不动声色，但没过多久，他的一本《北窗书话》，就又被一家有名的出版社出版了。我知道，我俩没有可比性，人家是老师级别的，其文化功力，使我只可望其项背。高信的才能，也曾被两任地委书记看重，有位名叫白玉洁的书记，就曾亲临高信舍中造访。看他那好几个书架的藏书，也看高信自己新出版的书，还看华君武赠送给他的漫画。我心里估摸，虽然大家都身居小山城，都在逼仄的文化坑里生存、奋斗，但高信的水平，已跃入国家级层面了，虽说涉猎领域不同，而我，始终敬慕着高信的学识。

学识归学识，闲下来了，我们常会一起蹲在门口的台阶上，抽烟，闲聊。高处的慢坡上下来一个风姿绰约的女人，下到坑底，又上了小二楼，可能是哪个演艺团体的，去文化局办事。一会儿，那女人办完事，又风摆柳似的走上慢坡。高信就大着嗓门冲我喊："丹萌啊，你知道这个女人伴了人了吗？"他说的女人伴人，是纯粹的商州土语，指婚嫁与否，他故意如此使用，不乏谐虐成分。高信也常会讽刺挖苦那几年文艺作品中对反面人物塑造的脸谱化。若是说到谁的作品如何，他会问我："那里边的坏人是不是叫黑豆虫？或者叫黑蝎子？"然后就哈哈大笑。平素交谈，发现高信的用语，总是很精准的，当然也少不了尖刻，因了思想的敏锐和看问题的精准，他往往会一语中的，直捣黄龙。听他的话想一想也真是，似乎没有第二个词语，会比他那样来得更为犀利解馋。

我调进西安之后，高信做了创研室主任。不几年，他也调进省城来了。那个文化坑里，先后有 17 位文化人调进了省城和京城。高信应属于早该晋位者，但机遇来迟，晚了星宿的归位。他来西安，供职于陕西教育出版社。我猜想，那或许得益于老社长赵喜民先生的惜才与赏识吧。赵喜民先生乃赵乐际书记之父，系全国五一劳动奖章获得者，做过《青海日报》社社长，曾为商洛地区副专员，并分管过文化，他对高信的才能，应是十分熟悉的。

同处一座城市了，我们见面的机会却并不多。他的事业、爱好、性格以及工作性质决定，总是闭门不出，谢绝应酬，埋头阅读与写作。前多年，我曾赴南郊拜望，知道他除了研究鲁迅以外，所涉领域更为广泛了。他也研究漫画和连环画，研究其中的历史沿革与文化传承，还研究书籍的装帧设计，乃至毛边书的探寻与历史钩沉等等，当然也写了不少书评与随笔，都是可以和国家级文化名人对话的水准。多年下来，他个人的各类著作，已有十几本之多了。

剧作家陈正庆先生去世之时，我们一同往三兆吊唁，回来后唏嘘不已，感叹人生无常，怀念我们一同生活在文化坑的那段岁月。时隔不久，又逢京夫先生谢世，他大概感到老友们在世无多，见一面少一面吧，竟一个人从南郊坐公交车摸到我的"将就屋"来了。我和妻喜出望外，打开一瓶酒，两人二一添作五了。把盏间，除了怀旧，也感叹当今的世风世相。他寓意深长地说："如今这世上，老年人为老不尊，中年人欺世盗名，青年人稀里糊涂。怎么得了啊？"他这话，便让我深刻于心了。

前年，平凹因病住院，我们前去探望，一见面，平凹就说：高信也住在这里。我一惊，高信怎么也病了？赶忙去他的病房。谁知同室病友说他晚上回家了。一想他晚上能回家住，说明病情不是很重，也没往心上去。今年，听说他已住了好几次医院，久生探望之念，过完春节，我觉得再不去看望高信已成挥之不去的心病，便约了李相虎，专程赶赴高信家中。这次相见，发现他明显苍老多了。走路不稳当了，满头银丝，目光也失去了当年的锐气。我顿时心生苍凉，同时想起了唐人刘希夷的诗句："此翁白头真可怜，伊昔红颜美少年……宛转蛾眉能几时，须臾鹤发乱如丝。"病魔使他苍老了，而才思与情致似乎依然不减。他对我和李相虎讲起了孙犁，讲孙犁当年和一位年轻文人的一场文笔官司。记性不如前了，但他喜欢翻书，记不清时，就急切地站起来翻资料查找。他大我十几岁的，我想，十几年后，我也会是他如今的境况么？甚或，我还活不出他的样法来。

每次到了高信家，我一定要浏览他的书架。他满屋是书，书架的顶端，整齐地码放着许多用牛皮纸捆扎起来的杂志，一直挨着了楼板，担心书架已不堪负重。我问那是什么，他说，是历年来的《读书》和《随笔》，每一期他都收藏着，20多年了，无一遗漏。杂志社可能也没他存留得齐全。他笑着说：这，将来可能是值点钱的。我没有再说什么。我知道，高信是个真正的读书人，像他这样的读书人，世间已很稀少了。

文化坑旧事之——李相虎

油画家李相虎，蓝田人。商洛文化馆当年有两个蓝田人，一是刘子泽，一是李相虎。

蓝田与商洛近邻，历史上曾一度划归商洛辖制，后将镇、柞两县划给商洛，将蓝田调整为渭南辖，再后才又归属西安直隶。所以商洛人有顺口溜说："商洛娃，生得憨，拿的镇柞换蓝田。"说这话，盖因镇柞乃秦岭腹地，大山峥嵘，而蓝田尚有半数面积居关中平原，又毗邻省城西安，算较好地理了。也因此，不少蓝田人都在无奈时首先选择去商洛工作，因为留不在西安，又分不回蓝田，倒不如要求去商洛工作，虽也美其名曰去了边远山区，却落得有了离家近便的好处。李相虎和刘子泽供职商洛，大概都有此种因素吧。

相虎是"文革"前西安美院附中毕业生，学油画，曾得益于油画家谌北新教授真传，素描和色彩功力相当扎实。毕业后分配至山阳县文化馆，从此与商洛文化界结下深厚缘分。自他到了山阳县，小城里的那些大幅宣传画，就非他莫属了。比如在刚进城的塔垭附近的车站对面，在新修的县政府大楼前面，在县城的十字路口，那些竖起的大型广告牌，几乎都是李相虎爬上去画的。民工为其搭好脚手架，相虎穿上蓝大褂手执颜料盘，站上去一画就是好多天，画"毛主席挥手指航向"，画"敢叫日月换新天"，画"祖国山河一片红"。那些巨幅油彩广告画，是小城的亮点，是全国人民某一时期的政治方向。当然，爬上脚手架去画画儿的那位白皮肤汉子，也让小城人羡慕和敬重：人家能把画儿画得那么大，那么好，真是前所未有了。他在山阳画出了名，有一年地区搞"一打三反"的阶级斗争大型展览，就将他专门从山阳县抽调到了专区。

相虎不光能画画，篮球也打得好。山阳县代表队到地区来参赛，李相虎也算是个主力。他脱了衣服，穿上短裤背心去投球和上篮，一身白肉就袒露出来，皮肤白得耀人眼目，让其他人相形见黑，怀疑其有欧洲血统。所以后来军强的老婆任小妹就为相虎送了个外号，亲切地称他"白娃子"。他也真的就晒不黑，而且多年都不显老。

我和相虎是好友，心里亲。一是因结识较早，他在山阳文化馆时，我和正庆先生常去下乡，那个馆因有赵克文和王晓智当过馆长而与我们感情特殊，另外，与他一同打篮球的队员里，不少都是我幼年的同学或发小，由此串缀得更近了一层；其二，自他调进地区文化馆，宿舍就与我隔壁，他的年龄也比我大不了几岁，我俩就兄弟相称了。尤其在艺术感觉上的相通，他是给过我不少教益的。没事了，我串到他房里去，他翻开画册给我讲画儿，讲李苦禅、刘海粟、齐白石、徐悲鸿，当然也讲梵高、毕加索。他还送我一本《罗丹艺术论》，让我每天读一段，我甚至是手抄加吟诵，记住了不少艺术创造的警句名言。我从北京出差回来，在西单买了一幅印制的油画作品，名《奥芒斯河谷》，非常喜欢，于是在我结婚时，让他照着样子为我临摹一幅，他真的和我一同绷好了画框，用了整整一礼拜时间，认真为我临了一幅，那画，我至今仍小心收藏着。因为宿舍是墙连墙，我常能看见有不少业余绘画爱好者来找他，背了画板，夹着习作，请他来指导线条和明暗处理的对与错。

我结婚的前几天，把妻子从丹凤叫来商州，准备次日去西安买东西，晚上我告诉相虎要到他的大床上留宿，让妻子单独睡我的单人床，但是到了夜里，我去敲他的门，他死活不开，后来终于开了，却诡秘地一笑，说：

结婚证都领了，还过来干啥？我不，硬是挤进了他的门缝，上了他的双人床。在办喜事的那天，他就充当了我的伴郎。我结婚不久，他三岁的小女儿李婷与她妈从洛南过来了，在我和他们家之间跑来跑去，相虎问：你丹萌叔叔的媳妇亲不亲？小李婷流着鼻涕说：不亲不亲，眼睛黑洞洞的。相虎和淑慧嫂子就都哈哈大笑。

有段时间，相虎的创作热情极高，为了参加全国第五届美展，他拼命下乡体验生活，画了不少速写，拍回了不少照片，回来就钻进馆里的暗室冲洗照片，我也钻进去给他帮忙。有一次去山阳漫川下生活，他带着我一同前往，我俩坐着大卡车，路途遇上暴风雨，雨伞一张开，砰地一下就翻了过去，淋得我俩像落汤鸡。在漫川的下薄岭村，拍了好多照片，并发现一个七八岁的小姑娘，背了一筐槐花坐在小溪边，嘴里叼着马兰花，非常生动感人。回来后，他便以此为素材，画了巨幅油画：《槐乡》，此作品不仅参加了全国美展，而且拿了铜奖回来，取得了骄人成绩。那幅画，后来被海外华人收藏，据说还给了不少钱，他很高兴，手头也软和了一阵子。记得那幅画出手时，他已调到了西安半坡博物馆，我去看他，和他挤在一张床上，他还像大哥哥似的给我掏了几百块钱呢，那是 20 世纪 90 年代初的事。

也有段时间，相虎的日子似乎也很艰窘。他在山阳工作，妻子在洛南；他被当作人才调到了地区，而妻子仍在洛南上班，他也和我一样，不愿意找关系求人说话，就一直两地分居。小女李婷出生后，四岁的儿子李震就没人管了，相虎只有带到身边来。李震小时长得白皙，两只眼睛乌黑闪亮，漂亮又机灵，只是非常多动和淘气，相虎总是管不住他。会议室门口有部手摇电话，一响，李震就飞快去接，电话那边要找任宏谋，是馆里的一位老同志，当过商洛剧团团长，20 世纪 50 年代就创作了《一文钱》和《夫妻观灯》而在全国有名，李震听不清，拿着电话喊：爸——围红布！电话要围红布！惹得馆里人一阵大笑。还有一次，馆里正在开会学习，很严肃，李震在会议室门口跑来跑去，相虎瞪了一眼，他片刻不见乱跑了，但不一会儿，却在会议室门外拉了泡屎，正在念文件的老馆长王文昌就从眼睛的上沿抬起了眼仁，说：把娃管一下么，这像什么样子？相虎当然知道是在说他，不高兴却也很无奈，出去打扫了门口，回来坐在原位，见大家都在无声地等他，就说："国家也不兴个新法律，谁家娃在会议室门口拉泡屎，就判刑十年，那就好了，让监狱替我把那狗日的管上十年，回来也就大了。"他这一说，其他人想笑又不敢大笑，就都捂着嘴嘿嘿。老馆长朝会场扫一眼，大家都收住了，过一会儿，当老馆长将文化娱乐又念成文化"误乐"时，就谁也都不敢笑出声了。

我调到西安不久，听说相虎调到洛南图书馆去了，疑惑着他怎么能从地区又调到县上呢？细想，唉，还不是为了生活，为了解决夫妻两地分居问题嘛，他高不成，只有低就了。当然，青山也遮不住人的才华，相虎最后还是被省上看中，调到了半坡博物馆去当美工，淑惠嫂也通过努力调到了省艺校的图书室，一家人就都到省城来过日子，结束了多少年的两地奔波，距离蓝田老家的老母亲也近便了许多。

相虎对艺术很专注，生活中却是个马大哈。有一年来西安出差，他在钟楼饺子馆要了一盘饺子，对面也坐了位陌生人，各自面前摆放好小碟和筷子，相虎买了份报纸，一篇绘画评论让他看得入神，不一会儿，对面那人的饺子先上来了，相虎的眼睛还在报纸上，手里却下意识举起筷子，伸进人家盘里夹起饺子往嘴里送，连吃了两个，对面那人就急了，瞪起眼睛喊：哎哎哎！相虎这才恍然醒悟，忙从嘴里往出吐，一边吐，一边道歉：对不起对不起。似乎只要这么一吐，就不算他吃了人家的了。还有一次，那是在东龙山的商洛师范当艺术教员，黄昏时他喜欢与学生打篮球，结束后胳膊上搭着上衣，来到军强房子，军强已经坐在了床上，他坐在床沿说了半天话，后来就走了。第二天，军强死活找不见自己的裤子了，后来发现，相虎的上衣却在自己的椅背上搭着。一想，是那个马大哈，拿走了自己的裤子，留下了他的上衣。

有很长一段时间，相虎没有再画自己的油画，因为油画没了市场。他也学画国画和练习书法，待在半坡博物馆里不出远门，闷了好几年，后来我终于发现，他的"篆宝体"已经写得相当出色，西安城的好几家商铺门匾，都悬挂着他的字迹，随便抹几笔花鸟，也会超凡脱俗。艺术是相通的，会推磨子也就会推碾子，相虎是有极高的艺术悟性的。

这几年，相虎受崔振宽启发，画起了焦墨画，他常去洛南的鞑子梁写生，这些故事，我在《鞑子梁访友》一文中另有记述，此篇不赘。

文化坑旧事之——王军强

题记：文化坑，20世纪70年代初至20世纪末商洛地区文化局和文化馆等文化单位的宿办地，因地处旧城墙遗址下的坑洼里，故而被后来人称之为文化坑。那里，曾经藏龙卧虎，走出过许多优秀的文化人。斗转星移，时过境迁，那个坑洼早已不复存在，然而，那些烙印般的记忆，总是不能忘却。

早年，小城人总能记住一个画面：有位留着背头的人，长脸，高鼻梁，很儒雅地蹬着一辆破旧自行车，车头上挂一个小油漆桶，桶里装着白色广告颜料，插一支毛笔。这人不紧不慢地蹬着自行车在人群中穿梭，行来在小小的电影广告牌下，用湿抹布擦掉昨天的旧字，换上今日新上映的影片名称。擦掉的也许是《南征北战》，换上了《渡江侦察记》；或者擦掉了《桥》，换上了《卖花姑娘》。他几乎见天都要穿梭一次，去更换小城里仅有的四五个电影广告牌。小孩子见他来了就要追踪，为的是早点目睹今日将要上映的新片。有位小学生看了，回去父亲问："今日演啥电影？"孩子回答："正是为了受！"父亲纳闷了，跑去亲自一看，骂了句：妈的脚！明明是《正是为了爱》，怎么就成了《正是为了受》，把书念到狗肚子去了！大人们见了这个换广告牌的人骑车过来，也往往要行注目礼，盼望着他的到来，能给死水般的小城，掀起点新鲜的微澜。可是，小城多数人都并不知道，这个换广告牌的人，名叫王军强，他还是西安美院毕业的高才生。

晚上电影开映前，总要放一段幻灯片的。要么是阶级斗争、农田水利或时政要闻，要么是当地英模的事迹展览，或者是新片预告，乃或舞剧《白毛女》《红色娘子军》等剧情简介。那些幻灯片，制作精美，文图并茂，形象逼真，惟妙惟肖。同时配有解说词，解说者那标准而带有磁性共鸣的普通话，更是让小城人振奋不已。而这一切，都是由王军强一个人所完成的。军强画得好，普通话也无人能比，以致逢上召开全县大会，尤其是宣判和逮捕人的公判大会，军强都要被从电影院特邀了去，与县广播站的女播音员一起坐在主席台侧，承担大会的播音主持。当然，毛主席逝世的追悼会，他也以含泪的声腔，反复宣读中央的讣告。总而，那厚重的男中音，经常通过有线广播传遍全县各个角落，曾给多少欲望求知的山里少年那干渴的心灵上，滴下过滋润的珠露。现在回想起来，军强的才能，早就在商州小城显山露水了，他不爱出风头，却已让不少人记住了他的风光。

可是军强并非商州本地人，他出生在陕西华县，1963 年于西安美院国画系毕业，盖因"出身"不是很好吧，一下被分到了距商州城百里之遥的大荆中学，当了一名美术教师，还兼着班主任。后来曾任商洛文化局副局长的刘军，就是大荆人，是军强的学生。刘军后来当了王军强的领导，却一直不敢直呼其名，要尊称王老师。王老师的绘画才能和艺术天分，不知是被哪一位文教局长发现的，觉得是委屈了他，才将其调进了县城里的电影院。这段历史我不很清楚，印象中这位美男子是到了电影院后，才与曾做过商洛剧团演员的关中泾阳人任小妹结为伉俪的，之后生下了王兵、王喆二子，过了一段庸常的小日子。日子虽庸常，军强仍丢不下自己的专业，闲来抹几笔，依然显露着学院派画家的非凡实力。所以，让王军强去做电影院的宣传员，也如同用关云长的青龙偃月刀去剜核桃，毕竟还是大材小用了。如此很无奈地熬到了"文革"后期，要拨乱反正了，要改革开放而首先重视教育了，终于，商洛要办高等学府，陕西师大要在商洛办分校，并要创办艺术系，而美术专业缺乏教师，这时，王军强、李相虎、商文彬等人，才被当作绘画人才，从文化部门的基层单位，强行调到了位于东龙山的师范学院，去做着教授或副教授的工作，但那时，却还没有评职称这一说。

我与军强的熟识，是他被调回到地区中心文化馆以后，因为成了同事，每天早上会一块走进会议室去参加政治学习，读报纸，学文件，开民主生活会，评工资等等，尽管专业不同，而我们都属于搞业务的，那时候的心里矛头似乎都共同对准着行政领导，所以我们很一心。我写了一篇名曰《大山青青》的长散文，要在《商洛山》发表，特意请军强为我配了题图和插图，令我非常满意，至今仍收藏着。我结婚时，李相虎花一周时间为我画了幅油画，而军强送我的，是一幅山水，画的是华山，用镜框装裱好了送来。军强那时住在一楼，我们多数人则在大楼背后的半地下室。他进文化坑稍迟，因为实在没有住房了，领导只有决定，在展览厅的一楼用纤维板隔出几间屋子来，军强一家四口，就挤在那一间30多平米的空间内。我常到他那宿办合一的房间去，看他的绘画新作，欣赏他的山水花鸟，更喜欢他画的人物。印象很深的一幅，名叫《罐罐来，罐罐去》，画的是山里的孩子去上学，因要住校，所以于周日的下午，肩挑竹竿，一头挑着苞谷糁，一头挑着酸菜罐，翻山越岭去学校的情形。环境虽苦，但山里孩子因为满怀憧憬而表现得乐观，一路走来，没有忘记采撷一束鲜艳的野菊花，插在挑担的一头，其画面十分活泼生动。他将这同一题材画了两幅，另一幅是让孩子在竹竿上挂了一串红红的柿子，征求我的意见，问我哪个更好些。记不得我当时发表了什么意见，总归那幅作品，后来在省上的美展中获得了二等奖。

说来也怪，如果说刘文西的陕北小女孩画得入画，那么，王军强的陕南"山小子"也就画得出神了。他的"山娃娃"画出了名，后来凡有人结婚，就请他一幅画，而凡是请了他那"山娃娃"画的，一年后就准能生出个胖小子来。有人替他算过，他为12对夫妻送出过12幅"胖娃娃"，有11

对都生了儿子，剩下的那一对，是还没怀娃就离了婚。军强自己也觉得这事有点神了，蹊跷得不好给人解释。我就笑着说：人家敬神敬的是送子娘娘，你却成了送子爷爷，你光给人家送男娃，以后男女比例失调，计划生育部门要来找你的麻达。军强一笑，说，以后给娃娃把裤子穿上，不画牛牛了，看还准不准。其实军强这人哪，别看平时言语不多，不苟言笑，但也喜欢玩幽默，而且常是冷幽默。他的妻子任小妹，是个开朗、外向、能干的女人，而军强则十分内秀。小妹话多，且语速快，常常说了一蒲箩，军强只用一句话，或者两个字：无聊！就顶回去了。一个家中，有军强和两个儿子共三个男人，女人呢，只有小妹一个，小妹又是个爱干净的人，少不得劳累和唠叨，手因劳累而不光了，脸上也多了皱纹起了疙瘩，小妹爱美，买了许多化妆品整天抹，军强就说："脸上成天抹，顶啥用？还是涩得跟个萝卜叉子一样，勾蛋子上啥都没抹，咋还光光的呢？"一句话，说得小妹哭笑不得，噎住了。

军强在绘画中追求唯美，他的画总是很恬静，构思中充满了灵动与智慧，我是非常喜欢他的画作的。更重要的一点，是他在商洛带出了不少学生，有不少后来出名的年轻画家，初学时都得到过军强的指点与濡染。

自我调至省馆后，军强就当了地区馆的馆长，虽说他是搞美术的，但他对群众文化的各项业务都非常重视，从不厚此薄彼。这一时期，全地区的各项群众文化工作在全省都不落人后。而他自己的绘画创作，也在探索中寻求着突破。记得有一年，陕西有个叫吴金丝的人，发明了无笔油漆画，曾轰动一时，而军强受此启发，在玻璃上搞起了水彩和油漆画的研究，出来的效果出人意料，有自然天成、妙趣横生的独特功效。此时适逢贾平凹回商洛下生活，就住在我的房里，我领他看了军强的玻璃水彩和油漆画，平凹十分震撼，分别以军强的每一幅画构思一篇散文，这就成了最早的《商州初录》的动意。军强和平凹聊得很开心，一时兴起，铺开了书画案子，平凹就使劲给人写字，那时的字不要钱，谁要就给谁写，已经写到半夜一点多了，平凹还逮着军强的纸和笔不放，提着笔问身旁看热闹的人：谁还要？

军强在地区艺术馆当了好几年馆长，是较晚离开文化坑的一位，比方英文离开还要晚一些。他大概在55岁左右，才离开了工作过几十年的商洛山地，调至省文联，任文联书画院的副院长，当了一名职业画家。他1963年去商洛，约在1995年才离开，一个关中人，为商洛的文化事业奉献了三十多个年头，商洛的许多人，都不会忘记他。他的画作，他的故事，还在商洛流传。

可惜的是，我们的王军强大哥走得有点太早了。我听说他是到汉中去下乡，觉得鼻子出了问题，回来一查，说是鼻咽癌，不长时间，就让疾病夺走了生命。他去世时，年仅58岁，还没到退休。若是苍天有眼，能让军强多活几年，我相信他的画作，一定会在长安城里卖个好价的。

文化坑旧事之——刘军

提及文化坑旧人旧事，怎么也少不了刘军其人。可以说，他是当年商洛那个文化坑里最活跃、最热闹，也最具影响力的一个人物。

刘军小名刘彦彦，商州大荆砚川人。应在 1965 年前后，他考入了陕西师大，没上几年学，"文化大革命"就开始了，毕业后分回商洛，下放至山阳某农村劳动锻炼。记得他对我讲过，刚刚踏进省城时，他脚上穿着草鞋，腿上扎着裹缠，像个担柴卖草的农夫，怯生生踏进了大学校门。放下行李，铺好床铺，高年级的老乡学兄告诉他：没事了，你可以到钟楼跟前转一转，那是西安最热闹的地方。吃罢晚饭，他开始往钟楼方向走。走啊走，走到了南门，看见了城墙，看见了城上的箭楼，以为那就是钟楼了。心想，这钟楼也没啥看头，就又开始往回走。晚上，学兄问，你去钟楼了吗？他说，去了，没啥看头。待他将所经所见复述了一遍，学兄笑了，说，你哪里去钟楼了啊？你才刚刚走到南城门，离钟楼还有一截路呢。学兄一笑，刘军脸红了。刘军对我说，那是他这个稼娃进城所干的第一件丢人事。

劳动锻炼了一半年，刘军被召回地区，分在教育革命学校，地址在离城八里的东龙山。那时，家父任该校负责人，当时该校云集了好多"文革"前后的大学毕业生，籍贯杂芜，所学不一，均为从劳动锻炼的农村刚刚招回城的知识分子，多数在此过渡，等待新的安置。那些人，我见了都喊叔叔，所以，那时见了刘军，也喊其刘军叔。不久，刘军就被调进了行署大院，在地区文教局当了文化干事。

那会儿，文化教育没分家，而教育被视为山区文教工作的重头戏，文化方面虽有一位副局长分管，但大量实际工作，则由文化干事一人操办，刘军，就权作了这个全区文化枢纽上的重要棋子。那时，文教局三位局长都姓张，即张景尧、张元虎、张景祥。人们只能按正副顺序喊其大张、二张、三张。刘军说过，那位大张局长，是对他人生影响最大的一位领导。大张景尧，关中长安人，早年毕业于仪祉农校，乃关中儒士李仪祉先生的门生。景尧先生饱读诗书，熟谙儒学，处事谦和，为人笃厚。我曾多次聆听过他的报告。他给剧团讲话，讲秦腔要怎样突出板胡，将"出"字发音为 pu，浓重的关中口音，惹得我们年轻人学了好久。他讲，什么是艺术，术也念作了 fu。他说远古时，有人死了亲娘，伤心无比，他张开大嘴哭喊：娘啊！娘啊！他哭得撕心裂肺，旁人看着那鼻涕一把眼泪一把的样子，却忍俊不住发笑了。而另有一人，同样死了娘，却哭出了花样，他边哭边诉："哭一声，喊一声，娘的声音儿爱听，可就是再喊也喊不应。"此人这般一哭，旁人不仅不再发笑，而且跟着掉下了扑簌簌的眼泪。这是为什么呢？这就是艺术的力量。张景尧老先生的这番话，让我在以后的艺术生涯中受用终生。"批林批孔"那会儿，张景尧与宣传部长张嘉禄分别给全区干部做报告，说是批孔，实际上却让我从两位老先生嘴里学得了不少孔孟之道。刘军与这位大张局长关系密切，来往了多年，其原因一方面出于他对大张的敬重，另一方面也因大张对他的厚爱。他从景尧先生身上，学到了不少处事做人的范儿。

后来，文化教育分了家，成立了商洛地区文化局。文化局没地方办公，就设在了文化馆院内的小二楼上，成了"文化坑"的首脑机关。第一任文化局长名叫王军，渭南人，做事果敢，雷厉风行。但给一些人的印象是性格急躁，说他撒尿都从来没有撒完过。这位王军局长领的第一位干事就是刘军，于是，文化局就成了"二军"当家。刘军当干事，实际上是半个局长，他对于文化工作，从上面的政策走向到基层的实际状况，都能了然于胸。

同时，他也很会团结各县文化或文教局的文化干事，他知道那些人的作用与分量，很能调动他们的积极性。比如丹凤的马革宁、商南的吴震、镇安的尹金峰、洛南的袁启凤等等，有了这些很硬帮的文化干事的穿针引线、承上启下，工作才能风生水起。当年那批硬帮的文化干事，往往能左右局长，他们的思想，有时能变成局长的意志而落实到工作中去。最根本的原因，是因他们对文化工作了如指掌并极具责任心。有一次，刘军到商南下乡，当然由吴震陪同了好几天。临走，吴震将其送到长途公共汽车上，惜别的话说了个没完没了，直到汽车发动了，才深情地挥手告别。可是没走几里路，车坏了。那时侯，一天只有一趟车，坏了就走不了而只能等待次日，刘军很无奈地提着包儿再回去找吴震，有些很不好意思。第二天，吴震又去送刘军，心想，告别的话昨天已经说完了，看你今天还能叮咛些啥？刘军坐上车，笑着对吴震说："回吧，回吧。客走主人安。"没想吴震接了一句："疙蚤蹦了狗喜欢！"两人顿时哈哈大笑，就这么自谑自嘲着，可见那时他与基层文化干事的关系，是多么亲密。他不仅与本地各县的文化干事亲近，还与省内各地市的文化主办干事交往甚密，比如铜川的董一俊、汉中的某某，宝鸡的某某（我记不住那些常挂在刘军嘴边的人名了），每逢省上开文化工作会议，这些人一起群言堂，往往就左右了陕西某项文化工作的具体实施办法。

那几年，发展基层文化站，刘军自制了一张商洛文化工作地图，每发展一个文化站，就在图上插个小红旗；每建设一个电影院或影剧院，就在上边涂一个大绿圈；哪里有文物点，哪里有业余剧团，图上都标注得清清楚楚。这张图挂在文化局大办公室里，全区的文化工作概貌，在图上即可一目了然。商洛的戏剧事业发展，刘军也倾注了不少心血，从狠抓剧本创作，到落实排练，刘军都担任了"革命军中马前卒"的角色。讨论剧本时，刘军爱说一句话："红薯长大了就是一个大红薯，可是，这个红薯又是怎么长大的呢？"他经常要求给剧本提意见时，不仅要做看病的"先生"，而且要做治病的"大夫"。即，提出具体可行的修改意见。可是，做个看病的先生容易，而要做个治病的大夫，那是多么不易啊。我改编的《鸡窝洼人家》在省上获奖，李若冰在颁奖仪式上挥毫泼墨，为商洛写下了"戏剧之乡"四个大字，我和刘军将其带回来，他兴致勃勃拿去向时任的地委书记周述武汇报。没想周书记见了那四个大字，先喜，后忧，临了说："我要这'戏剧之乡'能干什么呀？我的二百多万山民的吃饭问题，靠一个'戏剧之乡'能解决吗？"几句话说得刘军如皮球上捅了一刀，蔫溜溜回了文化局。不过，刘军该干什么还干什么。他一面穿梭组织，一面下乡调研，不久，他就写了一本理论与实践相结合的书，名曰《山区文化建设散论》，该书由省文化厅社文处长马少亭作序，书中的好多文章，对山区文化工作均有独到见解与较为深刻的思考，很有指导意义。

在文化坑里，谁都知道刘军机智、幽默、聪明。他的诙谐，不仅表现在与同事相处，也常用到家庭中去。一对双胞胎儿子，大的叫宇晓，小的叫丹丹，他经常和儿子开玩笑，戏逗儿子，儿子就不怕他，嫌他没架子。他说："你们注意了，猪都有架子的，没架子就没法长肉，爸宣布，从明早八点开始拿架子了！"结果，两个儿子依旧哈哈大笑。有一度，他家住电影公司，而隔壁就是劳改窑。儿子在家里写作业造句，造"挥汗如雨"句。儿子写道："夏日炎炎，劳改窑的犯人叔叔们还在挥汗如雨地背砖。"刘军见了，骂道："×你妈，谁都是叔叔？劳改犯也是你叔叔吗？"儿子瞪大了双眼，不知自己哪儿错了，问："那些犯人就不是人吗？"

我生了女儿何苗，在医院折腾三天，刚抱回来，在水池边洗尿布，刘军推着自行车从漫坡下来，哈哈一笑："哎呀，一场伟大的造人运动总算结束了吧？"我说："结束了，结束了，有人把你叫爷了。"他说不敢不敢，你把我都不叫叔了，娃咋能把我叫爷呢？他说这话是有来由的，因为他也曾贬谪过我，说我的变化真大呀，最早见他叫刘军叔；后来是上下级了，就喊老刘；关系更近了，就直呼刘军；再后来亲密到狗皮袜子没反正，在一块玩扑克惹恼了时，还会骂一句：狗日的。我赶紧辩白：没有，没有，我从来没骂过你狗日的。他见了图书馆长牛星垣，就喊"老地主"，因为牛馆长是商州城里的坐地户，家里成分高。他学着牛馆长的儿子认字，指着"海洋"的"海"念："海，海，海洋的洋。"还编了个段子，说牛馆长给儿子教认"人、手、足、口"的"口"字，用启发式教学，指一指自己的口问：这是啥？儿子回答：嘴。又问：嘴还叫啥？儿子说：嘴就是嘴么，还能是牛勾子？刘军当着牛馆长的面给大家讲这些编撰的笑话，牛馆长无奈，就叫他的小名：彦彦——，叫得很亲昵，仿佛长辈喊晚辈。刘军喜欢和文化坑的许多人开玩笑，但他不和画家王军强嬉闹，因为军强是他的老师。军强1963年从西安美院毕业分到大荆中学任教，那时刘军还正上高中，正儿八经地给刘军当老师。他的小名刘彦彦，大家也是从军强口中得知的。另外，王军局长和陈志昌局长的玩笑，他也不敢轻易去开。不过，他也敢给两个局长编段子，说王局长裤子没干过（性子急，尿不完就系上了裤带），说陈局长走路没快过。说陈志昌在洛南当文教局长时，唯有一次快步在街上走过，人问：陈局长，今日咋走的这么快？陈不紧不慢回答：娃掉到井里了。

谁都知道刘军喜啦，但没几个人发现刘军事业心很强，他真有几分先天下之忧而忧的情怀。他对我说，管人，最难管的就是人心。共产党是无神论，其实有神也好，神是有监督作用的，你睡在你家炕上，心里有了杂念，谁都不知道，但是神是知道的。举头三尺有神明嘛，神会监督到人心里去的。他还说，现在科技这么发达，应该有人发明一种药，叫"党员刺激素"，入党时不用宣誓，给屁股打上一针，从此，这人再也不会叛党，早上四点就醒了，就得去扫地，就得去为党和人民工作，若不然，那种激素就刺激得你浑身难受，勾子发痒睡不住坐也不宁。我说，你这个创意好啊，可惜无法实现。周恩来总理逝世时，刘军泪花儿砰砰，后来他在《参考消息》上发现一段外电评论周总理的话，他抄了下来，也抄给了我，又让书法家李志贤用毛笔书写了挂在自己办公室。这段话是：

"古往今来，有多少人追求不朽，但可惜人生有限。那些目光及其远大的人，虽然知道理想尚遥远，道路也漫长，但他既然确信这理想是正确的、美好的，他就以一个实行家的态度，尽其生命所可以贡献的一切。到了晚年，他的经历已经极为丰富，而他的神态，仍使人感到是如此纯洁，就像是一个满怀理想的青年人。他确信他的事业后继有人，在尽其所有之后，他留下遗言，要把他的尸体化为灰烬，并把他的骨灰撒在他的祖国的江河里和土地上。他啜饮这里的江河水长大，今天，他回到他的江河土地中去了。他似乎从来没有想到过自己的重要，他也从来不追求自己的不朽，他自自然然地做着实现他的理想所应该做的一切，结果，他将永垂不朽！"

刘军不打牌，不下棋，没有业余爱好，没事了，就想工作上的事。用他的话说，就是欠工作。他不仅会工作，也能巧工作，一颗大脑袋总在思考工作，工作，能给他带来乐趣。他还经常抄录一些警句名言或有震撼性的文章给我，使我这个文化队伍中的年轻人获益匪浅。我印象中的刘军，有一颗浪漫的心，而且有一种很实际的工作作风。1977 年全区戏剧汇演，八个剧团八台戏，整整演了八天。六百多人的饮食起居以及活动安排，让刘军好几天都没脱衣服睡觉。临闭幕前一晚，王军、刘军和我，三人关在丹江饭店的一间屋子，一夜间起草了近万字的总结报告和两千字的闭幕词。通宵达旦，天亮时派我将闭幕词呈送彭真夫人张洁清（那时张洁清刚被解放出来，任商洛地区副专员，分管文化），由张专员宣读闭幕词。有了重要演出，刘军也管票务分发。所以他那时很红火，但也经常躲藏起来，让人找不见他。

刘军在商洛工作的那些年，是商洛文化工作最红火的时节。他见证过商洛文化事业从郁郁不鸣到鼎盛繁荣的那段历史过程。我调进省艺术馆四年之后，万没想到，刘军也从商洛文化局副局长的任上调来了。他来当了艺术馆馆长，也使我喜出望外。我知道，他是决心在省艺术馆的任上大干一番的，我相信他对文化艺术工作的认知，也看好他的工作能力与事业心。可是，他进馆不久，就将我派往上海戏剧学院进修去了。我深领其情，知道这是他对我的用心栽培。然而，当我从"上戏"回来时，他就遇到了麻烦。不久，就被调到省图书馆任支部书记一职了。我为此深深遗憾，觉得是因了一些莫须有的原因，使省艺术馆损失了一位好馆长。

刘军调走了，却还与我住在一幢家属楼上。他五楼，我四楼。家里做了好饭，也常喊我上去吃。我屋里缺这少那，也常上他家去拿。那段时间，他在家里研究《易经》，对奇门遁甲等传统神秘文化很感兴趣。他后来搬走了，他的住房就让给了我，我在那里一住就是二十多年。

刘军退休之后我就再也没有见到过他了。他很少与人来往。多少该出现的场合，也从来不见他的影子。我理解他，人生的舞台，乱哄哄你方唱罢我登台，该扮演的角色完成了，或者人家不让你演了，没你的戏了，你就卸了妆休息，守一份该享的清静。乡党和文化圈常有人想念他，说他还是应该出来走走的，抱怨他不该躲进小楼自成一统。我对他倒没什么抱怨，反有一种愧疚，觉得他对我的教益、对我的关怀与爱护，使我得益不少而无力报答。这份歉疚，也不知何时能了。不过，我记着他的好，记着他对商洛文化工作的贡献，在我心里，那是不可磨灭的。

连成兄走了

我的连成哥哥不在了！闻此噩耗，心慌手抖，啊啊连声，痴愣愣不知所措。友人派车将我送往户县，至他灵前，连叩三头未毕，我竟老牛般呜咽，继而嚎啕不止了。

我俩结识于 1973 年。他在建筑公司开汽车，我在电影公司搞宣传，本不搭界，却因我单位有他的战友与丹凤同乡，加之两单位挨墙，端碗吃饭常可串门，于是结识了长我六岁且长相英俊的李连成。我俩的走近，因了他的爱戏剧也爱文学。那时我们正在普及"八个样板戏"，他却有一肚子未曾解放的古装戏和历史剧，如秦腔《三滴血》《火焰驹》、眉户戏《曲江歌女》等，尤其是他能将《火焰驹》全本戏的唱段从头至尾背诵下来，这让我对他刮目相看并敬重有加了。听他哼唱《曲江歌女》中李亚仙那段唱时，那凄婉悲凉的唱词，一下子便将我深深打动：

"四野沉沉，细雨纷纷，深秋时节西风紧，北雁归南欲断魂，懒整乌云鬓，血泪洒衣襟，窗外黄花迎风抖精神；独对菱花孤恋影，照得呀，人比黄花瘦三分。郎如柳絮被花损，飘蓬断更信无音，声声连把苍天问，欲见郑郎哪里寻？等得奴饭不思、茶不进，夜夜等你到鸡叫报时辰；等得奴鸳鸯一叫泪湿枕，娇妻夜夜盼郎归……"

李亚仙与郑元和那痛楚凄婉的相思，与样板戏里的铿锵人生形成强烈反差，是我人生经验中的极大欠缺，于是，他一边唱，我就急不可耐地将其词抄录下来，后来，也将《火焰驹》的许多唱段摘录于笔记本上，拿回去揣度琢磨，反复哼唱，至今四十年过去，仍然未能忘怀。如此交往中，知道了他的身世：幼年丧母，18岁当兵，曾开着炮车在老挝前线抗美援越，参加了24场战斗，战火中差点丧生。他有一兄一姐，尤其是姐姐李瑞莲，自幼酷爱戏曲，他没有过一般孩提共有过的恋母情结，却将姐姐当作母亲般依赖，肚子里的那些戏，也就是童年时跟着姐姐学会的。难怪有些戏里的字或词，他自己也吃不准。两年后，我开始跟陈正庆先生学写戏，加之我从幼儿园时就相好着的王康，也在剧团乐队吹圆号，我们便时常去剧团走动。白日里，他开车往工地拉沙运砖，我上班写影片宣传，到晚来，便相约了去剧团看戏。连成年长，又涉世较早，自然为兄；我和王康能时常得到他的指点呵护，就心悦诚服当弟，三人正值青春年华，均未成家，无牵无挂，有这样的"岁寒三友"朝夕相处，趣味相投，相濡以沫，形影不离，日子一久，其情谊便不是骨肉而胜似骨肉了。

有天晚上，我和连成兄脚蹬脚睡在他的单人床上，听罢他的身世和在单位的不顺心事，不由赋诗一首："童年丧母悲泪流，稚气未退人间走；茫茫世道入眼底，沉沉心事载胸头。征战双足寮江游，归来两辀探新路，但愿一生勤珍重，碧血漫洒春与秋。"我是写在床头箱子上的一张报纸上的，写了就睡了，醒来时，发现了他那抄得规规矩矩的《和丹萌弟》："江海涛澜吼地流，蹈浪息波任汝走；五洲经纬尽胸底，宏志接天笺云头。堪笑昔年昭帝游，应窥公瑾杀机露，多谋武侯枉持重，烈火烧寨铭锦秋。"当时，我正与陈正庆合写了大型话剧《火烧寨》，他的末句，就有双关之意暗含。他算得上老高中毕业生，古文功底与历史知识比我等"文革"中毕业者扎实得多，因此不仅知道对仗，而且懂得用典，读了他的和诗，我不仅甘拜下风，甚至已自惭形秽。跟着他，又结识了不少有文采的老高中生，耳濡目染，让我受益匪浅。比如他抄给我的李民选与蔡长瑞的赠诗《矛盾行》，就让我大开眼界而爱不释手。大概是民选因命运摆布远赴青海，长瑞仍居商州，于是曰："草草一别四余载，与君结识意未尽。塞风吹来展君书，翘首东云思乡语。奈何丹水常呜咽，几片商山走狐狼。一去荒漠入塞云，独留情深豪气长。国事多萦怀，论世常激昂，自言多博览，未免太猖狂。属文不得意，逮诗难成行，岁月似流水，唯恐鬓先霜。欲效李白傲，游赵试黄粱。忽觉时异代，古今漫比量。书生多误身，不解实践强。仰大吐悲愤，慷慨廻中肠；廻中肠，徒悲伤，君不见我生多艰辛，辗转复彷徨。心向沧州泛东海，雪峰数点立斜阳。立斜阳，默无语，江南雾，中原雨，水深波浪阔，无数蛟龙去。"诗句言语平实，意蕴深厚，情感饱满，辄韵入律，跌宕张弛，气息贯通，让我这初学者刮目。知道他爱诗，我俩便常常以诗相交，谁得到一首好诗，就首先拿予对方飨享，在那文化断裂的年代，一首好诗比几张肉票或油票要来得珍贵。票证虽紧缺，多少尚能按月计量发放，古诗的交流，则是私下里的"勾当"了。记得我们得到了唐人刘希夷的《代悲白头翁》，连夜伏案，竞相抄录，因其中有"年年岁岁花相似，岁岁年年人不同"的名句，我们激动不已，彻夜复诵，至东方欲晓。

在建筑公司业余宣传队里，因缺少司鼓，连成就自告奋勇学"打板"，记得他练习"抡锤"，几条裤子的腿面处均被磨破。他对爱好的执着，对于补救和成全局面的顽韧担当，让我既钦佩而又难以理解。王康曾开玩笑说："成哥，人家爱乐器，要么小提琴，要么二胡，谁像你？爱打板？这叫啥？叫锤猪皮，你再能，你在板上能敲出个《东方红》不？"连成一笑，不置可否，依然唤来名叫丹江的演员顺唱腔，唱的是《海港》里韩小强的唱段："我沾染了资产阶级坏思想，轻视这装卸工作不应当。"

隆冬的一个下午，我在街口转悠，他开着辆解放车过来，说去西安拉汽油，要我与他作伴。我还值班，拿着单位大门的钥匙，晚上是要锁门的。但经不住诱惑，只说是明早就回来，一夜不锁铁门也不打紧，就坐进了驾驶室。一路唱科道白，兴高采烈，到西安天尚未黑，他提出去户县看望姐姐，我欣然同意，于是又驱车户县。谁知刚出城，天说黑就黑，加上关中人漫处焚烧苞谷秆，烟雾弥漫，能见度极低，急切中又走错了路，辗转至户县玉蝉公社，已是静夜时分。那是我第一次见到瑞莲大姐，她时任公社书记，刚从基层开会回来，觉得是那么干练，言语爽快，思路敏捷，巾帼须眉四个字，第一次在我心中有了具象化展现。她让公社炊事员为我俩下面条吃罢，与连成说了几句话就催促我们返回。晚上，车停北关车场，人住华新旅社。次日醒来，茫茫大雪已覆盖了西安古城，去车场开车，怎么也发动不着，好不容易找车拖着了，却因排气管进水结冰而堵塞，没了刹车。连成想到了找熟人想法儿修理，于是用手刹慢开至西大北门，然投亲不遇，我俩只有在护城河边自己动起手来，拆下铜管子，棉纱蘸汽油点火烧，用嘴吹。折腾好了，已过午时，匆忙赴北郊装汽油，又遇排队长龙，等得将车厢里几十个油桶装满，天又麻擦黑了。随便在路边店吃了碗泡馍，开始往回赶。我操心着没请假就出门已近两天，不知会犯什么错误，连成一边为我宽心，一边紧握方向、加大油门，迎着飞雪疾驰而行。谁知行至秦岭峡口的转弯陡坡，车忽儿忽儿闪了几下，就不动了。他让我坐在驾驶位踩马达，自己拿了改锥下去查看，试了几下，他趴在引擎盖上，垂下头说：完了，不行了，四规牙轮打了！我心想，完了，风雪山野，前不着村后不着店，车上又装满了汽油，看来我们只有在秦岭峡谷中过夜了。开始，驾驶室还有点温度，我俩并排坐着抽烟，话题恣意漫漶；一会儿，冷起来，且越来越冷，就反靠车门对坐，脱了鞋，双脚互抵对方怀中，将仅有的黄大衣盖在四条腿上，依偎着取暖。事后窃想，这是弟兄俩，若为一男一女，危难中该怎样御寒呢？我嘴上叼着不带把儿的"金丝猴"，鼻子却冰冷。灭了烟，掏出手绢蒙在脸上，谁知哈出的热气很快就使手绢结冰，变成硬盖，从脸上滑落下来。天将亮时，两包"金丝猴"已经抽完，四面玻璃全被冰霜结满，使劲哈气，半天才能哈出针眼大的洞。欲下车看看，而我的棉鞋却冻结在了铁皮地板上，拔不下，用榔头敲，一敲就掉下一豁来。雪是停了，十点钟时，太阳出现在山尖，是软弱的一团红晕，连成放出一桶底汽油点燃，烤化了我那冻硬的灯芯绒面儿的棉鞋。终于，有一辆苏式吉尔卡车缓慢驶来，是商洛运司的00599，好心的司机，搭载我们回到了商州城中。秦岭一夜，让我历历在目，至死不忘。

后来，连成就结婚了。而我的婚姻，也少不了他的参谋与撮合。我从外县下乡回来，说有人为我提婚，是丹凤剧团的庞小霞。他眉梢上扬，大腿一拍，说："好！好么！她姐与我同桌，一家都是熟人，这事你就不管了！"我以为随口说说，谁知他当即背着我给其大姐写了信，将我的情况很吹了一番，其姐将信转与母，小霞一家皆知，而我还蒙在鼓里。不几天，丹凤剧团来商演出，连成正在拉沙，将翻斗卡车开至剧院门口喊："庞小霞，来，你家给你捎的东西！"不由分说，就将其拉上车，直接领到我的办公室来了。以后的几天，他腾出了自己的宿舍，床下掉着四个大灯泡烘暖，安排我俩在此谈恋爱，他在外跑车的同时，抽空买吃的、搞后勤。到我结婚时，连成已调往了户县。我和王康同时举办婚礼，他未能前来，但事后不久，他不仅分别行了礼，还拿回两本难得一见的《女儿经》，为小霞、培荣各赠一本，我明白为兄的用意，是要俩弟媳恪守妇道，做贤淑妻母。

1985年春，我已借调省艺术馆。平凹提出要下乡走走，并想到了刚刚赴任周至令的李广瑞兄，我也自然想到了户县的连成。于是相携了作家和谷兄，决定先户县，后周至。此时，瑞莲大姐已任户县副书记，与连成一家挤在一个单元房里，我们的到来，全家人热情备至，做了丰盛酒菜，饱餐畅饮。尤其是连成妻党秀芳的家乡饭，让平凹赞不绝口。连成那会儿开着联合国为户县赠送的计划生育宣传车，就拉上我们，草堂仰圣，渼陂泛舟，观农民画，拜望农民画家王景龙。从此，平凹与户县结缘，以后的《浮躁》修改《废都》写作，均在户县完成。不为别的，皆因秀芳的可口茶饭，更有连成的殷勤侍奉。

连成在户县扎根了，他的住所虽几经迁徙，然不管是窄狭还是宽敞，却一直是西安友人的精神避难所。不管是吾弟丹军，还是刘小平、王建、陈彦等，无论谁心情不畅，遭遇烦心，都曾想到要去户县投奔连成。连成不会责备，只知善劝。去了，一顿家乡饭，一场小麻将，几句宽心话，等得再返回时，心里就豁然了许多。平凹是在户县渡过了婚变的，其精神的缓释，莫不隐含了连成的悉心抚慰。他的宽厚忠诚，以及具有长者之风的容纳，凡圈内己人，无不为之称道。1989年，我去"上戏"就读，连成也来上西大作家班，我的住房，就留给了他。平凹来信说："见喜忙于会见（正在续婚阶段），连成有了你的住房也不再飘零，他也学会了交朋结友，只是麻将桌上少了你，我们常常三缺一。"回想，那时我们的友谊，真如兄弟一般亲密。读完作家班，连成依旧回户县上班，但他已结交了不少文化朋友，如文化馆的创作干部刘珂等。去看他时，发现他正帮着费秉勋先生演绎奇门遁甲，剪了纸片，写上方位，认真推衍，是那么一丝不苟。不久，他跟着老费，对《易经》也有了一定研究，这让我再次见证了他性格中的聪慧与执着。

不幸，在54岁上，连成突患脑梗，以致形成偏瘫，当再见到他时，他就一瘸一跛的了。出嫁他那患有脑瘫疾症的女儿李倩时，我和平凹都去了，既感念连成的好，又怜惜他的灾难与不幸，但又遇在他嫁女的非常之时，我们只有隐避不快，尽逗欢颜，在家中又唱又跳，以致让平凹低声责备我："唱了几十年了，咋不嫌怪哩！"但连成看着我们的表演，笑了，嘴边垂涎、眼角含泪，欣慰而苦涩地笑着，那种情状，确实难分是笑还是哭。以后，每逢春节都去给他拜年，心里唱："过了大年头一天，我给我那连成哥哥去拜年。"他虽行动不便，但依然发动全家乃至亲邻，倾其所有，丰盛款待，其情其意，难以言尽。前不久在西安的一次相见，他一见我，颤巍巍喊了声：萌！然后就张开大嘴，老泪纵横了。我也含泪望着他，头发稀疏而全白，牙也掉了几颗，不由想起我们年少时竞抄的诗："此翁白头真可怜，伊昔红颜美少年……宛转蛾眉能几时，须臾鹤发乱如丝。"

老了就老了，病了就病了，谁都可能遭遇不幸。我想我的成哥，还是会在这个世上艰苦停留好几年的，因为儿子还小，才上大一，还需他的工资抚养，秀芳也是拖着病身从企业退休，月薪仅千余元，病女一家仍需提携照料，上苍若是有眼，是不会让他过早离去，否则对那个家，将是天塌地陷的打击。没想他真的就走了，我可莫说上苍啊上苍，你哪里有什么眼呢？

先一天我还和瑞莲大姐说他。大姐从市司法局长位上退后，依然酷爱戏剧，与李瑞芳先生一道，要我帮着将元杂剧中的一出翻改标新，接我住西北饭店。因瑞莲姐次日要携家人赴海南度假，前来与我话别，谈及家庭人生，说她病体快快，不知剩数，丢心不下的是两个病兄弟，最为揪心还乃连成。谁知，早上她刚登机，即闻连成昏迷，下了飞机，人已不在，于是费尽周折又连夜返回，八小时的空中泪，抛洒得可谓高远。姐一生都在提携弟，我想，那是如母般的老姐，在替连成去天路打点，铺平极乐通途，以便连成好走，南无阿弥陀佛！

在三兆的殡仪馆送走了连成兄，与老费、见喜一同回来，先陪费先生取他的古琴，他抱着琴，佝偻了腰，我扶他过了马路，站在路边等车，有行人不住打量我们，我想，这是两个老叟茕茕孑立、形影相吊的寒岁图了，一个寒噤，就突然浑身发冷，回家就倒在了床上，昏昏沉沉，不吃不喝，连睡了两个昼夜，今晨醒来，仍凄凄迷迷，且敲下以上文字，留待随后修补。收尾处，忍不住还想将那《代悲白头翁》全摘下来：

……今年花落颜色改，明年花开复谁在？已见松柏摧为薪，更闻桑田变成海。故人无复洛城东，今人还对落花风。年年岁岁花相似，岁岁年年人不同。……但见古来歌舞地，唯有黄昏鸟雀悲。

噫吁兮悲乎切乎！我的连成哥哥，你就好好地走吧！留下我们，苦嚼人世苍凉！

哭弟弟

　　我的兄弟，我唯一的同胞兄弟，和我一个奶头上吊大的亲弟弟，竟然在 2011 年 4 月 16 日上午，突然就撇下我们，撒手离开人世了。兄弟呀，你才刚刚走过了 52 个春秋，正在风风火火做事情的时候，却不幸颅脑出血，医治无效，长睡不醒，驾鹤西去了。当哥哥的我，只有强咽下涩苦的眼泪，多少次都想张开嘴大声哭喊：兄弟啊，你这么狠心地一走，从此在这世上，哥我不就成了弟兄一人了么？

　　兄弟，我想连名带姓地喊你一声——何丹军！你生在 1959 年阴历 7 月 19，比哥只小了三岁。母亲说过，生你的时候，你是摔在了水泥地板上，你一边哇哇啼哭，一边就将小拳头往嘴里塞着吃。你是属猪的，似乎注定了今生会有永无停歇地在泥里土里拱食的命运。你和我一样，生在山阳，长在商县和洛南。小时候，你长得虎头虎脑，刚刚会唱"樱桃好吃树难栽"，就很讨外婆外爷喜欢，他们常将仅有的一点好吃食留给你独自享用。外婆在地里种苞谷，你问外婆，咋不直接种些点心呢？你说你傻不傻？也怪那个年代，人都吃不饱，你也就光知道吃。在你七八岁时，咱一同被送回乡下老家，奶奶在瓦罐里藏着的一点黄豆，被你偷出去换了热豆腐吃，气得奶奶浑身发颤。你 9 岁那年，哥也才 12 岁，我领着你从洛南乡下老家来商县投奔父母，爷给了五块钱，买完车票就所剩无几，可你总是好动，手不失闲，怎么就碰碎了人家的车窗玻璃，人家让赔钱，气得我只有在你头上乱拍乱打。"文革"那会，父亲将咱关在屋里不许出门，让你每天背一段毛主席语录，让我背一首诗词。我的诗词背过了，你的语录还记不住，惩罚你的，经常是桌子底下的那只火钳。爸爸打你，我也心疼，可那是在恨铁不成钢啊，你说你那时咋就那么笨呢？你那童年顽皮的样子，还历历在目，还如同昨天，哥哥总觉你还没有长大，哥也曾打过你，骂过你，可还没有好好心疼过你啊，你怎么就突然让哥哥我永远也叫不答应了呢？我的丹军呀！

你不爱念书，初中毕业就去插队，下乡时才 15 岁。为了你，父亲自告奋勇去做知青点的带队干部。那会你正长身体，一顿能吃二斤干面烙出的锅盔，外带一瓦盆洋芋熬豆角。饭量好，你就没黑没明地疯长，竟然有了一米九二的个头，力气也大得惊人。从刘塬的乡下来城里掏粪担尿，你不用带尿勺马瓢，常常是抱起尿缸，就往两只尿桶里直接倾倒。外婆豁达开朗，开玩笑叫你"何担粪"，其实在哥我看来，你是没有生在风云际会的特殊年代，否则，你会成为倒拔垂杨柳的好汉，成为"力拔山兮气盖世"的英雄。插队一结束，你去水泥预制厂当工人，后来调至商业车队，先修车，后开车，从此你走南闯北，这些年来，你竟然跑遍了五分之四的中国。你常对人吹牛，说你哥是读万卷书的人，你是行万里路的人。你只说对了一半，你哥我并未读够万卷书，可你走过的路，确实是超过几十万公里了。你呀，好像生来就有开车的命，记得那年贾平凹先生来咱家，为你书写过一幅条幅："虎伏在路途，行人莫乱呼，风雨驰千里，灾难自然无。"是的，论开车，你是把好手，再破烂或有毛病的汽车，到你手里都能玩转。哥的开车也是你教会的，你是我开车的师傅。你虽也出过事故，可你腿上打着石膏，也照样能把握好方向盘；曾经车翻人伤，也没把你咋样，只在医院躺了几天，骨头茬子还突出得老高，你照样又去四处奔波。可是这一次，你再也跑不动了，是那可恨的脑血管的破裂，突然夺走了你那刚强的生命。

兄弟呀，在哥心里，你是个铁打的人。你似乎不知道什么叫疼痛，什么叫疲劳，什么叫困倦。手上的伤口裂成了娃嘴，你不会龇牙；身上的高烧逼近了 40 度，你不会咧嘴。你从来不睡懒觉，天明即起，从早跑到黑。不仅为了自己和家人的生存而劳碌，谁的事，你也都热心去管；谁的忙，你也都热心去帮。兄弟呀，总结你的一生，哥用十个字就能毫不夸张地去归纳，你：勤苦，耐受，背亏，仗义，豪情。这就是你的性格，也是你活人的特征。凭着这种品格与特征，你有了自己的魅力。有多少人，为此而爱戴和喜欢着你。你是这山城里最早一批下海闯荡的人，有过成功，有过失败，经历了数不清的风雨起伏。在这个你生活了五十多年的小城里，甚至在全国不少地方，你有众多的朋友，大家愿意与你相交，是因你有着与众不同的可爱。不少人喜欢称你为大哥，不仅因你身材高大，那也是对你由衷敬重的爱称。可是你的优长，正好就成了你致命的弱点。因为你从来不知道心疼自己，不知道吝惜自己，不知道保养自己。这，终于使你积劳成疾，酿成隐患，让一场突发的疾病，击垮了你那看起来能够排山倒海的身躯。

丹军，我的兄弟呀！有你在，哥我行走在这座山城，心里是那样踏实。有你的交往和影响，可以成为我的庇护。我活在这个世上，会觉得我是有帮手的人。当有人介绍说我是丹军他哥时，我是有过暗暗自豪的。可是，你就这么走了，在不该走的时候就走了，从今往后，你想想你哥的心里，将会是多么样的孤单啊！家里的大小事，有你在，我是放心的，我可以在电话里以一个当哥的身份指挥你做这做那。你发病的前一天，是哥我打电话让你回老家去，安埋了故去的堂叔，祭奠了咱的祖坟，你又热情地在所有亲戚家齐齐看望了一圈，回来的当晚，就人事不省了，就再也没有说过一句话了，难道你回老家去，就是要向故乡做一次告别么？哥我一抬头，又看见了墙上挂着的咱兄妹三人的照片，那是去年夏里我回商洛，你用你那商务面包车拉着咱一家人去农家乐吃饭，咱兄妹三人搂在一起，笑得是那么开心。可如今这照片上的人，怎么就只剩下了我和妹妹呢？往后，母亲要到西安去，要来我的小屋子里过年，我又靠谁来车接车送呢？再看见你的那辆车时，那里边坐着的，还会是你么？

在你病危的整整一周时间里，我们默默祈祷，决然不相信你就会离开，渴望你会抵御死神、战胜病魔而创造奇迹。因为你实在不该走，也坚决不能走。有多少人，离不开也丢心不下你；有多少事，还正等着要你来做。年迈的母亲和你的岳母还安然在堂，你一走，就要让老人遭遇老来丧子的巨大不幸，经受白发人送黑发人的沉痛悲伤；狠心的你，也把那疼你爱你的弟媳扔在人生半途，使她成了凄切悲凉的孤雁，往后的日月，你让她如何煎熬？你已经安排好，下个月就要出嫁爱女何倩，说是要体体面面为她举办婚礼的，这场只差一月的喜事，你怎么就等不到了呢？你怎么能在这开花的四月，就不管不顾地离去了呢？多少人想拼命留住你啊，为你倾力治病，为你精心护理，为你昼夜操劳，为你时时揪心。可是你，虽在顽强中抗争了好几天，最终还是走了。我们看着你的顽强，就不再埋怨你，就只有诅咒那可恨的苍天！它真是错勘贤愚、不分好歹、不留情面的枉然天地啊！它曾让多少好人未能长寿，让多少善良人难以善终，如今，又咋能冷酷无情、仓促草率地夺走我那年力正盛的弟弟的生命呢？我怎么也不愿相信，我那活生生的兄弟，我那英英武武的兄弟，我那也曾叱咤风云的兄弟，好端端的，怎么就突然与我阴阳两隔了呢？无论谁，也难以承受这样的沉重打击啊！

泪水流尽，悲伤之余，又不得不面对这严酷的现实，接受这不应有的结局。痛苦，无奈，无力，无助，我只有仰天长啸：天哪，你实在不该让我那憨厚可爱的兄弟，就这么早早地走了啊！

丹军呀，我的好兄弟，你走了，对于终年劳累的你，是休息了，是永远睡着了。留不住，要走你就走吧，以后给父亲上坟，哥就一个人去；寒食清明，哥也会带着晚辈去你坟头，与你说说话的。照顾母亲，有我，更有咱那通事理、明大义、知孝道、又能吃苦耐劳的小妹子。弟媳和侄女，有我们关心，有大家关心。你既然已经走了，就什么也不知道了，什么心也就不用操了。哥只能对你说：兄弟，我的好兄弟，你，就安息吧！

"二狗"的成长故事

36 岁才有这丫头。如今看来，这是我夫妻那年的大喜。

怀上她，我就说不要了，刮了吧，咱自己都活不好，人世又这么险恶，让娃来世上受罪。生老大，也只是为了证明咱夫妻功能健全，谁还指望孩子传宗接代、光宗耀祖哇？再说，生下来顾不上管也管不好，多个累赘。妻却说，你说得轻巧，六个月了，刮了和生了，我受一样的罪。我说：生事小，养事大，咱夫妻两地，你商州，我西安，生下来咋管哩？妻回答：你不管我管。你妈也说了，若生个娃子，她替咱管。我又说：那就去做个B超吧。谁知找了个熟人当面做检查，这孩子侧身蜷缩，硬是无法辨出男女。我叹气道：既然隐瞒了性别硬要来人世，那就让来吧。

生的时候，因她舅在医院工作，找熟人送进产科，任何手续没办，随便安排了一张产床。不一会就生下来了，说是女子，妻子连看也怕看。产科的杨大夫说，干脆不要了，她舅只一个儿子，给她舅留下，你们重生一个吧。我说，不管是男是女，只要是我的骨血，既然要到这人世来，我就谁也不会给，无论如何也要养在我家。这时，我的二姨已经将孩子紧紧抱在怀里，她说，眼睛明溜溜的，这么亲的孩子，抱回，赶紧抱回！说着就抱起孩子离开了医院。进医院就没办手续，出医院也没办手续，一分钱没花，还裹着医院那印有"妇产科"三个红字的白被单儿就回了家。想想这孩子的出生过程，真是简单而经济。

时在 1992 年。这年，我将贾平凹的小说《天狗》改编成同名山歌剧，由商州市文工团排练上演，孩子出生日，正是《天狗》彩排时，为该剧作曲兼指挥的李中民先生手舞足蹈地说，我给娃取个小名吧，咱的戏叫天狗，娃就叫二狗，这是双喜啊！没想到，这小名真就叫开了，如今已使用二十多年，想甩也甩不掉。其实昵称的小名是有的，我和她妈都叫她二苗，但一到亲热处，忍不住又二狗长二狗短地唤个不停了。

妻为之取大名何笛，因长女名何苗，草字头的，二女就变了个竹字头，上有区别，下差不离，田里生长禾苗，也能长翠竹，禾苗盼苗壮，竹子节节高。几年后看到一副联句："世间清品至兰极，人中虚怀与竹同"。就想，但愿苗儿如兰，小笛随竹，既有虚怀，又有清正，不负我望矣。

说来也怪，这何笛自离开襁褓，就没在床上尿过。一岁前，是因她妈端得勤，但也实在与其生性有关。她虽还在混沌，但要尿了，就拧刺或哼唧，大人便知该端叫了。约岁半，有天晚上，她妈去对门打麻将，置孩子一人于床，夜里被尿憋醒，不知已哭了多久，她妈却浑然不知。有邻人路经窗外听见，才唤了她妈回来。进门一看，孩子在枕头上端坐，小脸哭得通红，将两条枕巾抓来捂在自己腿根，虽已尿湿了枕巾，却硬是没给床上滴下一滴来。她妈又是感动又是愧疚，将孩子紧抱在怀：噢，噢，噢，妈妈对不起，对不起！

这娃说话早。没过岁，未出牙，就能说出许多话来。见了灯会说灯灯，见了玩具小马会说马马；大家都喊前来打麻将的老李，她也跟着喊老李；老李来时没吃饭，手里掂一袋锅巴，给二苗喂一块，她会黏黏糊糊说出一长串："老李，锅巴，没牙么……"开口早，走路却晚。大苗刚过岁就会走，她却迟迟不肯迈步。喜欢鞋，穿了新鞋在床上踩，死活不愿下地。原以为仅是有洁癖，怕弄脏鞋底，后究其由，原来也因胆小。想她从小到大，竟然未曾栽过跤。记得已经学会走路了，但在下台阶时，总要先蹲下来，将一只脚首先探出去，待按实了地，另一只才跟着下来。嘴乖巧，伶俐，剧团小院的男人逗其叫爸，她就喊爸爸；女人让喊妈妈，她就连名带姓地称其妈妈，带上名字，是为与自己亲妈区别。她成了小院的公娃，谁家饭熟了，拎只小碗就去先舀。上幼稚园时，一度来西安入托，在青年路的止园，喜欢与个叫小豆豆的娃娃邻坐。女老师颧骨较高，她说老师不好看，眼睛底下绷两块骨头。一次接其回家，她竟说她不想活了，问缘由，回答说世上坏人太多好人太少，这话让我大惊。费了很多口舌去解释、劝慰，终才化解了幼小心结。她小时胖而憨，一身白裙，拉只玩具小狗照了张像，被一女编辑看见，拿去做了报刊插图，甚是可爱。

上小学了，成绩一直不错。学习的兴趣与自觉，似乎与生俱来。在她距今14年的上学生涯中，从未有过迟到或早退的事情发生。家里来客，或母亲约人打牌，无论多么吵闹，她径直做自己功课，可以旁若无人。再喜欢看的电视，一看钟表到了睡觉时间，说关就啪地一声关了，她能忍得住。一次放学回来敲门，其母正在厨房炒菜，待腾出手来开门，孩子已蹲在门口于膝盖上做着作业。有次写作文，她憋足了一口气，她妈再喊也不理，连喊几声，娃就躁了，说：老师说要一气呵成，你逼得我都换了几口气了。她妈忍不住大笑。老师喜欢这娃，同学也爱戴，老师让用"无瑕疵"三字来造句，有同学竟写道："何笛无瑕疵。"三好学生似乎年年都是，从一年级到六年级，奖状贴满了墙壁。初中也是一样，她总是中规中矩，不越雷池半步，老师的话，对她来说就是圣旨，学习成绩也一直名列前茅。我从北京出差回来，给她买了一套世界名著的少儿版读物，她每晚睡前看几页，集腋成裘，几年也就看完了。从此我有个发现，她虽然言语不多，语速均匀，但使用语言总是很准确，但凡知道的成语，总能恰到好处地用在合适的时候与地方。让我不解的，是她读《红楼梦》，原怕她读不懂，没想到她读得是那样上心。作业再多，睡前也要看几页，最后快完时，她说舍不得看了，生怕早日看完了就没啥看了。我最后理解了，她是想浸淫在那种艺术的氛围里，不忍过早跳出来。

她妈让洗菜，她对着龙头一根一根冲洗，一把青菜，能洗半个多小时。有次她妈让其洗鱼，她洗着洗着，双手捧起了鱼，痛哭失声，双泪长流。娘问怎么了，她说不知道，不知怎么看着鱼就想哭，心里难过极了。过年时帮着洗了一次猪肠子，从此她再也不吃任何猪下水了。她确实爱干净，在商州生活时条件艰苦，学习也紧张，但即便是在隆冬，也必须坚持每周洗一次澡，两天洗一次头。我明显感到，这娃的心灵是那样单纯、清正、宁静，她似乎对于世俗的事情，向来不闻不问，亲友或身边发生的杂事，好像一点也与她无关。但偶尔发表个看法，却也能一语中的，直逼事情的本质。我和他妈吵架，她也充耳不闻，过后问她为何不语，她说：大人的事，我管不了。并附上一句，那次是谁错了。我毫不怀疑她的心地和思辨能力，担心的是她被娇惯，动手和自理能力差。但没想到有次她过生日，硬要将其母赶出去，自己在家招呼同学，晚上回来看时，竟然也完整地做了顿饭菜，而且还像模像样。

　　到了高中，是来西安铁一中上的。这是她自己选中的重点学校，别的学校说啥也不上，我劝说，她不听，执拗不过还是依了她，害得我费尽周折。刚从小城来，一下子步入省城重点中学，许是心理与生活等方面不习惯，第一次考试，成绩竟排在了班级第28名，这是她从未有过的名次。她哭了，偷偷地哭，不让我知道。但到了第二次考试，就跃居全班第二了。开家长会，她硬要我去，她在班上做了重点发言。我怕她紧张而不会说话，谁知她落落大方，言语得体，用词得当，赢得了满堂掌声。虽是自己的女儿，也让我大吃一惊，觉得需刮目相看了。从此每逢家长会，我都很骄傲地前去踊跃参加。高中三年，我没为学习之事替她操过心，要补习什么，上什么新东方夜校等等，都是她自己定夺，我只管拿钱就是。但在高考之时，却并未考出我原来估价的水平，无奈，以620多分的成绩，上了北京科技大学。

　　选择去北京上学，是我的主意。因我总是担心她的自理能力，也怕她将来不能适应社会。我知道，这娃一生下来就没有离开过母亲，她的母亲太善良了，对娃百依百顺，言听计从。对其生活照顾可谓到了越俎代庖的程度。娃牙痛，龇牙咧嘴，娘就说，妈不能替你么，要是能替，宁愿让妈牙痛，也别让我娃受罪。她洗澡，娘抱着浴巾在门口等；她洗头，娘捧着洗发膏在身后站着；一双袜子，一条短裤，都是娘为其洗涤，衣来伸手，饭来张口，不是夸张而是最真实的写照。自从生下来，就睡在我夫妻的中间，18 岁了，还要跟她妈睡，赶得我独自睡在小屋的小床上。他妈笑着问，你为什么要把我夫妻生生地拆开？她说，那你让我爸来，咱挤在一块嘛！我笑了，倒乐得独自睡在另一屋里，可以自由抽烟，熬夜看书。

现在看来，去北京真是有好处。这次寒假回来，作为大二的学生，我明显感觉她一下子变了。首先是体重下降了十几斤，减肥成功了，出落得修长而苗条了。她每天只吃一顿饭，晚上只吃水果，并坚持在校园长跑，夜里做一次"普拉提"。她做事有定力，意志坚定，能克制，能坚持，这我深信。我原来的设想就是让她出脱成清纯、美丽、阳光的女大学生，她没让我失望。其次，她学得勤快了。叠床、扫地、抹桌子，眼里很有活儿。我做饭，她来当下手，说是要当观摩团和陪同团，也帮我择葱剥蒜，网上查了几道菜的做法，也要自己露一手。最要紧的，是她更懂事了，成熟了，知道礼数，知道心疼大人了。相处几天以后，就让我欣喜而感动，我开始回想她这 20 年的成长历程，发现：她从小到大，我没有动过她一指头，连呵斥或重骂的次数都屈指可数。而大苗小时，没有少挨我的打。究其原因，二苗身上没有我能挑出来的毛病与恶习，她确实乖觉、听话、可人。我竟然想起四个字来：冰清玉洁。将其用在这娃身上，也不算太得过分。

回想当年，为了教育孩子，我曾带回去一个笔记本，认真地向妻子读过一段话。那是 20 世纪 60 年代一篇报告文学中的句子，题目大概为《少年英雄张高谦》，其中有这么一段话：

"张高谦是张宜富的第三个孩子。从小跟妈妈下地劳动，耘土整畦，下种施肥，或是上山砍柴，到溪边挑水。学种菜，学烧炭，学养兔子，不满十岁，已经是个出色的小助手。一次，高谦从溪边偶然捡到一件衣服，兴冲冲捎回家来，妈妈坚决要他送回去，等候失主前来认领。下一次当高谦在摸田螺时，意外地摸到一支钢笔，不用再有人劝告，就将失物归还原主。一天，谷场晒着社里的番薯米，几只鸡乘机满场啄食。高谦双手插在口袋里，漫不经心地绕着场边走过。他爸爸立刻叫他站住：'你看！鸡在吃地瓜米，你长了眼睛，怎么就不看见？这都是社员血汗换来的呀！'高谦一阵脸红，一言不发将鸡赶走了。……这些都是入学前的事。父母对孩子的教育是严格的，一丝不苟的。哪怕是任何细小的事情都不放过。一件衣服，一只钢笔，一粒番薯米，也许是日常生活中很细微的小事，但一个伟大的灵魂还是一个渺小的灵魂，往往从这里开始形成。"

我还给妻子反复讲过已不知出处的一句名言："母亲是人生的第一个老师，娘的心性和气质，会不知不觉地通过各种方式灌输到儿女的意识中去，除了死亡，世界上没有任何力量能够阻止这种影响。"

其实，我自己最不懂得教育孩子了。我总是疑惑，不知道哪一种教育会做到恰到好处，生怕适得其反。因为任何一种教育，有正面必有其负面，而且所作用的力，通常像是通过杠杆传递的，且属于软传递，不一定立竿见影，不知何时才能收效，不便立即检验，今天的对，也许正是明天的错。另外，我本身懒散、率性、随意，即便可以言传，也难做到身教。所以，总想通过妻子来完成某种教育。

说到底，我还是坚信我爷爷当年说给我的话："响鼓不用重锤""成材的树不用斫"。我的何笛的成长，更多的还是出于她的天性啊！我衷心期盼，她能清正阳光地走向明天，越来越有出息。但我同时忧虑，像她这样的孩子，将来走向那复杂社会时，还能够适应么？阳光只属于晴天，风云突变，妖风四起，阴霾笼罩，我的孩子还能阳光得起来么？

菩萨！保佑我的孩子！

麻将馆人物素描

一、老板娘

这家麻将馆，开在小区中心位置，2号楼1单元1楼。门前有个破烂得不成样子的水泥花坛，周围是停车场。麻将馆并未悬挂"棋牌室""中老年活动中心"之类的招牌，但谁都知道那是个麻将馆。前后皆有门，可见机出入。生意好的时候，五台自动麻将机一起转动，机声隆隆，人生嘈杂，推牌洗牌的哗哗之声此起彼伏。这个桌有人打出一张"五条"，那个桌有人喊一声："碰！"细看时，原来是串台了。这个喊："老板娘，倒水！"那个喊："老板，拿盒烟来。"忙得女老板像一只飞来飞去的蝴蝶。

老板娘年轻时，也算得此地"一枝花"，如今老了，仍可窥得当年的那丝风韵。听人说，是她的风采，诱惑了曾经当着副局长的老胡，老胡力排重重阻力，挥泪抛离原妻，与她组成"二套班子"，两情相悦地一直生活到现在。他们婚后生有一儿一女，是谓儿女双全。老胡本乃高干子弟，据说父亲是江西过来的老红军，根正苗红。在那个年代，原本是可腾达的，但或许因了重色丧志，贪图风花雪月，留恋卿卿我我的甜蜜爱情，以致放弃仕途，不再问政，混得七年八载，及至退休。而今人也老了，爱也淡了，无所事事，便配合夫人开起了这家麻将馆。

麻将馆生意好，首先归功于老板娘的人缘好。这位老板娘，人称"阿庆嫂"，真可以眼观六路耳听八方。说出话来，会让人心里熨帖而微痒。三言两语，便觉着你已是她的亲兄弟或者好老哥了，乃或是亲侄子亲外甥，有如亲人般的贴己。无论是打情骂俏，乃或是对你批评指责，她嘴里出来的话，会让你既恨不成也怨不得。

已是下午两点时分，若麻将馆还无人来，老板娘的电话就来了。带着几分娇柔、几分亲昵的一声："来——！"这时，也许你还有点小事，故意拿捏一下："啥事嘛？"她便马上回应："还能有啥事？想你了——"随即哈哈哈一阵笑，接下来，仍不表露三缺一的急切，而是说："今晚上包饺子，羊肉韭黄馅的，你最爱吃了，来噢！"不一会，你的那点小事也许就不想办了，不由自主，屁颠屁颠就进了麻将馆。

麻将馆备有晚饭，老板娘极力想将伙食办好，要么炒菜米饭，要么饺子面条，花样翻新，不断变换。老板娘揣摩着牌友们的心理，输了赢了，饭，要给人家吃好。以前雇的炊事员，是个乡下进城的中年妇女，人虽勤快，手艺不行，饭菜味道差，牌友们总是骂骂咧咧提意见。老板娘急了，除了亲自帮灶，还花更高薪水聘了位曾在大饭店干过的美妇人，以月薪 2000元每天只做一顿饭的代价，既养着牌友们的胃口，也养了牌友们的眼目。毕竟，老板娘是会来事的，她不仅能以伶牙俐齿暖住人心，还会以诸多恩惠诱吊牌友情感。比如快过年了，她会对牌友们表示一点心意，或是几斤带鱼，或是一箱橘子。在商店联系好，制成小票，按票提货。除此之外，还会隔段时间就诚邀那些"铁腿"的牌友们，到大饭店里去搓一顿。大家嘻嘻哈哈，喝三吆四，平日里的输赢全然抛在脑后，酒厚赌薄嘛！一时间兄弟相称，亲如故旧。酒足饭饱时，也感激着老板娘的会来事和为人厚道。老板娘确实为人大方，平素是敢于为那些铁杆牌友垫付赌资的。比如你某日手气晦笨，竟然连漏三锅，囊中已经空空如洗，心里难免有点紧张、尴尬、脸红。这时，不等你露出窘态，老板娘早已觉察，她会大声说："没事没事，放心打你的，往回捞，要多少钱？吭气！"说着，立马递给输家一叠钱来。

然后，转身到小屋里去，悄悄在账上记了。到了年终月尽，经老板娘这么一次盛情款待，多余的话不用再说，欠钱的，也自知该到了还款时候，于是背过老婆，将年终奖或者偷攒的那点私房钱，一股脑拿来，私下里想尽办法，都要给老板娘还账。

牌友们谁都清楚：赌博20年，各赢各的钱。参与打牌者，没有赢家。最终的赢家只是开赌场的老板。明知道老板娘给你发带鱼也好，请吃饭也罢，那也是羊毛出在羊身上。但人家这样做了，总比有些麻将馆那一毛不拔的"铁公鸡"要强得多，所以就周瑜打黄盖，一个愿打，一个愿挨了。细想，天下所有生意的奥秘也不过如此，明知人家在挣你的钱，但让你掏钱时心甘情愿，那还有什么可说的呢。有人给麻将馆老板算过一笔账，以平均每天三桌计，每桌每天打八锅牌，每锅台费40，如此每天收入应在千元以上，月收入便是3万左右。除却房租、水电、伙食、雇员工资等，年净收入应在20万元以上。于是就有人感叹了，这生意，比啥生意都好啊！

羡慕归羡慕，眼红白眼红，这生意并非谁都能做得那么好。因为你缺少老板娘的能耐。小区另几栋楼里，同样开着几家麻将馆，生意就是不如这家红火。有两家麻将馆，起初人气尚可，但日子一久，渐渐就来人稀少了。越是来人少，就越难凑齐人头，常会遭遇二缺二或三缺一的等待。还有一种情形，要么谁和谁吵了架，要么谁嫌谁出牌与说话有毛病，甚或某人爱吐痰，嘴里出气难闻等等，渐渐地，原在别家麻将馆打牌的人，也都跳槽而云集到这家麻将馆来了。别家麻将馆难以为继，便几易其主，而老板娘的馆子，硬是红红火火开了十几年。这也如街面上的铺面，开张的开张，关门的关门，可谓几家欢乐几家愁呓！

起初，这家麻将馆的牌客还只是本小区的住户，渐渐地，外边的牌迷也被吸引了来。有人已经搬迁，居住的很远了，还是留恋不舍，开了车或打了的，仍要赶到此麻将馆来打牌。盘点该馆顾客的构成，已经称得起五湖四海了。

人们喜欢来这家麻将馆打牌，除了老板娘的精明、干练、善解人意以外，还因这里的牌风正而硬，纪律严明，说一不二。别人打出一张牌来，你冒然喊了声碰，只要一出口，若真有一对，哪怕是不该碰的，也得拿出来碰倒，这叫吃碰一声响。若你误将一张牌撞倒而弹进了锅里，那就休想再捡回去，这叫落地生根。若是看错了牌，没有成和而误以为和了，只要将牌推倒，查出来就叫"瞎子和"，这是要包赔的。纪律对谁都一样，铁的牌规面前，人人平等。公平的小赌环境下，输了赢了，没有埋怨，就只能感叹自己的手气了。于是牌场上常有人说、"人背不怨路不顺，牌背不能怪社会。"另外，由于长期在一起打牌，人也相互熟悉了，说话自由，开玩笑方便，虽也是赌博，却也有轻松和谐的气氛。凡此种种，是诸多综合因素，奠定了这家麻将馆的生意兴隆。

老板娘姓蓝，多数人呼其蓝师，沿用着工厂里的普遍称谓。其实她单名也是一个字：兰。年龄大一点的，就蓝兰儿、兰兰儿直呼其名地叫着。有次，老胡支腿打牌，停了三张口的二五八万，不炸，别人一打出来就将牌推倒了，有人就说，没出息，放一马，揭炸弹呀！老胡说："我心轻，是个软蛋么。"他还一边收筹码一边嘟囔："嗨，拾到篮篮都是菜么。"一旁的蓝师就接住了话："我是你的菜么，我一辈子都是你的菜么！"于是，满场的人就都哈哈大笑了。蓝兰性格开朗，六十多岁的人了，尚能与时俱进，新鲜时髦的风潮不仅通晓，且能挑选了去追赶。或许因此，她身上似乎就有了惹人喜欢的人格魅力。她为人大方，舍得花钱。有次，一位麻友的女儿结婚，她去祝贺，礼金硬是高出常人的两倍，让那麻友内心里感激连连。还有一次，一位麻友得病住院，她挤出时间，拉着老胡前去探望，嘘寒问暖，宽心的话说了一河滩，风趣逗笑中，让病人也心情豁朗起来。再比如，麻友之间，谁和谁闹了不愉快，蓝兰说说这个，压压那个，不一会就大事化小，小事阴消全无了。世间万事，全在于分寸的把握上，蓝兰处事，分寸感总是拿捏得非常好。所谓世事洞明皆学问，人情练达即文章。蓝兰虽文化不高，却能深悟这其中的道理。

蓝兰在开了十几年麻将馆之后，就激流勇退了。或许是挣了些钱吧，她在城北的凤城某路买了豪宅，将麻将馆转让了出去，好长一段时间，人们就见不着蓝师了。有人说，蓝师在屋里看孙子呢，出不来了。也有人说，嗨，蓝师迷恋上演电视剧了，有人在《都市碎戏》里看见了，蓝兰演了个居委会主任，还像模像样的呢！

又过了一段时间，有人很神秘地在麻将馆里感叹："以后在麻将馆里说话要小心啊！屁大的事，都会传到蓝师耳朵去，人家人不在场，可麻将馆里还有眼线呀！"看来，蓝兰虽将麻将馆转让了，别人在当老板，但她还在垂帘听政。

二、孙碰碰

刚进麻将馆，只听有人喊他老宋，故意用陕北口音喊，宋和孙就难得分清了。宋，谐音为送，调侃他场场输牌送钱。实际上他姓孙，因为打牌时喜欢碰牌，只要有一对，就要碰，哪怕手里的牌碰得只剩一张玩单吊，也要碰，所以他就有了另一个外号：孙碰碰。

此人个子不高，本姓为孙，其性格也如孙猴子一般，坐不稳，好动，毛手毛脚的。不仅如此，他话也多，尿也多。每轮到他要上庄，就要去趟厕所，有尿没尿滴几点，然后拧大了水龙头哗啦啦洗手洗脸。出来时，不仅手和脸湿淋淋的，连裤腿也是湿淋淋的，不知是溅上的水还是淋上的尿。这时，牌友们少不得以玩笑口吻训斥他："又去倒运了吗？摸摸那玩艺，摸摸水龙头，你还想和牌！"话未落地，又有人接着说："你快去医院看看前列腺，要么做个手术，把那东西扎了算了，省得尿个不停。"还有人说："去，到母婴商店买点尿不湿，垫到裤裆里，别再丢人了！"老孙先是嘿嘿嘿一笑，然后开始反击："操你的心！看好你的行李，看我怎么炸你的弹！拿出我的核武器，来个飞毛腿，来个地对空，东风，谁碰？"

老孙的正经营生是卖兽药和牲口饲料的，总部在北京，他是西北片区的总代理，门下有个公司，他为总经理，但由老婆掌着实权，他只是遥控指挥。正打着牌，一会儿电话就来了，老孙开始电话办公，他大声地吩咐，指挥着给某某地方发货，又催逼某某地方赶快结款。大家就不耐烦了，催逼他："快点！死球电话打不完，你看这牌还能打不能打？"老孙突然一脸严肃："对不起，对不起，要是耍，正事不敢耽搁么。八万，碰去！"老孙态度很好，无论谁与他开玩笑，他也不恼。只是嘴不饶人，你说他一句，他能还你三句五句。大家就说，真是"牵梆梆"死到了五黄六月，落得个嘴硬啊！在陕西话里，将啄木鸟叫作"牵梆梆"，这话是说，啄木鸟在三伏天死了，浑身腐烂发软，可那只嘴，即鸟喙，便成了仅剩的发硬部分。在麻将馆里，你仔细去听，其语汇是相当丰富的。

老孙算得上麻将馆的第一"铁腿"，有时候，他能连打三天三夜。牌至夜半，届黎明时分，连连张嘴，哈欠不止，他经常打着打着就瞌睡了，别人揭牌的工夫，他已打起鼾来。需要被人猛喝一声，他才激灵一下惊醒，问：该谁了？该谁了？有人就骂：差你先人哩，打不了就睡去！于是，老孙嘟囔着站起身，到水龙头处扑喽扑喽洗一把脸，像猫儿喝米汤似的，然后一甩头，不擦，滴着水珠过来，嘴里喊："老胡，冲一杯咖啡来！"一般情况下，老板娘不守夜场，夜场由老胡盯着。实在三缺一了，老胡还可以上场支腿。此刻，老胡正在里屋丢盹，听见老孙喊，慢溜溜出来，冲了杯咖啡递给老孙，附带着也骂一句："操花头，明明是笨狗，还要扎个狼狗的势！"老孙并未反驳，端起来抿一口，嚷嚷着道："咖啡一喝，炸弹多多！"别人就骂："炸你娘个脚！"老孙就还："炸你大个头！"就这样，他是从不吃亏的，有骂必还，绝不忍受。但就因这种性格，还真是吃过一次亏。那次，与精瘦精瘦的冯伟同桌打牌，不知因了何事争执起来，一个嘴硬，一个不饶，说着说着就打起来，冯伟抓了把麻将牌，照直砸向老孙脸上。说来也怪，一粒麻将竟然像一粒子弹，老孙的额头顿时血流如注了。

眼看两人要抡起凳子开打，终于被周围麻友挡了开来。当时骂得好狠，大有你死我活、非得报复之势。有人将冯伟拉走，老板娘关切地为老孙擦伤。

自那以后，冯伟约有两月没来麻将馆。不过，在第三个月的头上，冯伟又在麻将馆出现了。真不知他俩的关系是通过什么方式缓和的，俩人见面，又可以开玩笑了。人问冯伟："冯婊子呀，你不是不来了么，咋又冒头了呢？"冯伟笑着回答："你不知道，爱打麻将的人，都是些不要脸么！"

老孙打牌，总的来说还是输的多，赢的少。个别时候手气好，竟也能连赢七八锅，兜儿里已经揣着五六千元的利润了，可他还是不离开麻将馆。出去洗个澡，喝点啤酒，乐哉乐哉地消费一把，晚上又回到麻将馆里来。说是不打了，可是别人一鼓动，或恰遇三缺一，或遇另几个对手皆合卯窍，老孙就又上场了。中途电话响，一看是老婆打来的，他嘘的一声让大家止声，然后对老婆遭谎："我还在户县哩，正与客户说事，等一会给你打过去。"等老孙挂了电话，别人就开玩笑："你还在户县哩？你咋不说你在小姐肚子上爬着哩？"老孙说："你还别说，小姐肚子有啥好？还不如我抠一张夹二条舒服。"说着笑着，牌打到天明，老孙把赢的五六千元输进去不说，另外还带出了两千多块。第二天老孙就后悔了，埋怨自己不该是个"死勾子"，没眼色。人家常说，赢家走，输家守，老孙却是输赢都舍不得走的人。有人说，老孙的麻瘾真重，若让老孙把麻将忌了，狗都不吃白米蒸饭了。

在老板眼里，老孙不仅是个忠实的铁腿子，还是有信誉的人。所以很愿意为其垫付赌资。据说，他已在老板处挂着近三万元的账了，但老板不怕。而老孙自己心里就开始吃紧，过一段时间，好多天就不见老孙露面了。来人就问：老孙呢？那哉拐咋不见人了呢？可见，人们不见了老孙，还是会想他的。他不在，麻将馆似乎少了点什么。于是就有人推测：贼娃子打官司，场场输。老孙腰里没铜了，出去收账去了。收了账，才给老板还贷款呀。是的，老孙确实是外出打理生意去了。他从天水到兰州，再到宁夏，回来拐到周至、户县、扶风、杨凌，转一圈，收了些账，却不进家门先去给老婆交账，一下火车，就直奔麻将馆来了。一进门，便哈哈大笑，嘴里喊着："收麦！收麦子的来了——"有人立即热情地回应："哈哈，送铜的来了，快快快，快给老孙让座。"确实，老孙经常是以麻将馆为家的。吃，住，包括洗漱用品，都在麻将馆里放着，十天半月才回一次家。别人就逗他："老孙呀，你常不回家，也不跟老婆睡觉，你老婆是不是跟别人有一腿呀？"老孙哪里受得了这话，立即反一句："你老婆才跟别人有一腿哩！"不过，老孙接着补充了一句："她爱跟谁跟谁去，我爱的是麻将。给！九万！"

三、王嫂、王姨、王老太

三种称谓，其实是一个人。同龄人唤她王嫂，晚辈们喊她王姨，但不管同龄人还是晚辈们，背后里都呼其王老太。王老太并非想象中的年迈苍苍，像余太君那般仪态高古，她不过六十五六岁而已，之所以这么叫，其中的褒与贬、敬与怨，是混合着暗含于内的。要说褒敬，大概是她为人耿直，通情达理，明辨是非，说一不二，因而给人留下一种隐隐的威严感，使人不敢轻易不尊。若说对她也有点埋怨或不满，或许是因了她性格中的执拗，似乎还有点迂腐的成分在。

王嫂平素穿着朴素，但收拾得干净利落，吃罢午饭，洗了锅碗，王嫂要眯上一会，然后迈着方步，缓缓地朝麻将馆来。来了，有时候口袋里装着瓜子，有时用塑料袋子提几个水果，见人抓一把，或递一只苹果过去，真诚让人。有人接住了，有人推让，然后随便拉话，从市场行情到天下新闻，从夏天的凉面，到冬季的麻食里放什么菜最好，天上地下，想到什么说什么，亲热的气氛，就一时氤氲了整个麻将馆。王嫂来了，有时候并不打牌，只是坐在旁边观阵。她不上场的情况，可能有两种原因：一是最近手气不好，输得太多了；第二，可能场上有不合适的人，她不愿意和那人在同一个桌上打牌。

人们喜欢王嫂的这般状态——手指间衔根香烟，嘴里哼着歌曲，不慌不忙，不轻不重地在节奏中打牌。你仔细去听，王嫂哼的歌都是些老歌，属于怀旧或红色经典的那一类。比如她会唱："旧社会，好比是，黑咕隆咚的枯井万丈深，井底下，压着咱们受苦的老百姓，妇女在最底层。"这是一首山西民歌，是解放初闹翻身时唱的，如今没几个人还能记得。她还会唱："小河的水呀，清悠悠，庄稼盖满了沟，解放军，进山来，帮助咱们闹秋收……"这也是"文革"以前的歌曲，歌颂军民情谊的，怀旧，抒情，其中的"总路线，大跃进，公社的红旗插在咱们村"等词汇，而今的年轻人或许已经不明白是怎么回事了，但那时候的过来人，听来就很亲切。再比如她还会唱《老房东查铺》，歌词的大意是："星儿稀，月朦胧，山村夜晚好安静。老房东半夜三更来查铺，手儿里捧着一盏灯，脚步儿迈得鹅毛轻，看战士睡得香又甜，梦里也能笑出了声……"这些歌，如今的年轻人可能连听也没有听过。然而，通过王嫂所哼的歌曲，起码能判断出王嫂的年龄以及她的审美取向。懂艺术的人一听，还会发现，王嫂的音准和乐感，竟然也非同一般。于是猜想，王嫂年轻时，也一定有过漂亮，有过时尚。"文革"的那会儿，她也可能参加过工厂里的毛泽东思想文艺宣传队，演节目，唱歌，跳舞，曾有过自己的辉煌灿烂时光。可是，她那青春的影子，似乎再也找不回来了，只能隐隐地依稀残留在她所会唱的那些老歌曲里。

王嫂的老汉瘫痪在床上，正打麻将的时候，家里的电话可能就打来了。王嫂有时像哄孩子一样哄自己的老汉："乖乖的，听话，一会儿就回来了。"然后，王嫂就心绪不宁了，说：快，哪怕让这一锅赶紧漏了算了。因为她要回去做饭，去照看躺在床上的老汉。有心的人，一定能看出王嫂掩藏在乐观表面之下的泼烦与苦闷。生活的琐碎、苦闷、烦躁，让人难以排解。她唱歌，她打牌，也实在都是在苦中作乐。后来，过了很久，王嫂的老汉不知在什么时候离开人世了。再一次和王嫂打牌时，王嫂就安安静静，似乎她已没有了太多干扰与后顾之忧。王嫂的女儿偶尔来麻将馆找其母亲，女儿很漂亮，让人能联想起年轻时的王嫂。

人们不喜欢王嫂打牌时的另一种状态——执拗。她爱扣留风牌，总怕别人碰，也总怕给人点和。有时，她会将三个一样的风一次扔到锅里去，说：三次！意思是她要连打三张风来避免给人点和。

这一创举，被好几位年轻人效法。有时，因为她扣了一张风，或因她将一张该打的牌没打，而致使别人抠了炸弹，人们就埋怨她。但王嫂却说：炸让炸去，又不是炸我一个人！大家就无奈地笑，笑她的谬论，怎么就不想共同减少损失的好处呢？她的这话，成了麻将馆的名言，被好多人沿用。要么就说：你呀，怎么跟王老太一样呢？她置气时打牌，与平时的样子判若两人，于是胡师就说：打牌和不打牌的王老太，那是两个人。又补充说：王老太离了牌桌是个人，上了牌桌就不是人了。听了这话，大家都忍不住会意而发笑。没有人去思考和观察，其实那是王嫂性格中的两个侧面。人哪，都是由神仙与魔鬼的两个形象组合而成的，就看在什么时候和什么条件下，才呈现出什么样的状态。

街口的鞋匠

街面在此凹进去一块，凹口上，有一个钉鞋的地摊。概因既不妨碍交通，也不影响市容吧，30年了，那鞋匠一直在此摆摊。我刚搬来这条街时就在，如今依然。遮阳伞，小木柜，手摇式缝鞋机，外加两只小板凳，这就是全部家当。雨天或大太阳时，伞才撑开，平素，鞋匠在风地里坐着。

听口音，鞋匠像四川人，矮矮个子黝黑的脸，鼻梁处稍有点凹陷，下嘴唇厚，微微外翻着。其貌不扬，态度极好，总是笑呵呵的，只要你走近，他马上热情招呼，抖一抖盖在腿上的护布，放下手中活计，随即递过小板凳让座。有时来修鞋的人多，他会说："鞋子放这儿，忙你的去吧，待会儿来拿。"大家也会很放心地先去办事，过一会再来取修好的鞋。

离鞋摊不远的马路沿，槐树下，有个象棋摊，只要不下雨，几乎常年都有人在那里下棋。有时围的人很多，挤得水泄不通，伸长脖子才能看清车马象士将的布局与厮杀。我呢，就是这象棋摊的积极分子，谁也不知我姓甚名谁，大家都喊我"常委"，也有人喊我"大个子"。为了下棋，我在这棋摊丢过三部手机。因有时屁股撅着，只顾聚精会神思考，不留神，小偷就从后边下手了。也许自己忘乎所以，手机掉在地上被人顺手牵羊，也不得而知。不过，算来我应是丢过两部手机，第三部刚丢，就又失而复得了。

第三部新手机丢失，我懊恼极了，找来找去无着，低头一看，脚上的皮鞋也裂了线，索性去鞋摊修鞋。鞋匠正在吃饭，一只不锈钢的缸子，半缸子米饭，上边盖浇了少许芹菜。见我过来，他忙放下饭，拿出一双拖鞋让我换上，开口就说："手机丢了吧，看，在这儿。"我虽喜出望外，却立即惊诧：手机怎么会在这儿呢？鞋匠咽了口中的饭，说了原委。原来，他见小偷拿了我的手机快速从他鞋摊前路过，就大喝一声，让把手机留下，并说我是他的兄弟。还说："没看是谁，你就敢下手？"硬逼小偷乖乖将手机留了下来。听罢，我感动极了。他一边帮我缝鞋，一边娓娓用四川话开导我："下棋的时候，手机要装在前边，屁股后头最容易丢……"我早已不知说什么好了。其实，快30年了，我只在他这儿修过三次鞋，每次两块，总共花过六块钱。但从此，每每路过，都会冲他点点头，虽然一直不知他姓什么。日子一久，似乎早忘了他和他的鞋摊的存在。

前不久，一朋友母亲病故，同赴三兆殡仪馆吊唁。正在小厅前等候，熟识的安全厅副厅长从里面出来，问他，他说来参加一位普通朋友的告别仪式。可我往告别小厅里翘首望去，那张将要收走的照片，不就是街口的那位鞋匠么？我一下子疑惑起来……

再路过鞋摊，我很留意，确实不见了那位鞋匠，被取而代之的是位年轻人。我专程去打听，小鞋匠说，老鞋匠是他的叔父，一生没成家，也就无儿女。他病故，父亲命他继承了叔父的鞋摊。小鞋匠增添了新的服务内容：开锁、修锁。他还递给我一张名片，说有啥事就打电话。我久久注视着小鞋匠的名片，知道了，老鞋匠姓王。

祥祥的夏天

　　整个夏天，祥祥都光着膀子，一条大裤头，一柄芭蕉扇，赤裸着肉肉的上身，脚上趿踏一双拖鞋，大腹便便地出入于小区与街口间。去年碰见他，我就感慨："祥祥啊，如果一年里只有夏天，你会省下不少衣裳钱呢！"祥祥笑了，说："夏天好么，省事。"说话间，他将一支烟的过滤嘴掏空，与另一支烟衔接，两根烟就变成长长的一根烟，三根指头掭着抽，很惬意的样子。我夸他这种技巧，他谦虚一笑，说："这样好么，省事。"从那儿，我猜解祥祥：他一定喜欢生活中的简单，或者说他喜欢简单地活着。

　　一边上楼梯，我还在想：夏日里，总见许多男人赤裸了上身出现于街面，那是不雅之举，我曾为此而想过撰文叙议，因为大街面毕竟不是沙滩和游泳池，男人的肉体又不如女人那般具有诱人的曲线美，还是应检点些好。但说来也怪，我对祥祥的赤膊过夏，似无多大意见，起码不会憎恶。这大概缘于有关他的两次见闻。几年前的某个夏日，他提了马扎坐于街口，手摇蒲扇，口衔香烟，脚下是那只盛过雀巢咖啡的广口大玻璃瓶，里边泡着酽茶。一会儿，两个骑自行车的女人不小心相撞了，吵起来。吵着吵着就都操起了河南话。在老西安，吵架时会说几句河南话，似乎很牛逼。见俩人不可开交，祥祥就出来劝架，他也改用一口地道的河南话，加上他那有点"镇关西"似的架势，三言两语，就息事宁人了。我从旁觑罢整个过程，发现祥祥偏袒了那位长得文弱漂亮的女人，就上前开玩笑说："祥祥啊，没想你还是个怜香惜玉的人呢！"祥祥又是憨态可掬地一笑，说："人家占理么，你看那丑女人，胡搅蛮缠，真是丑人多作怪！"原来，祥祥是向理不向人的。还有一次，约在前年夏，祥祥赤膊路过菜市场，见两个卖菜的男人为争摊位吵起来，似有誓不罢休的阵势。祥祥就大喊一声："吵怂哩吵？打！开打么！要刀不？我到卖肉的那儿给你俩取刀去。"他这一激，两个剑拔弩张的男人，反倒都蔫了。由那儿，我知道了祥祥的为人，也理解了他在这条街和这一片区的地位，那些混混们、小偷、抽大烟的，见了祥祥，都点头哈腰的。

几天前的下午，又碰见了祥祥。我欲外出乘凉，他往回走，后边跟着他那已经长得很高的女儿。他穿得周周正正，T恤衫，长裤子，皮鞋。我有点惊奇："咦，你今日咋这么周正，干啥去了？"他朗声一笑，说："给女子开家长会去了么，娃明年要高考哩，麻烦得很！"他一边说话，一边擦头上的汗。我说："这身打扮，不习惯吧？"他说："拘束得很，没办法么，到娃的学校去，得文明么，不穿戴整齐，娃先不答应。这身行头，就是女子为我设计的，唉……"他说着话，就不住地摇头。

背过身了，我偷偷想笑。想祥祥这人，大概只适宜于活在夏天，也只宜于生活在小街。哦，对了，在冬天里，我似乎很少看到过祥祥，已记不清他冬天的模样了。我接着想，夏天是什么呢？不就是温度高么。温度，这玩意也真有意思。高温，可使许多物质熔化。铁，在高温下也能变成水。中午做饭，将西红柿放入开水中一烫，皮儿很容易就剥了下来。人呢，一到了夏天，似乎就需敞开了。我希望世间所有人的心灵，也能像身处夏天一样，赤裸着，敞亮着。如果真能那样，这世界，许就会省去好多麻烦与纷扰，而变得简单起来。

祥祥，像奥运福娃一样的名字，小区的人们都这么叫他，其实我还真不知他的尊姓大名呢。

游历篇
YOU LI PIAN

从古城到张村

我说的古城，乃洛南一镇。小镇何以名曰古城，那时并不知由来，但我的童年，是确凿地留在了那里。

从古城到县城，间距 50 里，沿途稍大的村镇有张村、井村、杨村、八里桥，然后就是县城了。一条始建于抗战时期的沙土老公路，由河南卢氏延伸上来，穿起了这一路山川风光。青年时期以前，这条路我不知走过了多少回，而今天想说的，只是关于我童年的一次出走。

九岁那年，我从古城走到了张村，仅仅走了 15 里。

大约应是 1965 年的正月初六，有位堂叔结婚。在他家院子待客，支起两口铁锅，燃着熊熊劈柴。作为孩子的我们，在场院奔跑、嬉闹玩耍。记不清因了何故，我与堂弟丹锋起了冲突，我打了他，他流了鼻血。这便惹恼了原本十分疼爱我的爷爷，爷爷从来不曾对我动怒，可那次居然拎起一根劈柴过来，因此，我跑了。

跑出了村镇，我想我是回不去了，开始放缓步子，沿公路向西行走。往哪儿去呢？幼稚的我，想着要徒步赶往山阳县城，去投奔我的父母。这之间，是有数百里路程的，一个身无分文的九岁孩子，能走得到么？可一气之下的我，哪里会想到许多。

我穿了一件毛兰色的对襟棉袄，这袄是怎么来的，是远在外地工作的母亲做好了捎回来的吗？是奶奶请裁缝专为我特制的吗？记不得了，只记得那衣裳与别的孩子们的不同，琵琶扣，有两个明兜，特别是那布料和颜色，都是乡村孩子们少见的。我将两手插进空空如也的衣兜里，安步当车，信马由缰，悠悠上路。路是沙土铺就的，虽不很宽，但路面光洁白净，乡人将其称作官路，这是连接外面世界的通途。

一出村镇，便是个叫作西坪的地方，开阔平坦。如今说起了西坪，倒是能勾起我更多的童年记忆来。

四五岁时，曾祖父还在人世，他穿着长袍，蓄有很长的胡须，领着我们去西坪看稻子、吆鹐子。公路两边全是水汪汪的稻田，其间还有藕塘与荷花。稻花飘香季节，怕鹐子（麻雀）糟蹋，除了在田间插上稻草人，也需人工驱赶。曾祖父领着我们在老爷庙旁的苇子园里折下长长的苇秆，将头梢部位弯成半圆，再网上蜘蛛网，我们高高举着，一边吆鹐子，一边网蜻蜓。曾祖父是读过诗书的人，捋着胡须，满口之乎者也，情不自禁时还会吟诵几句唐诗，可懵懂的我们，谁又能懂。老爷庙被公路一分为二，一边是戏楼，一边是庙殿。稍大一点的时候，我曾爬上过戏楼，见过画在山墙高处的壁画。印象中有 24 孝里的"卧冰求鲤"，大人们说那也叫王祥卧冰；还有一老一少两个人在问话，旁边且有一头水牛，后来得知，那便是"牧童遥指"了；当然还有八仙过海，对其中的铁拐李和倒骑驴的张果老，最是印象深刻。"文革"期间，老爷庙被砸，有城里栲胶厂收购的橡碗儿在庙里存储，堆积如山，我们常常在那麻袋堆里掏洞，玩捉迷藏的游戏。老爷庙旁的苇子园，又是我们打猪草和捡鸟蛋的好去处，那是一片湿地，长满了嫩生生的水芹菜，偶然遇上一窝鸟蛋，更会使我们喜之不尽。距老爷庙不远处，有个墓碑，上书"罗锦文烈士之墓"，烈士的故事我并不知晓，只是每每经临墓旁，就有了莫名的敬肃。

最难忘的，是 10 岁那年，西坪要修建地段医院，爷爷为了挣点零花钱，领着我在工地旁打胡基。胡基就是干土坯。烈日下，爷使石杵我供模子，每次我往模子里撒灰，都能见到爷爷的汗珠摔碎在衬板上，铜钱般大小，也像一朵朵盛开的梅花。汗水流干，口渴难耐，有卖香瓜的过来了，我便痴痴盯住不动，爷就在口袋里摸钱，挑了大一点的，称了，钱却不够，只有换了个很小的。我吃，爷笑笑地看着。西坪，是小镇的村口，在那儿发生的故事太多了，数也数不过来。可九岁的我，在离家出走的那一刻，什么也顾不得，只记得那是正月初六，路上有穿红戴绿的拜年人，臂挎柳篮，篮子上搭条毛巾，三五相随，人家谈笑风生，我却郁郁寡欢。

行走一里许，来到了姜村。那时尚不解究竟是"江"还是"姜"，只知这里是我二娘的娘家，也就是丹锋的舅家。我在家里打了丹锋，还流了鼻血，但他舅舅这会儿尚且不知，这让我暗自庆幸。姜村是个大村，"文革"时改叫作新华大队，而我们古城街，则叫作新城大队。成人之后，每当再次路过姜村时，联想就多了。姜姓，是个很古老的姓氏，传说炎帝就姓姜，黄帝姓姬，商周时的姜、姬二姓几乎齐名，曾作为母姓而派生出许多别的姓氏来。姜子牙的姜，姜维的姜，生姜还是老的辣啊！……而这一脉古老的姜氏人家，又是怎么流落到这个小山村来的呢？然而在九岁时，我不可能想到这些，只想到在这个村口，住着我三年级的同桌，她爸是位教师，她叫姜秦娥，多好听的名字啊，模样儿也可人儿。这会儿，我期盼她千万不要出门抱柴禾，倘若碰见了我，问我干啥呀，我该怎么回答呢？

过了姜村，便是草店。草店算是个小村子，只有十几户人家。古城街人将草店念成"草地也"，"也"字发声很轻，一带而过，听起来像是"草爹"，我想，那一定是咬转了音。草店无故事，过条沙河，就是蒋家河了。

这一路均为川道，而蒋家河的地势，则更显开阔。公路穿行在田畴之间，两旁生有大片芦苇，人家屋舍，紧依了远处的山跟，感觉很是遥远。没多少树木，视野无拦，便有了三五里路间的空旷。走到蒋家河时，我开始流连顾盼，有了极目远望的舒坦，似乎已将我刚才与丹锋的冲突、爷爷要打我的事，统统忘在脑后。此地产糯米，也有取之不尽的苇叶，故而此地人多有卖粽子的传习。几多年后，父亲曾对我讲过他少年时的一件事。那是解放前，他在县中读书，周末回家背粮。行至蒋家河，天已擦黑，奇怪的是天已那般时候，还遇上一位老妪，孤坐在远离人家的路边卖粽子。他正觉腹中饥饿，没多想，就买了一只蹲在地上吃了。吃罢继续赶路，此时天已黑定。听说过，这一带曾有鬼怪出没，尤其是一种叫"迷糊子"的魔怪，常会使人迷失方向而做出不可思议之举。据说有人走夜路曾遇上"迷糊子"，就不意失踪，天亮时发现，竟躺在远离道路的河滩而亡，嘴里塞满了泥沙。想起这些，14岁的父亲心中发毛。说来也怪，当他正行至两旁全是芦苇的一段夹道时，风吹苇叶沙沙作响，茂密无际又波浪起伏的苇园，更感神秘莫测，孤身夜行，本身就很感恐怖，偏偏又听见紧随着自己的身后，也有了奇怪的沙沙声，他惊恐地猛一回头，却空空如野，什么也没有；他心慌意乱地加快脚步狂走，而他走得越快，那沙沙之声也就更为频密。这让他顿时毛骨悚然，不由狂奔起来，等一口气跑到了草店，在一户人家的灯光下一看，咳，原来不知怎么搞的，竟是一片粽子叶粘在了自己的背上，是那片还粘有米粒的粽子叶，让他冒出了一头冷汗而虚惊一场。父亲的故事，是多年之后的得知，可九岁那年，我连父亲究竟长什么样子也还不知，只能依靠墙上的照片去想象他。

往前走，公路从柴沟口经过，望一眼沟口，两山夹峙如屏，柴家沟的纵深，从沟口是看不出来的。我想，那沟里不仅会别有洞天，且一定住有不少人家。因为从沟里流出的水，便可知这条沟的深浅。但我当时并无这种常识判断，只记得这沟里有我一位同学，他叫柴平平。他让我疑惑之事有二：一是他仅大我一岁，年仅十岁，怎么就跑这么远的路到古城街去和我一同上小学三年级呢？他平常是住在镇上的亲戚家么？其二，我们班的男生，多数都会叫抗捞、榜柱、栓槽、铁狗一类的名字，很土气，而柴平平，在我眼里就很洋气了，其相貌、穿着、举止，也都不一般。那么，他的父亲是做什么的呢？莫非也和我的爸爸一样，属于在外工作的干部？

哦，对了，如今再提柴沟，倒还有件不便启齿的往事。那是在我参加工作之后，组织派我去住五七干校。有天，被我唤作王叔叔的校长叫到他办公室，言说要为我介绍个对象，说被介绍的那女子，从小也就生长在柴沟，她的父亲就与王叔同事。人家一片好心，却被我一口回绝了。因为在我看来，两不相识，怎么能谈恋爱呢？这不是布袋买猫吗？再说了，我的婚姻，怎能通过说媒这种方式来完成呢？然而时隔多年，各自成家嗣后了，我还是见到了那位柴姓女士，她也算得一表人才。当我用目光打量她时，她也许丝毫不知，我们之间还曾有过什么，因此便形同陌路。我想，人与人缘分不到，就殊途各异，失之交臂了。看来，九岁的我，在经过柴沟口时，只是往里一瞥就一晃而过，这也许注定，今生不再与那条山沟发生什么干系了。

过了柴沟口，公路贴着一段陡峭的悬崖经过，向上望，崖石呈斑驳的赤红色，这使我想起了老师刚刚讲过的《红岩》故事。那里边有个江姐，宁死不屈。我也要学江姐的骨气，爷要打我，我就说什么也不回去了。于是迈开步子疾走一阵，就到了张村。

公路从张村的村口经过，经过村街的那一段，既是公路，也是打谷场的一部分。路的一边是村街，另一边，孤孤独独地伫立着一座戏楼。这戏楼不比得我们古城街的那座古老，大概属于解放后的新建，底座虽也很高，但山墙与后墙均为土坯，不如那种结实的青砖浆砌，外加上铁铆钉镶嵌其中的建造，会显得森严壁垒。屋顶也没什么翘檐飞拱和雕梁画栋，看来就萎缩了许多。一到张村，我的肚子开始感到饥饿。这才离家15里，就再也联想不到任何熟人了，一下子觉得陌生，有了举目无亲的感受。我有点胆怯，不敢再往前走了，开始在张村的村口徘徊。这里也兴集市，我们镇街是逢二、五、八集日，此处大概是逢三、六、九日，时值正月初六，逢集。但刚过完年的集日，并无商贸繁荣的熙攘，倒是有个卖凉粉和一个卖醪糟的担子，孤零在街口的打谷场边。我口袋没有一分钱，不敢上前造次。不过，看来张村今晚有戏剧演出。因为时已黄昏，有人开始在戏楼前的场地上摆了凳子占地方，更多的人，则懒得拿什么板凳椅子，而搬来砖块石头摆放，以为自己事先占据看戏的位置。我徘徊了一阵，决定不往前走了，今晚就在张村看戏。而看完戏之后怎么办呢？我似乎并未多虑。

戏开了，演的什么，我全然不知。饥肠辘辘地站在人群后边，什么也没看见，只听得台上和台下的攘攘闹闹。站累了，也找来块石头坐下。开始想，别人都有父母，我的父母怎么就离得那么远呢？别家孩子受了委屈，可以投奔母亲怀里，撒一时娇，耍一阵赖，就过去了。而我，又是见不得这些的，我没有对于母亲的依赖，我有我的爷爷和奶奶，尤其是颠着小脚的奶奶，对我总是亲昵有加，其实我也不喜欢那样的柔情，我要学得心硬一些，要学得坚强。爷爷说过：娃子不吃十年闲饭。开年，我就要进入十岁了，我觉我应是个顶天立地的男子汉。哦，对了，我为什么打了丹锋呢？是他说的，谁敢把一只雷子炮攥在手心里响了，他就把一整串鞭炮都给谁。没有谁敢，我敢，我确实让那只雷子炮攥在我手心炸响了，至今手心还有炸药炸黄的痕迹，并有肿胀的疼痛，我能忍着，我勇敢地做了，可他食言了，反悔了，所以我三五步就追上他狠狠揍了他。他只比我小几个月，却比我瘦小许多，哪里是我的对手呢？

想着想着，不觉就睡着了。醒来的时候，煞戏已经多时，一看，地上只剩石块瓦砾，周围狼藉一片，戏台上下早已空空无人。我突然忧愁起来，我该往哪里去呢？前路茫茫，不知去向，此地生疏，如何度过黑夜？

说来也巧，这也许足以证明我是个福娃吧。正在我犹豫难决之时，有一人推着自行车从街镇里走来，近了，突然说：这不是古城街的萌娃子么，你咋也跑这么远路，是撵来看戏的吧？走，回不？我把你捎上。这人，是我们古城街修理自行车的，开有铺面，名叫云南，人家是大人，平时与人家连话也不说，可这阵子，异地遇上同乡，一下子变得亲近。还好，他以为我是撵来看戏的，想不到我有逃离和出走的隐情，我不说，也就体面着而不显尴尬，于是毫不犹豫地答应了，坐上了他那自行车的前杠。

这 15 里路，去的时候是那么漫长，如何回来的，记忆就模糊了。只记得虽然天黑，但沙土路面却泛着白光，有人家的地方，门前还挂有红灯。过了姜村的沙堰，来到西坪，朦胧中看见了家乡古城镇的时候，远远发现，村口一盏游动的红灯笼，在夜色里飘忽游移，同时听见了，那正是我的爷爷和奶奶，在低一声高一声地轮番呼喊："萌娃子呦——我娃回来呦——"

历时半天的出走，没流一滴泪，可听到了爷爷奶奶的呼唤，我的眼泪，顿时夺眶而出了。

我人生的第一次出走，如此宣告破灭。从此，一生中再也没有发生过赌气出走之事。无论与任何家人发生口角，我都主张在化解之后再说离开。如今已年序奔六，可前一阵子，不知怎么就突然想起那桩童年往事，而且一旦想起来，就总是萦萦绕绕而挥之不去，便决定做一番记录。我甚至有点后悔，后悔那次出走没有走得更远，仅仅走出了 15 里，如果真的走远了，会遭遇什么样的命运挑战呢？人说，九岁就能看老，也许从那时起，就注定了我是个没有多大出息的人。我又庆幸，那样的出走最终成为儿戏，若真的走远了，我的爷爷奶奶又会是怎么样的伤心呢？

其实，从张村再往前走，就有一道山坡，坡上长满了槲树。而在一片洼地里，有座坟茔。那里埋着一位明朝的御史，御史姓张，排行老三，当地人称那坟墓为张三坟。坟墓下方，站立了一排石人石马。传说当年的皇帝错杀了这位御史，而得知冤情之时，人头早已落地，皇上悔之，赐赠一尊金头塑像，让家人运回故里厚葬。而御史的儿女子孙，早已哭成了泪人，哭辞中就说：金头银头，比不上我爹的肉头啊……

村口的老杨树

村口，是村子的门户，是这世上永不关闭的门户。没有保安，不设门卫，任你自由出入，随意往来。这是个离城不远的村子，村口有棵老杨树。

晨曦微露，鸟儿首先醒来，在老杨树上叽喳。谁也说不准老树的年岁，问过村中所有老者，都说不清。它是方圆百里最高大的树，树身几人合抱，其高可触云霄，有一种成了精的感觉。都市里楼房林立，有所谓的地标性建筑，如北京的国贸、上海的世贸等等。乡村没有那样的建筑。这棵老树，就成了这一带的地标性大树，几里外便能一眼瞧见。杨树可以长高，能想见它年轻时的伟岸与挺拔。但如今，它老了。树身早就皲裂，半边树皮剥脱，裸露着灰黑的胸膛。别说年复一年的风摧霜杀了，已不知经受过多少次雷电霹雳，但它分明还顽强地活着。半是枯干败柯，半是青枝绿叶，就这样，死了的与活着的，掺合在一起，一同向天空伸展。

这是三岔路口，一条公路进沟，一条公路沿河。村子，就错落在树下的沟口，或者说坐落于沟口的树下。大卡车轰隆隆开过来，10轮的，24轮的，碾得地面发颤，老杨树却纹丝不动。无论大卡车从沟里出来，还是沿河下去，都是去拉煤的。这一带的地面已没什么丰饶的物产了，地下却埋着深厚的煤。黑油油的煤块，用篷布覆盖，鼓堆堆装满卡车，一车一车运了出去。运了多少年，运走了多少车？没人知道，可能只有老杨树记得。

我问过了，它确实是棵杨树。心里就曾纳闷，为何不是槐树，也不是榆树呢？若是榆树，在那困难时期的青黄不接之际，许能以它的榆钱儿接济饥民；若是古槐，那定然开过了多年槐花，村人可蒸槐花焖饭，蜜蜂可酿槐花蜜糖。除了得惠，榆树呀，槐树呀，总能生些诗意的故事来，比如成了精的槐荫树，就曾开口说话，为董永和七仙女做过大媒。但偏偏的，它就只是一棵杨树。杨树有什么用呢？想起眉户戏《张连卖布》的唱句："你把咱大杨树卖了做啥？我嫌它不结果光招老鸹。"乡谚亦云："前不栽桑，后不栽柳，院中不栽鬼拍手。"所谓鬼拍手，指的就是杨树。夜来风起，杨树叶子哗啦啦作响，像是下雨，也像鬼拍手一样萧瑟。

又去问老者，这会不会是棵胡杨呢？若是胡杨，便有了三千年不死，三千年不倒，三千年不朽的品格，那就有点意思了，会因此而让人称颂不已的。但老者说了，这就是一棵本地的土杨树，也不知啥人在啥朝代栽的。

清晨，我于树下盘桓，发现起来最早的，全是村中老者。新农村的房子盖整齐了，但未给每家每户设计厕所，老者们要去村口的公厕方便，手中拎着垃圾，也要扔进离大杨树不远的垃圾台。做完这些，老妪们回家了，老汉子却不走，坐在老杨树下抽烟。也许尚未洗漱，眼还眯着，烟锅子使劲在烟袋里剜。剜了半天，点了几次，猛吸一口，呛了，咳嗽，脸憋得通红，眼泪也跟下来。擦了老泪，徐徐叼起烟嘴，痴愣愣望着远处。看公路，看路上有没有过来车，有没有过来人，有没有什么稀奇事。一会儿，老汉越来越多，三个四个，五个六个，最多也就七个八个。大概村里就剩下那么几位了。

夏日的正午，我躺在位于村口的房东小屋，将竹帘垂下，门开着，可望见老杨树下的路口。此时，骄阳似火，知了在树上长鸣。柏油路晒得发烫，少有卡车通过，也鲜见行人往来，摩托车是乡村最多的交通工具，可这会也不见穿梭。偶尔有辆低档小轿车驶过，在转弯处鸣笛，然后加速，很快就没了踪影。这时的老杨树上，也不见风的响动，树叶子静静地蔫着。

黄昏，太阳快落山时，村口热闹起来。一辆三轮摩托上装着喇叭，喇叭播放着秦腔，不为让村人听戏，而是来卖货的。车上装着酱油、醋，还有西红柿、黄瓜、洋葱等等的菜蔬。这物什，本应由村里流向城里，但如今反转了过来。概因村中少有人种菜，竟然要靠城里的货郎来供给了。接着，一辆两轮摩托也开来了，车上也有喇叭，不过不放音乐，直接喊："收旧家具旧电器——头发窝子烂报纸——"重复着沿村道转一圈，无人应，走了。一辆白色面包车也开进村来，车身涂满广告，从录音播放得知，那是推销手机的。与之伴随的，是陆续有人回村。穿戴入时的姑娘从城里回来，骑了电瓶车，想尽量显示飘逸，却掩饰不住身心的疲惫；一身汗渍的小伙蹬着自行车回来，老远就脱了上衣露出光膀子。老妪抱了孙儿，说：叫你爸，看你爸给你买了啥好吃的。小伙不耐烦，吼：回！往回走！

直到太阳彻底落山，村口才又恢复了安静。

天黑下来，晚风起了，老杨树的叶子开始沙沙作响。老汉们又出动了，这回不光是老汉，还有小伙姑娘，也有婆娘女子。有人开始唱戏，有人拉着板胡。只唱了一阵，觉得累，就散伙了。剩下的人还不想走，因为屋里热，又不想开灯费电和招蚊子，就干坐在老杨树下。村口多少有点凉风。远山如黛，星星在空中闪着。人们开始无主题地拉话。说城里的某座大楼盖起了，说某个超市开业了。突然有人冷不丁地问，跟云他大死了有多少年了？有人答，哎呀，有七八年了吧。有人说不对，于是争执，就开始回忆。说，走的那年，沟里的路还没修通，路是哪年通的？我悄悄靠近了去听，听不出什么名堂。就想，上上下下都在搞路线教育，影响那么大，村民们不知道吗？京城里几个很大的官都因腐败而落马了，震撼人心的事，咋就没人议论呢？

夜深了，我辗转难眠。望着老杨树，它成了黑乎乎的剪影，树叶儿在微风中响着，真像是下雨的声音。

带泪的花儿

西安城暑热难耐时，取道西行，沿泾水溯流而上，往泾河源头，那里真是凉快。甘肃、宁夏两省区交会的西海固，干涸少水出名，唯六盘山下的泾源县，却是一片秀如江南的绿洲。听那地名吧，凉殿峡、老龙潭、和尚铺，均乃清凉之境呢。这里青山蓊郁，满目葱茏，碧水潺潺，甘冽清甜。凉殿峡，据说是成吉思汗归寂的所在，老龙潭，又是魏征斩龙、柳毅传书这两则故事的策源地。而和尚铺呢，也有一段当代音乐史上的动人故事。

1938年，西部歌王王洛宾与作家萧军、剧作家塞克等人一行，欲赴新疆宣传抗日，途经六盘山遇雨，住进了和尚铺的客栈。是女店主五朵梅，脱口唱出的宁夏花儿，深深感动了王洛宾，让他发现了西部音乐的魅力，萌发了扎根西北的志向，从此也改变了终生命运。我的同学王文清在该县文化馆工作，他根据这一素材，创作了宁夏花儿广播剧《六盘山花儿留住你》，遂赠我一盘碟片。我本是前来消闲消暑的，却让这花儿，感动得热泪盈眶，心潮澎湃。尤其那首《眼泪花儿把心淹了》，这首当年打动过王洛宾的曲子，也让我百听不厌，咀嚼无尽。歌词大意是：

> 走了走了，走远了，
> 越走呀越远了。
> 褡裢里的锅盔轻哈了，
> 心里的惆怅重哈了。

走了走了，走远了，

越走呀越远了。

心里像刀子搅乱了，

眼泪花儿把心淹哈了。

在泾源语境中，"哈"，不比得陕西语里的"下"，有终结、完了、尽头的含义在。听西安回民对话，就能稍解这一虚词的实在意义。回程路上，我一边开车，一边反复倾听花儿的碟片，不由浮想联翩。人生自古伤离别，每个人的生命历程里，会遭遇多少离别的时刻呢？别父母，别儿女，别战友，别情人，别家乡，别亲朋挚友……不管因何而别，别离，总是伤心之事。这花儿的歌词，唱得多么生动而刻骨铭心啊！人走了，当然是渐行渐远，心情呢，正如褡裢里所背的干粮——锅盔馍，越吃越少越轻；惆怅，却与之相反，确实是愈来愈加沉重了。一颗心啊，像被刀子搅乱，苦泪有多少？已经把心儿淹没了。反复回放这首曲子，听一遍又一遍，我将自己一生中的桩桩别离情景，拿出来与这歌词对应，听着听着，就眼眶潮湿了。

当然，花儿里也有欢愉悠扬的曲调，比如《白牡丹》，比如《盖碗茶》："地椒子那个茶叶六盘山的水哎，谁不夸咱回回的盖碗美……"在《十比》里，我也最欣赏那对于妯娌关系的比喻："相互们好比是锅台上的一摞碗哎，勤擦着随抹着莫要磕碰着。"这是多么平实而富于智慧的比喻啊，其中充满了对于美好人际关系的渴求与和睦相处的愿望。作家们，即便绞尽脑汁也想不出这样简明生动的词语来。

听了许多首花儿，让我从中悟出一个道理，突然觉得任何文字，在音乐面前都显得是那么苍白。因为音乐，不用解释，不需唠叨，不受语言种类和文化高低及地域等等的限制。难怪黑格尔说：音乐，是直接通往意志的一种力。确实，是那些优秀的音乐，曾打开过我的许多心结，丰富着、拓宽着我的内心世界。带泪的六盘山花儿，与陕北民歌一样，与许多优秀的民歌和民乐一样，就是这对于人类灵魂有益、功不可没的音乐之一种。

马栏河畔的歌声

　　地名马栏，据说是因当年秦国在此牧马，故得其名。想必也真有其事，因不远处的石门山中，就有秦直道遗址依稀可辨。当年的秦直道，南起淳化，北通漠外，在其近旁设置马匹饲养场，也算是合理的战略部署吧。恰如当今的高速公路，沿线必有服务区、加油站；又如建个军用机场，不远处也许就有个不小的油库作为配套呢。所以我相信着这个地名的渊源。然而当我第一次步入马栏山坳，却也曾生出过疑惑。这般逼仄的山地，远不及著名的山丹草原，能养出多少马匹？但在几次实地游历之后，这疑惑方渐渐打消了。

　　子午岭横亘于陕甘交界，由北向南，绵延数百里。这个叫作马栏的地方，就躺在子午岭的山怀之中。从早年航拍的陕西版图上俯瞰，过了渭河北上，就是大面积赤褐色的黄土高原了，而唯独子午岭，偏偏是镶嵌于这片黄土地上的绿色翡翠。十几年前，当我在《中国地理》杂志看到那张图时，目光久久顾盼而不肯游移。我为此不解，瀚海般的黄土高原，怎么就突兀地有了这块蓊郁的绿色？后来，读贾平凹的小说《库素兰》，他写的便是子午岭上的一段传奇，丈夫护林狩猎，女人能剪出漂亮的纸花，他们孤独地生活在子午岭上，仿佛与世隔绝，偶尔有货郎上山，为女人送来彩纸。而且这夫妇与狼和熊之间，也有过神奇的对峙与交流际遇。这让我对于子午岭，更增添了几分神秘感。很早，在我工作过的文艺部门，有位陕北时期的老干部，他曾是边区民众剧团的演员，言谈话语中，经常能听到他关于马栏生活的红色回忆，讲得有声有色，不乏经历了艰苦卓绝之后的骄傲，他让我第一次记住了马栏这个地名。再后来，朋友的邻人中也有了一位从马栏农场劳改释放的服刑者，我知道了那里还曾有个劳改监狱。总之，有关马栏的种种信息沉淀，使那个地方在我脑海里变得扑朔迷离，这便勾起了我对此地向往探看的欲望。但因那里偏处一隅，总也无暇光顾。直到两年前的夏末秋初，满足好奇的愿望之旅，才终于有缘成行了。

从旬邑县城出发，上北门坡，经太峪、职田两镇，北行约四十余里，似乎就要到了黄土塬的尽头，然后突然跌入沟壑，待下到沟底时，那地方就是马栏了。现在人们来此，多为红色旅游，因为马栏最醒目的建筑，就是这里的革命旧址纪念馆了。刘志丹、习仲勋、谢子长等老一辈革命家，当年所创建的陕北根据地，为中央红军在此落脚奠定了良好基础。革命重心移居延安之后，马栏又成为陕北伸入白区的前沿地带，曾是习仲勋所领导的关中分区司令部所在地。这里有陕北工学，有民众剧团，有抗大分校、鲁艺分校，更有共产党所领导的红色政权。若说延安是革命的大摇篮，这里也是个小摇篮。那个唱遍全国的著名歌曲《绣金匾》，其实就诞生在马栏。在这里，习仲勋为中国革命的胜利，建立过卓越功勋。

参观完纪念馆之后，我站在广阔的水泥场坝上抬头北望，只见一座巍峨的山峰耸立眼前，这山，郁郁葱葱，苍苍翠翠。别的山原上，多以灌木为主，间杂些槐树、栲树、槲树之类，而对面的山峰，密扎扎长满了清一色的松树，那林子已经密不透风，用当地土话表达，是已经锈实了，看不见一点点裸露的地皮或岩石，那林子，地毯似的覆盖了整个山峰，遮天蔽日，想象着，那里边是根本无法进去穿行的。而且覆盖着"黑松林"的山脊一直向北伸延，让人不知道会伸展到哪里去。但凡松柏成林，其他植物似乎就很难插足。想在朔风阵阵之时，遍地林涛怒吼，会是多么雄伟而震撼的场面。我久久注视着那座座峰峦，一种神秘而敬畏的感觉便油然而生。我想，这就是子午岭了，不知其最具代表性的主峰会在哪里，但眼前的山峰，已经让我见识了子午岭的苍茫风貌。从航拍图上看到的那片绿色，一定就是这里的森林所呈现的色彩了。子午，最早用于计时，所谓子时、午时，乃一日中的开始和正午时分。而用于方位，则代表中心分割之处，比如子午线，即中心分割线也。那么，这座子午岭，也会是中国版图的东西分割处么？

植被浓密，水就充沛。从子午岭各条沟壑与森林里流出的水，便形成了马栏河。沿小河往转角方向下行，两岸有大块密扎扎、绿油油的玉米地，偶尔也可见一块块零星的西瓜地或豆类植物，因雨水滋润，庄稼显得格外茂盛。想在两千年前，秦人大概不种玉米，这里当然就是绵延的草地了。水草丰茂，马匹也会健壮油光。如今的马栏河，已经变成了涓涓细流，或许秦代时，其流量要比现在大得多，但河水依然清澈。驱车在山间油路上滑行，沿途少见村社人家，行十几里许，见到了马栏劳改农场旧址，而今，改劳教为文化改造，监狱撤离，这里也被荒废，遗留些废弃的房舍。回想那大片的庄稼地，或许也有当年服刑人员的开垦劳作之功吧。继续前行，偶尔在路边遇见些经营土地的农工，他们多系外来务工者，有江西、安徽人，也有山东、湖北等地之人，拖家带口，来此以农为生。有的养蜂，有的割漆，有的种地。这一发现，让我打消了山沟里遍地庄稼而不见村落的疑惑。

我开始在心中追溯马栏这块地域的历史。早年，这里可能是旷无人烟的洪荒之地，自秦人在此牧马，有了一时的骚动，此后，又回归于多年的静寂了。没听说唐宋元明清各代，这偏居一隅、人烟稀少的马栏，还有过什么故事。再后来，习仲勋他们在此闹红，才又一次唤醒了这片山川。待革命成功了，这里有一段时间也曾被人们遗忘。但因此地土肥如膏，地旷人稀，某届地方领导便临时动意，在此办起了劳改农场。农场是封闭的，周围几十里野旷荒芜，犯人也跑不到哪去。这几年，马栏再一次热闹起来，大轿车徐徐开进，小轿车络绎不绝，瞻仰革命旧址，缅怀老一辈革命家的丰功伟绩，这便是堂而皇之的红色旅游了。想到这里，我不由为马栏这块地域的沧桑之变，生出许多难以名状的感慨。

世间物事奇妙。人常说，若有缘，不走的路也要走三回。当我第一次游历了马栏之后，不久就有了第二、第三次游览马栏的机缘，而且分别是在春、夏、秋三季。这年秋天，当我再次徜徉于马栏河畔的时候，便被这里的景致所深深迷恋了。

马栏河静静地蜿蜒穿流于两山之间，河面时而稍宽，时而又成了一条细线。在距离革命旧址纪念馆七八里的地方，不知何年还建起了一座水库，库容虽不算大，但形貌狭长，几里长的水面，尽让一湖碧水将山沟挤得满满当当。感觉里，那便是山与水在做最亲密的相吻了。两面山上植被茂密，空气凉爽清新，阳光格外灿烂。庄稼成熟了，山沟里各种植物也都膨胀到了极限，举目四望，显得到处都很拥挤。在一处开阔地带，我将小车直接开进河里，脱掉鞋袜，取出抹布洗车。当我一边戏水一边洗车时，竟有一只螃蟹夹了我的脚趾。我想，既有螃蟹，也一定有鱼，一时不顾了洗车之事，在杨柳垂岸的河堤边摸起鱼来。这时候，不知怎么就萌生了想要歌唱的念头，觉得这条山沟，这条马栏河，是应该有一首歌的。说来也真巧，当我刚刚想要唱歌而还不知该唱什么的时候，河的对岸，就传来了一个女人隐隐的歌声。抬头望去，是一位尚有几分姿色的中年妇女，也许是农场的职工或家属吧，她洗完了菜，提着筐子正往回走。菜是那种叫作"雪里蕻"的青菜，北方人在入冬之前的深秋季节，喜欢将那种菜洗净晾干，然后去腌咸菜。她边走边唱，我听清楚了，她唱的正是我熟悉的一首老歌，歌名叫《看见你们格外亲》。随着她的歌声，我也忍不住跟着哼唱起来：

"小河的水呀清悠悠，庄稼盖满了沟。解放军进山来，帮助咱们闹秋收。拉起了家常话，多少往事涌上心头。看见了解放军，就想起了老八路。那一年枪声紧，同志们进了沟，刀劈狗汉奸，枪杀鬼子头，虎口里救出了众乡亲，狼群中夺回了羊和牛。一同打鬼子，一同端炮楼，一同闹减租，一同护秋收。吃的是一锅饭，点的是一灯油。八年打败了日本鬼，你们又去打蒋匪，迎接新战斗。自打胜利到如今，山新水新天地新，总路线，大跃进，公社的红旗插在咱们村。每逢遇到高兴的事，就想起当年的八路军。想亲人，盼亲人，山想水来人盼人，盼来了老八路的接班人。你们是咱们的亲骨肉，你们是他们的接班人，党的恩情永不忘，见了你们总觉得格外亲……"

那引起我唱歌的女人已经走远了，也许已经回到家中，可我，竟将这歌儿一遍又一遍地哼着，唱着，咀嚼着。唱到得意动容时，竟然阔着嗓门在山谷里大吼起来。说实话，我喜欢这样一首歌曲。触景生情，时间的跨度在往事的回忆中无限伸展，我们都经历了一些什么？尽管有些经历，在时过境迁之后看来已不那么值得赞颂，但那却是真真切切的一种经历啊！一直到太阳快落山了，我还是不忍离开马栏河，心中也一直萦绕着那首歌的旋律。我说不清是什么原因，就是想唱，就是想唱这么一首歌曲。尽管我也知道，这首歌曲的诞生，也许出自于山东或山西的太行山抗日根据地，但这时候，我觉得唯有这样一首歌，最恰当地迎合了我在马栏河畔的心境。我知道日本人并没有到过马栏，这里，是当年远离抗日前线的敌后根据地，这里也没有歌中所唱的那样的山村和那样的百姓，但我不求歌词的内容与此地完全融合，宁愿以此来做一种借代，使之仅仅成为我移情的承载，也许我所要的，正是那歌儿的旋律吧。

离开马栏河，回到西安很久了，我还一直在想，马栏河有自己的歌曲吗？有人为马栏河写过歌曲吗？如果有，那将会是一首什么样的歌曲呢？一个地方应该有一个地方的歌，当我们无法用语言表达某种情境的时候，音乐，就成了最好的选择。感谢那位不知名的女人，是她引出了那首歌，让我在马栏河畔度过了一个难忘的时刻，马栏河，从此深深地镂刻在了我的记忆之中。

少时的连阴雨

入秋不久，又下起连阴雨来。每逢此时，就不愿出门，躲在家中看书、想事。不热不冷，做着最为相宜的事，不辜负老天所安排的季节、气候、时令。一年里，什么时候做什么事，都能把握妥帖，许就能天人合一吧，起码应是天人顺应吧。今年的这时，我一边温习《聊斋》，一边阅读贾平凹新著的《老生》，还有那个《后记》。贾氏近年来的小说，每每都有《后记》，而且越写越好。我与他开玩笑说："你的《后记》总是比小说正文写得好。"他笑笑，不置可否。《老生》的后记，虽已不如《秦腔》与《古炉》，但他在其中道出了此番意象：过往的事，犹如路边闪过的电线杆子，一根根向后滑去……这话，就忽然勾起我的诸多联想。屋外的雨，下下停停，没完没了，我便不由想起少年时的那些连阴雨季节。

已不知下了多少时日，到处湿漉漉一片，是孙见喜《雨村》中所描述的景象。奶奶去抱柴火，发现院中的柴垛已经湿透，找不到一点干的，就埋怨说："你看这老蹢雨下的，把人都要下孽了！"奶奶说的蹢雨，我终不知是哪个蹢字，曾查字典，也弄不清，就猜，怕应是踩蹢的蹢吧。是那雨，在踩蹢人。

没有干柴，无法生火，就想到了去楼上抱那储存的劈柴。那是舍不得烧的储备，也是我与小叔为家里所做的贡献，是我们俩从30里外的南山挑回来的，包藏有少年樵夫的辛酸故事。所以奶奶是十分珍视的，让我们将其码放于护房楼的木楼上，一般情况下，怎么也舍不得烧。霖雨将一切都湿透了，只有上楼去取。然而劈柴不能直接点燃，需要引火。奶奶就到场院去，在麦秸垛上掏，掏得很深一个洞，才有干麦草出来。鸡也乘机跟来了，在那洞儿里觅食，还淋不着雨。

村道里泥泞不堪，我们没有雨鞋。在家里憋得实在难受，想往外跑，只有光着脚丫出去。走过村巷时，倒不怕泥泞中偶尔夹杂的鸡粪猪屎，但最害怕谁家的屋后有摔碎的碗片，或者坚硬的瓦砾镶嵌在烂泥之中。我就曾经踩到过，脚板被划破，血像蚯蚓一样流出来。屋檐下有只接水的桶，用桶中的储水冲掉满脚的泥，血还在流。爷爷说，哎呦，看这伤口，张得像个娃嘴。说毕，他从柜中取出不知啥时喝剩的一瓶底儿白酒，往我脚上一浇，疼得我龇牙咧嘴，大喊大叫。小叔比我聪明，他找来两只脚板大小的木板，在木板下边又钉上二寸许的小木板，像日本人的木屐，用草绳捆在脚上，他的脚没有受伤。后来我们发现，别家的孩子踩着高跷出门去，倒是个不错的办法，而那时，我还不会踩高跷。

出了门，又能去哪儿呢？只有去河边看水。披了蓑衣，站在河边，看一河滚滚洪流，一波连着一波，滔滔向东流去。秋雨缠绵之后的河水，不像夏日突降的暴雨之后那般，一河浊流，夹带着泥沙，浪中还会卷着树枝树干，大人们会于那时来河边捞柴，有时会捞到橡、檩那样的有用之材。甚或，有人还捞到过木箱子、死猪、死牛那样的物什。秋雨中的河水，虽也涨得满边满沿，但不会有那些漂浮物，故大人们不来。只有我们这些孩子，喜欢来看小河涨水。北方的山里孩子，见不着海，没见过大江大河，也许站在小河边看水涨，才能以此来观摩那种成长中所必须经见的汹涌澎拜吧。

爷爷不让我们出去乱跑乱窜了，他要教我们打草鞋。从楼上取下鞋趴子，置于长板凳的一端，让我腰中系了草绳，绷直了经线，用搓拧过的稻草，一股一股地编织纬绕，然后用木楔将所编织的部分绞紧，还要用棒槌敲打一番，所以叫作打草鞋吧，如此才能使鞋板子变得结实起来。末了，再用龙须草搓好的细绳制造鞋帮，穿制鞋带。不久，我就学会了打草鞋，以后的雨天，或天晴后进山砍柴，我都可以穿着自己打制的草鞋了。当然，我打的草鞋，总是不如爷爷打制的那么耐实。

大人们在逢上连阴雨的时候，都会干些什么呢？我们不太注意，那时也不会过多去想。只记得家乡有句谚语：尖山带帽，长工睡觉。尖山，是我们那一带最高的山，尖山被云雾笼罩，四野沉沉，细雨纷纷，大概终年劳累的长工们，是终于遇到了该睡个好觉的时机。地里进不去，拔几根葱，也带出一滩泥；拽一只萝卜，半天也洗不净。苞谷地灌了水，要收获，需待天晴后连晒几个好日头才行。这时候能做的事，大概只有睡觉了。睡吧，捂上被子，不热不冷，将一身的乏困，借机会统统消解了去。但是，勤苦者终究还是睡不着。有打席之手艺者，这时一定还钻在地窖里，编织着一张张芦席，等得天晴，会到集上卖个好价，因为秋收时节，家家都要晒粮食。会编筐的，这会儿也闲不下，藤条潮湿而柔软，正好在手中哗哗啵啵地飞舞。爷爷既不编筐也不打席，他是庄稼老手，除此之外，还是出色的泥水匠，泥水匠的活儿雨天不能干，而他那打草鞋的手艺就施展出来。总而，少时的连阴雨时节，乡村里还没有麻将出现，也没看见几个人会下棋，雨中的山村，是那样宁静，或许还有百无聊赖。

在那个雨季，我读完了《艳阳天》，记住了马子悦的一句话："下吧，下吧，下他个七七四十九天我才高兴呢！"我就想了，哪儿能有连下四十九天的雨呢？人真的就要孬了。听说南方有梅雨季节，我不知道那样的雨，会下整整一个秋季吗？我的堂弟很爱吃，也很会吃。不知什么时候，他就跑到了生产队的大场去，在黄豆杆子堆成的垛子下边掏，那下边就有了许多泡软的黄豆粒儿，捡回来，放进铁勺，撒点盐，在奶奶烧火的灶洞里煮一下，又油又咸，好吃，特有味道。

连阴雨下了好多天以后，在那天，屋后的水井里就突然捞上来一个死人。死者是龙娃他妈，四十岁左右吧，被泡得发胀，我只看了一眼，就再也不敢近前，以至于几天也吃不下饭。龙娃他妈是个寡妇，早年死了男人，带着八岁的龙娃过活。我的印象里，她白白净净，算得有几分姿色的。可她是因为什么想不开，于这连阴雨的季节，选择跳井而寻了短见呢？后来隐隐听说，是在一个雨夜，村东头的光棍汉子贵生，睡在了她家炕上。这事被龙娃的本家堂叔发现，叫来了村支书，领着几个民兵，将贵生捆起来，吊起来，狠狠打了一顿。龙娃他妈丢了人，羞辱难当，跑出去不见了，两天以后，才在水井里发现。也怪那场连阴雨，村人都在屋檐下的水桶里取水，两天多了也没人到井边去，以至于龙娃他妈跳井也没人发现，而从此以后再也没人愿意吃那口水井的水了，再后来，井就被填掉了。那时听了这个因由，心里恨着贵生与龙娃他妈，怨着那对苟且男女。但许多年后再去回想时，就觉得，那也许是一出令人哀叹的悲剧，或者是一场被扼杀了的乡村爱情呢！

我长大成人了，在刚刚步入青年的时候，就学会了一出戏，其名概曰《李亚仙与郑元和》，又名曰《曲江歌女》，反正是记住了其中的一板唱词：

"四野沉沉，细雨纷纷，深秋时节西风紧，北雁归南欲断魂。懒整乌云鬓，血泪洒衣襟，窗外黄花迎风抖精神。独对菱花孤恋影，照得呀，人比黄花瘦三分。郎如柳絮被花损，飘蓬断梗信无音，元和不能回原郡，思想郑郎痛断心。白昼无食饿难忍，晚来无处去安身，声声连把苍天问，欲见郑郎哪里寻？等的奴饭不思呀茶不进，夜夜等到那鸡叫报时辰；等得奴鸳鸯一叫泪湿枕，娇妻夜夜哭郎君。苍天何不赐恩惠，谯楼哭坏小佳人，神魂颠倒身儿困，上天无道入地也无门，我的郑郎呀……"

每每默念起这段唱词，就想起了秋雨绵绵时的凄凉，同时埋下一粒种子，深深地认为，连阴雨的时节，也正是思念亲人的凄苦时节。上中学那会，我离开了家乡，离开了爷爷奶奶，来到了陌生的父母身边和陌生的城市里，逢秋雨时节，我常会独自坐在门槛上，望着屋檐滴水，痴痴地望着，盯住那溅起的水泡儿，目光凝滞，思绪就不知飘到了哪里去。渐渐地，一种思念，一种乡愁，便会隆重地袭上心头了。

转眼已经奔六，这一生，不知遇到过多少连阴雨的季节。记得有许多年份，总是因为干旱，不曾有过连阴雨。但是这几年，似乎植被好了，生态也变了，连续几年，都有连阴雨的气候境况，而如今遇到这种时候，好像已经麻木。记忆，也不如少年时来得那么深刻而强烈。所以，少年时的情景，就时常浮现于脑际，总是挥之不去的。我就想了，幼少时期的际遇，对人的一生，是多么样的重要啊！是好是歹，姑且不论，而那个心结，总是会伴陪着整个生命的全程，影响是何其大也！

思念岱山

　　离开岱山时，我信誓旦旦，定要为之写下些文字的。因为心里总是涌动着一些难以忘怀的故事，还有那历历在目的许多美好画面与鲜活情景。确实，两个月的经见，好多事儿都深深镂刻在了心灵的底片上。可是，离开已近十年，我竟没写下片言只字。想这其中的原因，绝不是人走茶凉的世故，更不是时过境迁的淡漠，而是岱山留给我的新鲜与神奇，因感触太多，一时竟找不到纲领，没有一个突破口或者贯穿的主线，让我能很顺利地将那么多感受与情绪织成一篇文章。是的，岱山之于我，非一篇短文能囊括得尽。

　　2005年春末，我为"首届中国海洋文化节"而去。先飞抵宁波，再摆渡舟山，接着继续渡海，夜幕降临，才登上岱山本岛。那时尚无跨海大桥，需在海上辗转涉渡，方能抵达遥远的海中目的地。

　　一下船，首先映入眼帘的，是那座不锈钢的巨型雕塑，塑的是一条大黄鱼。早有耳闻，此地乃大黄鱼之故乡。名贵的大黄鱼，曾让岱山驰名东海，也让岱山富甲一方。可到了我去的时节，野生大黄鱼已十分稀罕，《舟山日报》老刘告诉我，如今若能捞一条一公斤以上的野生大黄鱼，地方报纸是要上头条消息的。我想，那尊不锈钢的大黄鱼雕塑所标示的，已是岱山可引为骄傲的过往历史了。

　　不只有大黄鱼，岱山海域也曾是小黄鱼的自由世界。采访时，当地渔民说，1958 年，他们曾一网打捞过几十万斤小黄鱼，一条船撒网的收获，装满了十几条船。有条船突然在海中搁浅，细看时，原来是小黄鱼们集结锈堆，竟然将渔船也托了起来。想想，那是多么丰饶的东海啊！大自然的赠予，曾让我们多少代人享拥过繁荣。一回想那个拉网的画面，就想起当年出的那本《红旗歌谣》，其中有幅名曰《拉网》的版画插图：船上渔民奋力拉网，网中鱼儿肥满盈硕，那种丰收的喜悦，与农人们扬起金豆似的谷粒，不也一样令人欢欣么？

在县委书记王忠志办公室，我们谈得火热。他说创办海洋文化节，除了发掘与弘扬海洋文化，还有个重要目的，那就是主张休渔养海，因为海洋资源正在走向枯竭，应引起全民重视，所以文化节也叫休渔节，欲使之成为民间节日，希冀酿成一种新民俗。为敬畏自然，感恩海洋，保护生态，岱山人首创了休渔节。对于县领导的高瞻远瞩，我从内心里生出深深敬意。临别，王书记送我件礼物，外观包装精美，打开却是一截网绳穿缀着的古老渔坠，很庄严地镶嵌在蓝丝绒的衬底上。我知道，那是岱山先民早期渔猎的见证物，那个渔坠上，沉积着几千年海洋文化的种种信息。带回长安后，我一直将其恭恭敬敬置于书架，与《史记》《山海经》等书籍共陈于同等位置。

第一个参观点，是东沙古镇。远远望去，似乎只是一簇低矮的房屋。但走了进去，却发现古老的小镇，竟是那样曲折回环。仄仄的街巷，迷宫一样交织串连，巨大的青石板铺就的街道，仿佛会绵延无尽。街的两面，全然一色木板门铺，如今，十家店铺九家闭户，石板路的衔接与边缘处，长满了青苔；人家的门楼与墙头上，生出毛茸茸的杂草。人都哪儿去了呢？经打问，方知这里的人多数已迁徙至新县城，趋于新的政治经济文化中心而去了，剩下的只是些老弱病残，或一些故土情结严重的怀旧之人了。小心推开一户院门，院里空着，喊了几声也无人应答。但见上房与厢房的空阶上，一溜儿摆着许多硕大的水缸。那大缸黑瓷黑釉，虽已多年不用，依旧明光闪耀。趴在缸口探看，缸腹中竟可容四五人进去。我首感新奇，继而玩笑：在里边支个麻将桌，四人进去打麻将，也够宽展的！随同介绍，这是当年为腌制大黄鱼而用的。言说约在清末之时，此地曾是东海沿岸最大的鱼市之一。在大黄鱼捕捞季，十几省的渔船云集而来，海上千帆竞发，码头桅樯林立。黄昏时节，港口的鱼筐会一只挨着一只绵延传递至东沙镇的每一条街巷。街镇的上空，也会被浓浓的鱼腥味笼罩。处理不完的大黄鱼，就进了这一口口大缸，去做经年不腐的腌制。可想当年的东沙镇上，定是人声鼎沸，川流不息，渔火繁灯，彻夜闪烁。夜半有酒肴之市，天明有未眠之人。清代某诗人有描绘此景的诗句传世，我当时抄录了，后不知遗弃何处。总之，遥想当年的繁荣，对比今日的冷清，一种沧海桑田多变幻的感触油然袭上心头。我和同伴徐瑶导演提着摄像机，将镜头俯视，对准那乌亮的石板路，沿街奔跑着拍摄，想用晃动的镜头，追溯那滑走的岁月，追寻那沉进石板里的历史。

县领导很重视专题片脚本写作，为我们配备了一部三菱吉普车，直接将钥匙交与我手。有了车，我们常在仅有 28 平方公里的岱山本岛上驰骋。从东沙回城途中，见公路两旁，闪耀着大片大片的盐田。阳光下，一片片盐田明镜似的反射出耀眼光芒。禁不住停车去访正在劳作的盐民，掬一捧晶莹剔透的盐粒，知道了，岱山不仅有渔，而且有盐，乃真正的渔盐之乡也！

自己驾车在满岛游览，不觉就到了鹿栏晴沙。这是岱山很著名的景点，沙滩十分广阔，迤逦数里，呈月牙形状。伫立沙滩，面朝大海，万顷波涛一望无垠。猜想，何以命名鹿栏晴沙呢？大概放置一群麋鹿于这沙滩，亦如草原一样宽展。这里的沙子细腻而颗粒均匀，呈灰黑色，且沉淀得瓷实，故当地人称之为铁板沙。小汽车可在广阔沙滩上自由驰骋，轮胎也不会下陷。徐导就来了兴致，要我教他开车。我也觉得，这真是练车的好场地，即便新手加大油门横向狂奔，也不会开到海里去的。练车累了，我们静静坐着，看海水里游人嬉戏，极目远眺，听说不远的山脚下有个徐福亭，虽没去光顾，却也知道了，据说秦时的徐福，为诏媚圣上，给始皇帝寻求长生不老之药，遍踏东海蓬莱，最后东渡扶桑，从而一去不返。而他出海的最后起锚地，就是岱山的鹿栏晴沙。想那彼时之人，认知有限，因渴望长生，便四处探寻神仙之地。飞是飞不起来的，只能探寻陆地的边沿，可地无涯，海无疆，身居大陆，以为遥远的岱山便是海中蓬莱了，而到了岱山，发现前方更有神秘之地，于是走啊走，漂到日本就回不来了。用现今眼光来看，这距离才是地球上多么狭小的一隅啊，相比哥伦布的发现，还差着十万八千里呢。后来，我们还发现了一个更好的练车场，那便是国民党撤离大陆时，在岱山留下的一个废弃机场，如今依然保留，却空着，是学开车之人的良好去处。

磨心山，是我最想登临之地，那是岱山岛的制高点，站上山巅，整个岱山就一览无余了。所以山名磨心，谓磨棋之中心位置也。遇晴日，瞰脚下新城，有楼房林立，街衢纵横。远处，渔船或客轮在海上漂着，其他的大小岛礁，在烟波里影影绰绰。我知道，岱山是由404座岛屿组成的，脚下的本岛，乃全县政治经济文化中心。如同草原上的羊群，岱山岛便是那羊群中的头羊了。登高望远，心中的版图就扩展开来，由临近的嵊泗县、普陀山、沈家门等地，联想起星罗棋布的舟山群岛，乃至整个东海沿岸，海陆相衔，风光旖旎，渔桑并陈，物产丰足，这是祖国多么富饶而美丽的一方水土啊！而岱山，被誉为蓬莱仙岛，亦可谓名不虚传了。再看眼皮底下，便是香火缭绕的慈云寺。飞檐翘角的大殿，巍然耸立的佛塔，拾级而上的台阶，这些，都掩映在葱郁的苍松翠柏里。自古名山多仙占，天下寺庙，无不修建在风光极佳的风水宝地。和尚步履缠绵，香客虔诚膜拜。佛家的清静里，隐蕴着几分庄严与神圣，以致奠定了在宗教里相较正统的地位，是拿起架子的宗教了。可我在闲暇时，也曾一人独逛过岱山城东那座不起眼的小山，去探山上的另一座小庙，那里供奉着的是妈祖娘娘。并非宏伟的庐殿，妈祖慈祥安坐，匾额悬有四字：息波安澜。此四字，曾让我久久凝视而思绪漫漶。我感到，在质朴的渔民心中，其实最渴望得到的也就是和谐安宁、波澜不惊的基本生存保障。其最高希冀，就是在风平浪静的海上，去打捞自己的美好生活。至于更多的人生玄妙，似乎离他们就相对较远了。

除了岱山岛，全县还有两座面积较大的岛屿，那便是衢山岛和秀山岛。这两座岛屿我都去了。踏上衢山岛，印象最深有二：一是沿途山上随处可见一些醒目的墓园；二是海湾里有座很大的渔港，港边有座生产冰块的冷库。游游走走，见识了渔港的繁忙。每条船出海前，都会从冷库伸出的传送带上，将一块块巨冰搬送到船舱去，那是为给连日捕捞的海货保鲜所用的。登渔船访问，船老大是本地人，而所雇帮手，多来自安徽、山东等地。想这衢山岛，伸进东海已经够远，而改革开放后，大陆与海洋的交融，似已少有了间隙。交谈得知，船老板花巨资购置了渔船，但海上的捕捞，已捉襟见肘，需奔赴更远海域，花费更长时间。柴油涨价，人工费用增加，渔民们只有通过更为辛勤的劳作，并绞尽脑汁去使用智慧，方能获取微薄之利。再回头顾盼山坡上那些很讲究的墓园，我想，已有多少代渔人，栉风沐雨，劈波斩浪，经年耕海，把生命交与大海，将尸骨埋进岛屿。人的一生，无论身心是怎样漂泊，最后的归宿，还需一抔黄土安妥。所以，衢山人好像很看重墓地修建。年久了，山上就积淀出那么多拥挤的坟墓来。那里一定埋藏着许多久远的渔猎历史，沉积着深邃的海洋文化，是需我们潜心解读的。

秀山岛真的秀丽。前海有一湾泥塘，细腻的海泥，可泥浴狂欢，也可举行滑泥比赛。听说韩国有处著名的泥浴海湾，吸引了世界游人。在亚洲，除了彼，就数此地了。当地政府在此修建了游乐设施，游人们尽可享受别样的海边嬉戏。后海，则是一片清静的度假别墅，沙滩洁净，海水清亮，开发商在那里建了不少靓宅。陪同的郑东海先生对我说，你若能将陈忠实和贾平凹二位拉来，我保证各赠他们一套住宅，供他们来此写作。我笑了笑，说自己没那本事。但我疑惑，这里的海水，虽不比西沙海域那么湛蓝，却为何比东海的别处就清亮了许多呢？不去追溯原因，径直想，这整个舟山海域，乃长江、黄浦江、钱塘江等大江河的出海口，若使内陆的那些大江大河们都变得清澈起来，美丽的东海何苦要去帮它们藏污纳垢呢？

辗转采访，一日，烟雨朦胧中途经一座无名岛屿，见岛边有条长长的海埂，修建得巍巍壮观。海埂里，是人工养殖对虾、螃蟹，以及大黄鱼的海塘。同路人告知，这海塘曾遭受过台风的无情侵袭，因摧毁严重，损失巨大，渔民们于台风过后站在海堤上失声痛哭。而恰在此时，正逢时任的浙江省委书记习近平视察路过，见此情景，他停船靠岸，走访踏勘，抚慰民疾，并当即表态从省里拨一笔款项，重新修建了这座十分坚固的海埂，从此，这海塘再也不怕台风的侵袭了。那时，习近平尚未晋级中央，却已在岱山百姓中留下了温暖人心的记忆，留下了不可忘怀的丰伟口碑。

海洋文化节开幕式与休渔大典开始了，岱山城万人空巷，集聚码头，看千艘船只，从遥远的海平面列队驶来，千帆归港，万人欢呼，船上号角齐鸣，岸边礼炮轰响，锣鼓阵阵，震耳欲聋。那场面，那阵势，让我的内心顿时激动而澎湃起来，感动得几乎掉下泪珠。开幕式是由东方卫视名嘴曹可凡与另一美女主持的，而休渔大典的祭海辞，则由我和在《三国演义》中饰演过关羽的著名演员陆树铭宣读。两位北方大汉，身着绣有巨龙图案的礼服，以慷慨洪亮之声，代表当地渔民，虔诚而庄严地祭奠大海。那件绣有龙图的礼服，用完就赠予了我，我将其带回，恭恭敬敬置于衣柜，虽没机会再穿，但时常捧出来看一眼，就勾起了关于岱山和海洋文化节的种种回忆。

阔别岱山已经十年，但那散布于东海的明珠似的座座岛屿，一直让我惦记留恋。脑海里会时常泛起一些记忆。忘不了，黄昏时我独步海岸，看阵雨过后，四山清亮，海港里有渡轮靠岸，或从宁波或从舟山归来的岱山人，衣着鲜亮，步态从容。想那登岸者中，有出去开会、出差、办事的本地人，也许还有来海岛旅游观光的外来者，但似乎能够看到，他们是在将一种新的文明气息，经濡染之后，又悄然带回了海岛。对我来说，已经在岸边那些海鲜大排档吃过多次，胃里似已缺少北方食物了，于是满街寻找面食。在一个夜市地摊上，有位渔家大嫂制卖鲜味水饺，玲珑剔透，形美而汤鲜，吃来十分可口。那里，便成了我和徐瑶导演常常光顾的所在。两个月的逗留，有多少个阴晴变化，有多少次忙碌与闲散，而对于海岛与海洋文化的认知，还觉得是远远不够……

归来之后，我常为自己因到过岱山而备感骄傲。每与朋友闲聊，若涉及东海，便会津津乐道地神侃岱山。我还给上海的同学与朋友许下口愿，邀他们一起重游岱山，但不知此愿何日能了。每每打开电视，若文艺栏目里有何赛飞出现，我也会特别关注。因为她会让我立即想起岱山。何赛飞就是岱山人，是从岱山小城走出的人杰之一，或许还因为，她也是我的本家吧。总之，岱山留给我的印记，今生里是抹不去的了。

岱山，我一定还要再去的，即便无邀，我也会不请自来。

五月，鞑子梁探友

因为 64 岁的画家朋友李相虎，携 60 岁的老妻李淑慧，夫妻相依，抛却都市，在那遥远而野旷的山梁上安营扎寨，寻美探幽，写生绘画，已经近一个月了。消息传来，我心生疑窦，终不知他们的种种细节，便钩钓起极大诱惑，驱使我决计迈开沉重双腿，咬了牙，要攀登鞑子梁。

由淑慧弟弟选民驾车，从洛南县城出发，向东北方盘桓 70 余里，经石门、石坡，来到了鞑子梁下。从后备箱取出三根登山专用手杖，我与相虎夫妇每人一柄，选民自己没有，他与我同庚，也五十又六了，然喜好渔猎户外、场地球类，晒得黑不溜秋，身板比我这常年宅居斗室的外强中干不知硬朗多少。

仰望鞑子梁，突兀而高耸。开始攀爬了，我默不作声地寻思：何以称之为梁，而不唤之曰岭呢？梁，字典里的解释是指隆起的部分，包括山梁、屋梁、鼻梁等，篮子上手提的那个襻儿，也会被叫作梁。在我的认知中，被冠之以梁者，必是横空而起的一道较高山岭，有一定长度，顶端处会有相对平缓的山脊。洛南的好多山岭都被唤作了梁，从小在故乡洛南长大，我熟知此地人语境中的梁，是带有一些蛮劲儿的，当然也蕴含了夸张与惊羡的成分。而为何来又叫作了鞑子梁呢？是暗指高大蛮横？还是真有鞑靼人、被汉民族蔑称为鞑虏或鞑子的草原游牧民族在此居住过？这终是我心中之谜。

在一处陡峭逼仄的山道边驻脚喘息，抬头望，一株挺拔的白皮松屹立于身旁崖畔，其高耸伟岸气势，让我联想到海南的椰子树。相虎说，你看这棵树，像不像一条腾空而起的白龙？淑慧说，你看那树身上的白，像不像是用白粉涂抹上去的？是呀，我也疑惑，按说这种松树的白肤，应是从树身往外分泌的颜色，但分泌出来了，却形成一道白色盔甲，如同外来的附着一般，远远望去，白得是那么醒目，让人惊奇而不可思议。细看，林中尚有许多小松，幼时树身发绿，长大树身变白，于是留下第一印象：这一带盛产白皮松。也想，相虎年轻时就皮肤白皙，号称白娃子，他来此地，与白松为邻，也许宜于他的成就呢。方才路过肖家湾，村口就有一棵硕大无比的白松。我们停车专赴树下瞻仰，那是棵少说也在千年以上的巨松，树身需三人合抱，树冠离地数十丈，中下部已经开裂，像一位身披白袍的巨人，袒露了黑色的胸膛。树身虽显苍老，但那伸向云端的树冠，依然浓密茂盛。这树的高大，是我从未有过的经见。淑慧说，望着这树，有点森森的恐惧感。我说是的，老树历千年风雨，经沧桑巨变，成神了，成仙了，身上会携带着多少远古的信息啊！怎不让人敬而生畏呢？近前了，见村人在树下筑一小庙，立石碑曰：太白松。然而，一户农家的院墙已伸向了树下不说，通村的水泥路也紧依树下经过，筑路时，竟用斧子将树身劈去了不少。我一下子气恼，叹自己身微位卑，否则，会责备地方领导或林业部门有眼无珠。像这样隐于民间的古树、奇树，是该入县志的，是要当文物保护起来的，没有圈起来，护起来，而是毁坏树身使之为人让路。这放在西方国家，是绝然不会有的事。即便在国内，以我在福州所见，城市建设中避让和保护了多少古榕树啊！乡人不识才，不懂保护神奇自然，鸟儿却懂。据说此树常能招来灰颈鹤栖息，我想，那神鹤定是来为这神树除虫的，它们是晓事的精灵，是大自然中相依相伴的古老物种。说话间，真有两只灰鹤远远飞来，翩翩降落于墨绿树冠梢头。见此奇特景观，我的心才稍稍释然。

继续攀登鞑子梁。有一处像膝盖一样的硬坡，攀爬十分吃力。然奋力登上之后，就有缓坡出现。路边长满金银花，马兰花也一丛丛间杂期间；学大寨年代修筑的台田，依稀呈现眼前。是雨后新晴，沙石土壤也有着油质般的滋润。苞谷苗一拃高了，豆苗也已茵茵婷婷。远处，有一孤独农人，头戴草帽锄地，银锄起落，半天才有嚓儿嚓儿的声音传来，立刻有了一种静、空、旷、远的感觉。想起"空山新雨后"的上句，意欲改掉"天气晚来秋"的下句，但一时迟钝，没有合适的词字，只在"空山"二字上琢磨，对应眼前，那是多么传神的用笔啊！

终于上到梁顶，急切着回头俯瞰，李家河像一条玉带，蜿蜒延伸于山脚之下，远处的层层山峦，是影影绰绰的遥远。选民和我判断着鞑子梁的垂直高度，共同认定应在 150 米左右，相当于城市的 50 多层楼。说来不算太高，只是突兀地耸起，攀登不易，便与川道人家隔开了疏远的距离。淑慧热情地告诉我，说是别看鞑子梁高，在粮食紧缺的年代，川道姑娘都乐意嫁到梁上来，因为梁上地广人稀，加之旱年地不旱，涝时地不涝，各种杂粮总是够吃，起码不会饿肚子。尚有各种果木及林特产物，不说丰饶了，杂七杂八的物什，也能换回些油盐的零花钱。淑慧还说，她也跃跃欲试地想提笔书写，写鞑子梁的风、鞑子梁的月、鞑子梁的牛和鸡，还有那悄然出没的松鼠与野兔。哦，对了，那日她曾与一头野猪擦身而过，与一条蛇狭路相逢，吓得她毛骨悚然。从淑慧那喋喋不休的叙述中，我分明感到，她已与鞑子梁结下了笃厚情谊，她是爱上了这个地方。

欲进人家院落，首先迎接我们的是一树青杏。透过浓密的枝叶，看见嘟嘟串串的青果挂满枝头，突然就口舌生津，舌酸牙痒，有了望梅止渴之想。淑慧说，过上半月，杏子就熟了，有家养的万字杏，也有很小的山野杏，大小不等，随处可见，随便吃，管饱。俨然，她已像是鞑子梁的主人了。来到相虎与淑慧寄居的屋舍前，房东已在移民搬迁中迁徙山下，空留了残破的老屋，供他们临时渡用。然而，这两口却只在屋内寄放物件，不在屋中下榻。他们的窝铺，是在门前场院的一棵核桃树下搭起的野外帐篷。淑慧蹲下身来，拉开拉链让我弓腰探看，里边置放着干净整齐的被褥。她说，累了吧，进去躺一会。我说不用，她又说，这儿夜里很静，除了他两口，山洼里还有两户人家，分散在百米之外的东西坡坎，相距虽远，又被树木遮掩，但鸡犬之声可闻，一声咳嗽也听得很显。证明着有人相伴，也就不觉寂寞。好处是梁上有电，灯泡挂进窝棚里，看看书，就安然入睡了。清晨，太阳尚未露头，就有虫鸣鸟叫，很有诗情画意的。听罢，我已从心底里敬佩起这老两口来。

四人结伴，绕鞑子梁跋涉一圈。最有特色的，是这儿的石板屋了。随便踏进一家院落，发现此地山民已将石板——这种因地制宜——也唯一可取的建材，充分利用到了极致。石板磊墙，石板当瓦，石板铺路，石板当炕，猪圈、鸡舍、牛棚、石碾、石磨、水窖，无时无刻无处，无不使用着石板。有一家院落，石板院墙合围，石板门楼遮盖下的木门，也被"铁将军"把守，看来是人去屋空了。但细看时，那围绕一周的石板院墙头上，却密密麻麻布满了仙人掌，院墙延伸到何处，仙人掌也就蔓延到何处。这奇观让我惊诧，外来的植物仙人掌，怎么就如此众多地引入了此地呢？再看，一棵桑树的枝叶已伸至墙外，黑红色的桑葚果，如谷穗般繁茂。我信口说："石门紧闭无人语，一枝桑葚出墙来！"相虎抿嘴一笑，踮起脚尖去摘桑葚果，却被墙头的仙人掌扎了手腕。我们轮番趴在门缝，向这神秘院内窥探，判断这家人日子一定过得滋润，且具一定文化修养。这从院内植物的栽种、家具摆放以及那春节早过却依旧保存完好的大红对联的文化内涵等细节中，均能窥探出来。我猜想，在这原只有十几户人的鞑子梁上，此户人家一定是人中佼佼，出过读书人，有在外做事的。或许，这门户里还养出过鞑子梁上最美的姑娘呢，那美人儿，曾惹得全村汉子垂涎，要不，那高高的院墙上，怎会想到布满仙人掌？总而，此门此户中，一定发生过许多故事，只是我们无从得知罢了。突然，我脑海泛起一首民歌："黑了黑了天黑了，郎在外边高声叫，小情郎，小情郎，喂，喂，奴在房中听见了，咿呀喂……"

上到鞑子梁的制高点，那里是过去的生产队、现在村民小组的场院。打谷场废弃了，地面酥松，杂草滋生起来。场坪的树下，静卧了几头牛，黄的、花斑的，悠闲甩动尾巴驱蝇，脖上均系有牛铃，牛头摆动，铃声叮当作响。淑慧又开始津津介绍，她观察到，这里的牛和鸡都很有意思。夜半三更了，牛铃还会时而响起，牛铃不响了，人就睡不踏实。鸡是满山上放养，不怕人的，可能会飞到你的碗沿上啄食。牛在那儿躺着，鸡就飞到牛背上去，在牛毛里逮虱子、捉跳蚤。我笑了，心想这里不仅人与自然和谐，就连鸡牛关系，竟然也是那般和谐着。我又说："淑慧啊，你不愧跟了画家，艺术的感知力和洞察力，也变得这么强烈。"她笑着说："跟上当官的做娘子，跟上杀猪的翻肠子，那就是么。"确实，淑慧也早有了良好的艺术感知。比如她描述鞑子梁的风，说那有时是一种呜咽，像人的啼哭；有时是一种怒号，像杜甫描述的，卷我屋上三重茅。你看，梁上所有树木，树干苍劲，树冠则很小，因为树冠一大，风就吹折了。她又讲述鞑子梁的月，说那是明澈透亮的一泻银辉，照耀着无尘的世界，月中的远山近树，既朦胧神秘，又清晰可辨，恰如嫦娥宫阙的仙境一般。经她这么一说，我想，难怪他夫妇春上来驻扎过，初夏又来盘踞一月，女儿李婷也带了孩子来山上陪父母生活了几天。原来，在这鞑子梁上，确有动人的吸引。说这话时，我与淑慧走在一条开满马兰花和野刺玫的砭路上，林荫掩映，芳草碧绿。我向她背诵起《菜根谭》中的句子："徜徉于山水泉林之间，而尘心渐息；夷藏于诗书图画之内，而匪气潜消……"

其实，昨夜里看过了相虎近期的一组画作，有十几幅油画，二十几幅焦墨国画，之所以画得生动，均乃鞑子梁的写生。今日来，也就是对应了画作观光踏看。错落有致的石板路、石板屋，几棵造型奇特的小树，小路旁、青石间，几株紫色莹莹的马兰花……画中的景，景中的境，已让我有点按图索骥了。

回到他俩的住处，有农夫送来一担清水，两桶水在台阶放着，人却走了。选民知道，梁上什么都好，就是缺水。山民前些年吃水，仅靠揭过石板的山坑，用作蓄雨的水窖。如今日子好了，也讲卫生了，水窖之水只饮牲畜，人饮则讲究从山下的泉里去挑，来回六七里，但那便是有名的矿泉水，还被城里人传为神水，曾有人想投资开发。这担水，就是相虎约人花十块钱一担送来的。有了好水，坐在台阶烧茶。阳光明亮起来，透过浓密的核桃树叶，洒下斑驳的光柱。淑慧在台阶铺上报纸，晾晒她在满山捡拾回来的地软，搅动了几下，就去西邻的农家收买土鸡蛋。相虎见阳光甚好，也拿出睡袋和被褥晾晒。他在场院里绷绳，一头儿系于树干，高低不适，解了绑，绑了又解。看着他做事的木讷，选民开始埋怨："就想不通，他为啥能做一件事就费那么长时间？"又说，"你看相虎这人，你问他，有两根钉子在哪儿放着，他马上能给你取出；你问他贵重的照相机在哪儿，他半天也想不起来。掂不开轻重么！"我却望着相虎，心中暗自窃喜。

我与此仁兄相好三十多年了，他年轻时就以油画作品《槐乡》获全国铜奖。当年，我俩单身为邻，夜来共读罗丹的《艺术论》，同赏黄宾虹、李可染、李苦禅乃至刘海粟的绘画佳作。我曾断言，相虎会是大画家的坯子。谁知，多年后虽然同居省城，却分别在各自单位工作，他好像冬眠了，无声无息了。后来，听说他改画国画，也临池习书，有点折腾和挣扎，终也未成气候。如今，他似乎再度苏醒，潜下心来，离却都会，钻进深山，卧薪尝胆，路子是对了。虽已花甲早逾，但他性子漠坦，能落个大器晚成，也是我这做朋友的骄傲啊！你看，如今的省城书画界，风气很糟，那是急功近利的名利场，我曾借《红楼》话语，说那是"苍蝇竞血肮脏地，黑蚁挣穴富贵窟"。我能于5月24日来探相虎，是因参加了5月23日的"商洛作家故乡行"在洛南举办的活动。那是官方的组织，是大轰大嗡的形式主义，是自欺欺人的走马观花。谁能像相虎这样，真真正正地深入生活呢？我甚至开始琢磨他的名字了：相虎的相，读四声，伯乐相马，日本有相扑，相虎相虎。不知老人为之取名时参考过什么典籍无有，我猜，这名儿里定有识虎、伴虎、斗虎的含义。虎乃山中之王，那么，就让他在这鞑子梁的林莽间，好好待着吧！免得虎落平川被犬欺。

开饭了，是淑慧从城里背来的锅盔，还有黄瓜和豆腐干，用水果刀削成片，在盆儿里撒盐、调醋、滴香油，簸几下，拿起筷子，吃锅盔馍就黄瓜，喝茶。吃罢饭，我和选民起身与那两口告别，相虎将我们送至梁畔，一步三回头，是我，有点依依不舍。选民走得很快，我却慢溜溜盘思，鞑子梁的那些石板房，会不会真是在明朝初年，有一股鞑靼人，因战乱流落于此，躲避人烟，开山取石，建造的世外桃源呢？算了，这团疑云，还是留给历史学家或社会学家去考证吧，因为我的腿，在下山时总会哗哗发抖。

回到城里，天就黑了，有月光朦胧于混浊天际。这时，我遥想鞑子梁上的月，会是多么明亮啊，淑慧与相虎，一定就相依相傍着，徜徉在月光之下了。

遥望额尔古纳河

——读迟子建长篇小说《额尔古纳河右岸》

读完迟子建长篇小说《额尔古纳河右岸》，合上书本很久，不知应说些什么和怎么说。但我明显感到，在阅读中和阅读完很长时间里，我的心绪是一直被作品的情绪和氛围所左右了。迟子的叙述，借一位鄂温克90岁老妪之口娓娓道来，实际是她自己所掌握的节奏、语调、语感，还有她所编织的故事，让我心头笼上一层蒙蒙白雾，我似乎发现了什么又看不清什么，而心里总是沉沉的，虽然并非那种如铅似铁的沉重，却怎么也难得轻松。合上书卷，想思考和归纳点什么，想极力理清某些头绪，而又找不着端点，寻不着脉路，似乎我也像小说里的那个"我"，在茫茫林海中迷路了；又仿佛手里捧着的是一团看似成形却又不见了头绪的毛线，让人急切着不得安宁。

大凡一部好的作品，都能给人以这种力量。传达给你的，是一种说不清道不明的感受，让你在混混沌沌中被感染、受冲击。这情形如花之授粉，如木经雨淋，虽不知所受为何物，却在不知不觉中获益。恰如一株玉米被施以复合肥，玉米并不知那其中有什么氮、磷、钾等等的成分，而玉米却在不知不觉中长高。好作品的功用，自有其思想的多样性，以及容量的博大与视野的开阔，乃至所承载和传达的一切多义性信息。有了这些，就会让不同读者从中获得不同收益。

鄂温克人，是生活在森林里的以驯鹿为伴的游猎民族。与那些有着漫长文明史的其他民族相比，他们几乎属于原始人，过着非常原始的生活。然而，他们却能十分和谐地融入到大自然之中去，他们仍保持着一种天性，与大自然密切依存。我们知道，但凡有着厚重文明史的诸多其他民族，其实都是从"天人不分"或"天人混沌"出发的，在逐步背离自然的道路上，在与大自然有了冲突之后，必然会经受重重叠叠的灾难频袭，以致吃尽苦头。就以自谓聪明的华夏民族为例，因曾备尝违拗自然之苦，其老祖先早就悟出了"天人顺应"，继而去"天人合一"的道理，而其后人并不能完全明白个中奥义，但鄂温克人似乎不用教导，就能和谐于森林和天地自然。究其缘由，盖因他们本身就没有、也不愿意背离大自然。或者说在人与自然的关系中，尚未走很远。这群为数不多的人类族群，虽然也创造了自己简单而又神秘的文明，保持着自己初始的文化形态，但在那些自称有了高度文明的族群眼里，他们从某种意义上讲，与森林里的驯鹿、野猪、灰鼠、黑熊、堪达罕等等的动物一样，本身就属于大自然的一部分。这样的生存状态，究竟是让人鄙夷呢，还是令人羡慕？读迟子的小说，我能感受并体味出，在鄂温克人眼里，太阳是鲜嫩的，月亮是清明的，花草树木、飞禽走兽、雨雪雷电，一切的一切，都是那么逼真自然，未曾蒙上所谓文明与科学的阴霾。"自然"一词，在这里有着最为接近本真的意义。

然而，在所谓的现代文明席卷全球、横扫每个角落的大势所趋的情形下，鄂温克人的生存，必然受到极大的冲击与威胁，其命运也将面临前所未有的巨大改变。我们不妨想一想，地球上许多年人迹未至的南北二极，早已被人类占领了，就连太空的不少空间，也被人类涉足，那么，一条小小的额尔古纳河流域，岂能成为现代人类的死角？从20世纪60年代开始，我们国家就在开发大兴安岭的森林了，大面积的开采砍伐，使森林面积锐减，这群鄂温克人如同被驱赶的鸟儿一样，飞来飞去，却没有了相宜的栖息地。这些年来，我们的政府曾多次想办法，并从很"人性"的角度出发，为鄂温克人在山下建立了定居点，并为他们的驯鹿也建起了圈舍。然而他们却消享不了这样的现代文明，他们的驯鹿更是难以接受铁丝网束缚下的圈养。这是因为，他们和他们的驯鹿，与大自然中的森林是最亲密的。试想，我们这些有了悠久历史的现代人、城市人，之所以走到了今天，是一步一步，一个台阶又一个台阶，在漫长的历史中逐步衍化而来的。即便如此，我们也有"羁鸟恋旧林，池鱼思故渊"的企盼；明白"始知锁向金笼听，不及林间自在啼"的道理；有着"金丝笼儿无价，玉石碗儿豪华，那不是鸟儿的家"的强烈感受！说穿了，我们离开纯自然的家园已经走得很远了，而那些还把体温和气息留在森林里的鄂温克人，令其一步就跨入我们今天的行列，这是何等的艰难啊？他们又怎能一下子接受呢？但是，无论愿意与否，能否接受，事实是已经回不去了。因为已没有了可供他们生存的森林与动物，没有了驯鹿可食的林间苔藓。无奈的最终，他们还得与我们为伍，过上与我们一样的生活。至于心灵的震颤、灵魂的漂浮，无所依托的痛楚，也就成了无奈而又必然的经历。

小说通过对鄂温克人百年多来的历史变迁的描写，能让人感受和联想到，其对于整个人类漫长的进化史、变迁史、文明史，有着一定的折射和映现价值；选择和截取鄂温克人的命运去展现，有其浓缩、简便、集中、突变以及典型性和代表性的世界意义。这样的选材不可多得，是迟子建的发现和占有，亦可谓得天独厚了。

我羡慕那群生活在额尔古纳河右岸的鄂温克人，他们是简单而单纯的人，或曰最能代表自然人本真的人。在我看来，他们基本上还没形成我们所说的社会，所以所受的社会人的污染成分尚未明显凸现。他们以最小的有亲缘关系的族群为单元，伴随驯鹿而生存。随季节变化、林中苔藓和动物的多少，不断游走迁徙。他们没有文字，更没有我们所说的政治、经济以及建筑等等的学说与技艺，夜来所住，是那种被叫作"希楞柱"的窝棚，大概是用一根原木独竖，再用其他柔软材料围起的小棚子，类似于蒙古包而又比其简陋得多。也没有"床"和"炕"一说，或躺或坐，只是身下那张狍皮褥子。希楞柱的顶端敞开着，可以直望苍穹，夜晚总是能望着月亮和星星入睡。于是，火就成了须臾不可离开的神圣之物。营地的篝火与希楞柱里的火塘，昼夜都在哔剥燃烧。迁徙之时，驮着神灵与火种的两只驯鹿，总要走在队伍最前。选一片空地，几个希楞柱依次撑开，就是一个"乌力楞"的营地了。所谓乌力楞，就是一个族群、一个团伙、一帮相依为命的猎民单元而已。一个乌力楞里的成员，基本上就是一个血亲家族，偶尔有其他乌力楞的个别人因了特殊原因流落来此加盟。在这一二十人组成的乌力楞里，有一人会被推为族长，类似于我们的村民小组长，指挥迁徙，安排狩猎，调动劳动力；在一个或几个乌力楞中，会有一个萨满，那是能够通神的人物，相当于他们的教主。其人或男或女，是通过神的旨意遴选出来的，他（她）能通过跳神而治病、禳灾、解决疑难等人力不可抗拒的灾患，同时也主持婚礼和葬礼的仪式。这样的生存结盟或曰生存共同体，我以为是目前地球人残留的最为简单的组织形态，但是，他们又有着最为紧密和非常便利相处的人际关系。乌力楞当然没有政治、政权、政策、经济学等等的上层建筑领域，也没有学校、医院等社会福利，但却有着质朴的原生艺术，比如歌唱、舞蹈、崖画，乃至可以吹奏的"木库莲"。因为没有权术，也就少了阴谋和算计，有的只是人物性格差异所引起的冲突，最为激越的，是男女之间的爱恨情仇，我想这也是人类最基本的性的驱使，好像公鹿争夺交配权之间的角斗一样。至于物质上的得到与失去，就变得不那么重要了。

鄂温克人是简单、纯粹、率真的，而又是那样的善良、坚韧和顽强。尤其是他们勇于牺牲的精神，让人感动并悲怆不已。强壮的猎人伊万，当他举起猎枪射向一对白狐时，白狐说话了，哀求放过它们，伊万本能地收住了手中的枪。结果在伊万死后，就有了一个漂亮的"干女儿"前来祭奠，谁也不知她的来路，人们猜测，那干女儿就是那对白狐变的。这或许就是我们说的善有善报吧。在这个乌力楞里，有一位最为娇嘴、最难说话、心里怪异、不易与人合群的女人，她叫依芙琳，也就是叙述者"我"的姑姑，依芙琳强迫自己的儿子金得娶他一点也不爱的歪嘴姑娘杰芙琳娜，金得不从，在结婚的当天就自杀了。而金得也是善良的，他选择了吊死，却还不愿伤害一棵生机勃勃的活树，因按族规，吊死过人的树，要与死者一同烧掉，所以他选了一棵枯死的树。结婚的当天，婚礼变成了葬礼，新娘成了新寡，杰芙琳娜痛不欲生，哭闹着要往火堆里跳。这时，勇敢的小伙子达西站了出来，他跪在杰芙琳娜面前，大胆地向她求婚。小说中说："瘦弱的达西在那个时刻看上去就是一个威武的勇士。"因为杰芙琳娜当时还小，加上金得刚死，达西果真等了三年，在三年后兑现了自己的诺言，将她娶了回来。读到此，我赫然感到，达西的举动分明不是求爱，而是一种拯救，一种牺牲。那是以自己一生爱的机缘为代价的舍生取义。关于鄂温克人爱和善的刻画描写，在整部小说中可谓不胜枚举，这也正是小说能够感动读者的原因之一。

　　印象最深的，还是鄂温克人所面对的生与死。我已数不清，小说从头至尾讲述了多少死去的生命，包括成年的和未成年的，还有未取名的乃至带着血从裤腿中流下来的。有的死亡，尚有几分壮烈，而更多的死亡，似乎轻描淡写，说一声死了就死了，如同枝头掉下的一片枯叶。我在感到这个民族的生存艰难的同时，也联想到所有的人类在初始阶段的跋涉的艰难。所有最原始的进步，哪怕是微小的一点点，都是以无数生命为代价的；而人类繁衍中的生生死死，也真如草木的荣枯一样，是再也正常不过的事了。想起那么多的死者，我为这个"落后"的游猎民族而感到悲伤的同时，也为我们所谓的"先进"民族面对生死的过于沉痛与隆重而感到一丝可笑。继而推想，在宇宙自然中，究竟谁为先进谁为落后呢？远离自然的，就先进？亲近、依赖着自然的，就落后？而我们在创造了自己悠久的文明和现代化的生活之后，为什么还要渴望着回归自然呢？大量的污染，时代病，现代科技的负面效应，还有心境的浮躁、思想的纷杂、欲望的膨胀，乃至基因的变异等等，造成了灵魂的空洞，已让人们意识了问题的严峻，我相信总有一天，也许人类要放弃自己所创造的一切繁复的所谓文明，回归到简单的大自然中去。近读一篇文章，介绍了北大老师王青松与妻子张梅躲进深山近 20 年，与世隔绝过着桃花源一般生活的事。王青松与新华社著名记者唐师曾是同学，同为当年北大高才，王青松曾考上北大哲学系教授汤一介的第一名博士生，却也放弃了就读。其妻张梅也是北大外语学院的老师，他们躲进深山，自耕自种，拒绝外部世界的一切制造，除了买盐，其他均为自产。洗涤也只用草木灰和皂角。他们的做法，想必不会是心血来潮或一时兴起。读罢此文，令我非常震撼。我想，人与自然的关系究竟是什么呢？大自然孕育和滋养了人类，就像是母亲的子宫，人类像孩子一样离开子宫而长大，长大后常常会忘记自己的出处，但离开母体奔走多年，最后的归宿也必然是坟墓，而坟墓不管是在陆地还是海洋，那也应还是大自然的子宫了。这样的轮回，会无休止地重复下去。对整个人类而言，由于生命的存活方式不同，从而导致了在许多事物上有了不同看待，至于孰优孰劣，因为不在同一个标准与坐标上，便没有了对错之分，就好像海豚不能笑话蛇，说谁的活法更先进一样。这些，也是人类应共同思考和面对的是非话题。

迟子的叙述是沉稳的，准确、生动、鲜活而不急不躁。从她目前拿捏文字的功力上，能窥得她的胸襟与气象所透射的力量，结合她以前的诸多作品，已有了大家气象，相信会朝着大师的级别迈进的。她常常连续使用的比喻、联想、想象、迁移，以及诸多诗化的意境描写，乃至情节、细节的多重性承载与包容，都让我感受着这位文学才女的大家气和独到处。也正像她在该书的后记中所言，她自己是生长在那片土地上的，这就具备了这部作品的种子生长的土壤，因而这种契合，既顺理成章，也得天独厚。当然，小说里也有我个人不尽满意的地方，比如她的不愠不火，好像戏剧没有高潮一样，使人难以心跳加快，荡气回肠。由于安排了用耄耋老妪来讲述，而鄂温克女人又是一般不参加狩猎的，便没有了我所渴望看到的某个狩猎场面的浩荡与壮烈；人与兽之间厮杀拼搏的残酷，斗智斗勇中的奇诡，这些，也是我感到不过瘾的地方。再如，鄂温克人是以驯鹿为伴的，之所以是驯鹿而不是野鹿，这种动物必然是驯化或半驯化了的生灵，它们在野性与家养性之间的微妙差异，或许还有神秘、奇异、生动的人性与兽性交织的神话般的故事，这也都是我，作为读者所想看到的。

据说鄂温克人的祖先是从贝加尔湖一路迁徙而来的，贝加尔湖的博大，几乎与海同义。就是说，他们也是海洋孕育的生命。最后的归宿，能否再回归大海，这也许要踩着人类共同的步点，与其他民族一同行进，其结果也是不能预测的。但我们知道，鄂温克人很快就要融入到一个更大的民族中去了，他们所生活的那片林莽，那条额尔古纳河流域，不会再是一方净土了！我没有去过那地方，如今跟随迟子的小说做了一次游历，于是站在地图旁，寻找那条河流，想象着那里的山与水，与之遥遥相望，在心中久久地遥望。

一首歌与一个地方

　　地因人而出名，人因地而传世。这话说得早了，记得曾在贾平凹的文章里读到过。当然这话是有真理意味的。不是么？因了孔子，人们记住了曲阜；因了老子，人们知道了楼观台。到了韶山，怎能不想起毛泽东；到了岐山的五丈原，自然就会怀念起诸葛亮来。我的家乡商洛山，过去谁也不知晓。到北京去，人问哪儿人？回答商洛，人家不知所云。后来因姚雪垠的《李自成》写了在此屯兵之事，人们因李自成而知道了有个地方叫商洛。再后来，贾平凹写了商州系列的文章，贾平凹出了名，商洛也出了名。当然，人们一到商洛，也自然会想起贾平凹的。同样，若不是莫言，有多少人会知道高密呢？这是人所共知的真理了，不过我这回想说的，不是人和地的关联，而想谈谈一首歌和一个地方的关系。

　　因了一首歌而让一个地方出名的例子很多，比如一首《太阳岛上》，就让松花江上那个不起眼的小岛出了名；比如《吐鲁番的葡萄熟了》，又让人对吐鲁番那地方增添了一层向往；一首《青藏高原》，真就唱出了那地方的雄浑壮丽。再比如《我爱五指山，我爱万泉河》《沂蒙颂》《太湖美》《西沙，我可爱的家乡》《新疆是个好地方》等等。一首歌唱红一个地方，其例可信手拈来。然而，一首歌与一个地方，与一个人和一个地方，是有差异的。人，无论好坏，只要出名，那地方就名了。比如蒋介石，不管怎么评价，人们还是记住了奉化溪口；比如曹操，无论如何褒贬，大家还是记住了铜雀台；朱由检上吊的煤山，就在故宫后面，谁到了那儿，也会想起那个窝囊的朱皇帝；谁到了颐和园，也都忍不住会将慈禧数落一番。但歌儿就不同了，歌唱的，必然是那地方如何的好。假若将那地方唱得如何糟糕，如何贫穷险恶，如何荒凉不毛，恐怕就没人去了。假设有人唱：啊，美丽的沙漠！啊，美丽的沙尘暴！这恐怕是不行的。所以歌唱那地方，就是赞美那地方，但那地方出了名人，却不管是美名还是骂名。

刚入社会的时候，我姨夫对我说了句话，让我记忆犹新。他说："你记住，凡是歌儿里唱的好地方，都是没人愿意去的地方。新疆好，西藏好，咋没人愿意去呢？北京好，上海好，咋不大唱而特唱呢？唱得让人都拥挤到大城市和好地方，谁到偏远的边疆去工作呀？所以，歌儿里唱的，都是日弄人的。"他这话，对我触动很大。我心中暗想，好就是好，不好就是不好嘛，我们伟大的党，咋会日弄人呢？长大了，思维就不再那么简单。明白了说某某地方好，还有倡导或导向的意义在。那年代，正是需要人到老少边去工作的，故而以歌声来召唤和鼓动。歌，也确实能动人。我们唱着歌儿打日本，唱着歌儿跨过鸭绿江，唱着歌儿去支边，广大知识青年，不也是唱着歌儿到农村去的嘛。

现在，我的家乡要开发旅游，大小地方都在为当地写歌儿。贾平凹词，赵季平曲，谭晶演唱的《秦岭最美是商洛》，不错，词曲优美，谭晶演唱得也声情并茂。我将唱碟插在车上，反复听，觉得感人，并且真心希望外地人也能听到这歌儿而广为喜爱。但是，我的女儿在车上听了，却问，秦岭最美是商洛？她用了个问号，竟让我一时无法解释了。想了想，我唱着对她说："谁不说俺家乡好呀得呀依呀……"

市里边写了歌，各个县里也就写歌。乡镇也开始写。蔡川镇，竹林关镇，都有了歌。请名人作曲演唱，录音制碟，广为发放，看来花钱不少。歌儿所唱的有些乡镇，我很熟悉那地方的，真就"美丽富饶"吗？真就是个"神奇"的地方吗？一般说来，美丽的地方，往往并不富饶。正如李大钊所言：

"绝美的风光，多在奇险的山川；绝壮的音乐，多是悲凉的韵调；高尚的生活，常在壮烈的牺牲中。"若要将美丽富饶连缀使用，马上就需具象的事实支撑，不能凭空夸耀。比如关于西沙的那首歌，是用了许多具象的镜头来证明其美丽富饶的，否则就假了。一虚假，让我听起来就起鸡皮疙瘩。再说，东施效颦般地写那么一首歌，真能让一个小镇出名么？我全然不信。若真要写歌，我倒是喜欢实事求是。比如"我家住在黄土高坡，大风从门前刮过……照着我的窑洞晒着我的胳膊，还有我的牛跟着我……"也许，你真实说出那地方的偏僻与野旷，说不定还有人愿意去探险呢。即便要说那地方美，也要寻找到真美。美是离不开真和善的，没有真与善，美就站不住脚了。我想了想，这是我们的宣传有问题。长期说假话，只喜欢歌功颂德，虚假赞美，不求真实，此流毒已深亦远矣！可怕的是，长此以往，把是非全然搞乱了，对世界，对后人的影响，那将是多么巨大呀！

我真想为我的"率真堂"也写一首歌，只怕是唱不出去。

又见桐花串串开

正在厨房煮面条，等水开，目光随意投向窗外，见楼下两树桐花，开得那么靓丽明艳。定睛细察，一树白桐，一树紫桐。花色虽有别，花形却相类，均乃喇叭口的，像一口口铜钟，嘟嘟串串挂满枝头，观每朵花形，想起二十世纪二三十年代老式留声机那高高扬起的铜喇叭来。满眼是花，已寻觅不见了那刚刚萌生的嫩绿新叶。繁花满树，争奇斗艳，就禁不住了情愫游弋。水已沸腾多时，竟也未曾觉知。于是想，桐花又非牡丹，也不比桃花、梅花、荷花，亦有别于玉兰、杜鹃、兰花之类，本属平素花种，但在怒放时节，也同样魅力无限啊。继而又想，凡自然之物华，示于人类，何以就有了难以抵御的诱惑？端了面条至客厅吞食，不觉味道，心思由那两树桐花漫漶，想起了有关桐树、桐花、桐籽的种种记忆。

儿时听奶奶说民谚，其中就有一句："务桐树，看母猪，三年发个大买主。"这是可怜百姓的生财之道，从这民谚里，我知道了桐树生长迅速，几年间便可成有用之材。当然，这说的是那种泡桐，泡桐无大用，只配做箱柜，村人嫁女，陪一对桐木箱子为妆，系那时常见。后来，时可听"家有梧桐招凤凰"的话，《火焰驹》的戏词里也唱："梧桐树岂容乌鸦栖？"这些，又让我印象了梧桐的高贵。读中学时接触到一首联句："剑不砥砺难冲斗，桐未霹雳岂成琴？"此乃励志之言，除了勉人勤奋、吃苦，鼓动人去经受磨难以外，也分晓了一个常识：琴，一般需用桐木制作，若用雷击之桐，更称珍奇，是为上佳。刚参加工作，遇顶头上司梁科长，广东人，喜文善乐，一日闲暇，他向我出得一上联："童子打桐籽，桐籽不落，童子不乐。"言说此乃千古绝联，至今未得最佳下联相配，我深感此联耐咀嚼寻味，胃口被吊，跃跃欲试，然费时多日，搜肠刮肚，终也配不上个令自己满意的下句来。1975 年春，下乡商南，经双庙岭一带，见满山桐花盛开，灿艳夺目。虽感慨万千，却无力形容。但还是首次知道了油桐花的价值，春日花茂，秋后籽繁。油桐籽可榨桐油，桐油可以制漆，轮船上刷的那层防水，尤其离却不了。于是明白了陕南及长江流域这一山地土产，原来也有如此金贵用场。1979 年在镇安白塔蹲点，居住文家梁，春日伫立山巅，又望满山桐花，依然空有嗟叹，只觉很美，如何美哉，美在哪里？懵懵懂懂而难以表述。不过，在后来与梁喜元组长一同编写镇安山地特产开发的报告时，就有了脱口而出的顺口溜："核桃木耳板栗棕，天麻连翘与杜仲，蚕桑枸皮龙须草，更有生漆加油桐……"一句话，生活的阅历，已留下许多关于桐树、桐花、桐籽的记忆了，但细究个中历史、科技，尤其是文化，仍觉知之甚少。

又见桐花串串开了，被撩拨得冲动，想写点什么来，便开始翻阅搜寻。原来，桐树属中国本土古老树种，分青桐（又称白桐）、泡桐、梧桐多种，虽非同一属科，但与德、法等别国之桐相较，春来，中国的桐花无论色白色紫，繁花总会压满枝头，如霞似锦。而异国之桐，便少了这美丽花期。在中国人眼里，牡丹代表国色，桐花则更多承载着民间意象。再度翻阅，天哪，关于桐花竟有那么多词条！唐代大诗人李商隐有名句"桐花万里丹山路"，这出自他的《韩冬郎即席为诗相送》，全句曰："十岁裁诗走马成，冷灰残烛动离情。桐花万里丹山路，雏凤清于老凤声。"传说凤凰处于丹山，故而有了丹凤一词。历代文人诗咏桐花的句子多了去。吴师道曰："桐花开尽樱桃过，山南山北谢豹飞。"刘嵩诗云："一月离家归未得，桐花落尽子规啼。"宋代词人陆游也曾吟哦："纤纤女手桑叶绿，漠漠客舍桐花春。"今人席慕容，就曾以《桐花》为题，写过女性味十足的日记体散文。越剧里，亦有《桐花泪》的新编剧目。不说了，不说了，再说便有吊书袋之嫌。我最终想到的是：当我知道了这么多以后，再去看桐花，会是什么心境呢？明年桐花再开时，还会与我 1975 年、1979 年所见到桐花盛开时的心境一样么？人哪，在无知之时和有知之后，看世间物象，是会大相径庭的。有了些知，也有了些历，物象呈于眼，会增加多少理智、情感，乃至故事内容的附着与承载啊！

　　桐花期短，几日落尽，地上如铺茵褥。我也为此伤感，故于纸上涂鸦，学诌了几句："清明之日桐始华，嘟嘟串串艳如霞。盈虚不过瞬间事，落英满地随踩踏。"继而，又去遥想秋后，待阴雨绵绵时节，便会有"秋雨梧桐"的意象了。记不准是谁说过："梧桐树，三更雨，一声声，空阶滴到明。"是呀，雨打芭蕉添心事，秋露梧桐动离伤。好花灿烂花期短，真情朴素情意长。这会儿，我再次出门去，观望桐花，想起的，又会是谁呢？

在西沙读海

是北方的山地养育了我，而对于海的向往，却也由来已久。幼少时学谙世事，常企慕以大海之广阔，来雄壮自己胸怀。可是，毕竟距海边遥远，总也没机会去真正地面朝。说来也怪，我学习写作的第一篇散文，竟与海洋有关。记得我写了位海军战士，回秦岭深山探亲，而他的爷爷正在采摘桐籽，压榨桐油。他告诉爷爷，这些桐油，多数都会运到海边去，涂刷在他们的战舰上，当然也会用于所有的海上船只。因要抵御海水侵蚀，用桐油制造的油漆材料涂刷船身，则是最好的保护。我是通过如此情节，将大山与大海联系了起来。但那时，我脑子里实际上只有山海连绵的印象，对于真正的大海，却连影子也还没看见过。

第一次看海，是在上海就学，临毕业我们去了普陀山。黄昏时分在黄浦江码头登轮，天黑了，才航行至东海。头一回看海，不忍进舱休息，久久趴伏于船舷的栏杆上，任凭潮湿的夜的海风吹拂。四周黑漆漆一片苍茫，看不见海的尽头，不知道海的边沿。船舷的灯，只隐约照亮近处有限的海面。只见轮船碾过那无尽的海浪，激起一层层浪花，浪花又赶着浪花，一直被推得很远了，才渐次消失。而新的浪花，又在不断地溅起，其形状和图案与上一拨似乎一样，又似乎不一样，哗啦，哗啦，仿佛就这样要无休无止地重复下去。那一刻，我强烈地感受到了海的恐怖。之所以感到恐怖，觉得大海是那么深邃，那么广袤，那么无际无涯。多么大的巨轮，在海上，也如同一片树叶。我想，若在海上失事，如何能够救得？边在哪里？沿在哪里？没着没落，再也没有了脚踏实地的语词，是那么缥缈而无助。即便遥远的岸上人闻讯赶来施救，树叶般的船只，怕是早被汹涌的大海无情地吞噬了。想到这儿，我战战兢兢回到船舱，不敢再去船舷上看海。

是的，我也曾感受过大山与林海的恐怖。只身深山老林，看峰峦无际，见怪石嶙峋，听松涛阵阵，那种被淹没的感觉，也着实无助而恐怖。可是比起大海来，似乎就要好多了。因为会觉得那起码还是站在陆地上，脚下有处踩踏，张嘴可以呼吸，四肢可以行动，有物可以攀附，多少会有所缓冲，可以镇静了而再去努力拼搏，或设法等待救助。但大海就不同了，想我若陷身其中，怕是分秒之间，容不得一声呼喊，就会被吞没的。

这种对于海的恐怖感，或许多半缘于陌生和无知。山狼嘛，没见过海，故而惊骇。后来的机遇，让我在舟山市所辖的岱山县逗留过两月时间。为给首届海洋文化节撰稿，我往来于宁波、舟山、岱山、衢山岛等等的岛屿之间，常常乘渡轮或渔船跨海。白日里穿梭于舟山群岛海域，见大船小艇，往来如织，海面上时有海鳞跳跃，极目处岛礁尽现，想象着这也如农人们在田畴桑陌上耕作劳碌一样，知道了人与海的关系，于是海洋变得亲切，那种恐怖感就慢慢减弱了。然而，过后从地图上查看，我前两次与海洋的交道，还只是在距离大陆很近的内海，是在家门口行走，充其量如同走到了村口的田野上，还没有真正远航，而去见识那覆盖了地球大半面积的汪洋。

这次去往西沙，实在是件幸事。先飞往三亚，然后从美丽的凤凰岛码头出发，经过半天一夜的航行，次日拂晓时分，"椰风公主"号游轮便在西沙海域的深海处停泊了。

这一夜，我依然伫立在甲板上，不肯去包房里入睡。从下午到深夜，仍然久久注视着大海。时令已入冬月，北国的寒气开始袭人，而中国的南海上虽然尚如夏季一般，但夜里风浪很大，海面上掀起足有五六米的巨浪，近两百米长的庞然大物，也被折腾得颠簸起伏，船舱内，已有不少人开始呕吐。船的行进，实际上是一直在碾轧着海浪，可那海浪，是永也碾轧不尽的，你冲破了一座浪峰，后面再来一座，一座接着一座，无尽无休。海浪们前仆后继，好像在说，来吧，给你碾轧，你能碾轧得完么？我想到了海啸，想那大海若是发起怒来，地球上的任何人类建造，都会像摧枯拉朽的树叶，被卷扬得无影无踪。可这次我不再感到恐怖，我相信人类的科学与理性。出海了，起码有天气预报，船的航行，有船长和他所掌握的一切仪器，几百人的安全，应该不用担忧。泰坦尼克号的事件，那应是多少万分之一的偶然，不会让我们遇到。心里松弛了，就接着胡乱地联想。想人类的航海史，从哥伦比亚，想到郑和，他们的勇敢、勇气，实在是令人佩服啊！也想到了小说里的方鸿渐，他从欧洲坐船归来，在海上渡过了那么漫长的时间，并有一些故事发生。那时候飞机少，跨洋的航行，该是多么煎熬呀。

天亮起来了，环顾四周，有隐隐的岛屿出现，粗略望去，似有似无，定睛细观，才发现那些岛礁就散布在远处的海面上。这是中国的领海，可这里过去人迹罕至，越南人就乘虚占据了一些岛礁，为领海之争，就有了20世纪70年代的西沙之战。据说，我们能看到的有些远处的岛屿，仍被毗邻的一些小国占着。迟早，我们会全部收复的。阳光照射了海面，极目所至，天空与海水就紧贴在一起。我开始分辨海的颜色，于是发现，其实最深的海水，已经呈现出黝黑的颜色来。深海为黑色，渐次为蓝色，再浅一些为绿色，到了岛礁附近，清澈见底，又有白色的珊瑚石与沙粒映衬，海水就变成白色的了。所以感到，到了西沙，才真正认识了海的最为丰富的颜色。继而，脑海里又涌现出许多带有三点水的字词来。比如，什么叫潮，什么叫汐；什么是浪，什么是涛；什么为澜，什么为波等等，这些关于海和洋的词汇，细分起来，它们之间又有些什么样的区别呢？

接下来的两天里，我们分别登上了银屿岛、鸭公岛、全富岛等几个岛屿。紫外线将皮肤晒得黝黑，充足的氧气让人慵懒而陶醉。在这里，我从深心里感受了大海的美丽与丰富。心里总是鸣响着一首歌的旋律："在那美丽富饶的西沙岛上，有一串明珠闪耀着光芒，绿树银滩风光如画，辽阔的海域无尽的宝藏……"这歌儿，就是我那几天在内心随时泛起的主旋律。无论走到哪儿，这首歌的旋律都一直在耳边鸣响着。

　　简单来说，在西沙读海，使我这个在北方山地生活了大半生的人，心胸豁然变得开阔，眼界一下子变得辽远。再回大陆的时候，突然感觉陆地原来是那么狭小，至于人类，尤其是一位个体的生命，竟是那样微不足道啊！我相信，我的读海的收获，会对我以后的人生大有裨益，至于究竟是什么样的收益，也许会逐步显现出来吧。

这山·那山

　　少年时进山砍柴，登上高高的莽岭四望，发现前后左右都是山。无边无际，皱皱褶褶。所以后来见到贾平凹将那连绵的群山喻作"牛百页"，就有了自己独特的心中画面去填充。儿时尚未走出过大山，自无"会当凌绝顶，一览众山小"的胸识，只怀疑，这世界怕多半是由大山组成的了。听说过"山外"一词，想不出平原的模样；知道有北京、上海等大都市，却在心里发问：那地方还有山吗？

　　后来就走出大山了。第一次走出秦岭峪口，蓦然见到一望无际的关中平原，禁不住哇地一声惊叹：原来山也有尽头时候。再后来很快明白，地球表面多由大海覆盖，陆地只占约三分之一，山地也才约占陆地的三分之一。于是，眼界和胸域一下子开阔起来。但还是执拗地认为，我会永远是大山的孩子！无论何时何地，若遇平原或海边人夸显自己的生地，我会不羡不屑；若还表露些蔑视山区之言，那我便在深心里暗暗将其看扁。因为那并不富饶的大山里，毕竟有我的童年，而童年的印记，常是我人生坐标的原点，也是我终生的心理基石。然而，随年事渐增，当回首履历之时，竟发现自己大半生竟是在平原和都市里度过了。愈到老来，愈发体悟着一条道理：一个人的出生地，原来只是他的秧圃，秧圃的养育十分重要，但也必有其局限。大山里出生的人，虽不能忘了大山，却不能永远挟带着山的意识。因为那拥挤的大山里，必有狭隘存在。我的一些靠着才智与勤苦奋斗而走出了大山的乡党朋友，人虽进入了都市，深层的意识与行为背后，却总还笼罩着山的影子，摆脱不了山地意识的捆缚。表现于为人处事，便是那种掩藏着的狭隘与猥琐，家乡语叫作"绱不展"，缺少了大江东去的浩然之气，我想，那终也难得修成正果。山芋是长大了，却也大不到哪里去。

中国有很多绵延数百里、上千里的大山。从西往东，由北到南，依次有阿尔泰山、天山、祁连山、昆仑山、喜马拉雅山、秦岭、巴山、横断山、大兴安岭、长白山、南岭山、十万大山、五指山等等，随便报出这些山脉名称，个个都巍然壮观而令人生畏。而这些大山，各有各的外形状貌，各有不同物产与性格特征。惯常认为，是河流孕育了文化；愚以为，不同的大山所培植的文化，亦毋庸忽视，盖因山乃河之源也。欧洲的阿尔卑斯山，南美的安第斯山，大概对其周边文化形成，也不无深远关系。以前，只熟悉着秦岭与巴山，虽也见得雄伟，然多呈秀美之色。所以对那"梅子黄时日日晴，小溪泛尽却山行。绿阴不减来时路，添得黄鹂四五声"的悠然情境，对于"东风知我欲山行，吹断檐间积雨声。岭上晴云披絮帽，树头初日挂铜钲。野桃含笑竹篱短，溪柳自摇河水清"等等的诗句，就备感熟悉而亲切。但前不久去了趟新疆，沿途远眺祁连，继而翻越天山，也稍稍刺探了阿尔泰，感觉就全不一样了。祁连多嶙峋，阿泰显巍莽，雪域天山的高耸与神秘，只能令人战兢兢仰视。在这类神山面前，我噤若寒蝉，丝毫不敢轻佻和放胆狂言了。它绵延上千里，纵深数百围，山色多变幻，常年积冰雪，有多少云遮雾罩的凶险峰峦，只可远远眺望而永无人迹登攀，其雄壮与神奇，谁敢轻言征服？故而初得理解，它似乎永远有源源流淌不尽的雪水，去滋养山南山北那一望无际的茵茵草原。继而联想，若将我只身掉进昆仑或喜马拉雅雪峰，那该是何等恐怖之事？在这个星球上，我最感恐惧的是无边无际、波涛汹涌的大海，然而即便在空中俯瞰喜马拉雅，也同样会让我胆战心惊。而面对此类山脉，以前背诵的那些有关山野小景的恬静诗句，又怎能派上用场？看来，我是不能永远沉溺于小情小景之中的。再往开了

【游历篇】这山·那山

143

去想，桂林一带有平地突兀、直上直下的奇异孤山；地球南北二极有永冻的冰封雪山……这山，那山，山山各有千秋，差别大了去。有哲人说：世上没有相同的一条河流。我也敢说：世上也并无完全相同的一座大山。

依山傍水，是多数人理想的居家之地。屋后青山隐隐，门前小河淙淙，习惯了这种诗意居所，便不易理解在大平原、大草原乃至沙漠边缘居住者的内心情调，相信在他们的心灵图册里，也一定会选择相距最近的某条山脉来做参照吧，否则，会不会感到无依无靠呢？我甚至认为，对人类而言，有山有水的生地，才是最为相宜的生地。在此类藏隅，似乎更易于增智生慧，更能成就人物。概因山是大地的隆起，水是大地的凹陷，有了这种凹凸起伏，也许才能孕育出心思的波澜。毛泽东的韶山我去了，那里确实惬意；刘少奇的花明楼我也去了，也是有山有水，但其比例似不如韶山冲那么团气，屋后山孤，不与脉连。又想，共和国的创始者们，也多数来自山与水之间，我还真想不出有多少伟人，其故乡是在无垠的大平原上。孔子的家乡山少，他曾选择去列国周游；老子的故乡离山较远，所以远赴终南山在楼观台上修道。俗语说，一方水土养一方人，那只是将其养活而已，其实灵性的培育，与所处自然的关系，更是妙不可言啊。

自古名山多仙占。佛家也好，道家也罢，都喜欢将寺院或道观建在险绝的山巅。是不想让人朝拜吗？不，是期望来者，首先经受攀登的考验。其次是追求高远，宁静，神秘，凸显。

这山，那山，见过了形形色色的山，要说最爱的，还是我的商洛山。因为那里虽不富饶，但却灵秀而又安稳啊！

重阳登高

辛卯九九，并未忆起"山东兄弟"，倒是念及春日里刚刚故去的胞弟来。想人生苦短，说一声没了就没了，从此销声匿迹，这世上再也不见了那个身影。"日落狐狸眠塚上，夜归儿女笑灯前。"死了的人，只是活人的短暂的念想，日子一久，终也会淡忘，活人依旧按照自己的样法生活，该笑的笑，该玩的玩，该干什么还干什么。想到此，不免怅惘，就想只有在活着时多留点作念，死后让人经久念说，这便是唯一能做的事了。

午饭罢，见天气晴和，雨后新晴，秋高气爽，阳光灿烂。一时心血来潮，决定拉上二姑娘何笛去登高。老妻之大姐来了，原备留她二人在屋内叙旧，然我将想法说出，妻倒是踊跃欲随，也就四人成行，由我驾驶，坐上了大女何苗的那辆"熊猫"牌微型车。至边家村，她大姨突接其女电话，言家中有事，就地下了车。剩一家三口，沿西万公路向沣峪口进发，目的地便是秦岭之巅那黄河与长江的分水岭。

中国就是人多，走到哪儿人都多。假日里无处可去，我能想到要去的地方，别人也早就想到了。一路拥拥挤挤，出城不畅，沣峪沟里的车辆也排成了长蛇阵，车多路窄，弯急坡陡，只有尾随了车流蠕动前行。这一路，最怕那些刚刚拿上驾照的"篱笆耙子"，虽有钱开着"奔驰""宝马""路虎""霸道""牧马人"等名贵车辆，然驾技却不敢恭维，颤颤巍巍，停停顿顿，不能流畅操纵。这就给了我这老驾手以可乘之机，加之娃的小"熊猫"车身短小，操纵灵活，虽只有1.2的排量，但在咱老胳膊旧手的驱使下，及时变挡，巧妙给油，见缝插针，也能在人窝车流中鱼贯穿行。不一会儿，就脱离了拥挤，畅畅快快加大油门向山顶冲刺。于是我冲着小女何笛感慨：娃呀，这就像马拉松赛跑，起点总是人多，跑到最后，领先的人就稀稀拉拉了；搞文学也一样，开始时不少人都来凑热闹，最后成功者寥寥；任何事情都一样，"会当凌绝顶"时，便"一览众山小"了。爸今日带你登高，就是想要让你站上峰巅，体会俯瞰群山的感觉，寻找成功和领先的高远感受，希望你以后在大学里更加努力用功，争做人中高杰。女儿笑着配合了我一句，说：山高人为峰嘛！

来在山巅，已有不少人车，将仅有的一点平坦占满，男女老少，三五成群，散布在公路上下、碑亭周围。遂想起个笑话，说某人想躲清闲，想不出地方来，就钻进老鼠窟窿，想那里不会有人了，谁知刚将头探进去，里边就有四个人在打麻将呢。于是就有人说：在中国，凡你能到达的地方，就不会有"人迹罕至"这个词了。喜马拉雅山顶上，垃圾也要用筐子往下背呢。

仲秋的秦岭之巅，毕竟山色迷人，每年也只有这个时节，就见霜染丹枫，风吹棠梨，离离草木，木秀于林，林莽斑驳，波浪起伏，浮想联翩，蹁跹生情，情借景生，生不逢时，时光交替，啼笑无常，怅然难禁，尽在其中了。突然想起一句话来：君不见满山枫叶，尽是离人眼中血！这是何等的悲情？却不知我的离人，此刻眼前，可有这满山红叶？山色赤橙黄绿，天空碧蓝如洗，竟还有一弦冷月悬于天际，与那耀眼的红日相辉相映，将这高山景色装点得如梦如幻了。避开人群，不看那形色之人，纯粹欣赏大自然的美好，要想，就想那自己该想之人，一会儿，就情景交融，渐入佳境了。

女儿举起相机，要为爸爸拍点写真，然而毕竟是老了，当年的伟岸身姿，如今也缩水了许多，尤其是满脸的沧桑，特别是下垂的眼袋，见证了足够的岁月风霜。我不是松柏，便不能常青；也不是枫叶或棠梨之叶，风霜中会更加灿烂；那么，看来我只能是普通的青草蒿莱，经霜一杀，蔫了，不能在"万类霜天竞自由"了。但是，凡有过雄心或狂想的人，生命的惯性似乎已强大起来，这种惯性绵延的显著特征，就是不服老，只要活着，就不会服老。我相信，今年的严霜，杀死的只是今年长出的叶子，根还在，来年还会发青。

下山了，我的车速依然很快，老妻说：慢点，慢点。

随感篇
SUI GAN PIAN

大义与小义之思

　　我有好几个朋友圈，大约有文化的、社会的、亲情的、江湖的等等，还可以再细分。我并不主动让不同圈儿的朋友交织，偶有相切，也只在交事。按照阿城讲给我的"交人"与"交事"之说，两者间虽有相交，但群分类聚，水火有别，不同的圈子最终也黏合不到一起，所以总是平行相处，井水不犯河水。而我呢，不知怎么就能在这不同的朋友圈之间跳跃，这或许是鄙人有亦人亦鬼的多重性格吧。在不同层面的朋友间游曳久了，发现朋友关系的维系，多多少少都离不开一个"义"字。在此方面，尤以江湖朋友最甚，真乃江湖义气第一桩也。

　　前不久，一位年近六旬的江湖老友，因另一朋友的儿子被人欺负，他跑去打人，结果导致自己首先骨折，惹得我一番好笑。笑罢不免沉思：义可交人，亦可害人啊！还有另一江湖老友，我观他这多年什么事也没做成，但也生活得过去，寻根探由，原来是靠着一个"义"字，硬是在朋友间来往穿梭着。他喜欢交友，乐于助人，谁家有了事，他可以一下子兴奋起来，因为他的存在价值，此刻似乎终于有了体现的机会。多年来，他可以因朋友之难而拖累得自己捉襟见肘，也可以因有朋友帮助而获益连连，他实在是个很好的小说人物呢。我还发现，在目下社会，以义相交的江湖朋友，打打杀杀的用处自然是少了，更多的好处，在于常能避开社会的正常规则，而在潜规则之中穿行。比如有些事，按正常渠道行不通，有了朋友之义，便可以什么都挡不住了。我的有些朋友近二年还兴起了结拜之热，弟兄几个吃顿酒，举杯盟誓，排位老大、老二、老三……，江湖味愈加十足了。但谁能真正懂得何为真义呢？不过是办事方便，聚集了一点社会力量而已。他们常常只知有义，往往忽视修仁。这几年，社会上还流行同学、战友等等的聚会，说是续情，其实那个情，该淡化的早就淡了，倒是便于以情行义，落得在某些时候通关方便。仔细寻思，文化甚高的一些朋友间，也有重义而轻礼之时。方文慧公戏说孙老者：你想强奸谁吗？孙哥说，哥帮你压腿。此虽玩笑，也真乃义字当头。再推而思之，目下的官场、生意场，乃至各个领域，都还有一个"义"字在不同程度地存在着。所谓的情义，情占几多，义有几何？情因利而淡；倒是那个义字，还有点约束力。说中国是个情的国度，其实在中国的老百姓中，无论老少妇孺，凡有人际相交，几乎人人都需讲义。因为在中国，不仁不义，就无法做人，这便是中国的文化之一面。

吾以为，一个"义"字，既能帮助中国社会维系某种平衡运转，也可以是这个社会难以救药的毒瘤。譬如因义而徇私枉法；譬如某些潜规则的运行；譬如某种性质的腐败；譬如……好多事的乱套，也都能追溯出因狭隘的小义而导致。不信，你可以仔细思索探寻吧！一个教授，可因有人说情而招收此研究生却将彼研究生拒之门外；一张票，可以卖给你而不卖给他；一个名额，可以给张而不给李；一个项目，可以让你中标而让他人落选；该判五年刑的，因义而判了三年；该罚款50万的，因义而只罚了5万，等等，这其中除了贿赂得利的动力之外，少不了还有小义作祟。前多年就有人说："政策虽硬，也是红薯，遇到人情之火，就变软了。"除了大仁大爱的义举值得肯定，而众多的因义妄为之举，又常是看不见的潜在危害，亟待根除。

你说中国的文化样样都好么？我寻思，小义亦如蚁，可以溃长堤呀！

孔子讲的是仁、义、礼、智、信。这五者是需兼而有之、圆融贯通、明晓真髓、轻重有序、得体而行的。而江湖之人，往往只是看重了义，而忽视了仁、礼、智、信。这便如金木水火土的五行，轻了一行，世界便难以平衡运转了。而做人，若将仁义礼智信的某一项轻偏，人格也就难以健全了。

监狱里关押的人，多数都是贪欲贪财而招致罪恶的，但也有一些人，并非因一己私利而入狱，倒是因"帮助"朋友的"义举"，而使自己身陷囹圄。我也常想，我的那些所谓的江湖朋友，多数已年近六旬。他们也大都出身干部子弟，因为当初正在求知阶段，恰遇"文革"耽误，父母受整，社会秩序混乱，放羊一般的艰难生存中，为了不被人欺，即便是小伙伴，也学着结党联盟，干好事也干坏事。加之从小受什么《三侠五义》或《七侠五义》的影响，抑或是一种英雄情结的变异，渐渐养成了江湖性格，中毒甚深，积习难改，一生便只宜在江湖混迹了。我还有位已故的朋友，他的朋友带了娼女来他家行坏事，他也隐忍着为其方便，我骂他那是愚忠。还有众多的朋友，应是有修养的过来人了，身上何以还会有浓厚的江湖义气呢？于是，试图反思中国的历史，寻找这一根深蒂固的"义"字以及种种所谓的义举之根源。

想一想，最崇尚义举的，大概应始于春秋战国。荆轲舍命刺秦；田横死为气概；公孙杵臼死于忠；程婴死于信；贯高九死一生，只为主人辨诬；还有那个聂政，创造了士为知己者死的佳话。凡此种种，想想那时候的士，既是一种职业，也是一个阶层，他们活着，有他们在，便真能做到慨当以慷，舍生取义，勇于就死，义薄云天。许是正由于他们，为中国历史开创的那些义举，影响了中国后辈几千年，也或许才引发了孔子的大讲重义，以致让鲁迅把其中有些人的精神人格，推举为民族脊梁。往后数，到了三国，刘、关、张桃园三结义，这一拜，便置生死于度外了。关羽重义，竟敌友不分，连捉住的曹操也可放掉；还有诸葛亮，在白帝城托孤之后，便不管后主刘禅如何无能，也拼死效忠。这又对以前的春秋义士精神，做了极好的传承与弘扬。再就是《水浒》了，那些梁山好汉们，个个义字当头，路见不平，拔刀相助，率性而为。既与官府为敌，也与富豪勾连；既能酒肉挥霍，也能削富济贫。最大的特点便是朋友义气高于一切，即便朋友做错了、做过了，但朋友有难，便会不顾一切。回顾中国历史的这一面，是这样可歌可泣地一路走来，那么中国式的义举，怎能不深入人心呢？

其实我想，同为一个"义"字，越往后走，越变了成色。自汉以后，至宋、元、明、清，直到今人，在仗义方面，与春秋义士们的壮举相比较，多数在性质上已有云壤之别。那时的义士们是讲原则的，而后来的一些义举，就不那么讲原则了。春秋义士们的壮举是纯粹的、端端直直的，而后来的效法，不少就掺杂了，有异味了，这对义字的本意，多少有了亵渎。世间好多事都是这样，原本是很正的，传承演化中就走偏了，串味了，歪斜了。这好比一个优秀物种，代代种植而逐渐会出现退化，应该懂得杂交和改良，乃至回复根本。亦可比喻力或热的传递，愈往末端，愈显式微。

愚以为，义，应有大义与小义之分；有大义、小义、正义、侠义、斜义、愚义、盲义种种。义和仁，是不能分家的，仁是义的统帅。义气用事，而忽略了仁，便非大义和正义了，如此所行之义，也必然变味。口前一句话："你不仁，我不能不义。"其实这是大错，他已不仁，你义有何益？孔子曰："志士仁人，无求生以害人，有杀生以成仁。"切记其本意。

有一位名叫张元济的前辈，于1937年抗战爆发之时就出过一本小册子，曰《民族人格》，由上海商务印书馆出版。其中收录了荆轲、子路、贯高、聂政、田横等等的篇目。他的用意，就是想通过对于那些历史人物的回顾、对他们精神品格的赞赏，来影响和重新建造我们的民族人格，唤起全民族的抗战激情。他将这本册子送给过蒋介石、张治中、邵力子等人，也就是想提示那些当时的重要人物，引起更多人的重视。我一面叹服着老先生的良苦用心，也一面联想，国军中有不少将领，也都讲"杀身成仁"的，大概也应是受了古人中那些志士的影响；而八路军、新四军中多数人都没有文化，并不一定知道春秋之事，却也能英勇赴死，这却是为何？再度联想，日本人的武士道精神，大概也应是从我们的春秋志士精神中，学而演绎的，并将其变成了他们的那种味道。但不管咋说，人家坚持着，并使之成为民族人格的显著特征。而我们民族人格的建造与传承，到今天来看，究竟变成了什么味道呢？在哪一点上，最崇尚什么精神，又是我们民族的显著特征呢？

我们今天的新一代领导人，提出并强调着"民族的伟大复兴"。这一点儿也没错，实在是在点子上。然而愚想，民族复兴，不能仅靠经济建设，民族人格在新时期的重新建造，倒是任重而道远啊！民族人格的变异，民族心灵的种种暗伤，又是该如何诊治与医疗呢？

冬月流水

天已冷了，但供暖的时间尚未到来，这段时间就有了缩手缩脚的尴尬。

农历十一月，被"下河"人称作冬月，三十多年前在镇安蹲点时首次听到人家这么使用，以前在别处，未曾闻得这般称谓。联想，在月份的别称里，农历一月是正月，三月可谓春月，六月唤作夏月，八月有中秋之称，十一月为冬月，十二月便是腊月，而其他的月份，好像就没什么别称了。在今年的这个冬月里，我又一次回到了商州。

娘病了，住在医院。白日里送饭去，在病床边坐坐。晚来，独自住在娘的屋子，冷清。我将她那陈旧的电视机也给按坏了，屋里没有书，有一本红塑料皮的《毛泽东选集》，是上次回来搜到的，还在枕边放着。斜靠床头，翻开来阅读，挑以前很少读过的篇章。读《井冈山的斗争》时，就尽力揣度当时的情势，想毛泽东在年轻时候还真是了不起，他在艰苦卓绝之中，在被排挤而不受重用的情况下，对中国革命的形势，依然看得是那么清晰与透彻，他的襟怀，显然已呈现着领袖的襟怀了。在他们那一拨革命家中，他确实是鹤立鸡群的，所以到了后来，他不当领袖谁当？现在有人对毛泽东有所谓新的看法，我不这么认为，在我心里，毛泽东依然是英雄，是伟人。

在西安的家里，我的枕边近来置放着三本书：贾平凹的《带灯》；我的老师刘明厚编著的《艺术化与世俗化的突围》；还有刘炜评的《不撒谎的作文》。这三本书交替着阅读，想看几页看几页，然后就安闲地睡了。但回到商州，我只能读《毛泽东选集》。

商州，已不再是我的商州。这感受被再次增强。离开近三十年了，不是物是人非，而是人物两非。一切都显得既熟悉而又很陌生，尽管是有不少老友的，但我不知该去找谁。人家都忙着，在自己的秩序中过自己的日子，我找不出干扰人家的理由。我是回来探亲的，是自己的母亲病了；不是因为工作，更无衣锦还乡的资质，所以就不大想让人知道我回来了。黄昏时分，独自在丹江岸边徘徊，看熟悉的山水，看变化了的建筑，看陌生的面孔，而心里总觉空落落无从依靠。偶尔能遇见熟人，打个招呼，可能言语亲热，却并无心灵靠近，挥手而去了，内心的期望也随之渐远。人是群居的，在商州，我不知怎么就有了客居感，有了无名的孤独。有不少商州友人来西安时，总是说，再回商州，一定要联系的啊，可我只能将其理解为客气，回来了，真的就要去找人家么？

除了人际，还有生活起居，许多方面都不是那么得心应手。于是，关于家的概念，就需重新思量。尽管商州的空气比西安好得多，尽管商州还有我的娘和我唯一的小妹，尽管与人见面总是说：你回来了，而我，却真正成了商州的客人。我曾写过篇散文《再回商州》，抒发过这种感受，这一次，属于反复，且更显强烈。我便猜想，邓小平离开家乡后就再也没有回去，其中因由一定很多，但有一点，他家乡的舞台已非他的人生舞台了，这个因素一定是有的。

待得着急，也因母亲的病情已经稳住，借机去山阳县玩。好友李开仕还在该县人大主任位上，去了，有他盛情接待。山阳是我出生之地，但是来了，也还是客。一切都已陌生，走到哪儿都需问路。开仕年轻时曾为公社"八大员"中的多种经营干事，我在他们公社蹲点，两人相交甚笃。那时他喜欢哼唱民歌，曾教会我几首，但后来他官至七品，正襟稳坐，不再嬉戏流兮。这次见面，他好像离退休愈近，又似乎官当久了油了，将一切都看开看穿，玩世的谐虐之心被浮泛出来了，一见面就让我当着众人教他唱《迟开的玫瑰》中的唱段："大姐是灯塔，大姐是彩霞，大姐的青春无价，迟开的玫瑰荣华。"一遍又一遍，执着得让人费解，就像当年在山阳我给贾平凹教唱《后院有棵苦李子树》一模一样。这促使我想起了三十多年前他在七里峡的山路上教给我的小调，有一段的内容是：

腊月里来是归期，春哪冬儿交。

忽听得门外门环环摇。

丫环你快出去瞧，你姑爷回来了。

喜得奴面向里假装睡着了。

冤家他回来先将奴来摇，

我偷眼儿瞧，

忍不住春情的事儿就渐渐放开了。

翻身将郎抱，搂住了郎的腰，

玉簪花刺破了牡丹我好不逍遥。

开仕已将这歌词忘掉，我在酒桌上大胆唱出，惹得满场惊诧而又喜悦。我想，开仕退休以后，也许会回到年轻时的样子，其实那才是他本来的模样，一个出生在大坪村的青年的模样。我说么，一个他，一个做过原地委副书记的梁喜员，老了都喜欢找我，而他们原来还在正经做官那会儿，在仕途正值跋涉之时，则与我来往甚少，这其中，多少有点老而回归小、官退复本真的意味。我呢，一生一不入党，二不做官，率性自由地活着，原是什么模样，就一直是那个模样，好歹勿论，起码没有角色变换的烦恼。

山阳作协主席程玉宇在他的"拥山庐"大宴群朋。玉宇写了多年文章，这几年又热衷绘画，请了北京、西安的几位画家，在院中支开四张画案，山水花鸟，水墨丹青，泼泼洒洒，在秋光灿艳的山村院落展开。从城里请来厨师，在灶房烹炒煎炸。玉宇说他有老贾的字，老方、老孙的字，唯独没有我的字。我推不过去，当众献丑，在六尺宣纸上写："门前有竹风月在，茅舍无人尘埃生。"玉宇平时是很少回"拥山庐"的，房门锁着，只是来了文朋诗友，才在三里店的山庄待客。席间，有山阳音协主席、商洛象棋协会副主席戈奉平那精彩的笛子演奏：《秦腔畅想曲》《姑苏新韵》，还有大家熟悉而要求演奏的《牧民新歌》《扬鞭催马运粮忙》。有位深通音律的咸阳画家听得心领神会，不时击节迎合；人大主任李开仕听得已经入迷，忍不住跟着哼唱旋律。座中，作家周知来了，美女作家毕堃霖来了，患病的诗人管上也一瘸一拐地来了。我就说，程员外呀，你比柴进儒雅多了，他那庄上只收留舞刀弄枪之流，而你是琴棋书画、文人雅士、名流云集的群英荟萃呀！玉宇忙着见人就发烟，竟然是被称作"腐败烟"的九五至尊"南京"烟。

吃罢山阳土菜，匆匆赶回商州。梁喜员老人家携老伴在州城饺子馆等候，从家里提了好酒，请刘少鸿、鱼在洋、田井制作陪。我感动着他们对我的热情，却又因人家将我视为客人而郁郁不悦。

热闹的时间总是过去得很快，晚上，还是一个人躺在老娘那阴冷的屋子里。娘在医院的病床上，我在她屋里读《毛选》。原本是要接她去西安过冬的，因为我欣喜着今生第一次住上了有暖气的房子，尽管还未供暖，但暖气费已经缴了。于是我早就通知母亲不必买煤，今冬就不再受生炉子的麻烦了，来与我们一同享受暖气的舒坦，然而娘就病了，她害怕在西安看病会有人生地不熟的不便，心中不踏实，执意要在商州住院。

母病稍有好转，我因事而急急回到西安。一回来，先要去置办我的"第二口粮"——买药。自打50多岁后，有了糖尿病、心脏病，药，就成了我的"第二口粮"，每天除了吃饭，就是吃药。回商州十天，我的"第二口粮"已经断踪了。

在"老百姓大药房"采购了一大兜子药品，提着出来，刚至出版社门口，一眼就看见朱文杰边打电话边低头走来。我喊了声：老朱！文杰没直接回应我，却向一旁的莫申与商子秦招手说：莫申，来来来。说话的同时，将我一指：——丹萌。意欲将我介绍给二位，抑或觉着他二位并没看见我。其实谁都认识谁，四人就亲热地站在街头寒暄。我知道这三位，都是该退休的老作家了，就猜他们是要去茶馆闲聊或打牌，听罢，才知是要同去拜望另一位作家。我心里对莫申说，前几天刚刚看到有关他的长篇报告文学作品的报道，反响强烈，影响甚大；也在心里对子秦说，这几年没读他的诗了，但走到哪儿都能听见他的专题片和晚会解说词，可我，什么也没说出来。倒是文杰抢先说，他在商南一家民营企业看到我为之撰写的一本厚书，说他也带了几位画家为那个企业作画，同时说出了企业老总的名字。分手后，我望着他们远去的背影，心想，其实我和这三位老兄的交道并不多，但不知何来，一回到西安就能遇到他们，便觉分外亲切。就这，我还没有去见方英文、孙见喜、刘炜评等等更为熟悉的朋友。我知道他们都在忙各自的事情，尽管也只是十天半月才能谋面，有时会间隔更长时间，但我觉得，他们和我同属于这座城市，他们离我不远，就在我的身边。

冬月过去，就是腊月，腊月尽头，便是年了。算起来的日子总是快，可距离供暖仅剩一周时间，但毕竟暖气还没来，因为冷簌簌的缘故吧，觉得日子漫长。

很有些日子没有更新博客了，当我拉拉杂杂写下上边这点文字时，竟不知该怎么命名。看看所记的，尽是些流水账，又想起京剧里有个板式叫"西皮流水"，于是，就叫冬月流水吧，是为题。

反唇相讥

一

隐约记得，窝窝嘴云冒老汉鳏居无后，是要了个孩子以备延续香火的。要来的孩子叫龙娃，将云冒唤作伯。父子俩生活在小镇西头那个无名巷口的一间黑屋子里，除了土炕连着锅台，别无长物。云冒年轻时唱花鼓、耍社火、扮丑，一生穷得叮当响，但性情乐观，就是有点话多，嘴上来得。龙娃长大了，偏偏言短，与他伯脚蹬脚睡在土炕上，经常挨骂，遭受云冒喋喋不休的唠叨。但日子一久，龙娃也学会了丢冷句子。

应是 1969 年腊月，我不满 14 岁，放寒假回到小镇。快过年了，小镇人都要进山去，弄点干柴，准备做豆腐蒸白馍。那天一同挺进蟒岭沟的七八人中，就有龙娃和他伯。那是冰天雪地景况，用我婆的话说："妈锅呀，滴水成冰的，指头蛋蛋都冻流了！"山路被冰雪覆盖，看不清坑洼高矮，空人也会栽跤，挑着柴担被滑倒的事，就在所难免。于是所有人都在前呼后喊地相互叮咛念叨："小心哦，小心！"正喊着小心，只听身后"哎哟"一声，扑通，龙娃滑倒了，柴担被扔得老远，尾巴骨磕在石头上，疼得他龇牙咧嘴，半天爬不起来。这时候，走在前边的云冒已经爬上了一个高坡，他肩挑柴担，站在高处骂开了："× 你个妈的，只管说叫你小心小心，你就是不知道个小心！"龙娃疼得难受，咬牙一声不吭，只顾揉搓屁股，揉了半天，才捡回柴担继续上路。但是还没走多远，又听前边扑通一声，紧接着是更为痛苦的呻吟："哎哟我的妈呀！"细看时，是云冒摔倒了，柴担扔到了沟里，人滑到了水里，踩碎了冰碴，脚也湿了。云冒痛苦不堪，龙娃慢慢赶上前去，扶起他伯，四只眼睛对望了一会，龙娃慢悠悠说："伯呀，你不是叫我小心小心哩么，你咋也不知道个小心？"云冒气得半天张不开嘴，索性骂道："去你妈的×！我还不知道个小心？小心些可不是栽不了！"当时，我挑着柴担看着脚下，想笑又不敢笑，生怕自己也被滑倒了。

1969 年距 2012 年这是过去多少年了？我一想起那个场景，就把这个细节拿出来回嚼，总觉这里边有啥，至于到底是啥？摸不清，但分明感到很有意思。

二

老同学金工好酒贪杯，动辄就会酩酊。他住在丈人家，酒喝高了回去，妻子喋喋不休，丈母娘也趁风扬碌碡，跟着批评一番。岳父一般不说话，有时是将别人制止了，然后语重心长地告诫："酒么，啥好东西？把喔少喝些。喔里边是大量的乙醇，害人哩！喝醉了，丢人。"岳父是法官出身，为人耿直，德高望重。每逢岳父开口说话，金工唯唯诺诺，即便有一肚子委屈，也咽回到肚脐眼以下，从不辩驳一句。但是金工苦哇！高工九档二十多年了，高级知识分子，一肚子的学识，却因嘴笨口讷常常道不出来，奔六的人了，还被派在高速路的野外工地去做监理，常与没文化的民工们打交道。活得寡淡苦闷，喟叹世无知音，内心世界的不被人解，成了最大的痛苦，因此便只有常赖杜康解忧了。所以，无论谁的指责，实际上都会给金工那如同火山般的内心岩浆里淤积了热量，虽然常不爆发，但总是在积攒着。

其实金工的岳父也喜欢喝酒，只是自制力较强，一般不醉，很少有酒高之后的丑态让人看见。但是那年春节，岳父一高兴，喝高了。岳父去上厕所，厕所在后院墙根，半天不见回来。金工跑去一看，老汉靠在厕所墙上，怎么也解不开裤带。金工帮助岳父完成了小解，然后扶其往回走。老汉喃喃说道："喝高了，喝高了，今日喝高了。"金工一看机会到了，很和善并且也是语重心长地说："爸呀，看来乙醇这个狗东西，对任何人的作用都是一样的啊！"岳父突然一顿，站住了，翻了翻眼皮，不知咋回答。

三

十几年前的一个晚上，我和王康坐在田井制家的沙发上看电视聊天。电视里播出一则消息，说的是山西某地的拐卖妇女案，犯罪者将云南、贵州一带的妇女，拐卖到山西某个荒凉偏僻的不毛之地，有的女人长得还不错，却卖给了瘸子、跛子，或者哑巴。被害妇女的境况，惨不忍睹。田妻芙蓉是个爽朗的快嘴人，她在旁一边打毛衣，一边心痛而怜惜地感叹："啧啧啧啧，你看你看，你说这些挨刀的人贩子，拐卖么，你也把人卖到差不多的家儿，把人卖给瞎子、瘸子、呱呱，哎哟——可怜的，可怜的！"我那王康兄弟，不仅机敏尖刻，也是伶牙俐齿之人，听了芙蓉那似乎难以终结的怜惜与絮叨，立即反唇相讥："噢！啥叫拐卖？拐卖还能卖到好处去？把你卖给唐国强，把我田哥卖给刘晓庆，那叫拐卖呀？把你还不舒服死！"

老田笑了，我也笑了，笑得泪花在眼里打转。芙蓉不好意思了，说："你看王康这怂么——"

关于松树

　　清晨去上班，下楼先擦车。见有些许松针，落在挡风玻璃前的水槽儿里，不易清除出来。就想，概因前日曾将车子泊在了一棵雪松之下。联想松树活着，总是四季常青，故曰青松。它不像其他草木那样一岁一枯荣，只是随季节的变换，绿色的深浅浓淡不同罢了。那么，它的新陈代谢又是如何完成的呢？看见这些松针，我似乎明白了，原来松树的代谢是在偷偷地进行着。落下的松针，犹如我枕上的毛发，悄悄地凋谢，又悄悄地新生，于不经意间便留下了岁月的年轮。

　　今天怪了，坐进办公室，脑子里还是不忘松树。于是铺开宣纸，饱蘸浓墨，挥毫写下"凌雪傲霜"四个大字，悬于壁上，然后泡茶点烟，面对那几个字而自我品味，自我陶醉。

　　我想，世间所有树木中，唯松树的叶子最是奇特，针一般模样，故曰松针，从未有称其"松叶"者。而俗常百姓则唤之为"松毛子"，那是松树的毛发么？小幼之时，未谙松柏品性，只因村舍的房前屋后多为杨柳，或桃李果木，只知松树是长在远处高山上的。距我们村八里开外，就有个国有林场，那里长满了绿油油的松树，山口的悬崖书写八个大字："封山育林，绿化祖国"。那林子，平素谁也不得随便进入。记得四岁那年，林场开放过一次，村人相互奔走，像过节似的高兴。爷爷就扛着柴担去了，挑回一担红茹茹的松毛子。我佩服爷爷的智慧勤劳，他用几根松枝铺成经纬，将细碎的松毛压嵌进去，然后使绳勒紧，松毛们便被打成了捆，以最大的分量被挑回来。而奶奶是舍不得烧那松毛的，因为不经烧，但却易燃，所以只是用来引火。林场的松树是不容损毁的，我们只能烧松毛子。但松树的栋梁之用，我好像已经浅浅地知道了。躺在炕上，就能看见房梁，那便是囫囵的一棵巨松，屋檐的檩椽，也全为松树之身，室内家具，也多为松木制作。就连堂屋，还挂着一幅《松鹤延年》图呢。

少年时进山砍柴，到更远的蟒岭去，令我最喜悦的，便是发现林中有棵枯死的松树，绿涛中凸现一撮火焰般的颜色，红得耀眼，那感觉，犹如猎人发现猎物一样的兴奋。那时候烧柴是大事，若看见谁家门前整齐地码一摞干崩崩的松枝柴，就羡慕不已，以为那便是殷实人家的象征。这似乎累积为我的松树情结，或曰干柴情结，以致多年之后，哪怕在公园里或路边的绿化带中，若看见一株幼松枯死，面对那红茹茹的颜色，马上就想到，那会是上好的柴薪。

上中学正遇"文革"，老师在上边讲，我们也不认真听，坐在后排看闲书，最爱在日记本上摘抄些诗句或名言。至今翻阅其中一本，上边还有两句："愿学那江上白帆乘风破浪，愿学那山间青松凌雪傲霜。"记得这好像是《江姐》里的唱词，我当时喜欢的，不仅是白帆与青松的喻示，更喜爱那严格的节律与对仗关系。你看，江上对山间，青松对白帆，乘风破浪对凌雪傲霜。由此学着咀嚼中国文字，尤其是诗词，感觉奥妙无穷。

到了后来，随着年龄、知识、阅历的增长，反复体味过松树与人之品格的暗喻关系。陈毅那首《青松》诗，几乎人人知晓："大雪压青松，青松挺且直。要知松高洁，待到雪化时。"一看，便知是作者在遭受磨难或不被人解时的委屈感怀。其实，古人描写松树的句子多了去，白居易就曾以《松树》为题诗曰："白金换得青松树，君既先栽我不栽。幸有西风易凭仗，夜深偷送好声来。"李白也专门写过一首《南轩松》，有句曰："南轩有孤松，柯叶自绵幂。清风无闲时，潇洒终日夕……"概因中国文化的核心特征是崇尚自然，故以自然物象喻示人格者比比皆是。这其中，尤以植物为最。比如以梅兰竹菊喻君子，以蒿莱、草芥喻凡夫俗子，以杨柳、芦苇喻示轻浮浅薄且易动摇之人。松柏，当然是一种英雄形象了。郭建光带领新四军伤员在沙家浜养伤，被困芦苇荡中，艰难中就曾唱道："要学那泰山顶上一青松，八千里风暴吹不倒，九千个雷霆也难轰……"以松喻人品格之例，几可信手拈来。而还因了松树的四季常青，又被用来喻示长寿。祝寿词就常说："福如东海长流水，寿比南山不老松。"我甚至怀疑，这话很可能出自古来的长安人。因为何以就是"南山"呢？若说纯为对仗"东海"，怎不是西山或北山？那些山上就没有松树吗？南山，对长安而言当然就是终南山了，那里确有不少千年古松。古人也懂，文学创作要源于生活嘛！

由此接着想，中国文字时常讲究简约，很会"意到笔不到"，常常"偷懒"，只点到为止。比如平素只说"福如东海，寿比南山"，而将"长流水"与"不老松"就省略不提，但谁也都能明白指鹿为马的成语掌故。这便是一种文化积淀了，久而久之，语言的意义，早已超越了原本的物象所指，真正变得博大精深了。当然，我们常以此为豪，却给外国人学汉语出了不少难题。

在松树界，最大的"名人"，应是黄山的迎客松吧。被画成巨幅，悬于人民大会堂中，国家首脑接见外国要员，多在此松之下合影，怎能不大大提高迎客松的知名度？东北松涛起林海，泰山青松压不弯。其次，华山上的白皮松，亦称华山松，很有特点。作为陕西人，我却没上过华山。在我的家乡洛南，是见过不少白皮松的，其中生于李家河的一株，巨大无比，树身"七搂八拃半，几人抱不严"，我将其称作树精。上有灰鹤常来栖息，此树令我顿生敬意，在其下流连忘返。我想，洛南与华山一脉相连，又被称作"华阳"，树的种子被鸟儿衔来繁衍，该是情理中事了。商州有一寺庙，曰松云寺。院内有棵奇松，不往高长，但盘根错节，枝柯宛若虬龙，滋肆绵延，其荫可覆数亩。整个寺院，被一棵松树占据。故而以树得庙。传说当年王莽赶刘秀，刘秀曾藏于此松的虬枝之上，躲过了劫难，保住了汉室，所以后人在此建寺庙为念。去年游新疆，见天山上的松树也另具特色，枝叶紧附树身，不枝不蔓，直溜溜通向云天，密匝匝秀在雪域。寒冷的气候，更能生就松树的高洁品性。

　　天增岁月人增寿，经见得多了，我的松树情结，也自然由少时局限的干柴概念而不断增容。前不久住院养病，医院的园子中有棵大雪松，也有紫藤回廊，而我愿意在雪松下晨练，并不喜欢在紫藤架下踟蹰。西安有个永松路，我的平凹哥哥就住在那里，每次路过，我就想，此路应改叫咏松路，诗意些好。北京有地名五棵松，坐地铁到此站，就想上去看看。东北有个地方叫三棵松，比北京的怎么就少了两棵？不过，我想能有机会去那儿看看，也算了却夙愿一桩。

老树进城

　　刚搬进这小区，发现园中绿化很好，甚感惬意。那些郁郁葱葱的灌木，点缀着绿草红花，在两排高楼间逶迤延伸。黄昏散步，赏心悦目。这倒没引发我去思量，只是那夹杂在绿化带间的老树，让我不免疑惑。一看便知，老树们刚从别处迁来，原有的枝柯已被锯断，秃秃的树身，顶着鸡爪似的主干，褐色的粗干上，直接挂着几片零星的叶子。为了老树成活，树身上还挂着吊瓶，像在医院为病人输液那样。不知怎么，我先是萌生一种不真实的感觉，继而就没名地有了几分心疼、几分凄凉来。我想，这些原本已经绿冠成荫的老树，是要经受脱胎换骨的涅槃般再生了，如果草木有灵，它们会是一种什么样的感受呢？

　　近几年，随着城市建设加快，在不少地方，随处可见从乡间、从山林里移植进城的老树。那年去逛世园会，满园可见那样的情景：一片树桩的林子，少枝缺叶，如同人无发冠，像一群和尚的列队。我很不舒服，就想了，人们急势百赖地要装点一处景观，立马欲令其好看起来，可苦了的竟是那些老树。栽树，有什么错呢？家院村舍的树，田边山坡的树，颐和园的树，不都是栽起来的嘛。植树造林，绿化祖国，这许是无论哪个阶级或政党都乐意干的千秋善事。然而，那都是从小树栽起，令其自然长大，蔚成景观。从苗圃里起出小树移栽，和从秧圃里起出秧苗移栽大田一样，没有话说。谁似现在，急着从别处挖个现成的来，为装点此景，岂不毁坏彼景？细想想，地球上的哪一处景观，又是多余的呢？这不是拆了东墙补西墙么？

鸟儿可能是很早就被人带进城市的飞禽，可是有人替鸟儿说过话。比如："始知锁向金笼听，不及林间自在啼。""金丝笼儿无价，玉石碗儿豪华，不是我鸟儿的家。"那么，树呢？有谁替这些老树们说过话？鸟儿是生命，老树就不是生命了么？

端午前回了趟老家，村中冷清。多数人进城了，巷陌空空如野。端了盘婶娘提前包的粽子，欲坐在后院大槐树下的碾盘上去吃，那是我儿时常有的情景。可是去了后院，那棵大槐树不见了。问，婶娘说卖了，卖到城里去了。我心中顿时溢出难以言表的奇怪滋味来。回城的高速路上，遇见几辆大卡车结队而行，车上拉的，竟是从乡村购回的老树。留心看了一眼，想，这其中会有我家的那棵槐树么？脑海里，不知怎么忽然冒出那句成语：背井离乡。接着，一种隐约的伤感便随之袭来。

看来，城市化的进程在日益加剧，似乎谁也阻挡不住。说实话，我不是那种处于城市文明与农耕文明之间的徘徊者。我是想，人们栖息于城市，却总还流恋着乡村，想吃粗粮、杂粮、野菜；怀念乡村的味道和气息。于是，总想将乡村的一切都搬进城里来，可是搬来的，怎么也不是那个乡村。所以，人和物，拼命往城市搬迁，而人的心，还是一个劲向往乡下。再说了，有朝一日，当我们真的再想回到乡下时，乡村会成什么样子？我们能将城市的繁华，也搬进乡村吗？莫非又要将城里的老树，再迁回乡下去？

《菜根谭》里说过："徜徉于山石泉林之间，而尘心渐息；夷藏于诗书图画之内，而匪气潜消。"我想，仅有城市而产生的诗书图画，那不是完全的诗书图画；仅有人工的山石泉林，也不是真正的山石泉林。那么，以后的人心，会是什么样的人心呢？该去问谁呢，真想问问那些刚被移植进城的老树，看看它们可否知晓。

哦，对了，我家的那棵槐荫树，不知被移栽于何处，若有缘，能在这偌大的城市邂逅相遇，当它看见我时，是否会开口。

简说得体

百人百姓，百人百性。一人一姓名，一人一性格。姓名有完全相同者，但性格却只有大体相似，绝然不会有完全相同的。这便如那句熟知的老话：天底下没有两片树叶会完全相同；没有两条河流会完全相同。世界，是由差异而组成的。但是，世间万物又有相类似之处，所以准确地说，世界应是由差异和类同而共同组成的。明白了差异的存在，又能在差异嵯峨之间游刃有余地穿越，并能寻找到相同，这便是获得和谐的途径。一个人，若要在这异同纷纭且千变万化的世间活得自如，活得既有个性而又能自然裕如，我常常强调的有两个字——得体。

我已在不同场合反复强调过做人做事的得体了。我说的得体，就是不偏不倚，恰到好处，严丝合缝，卯榫相接，妥帖得当，自然合群。一个人要在言语和行为举止等各方面都能表现得体，那真不是一件易事，没有一定的文化修养和处世经验的反复积累，是决然做不到的。因为我说的得体，实际上就是孔子说的中庸，是中庸之道在不同场合、不同时间地点的具体外化。孔子原话说的是："极高明而道中庸。"所以要将中庸外化为言谈举止，体现在一个具体人的身上，非高明者莫能为之。

先说言语的得体。比如你见了长者、前辈或是你从未接触过的大领导，这时，你首先要有一个良好的心理素质，必要的敬畏之心要有，但又不能像没见过天似的惊慌失措，颤颤巍巍，甚至慌乱得语无伦次，应以不卑不亢为宜。尊敬的问候或赞扬的话语也许很有必要，但不能表现为阿谀奉承，既不能有奴颜卑膝的自贱，也不能有目中无人的轻狂。你的言语措辞，乃至声腔声调，都要表现得落落大方，要尊而不媚，敬而不俗。我就见过某些人，见了职位很高的领导，一下子乱了方寸，手足无措，拍马屁的言语令人肉麻，溢美之辞滥用，将不实誉词用作夸张性赞美，让人听了作呕。还有一种人，与之相反，表现得没大没小，桀骜不羁，口吐狂言，自以为是，拼命表现自己，看似得能不够，实则轻薄浅陋，让人暗地里窃笑不已。再有一种人，貌似正襟危坐，言语也还妥帖，甚或不多不少，但一看，他那模样就是做出来的，是装出来的，是虚假的，并非他之真心和平日状态。这样，亦属不得体之表现。再比如，在某某人的作品讨论会上要你发言，你所使用的语言就必须准确而得体。对于人家作品的长处，要予以充分肯定，但不能过分夸大；对于不足之处，要发现得准确，以理服人，说到作者的心上去，要让作者和在座的人都感觉你的发现是真实而准确的，使之心服口服。而你的发言应点到为止，不可过分啰唆，不要有卖弄学识和装腔作势之嫌。还有，其实我们平素遭遇最多的是朋友相聚，或喝茶聊天，或饮酒叙话，若全是熟知的相好，你的性情真伪、半斤八两，已全在友人腹中，这便不必多虑。而若有新人在场，你的言语就需注重得体了，既要袒露性格，又要用词得当，不能故作矜持而守口如瓶，也不能夸夸其谈而肆无忌惮。适度与得体，全在你对当时情境的掌控与判断之中。其实，一个人言语的得体，是由两个方面组成的：一是你的内心世界的修养，这已经包括了你的世界观、价值观、人生观，自然是你的处世哲学的直接体现；二是你的处世历练和语词修造。不得体的言语所制造的不和谐让你吃过了苦头，善于学习的语言准确表达又会弥补你的张口结舌，会说话，不仅仅是会使用语言，更是你综合实力的口头外化。

再说行为的得体。这应该涵盖更广，包括了行走、坐卧、举手、投足、微笑、凝思、端碗、操箸、拿烟、点火、穿着、装束等等，较为重要的行为环节，譬如见面握手、挥别再见、上车关门、寻访敲门，乃或欢呼、鼓掌以及对于反感的表示等等，但凡两人以上的空间，你的一切个体行为都有得体与否的现象存在，并表现在所有行为的细节上，以不让他人感到别扭和不适为宜。就说开车的姿势吧，若是别别扭扭，旁边坐着的人就会觉得不自在或丧失安全感。又比如，前日在剧场看戏，艺术节组委会安排了一些摄影记者在前排就座，我就见到一位"二把耙子"的摄影"记者"，坐在我的邻座，却不停地站立起来，毫无顾忌地站立到人面前去，举起相机，该拍的拍，不该拍的也拍，时而晃过来，时而晃过去，不管不顾地遮挡了前排观众视线，弄得人无法观看演出，有人小声指责，他也低声嘀咕："没办法嘛，工作嘛！"似乎在埋怨别人无知而对其不解。他坐下来的一刻，除了不停摆弄相机，侍弄长焦镜头，还不忘腾出手来，时不时地将那"飞机头"的头发，往后捋上两把，然后环顾左右，看看有没有人注意他。从他那举止中，我一下子就读出了那种自得的优越感，属没见过天的小人物，不知被谁临时请了来，他感觉是被重用了，一下子显赫了，神圣而荣耀起来，忘了原本的形态，我能感觉到他的心跳也和往常不一样了，那种亢奋和沾沾自喜，全然以小丑似的行为而袒露无余。我想，此类人，能有什么审美？能拍出什么好的剧照？这行为，又怎能唤作得体呢？我强调的行为得体，是个体镶嵌于公众场合时所显露的行为得当，制造的是和谐愉悦，而不是凸显与不群。至于随地吐痰、乱扔垃圾、火车上剪脚指甲，饭馆里狂呼乱叫等种种不文明的行为，那更是不能用得体二字来匡囊了。行为的得体，体现在日常生活的时时刻刻，所以更能凸显一个人的基本修养。

得体，没有定式，可以随时空和人物及环境的变化而有不同表现。泳池里大家都穿泳装，你西装革履就不得体；而你将泳装穿到大街上，那就是不得体了。拍拍小孩的肩膀说话，那是关爱，就得体，而拍着老人的肩膀说话，那就不得体了。得体，有时跟书本上的文化关系不大，比如有些乡间的老农或贤淑的村妇，可能大字不识，但说话和做事往往十分得体，这不能说他们没有文化，因为做事的得体，本身就是文化了。强调得体，并不意味着要泯灭个性，个性化的言语和行为，要和谐于普世意义上的公众认可。总而，得体需以真诚、由衷、自然为基本心理奠定，外加文化修养和认知判断，体现的是一种人生态度。得体二字说起来简单，做到了很难。得体是教不会的，只能自己去体悟。实际上，是漫长而严峻的人格修造。一个人不可能一辈子在每时每刻都能做到全方位的得体，因为人无完人，所以说能做到八成，就相当不错了。

乱弹汪曾祺与高尔泰

近期的枕边，置放着两本书：一是高尔泰的《寻找家园》，一是《中华散文珍藏版汪曾祺卷》。汪曾祺与高尔泰，可能并不相识，是因了交插着阅读他们的书，让我对此二人产生了一些联想，是一种通过异同比较而产生的命运联想。

先要说说《寻找家园》这本书的得来，这是刘炜评特意买了赠我的。他先读到此书，觉得好，买了20本，赠送自认的师朋好友，我便是他圈定的受赠者之一。炜评买书赠人，已非首次，前二年，他发现了杨宪益的诗集《银翘集》，就曾购得十余本，我亦因此得惠。此雅好，实在应该称颂。比起女友之间的丝帕互赠，乃或男友间的烟酒往来，甚至男女或隔辈间的金玉相交，我以为不知要高雅多少倍。我曾表扬炜评，言说此举乃文化传播的自觉行为。除了在课堂传道解惑，又能在朋友间以文相惠，自有高尚在。这世间有多少好书，我们难得读到，然而朋友读了，他通报信息，简述梗概，抒发感受，多少也能替代我们自己的阅读，省时省力。有非读不可者，因朋友提示而购置案头，独自享用，占有得益，这便是文友们相交的好处之一。

再来说《寻找家园》一书。读罢之后，感慨良多。首先为高尔泰的命运多舛震撼。童年，日本人打来了，一家人流离颠沛，躲进深山，茅屋草舍，衣食窘迫。抗战结束归来，原有的殷实之家，已变成一堆瓦砾。青年时，刚刚才情初露，写了篇美学论文，独树己见，自成一家，影响甚大，已与朱光潜、李泽厚等人呈三角对峙。然却因政治风云变化，于1957年被划为"右派"，遣送甘肃戈壁的夹边沟接受劳教。夹边沟实乃人间炼狱，高氏在此吃尽苦头，逃过劫难，得以幸存。按书中描述，兰新铁路通车多年后，人们路过此处，还能闻到奇怪的异味，那便是遍扔的尸体所散发的气息，可见死人之多。我想，中国1957年的"反右"，全国有多少人受殃，而甘肃省似乎在此运动中尤为过头。"文化革命"前后，他投奔了艺术大师常书鸿先生，不久，先生被批斗，受尽凌辱。他也凄凄惨惨在敦煌艺术馆渡过了一段难熬的时光。结婚才两年多，就死了第一任妻子，留下一个女儿，刚刚成年，就不幸撒手人寰。拨乱反正以后，他先在兰州大学任教，后到北京，在社科院哲学所美学室工作，再后，又回兰州，又调南京，又赴四川，此间均在大学里讲学。无论在哪儿，似乎都留不住他，都不是他的心灵栖息地，最终，他漂泊到美国去了。这本书里，他写夹边沟和敦煌的许多文字，令我尤为难忘。无论写事写人，虽然节制了情感，却在字里行间饱含了心酸血泪。作为读者，我一面憎恨着过往年代的政治风云变幻，一面怜惜高尔泰的命运坎坷，同时也暗暗发问，为什么这么多悲情事，都让高尔泰遇上了呢？天上下冰雹，颗颗都能砸到高尔泰的头上？似乎，偌大个中国，容不下这位极富艺术天赋的画家、艺术家、美学理论家、文学家了。然而他到了美国，根据他自己描述的境况，看来，那里也不是他希冀的美好家园，因此，他的书名就叫作《寻找家园》吧。才高、命苦，是我对高尔泰的总体看法。他的文字是洗练、凝重、准确而有力的，堪称炉火纯青。这一点，很值得我辈好好效习。

汪曾祺是江苏高邮人，高尔泰是江苏高淳人，他们都是湖乡泽国孕育出的优秀才子。汪曾祺生于1920年，高尔泰生于1937年，汪长于高17岁。汪父乃地方贤达，琴棋书画无所不能。高父亦为山乡有志文人，力办教育，广结贤达，承继传统，家中挂着于右任的亲书墨赠。汪曾祺也被划为过"右派"，也曾下放劳动改造。汪是沈从文先生的受拜弟子，高曾得常书鸿先生赏识栽培。汪曾祺主要靠写，高尔泰主要靠画。建国十年大庆、学大寨展览，甘肃省都曾请出高尔泰去画巨幅油画，使之才情一展。北京搞样板戏，汪曾祺也被请出主笔编写京剧《沙家浜》。细数起来，他们二人是有着诸多相似处的，但就命运而言，汪比高似乎就好多了。于是，我不得不去追溯他们的性格差异。

汪曾祺一生也遭遇过不少劫难，但他活得是多么恬淡潇洒啊！在昆明的西南联大时，日本飞机常来轰炸，师生常常要"跑警报"，你看《跑警报》一文，被汪老写得多么诗意，没有了紧张恐惧，倒洋溢出趣闻轶事的淡然来了。这二人年轻时，都有过一段厌学的小情绪，但高尔泰在师不对路的情形中，就很显苦闷彷徨，而汪曾祺则常常去"泡茶馆"，他对昆明的诸多茶馆，竟是那么样熟悉，竟然泡出了学问，还在茶馆里写了不少小说。汪曾祺善书法，有童子功；能描几笔花鸟，受过父亲熏陶；他还特别喜欢做菜，中国作协要招待华裔作家聂华苓夫妇，竟然选择放在了汪家，要吃汪曾祺亲手做的菜。但是高尔泰，写字画画著文章也不逊汪曾祺，然却似乎一顿饭也不会做，没人做饭，他就要饿肚子了。

20世纪80年代，阿城来陕西，与我相处多日，他说我的文笔和生活习性以及性格，都有点像汪曾祺。吓了我一跳，想我无名鼠辈，何敢攀比汪老？后来读汪曾祺的文字多了，还真的觉得有相像处，不过是大巫与小巫的区别罢了。也就在那个年代，偶尔也发现了高尔泰的文章，是我隔壁的全政老师从报刊上发现了，手抄了下来，让我欣赏。看来，我与这二位江苏才子，还是早有冥冥之缘的了。其实高尔泰书中的有些篇章，我似乎在《读者》上已经看到过。

总的感觉是，汪曾祺性格随和，豁达，儒味足，富情趣。汪曾祺与父亲可以"多年父子成兄弟"，他对儿子也如朋友一般。而高尔泰的父亲可能就很庄严，所以，高尔泰性格里有认真、较劲、执拗、宁折不弯等特点，甚或有壮士的骨骼。一个人的性格，没有什么对错，也很难改变，只有以自己的性格去迎接命运的不同等待。常言说性格即命运，但我从他二人的比较中突发奇想，觉得性格不仅能决定命运，不同的性格，还可能影响着自己事业的大小格局。汪老不在了，我怀念他。高尔泰还在美国漂泊，我也希望他继续寻找着灵魂的家园。

一个人的影响

剧团来了，在打谷场上搭台演戏，山村开始沸腾。

场子用幕布围起来，买票入场。成人一毛，小孩五分，可七岁的我，连那五分钱也没有，就从台子底下爬进去。记得那台子是用九个石碌碡分布如九宫图那样垫基，上面铺椽，椽上铺麦草，草上再垫土，土上又铺毡，如此建造而成。台下有空隙，小孩可从台下爬进去。爬进去了，伏在台口，有一排椽头刚及脖颈。那晚演出《安安送米》，饰演安安的演员跪地啼哭，她离我的距离不足一米。她真的哭了，泪水冲刷得脸上的油彩分外明光，于是我的泪花，也忍不住在眼眶打转。这是我接受的第一次戏剧教育，虽然后来看过许多戏，而或许因了那第一次的深刻，让我一生热爱戏剧，也从事了戏剧创作。听村里人说那个女演员叫什么淑芳，姓什么也不太清楚。但或许正是因了她的表演，影响了我的一生。当然，这影响她是永远不会知道。

后来，妻子当演员，女儿也当演员，我就曾对妻子说：要注意自己的舞台形象啊！因为你并不知道，你在台上演出，台下也许很乱，可就在台口对面那棵柿子树上，还骑着一位12岁的少年，因了你的真情或者美丽，打动了他，感染了他，从而会影响他的一生。

我的一篇作文，被一个叫作王毓斌的老师称赞，他说可以拿到报上发表。——这是小学四年级的事。我的一段粉笔板书，被一个叫作李文彬的老师表扬，他说我写的比有些老师的字还要好。——这是初中一年级的事。

暑假回乡，不知怎么就拿到了一本名曰《秋色赋》的书，作者峻青，让我终生难忘，或许因了他的文字，使我第一次热爱了文学，并在以后特别喜欢散文写作。……影响，点点滴滴，如果不仔细梳理，真还找不到根源。

邻居家有位伯叔姑姑，在我眼里那就叫漂亮，我曾经梦到过她。在以后的众多交往中，看见某个女孩若与那姑姑相像，就感到亲切，愿意交往而一下子少了许多芥蒂。可是，我的那位姑姑也永不知道这个秘密。

那时有《春苗》和《渡江侦察记》的电影，演员李秀明、张金玲，不知被全国多少青少年崇拜，以为那就是天下的美人。在以后的择偶中，常常以此为参照或用其说事，影响了一代人对于女性的审美。如果某个女孩的眼睛或鼻子与那些既定的美人相像，似乎一下子就提高了她的颜值，可见影响的宽广。而或许，李秀明与张金玲们，并没有意识到自己还有那么深远的价值。联想到今天的球迷、歌迷、影迷、韩剧迷等等，乃至各个门类的"粉丝"，因对其偶像的崇拜，以致影响着自己的穿着、发型、化妆，除了这些表面形式，还会波及审美观、价值观、人生观等更为深刻的影响。而那众多的"星"们，大概并不知晓自己究竟会对他人带来何种影响，不知自己的光芒，会散发多少卡热量，乃或是正能量还是负能量。

从气度和做派方面，我最崇拜毛泽东。不管今天有人对他三七开还是四六开，甚或说三道四，在我心目中，他就是我做事风格的楷模。毛泽东对我的这种除了思想之外的影响，也可能是他所没有想到。秦皇汉武，也都不会想到，他们会对中国历史产生那么深远的影响。科学家只是在努力工作，不想到自己的一个偶然发明，会影响整个人类历史的进程，比如蒸汽机和电，等等。再往小点说，又譬如在写作方面，柳青影响了陈忠实，柳青自己不知道；孙犁影响过贾平凹，孙犁也许不清楚其影响会有多大程度，或多么久远。父母、老师、领导、长辈，对于子女、学生、下级，所形成的影响，那就不言而喻了。忘年交的老朋友梁喜员告诉我，他于20世纪50年代初参加工作时，深受了老乡长的影响，所以一辈子的工作作风，都有他的影子。世上有多少徒弟，跟了位师傅，师傅的影响，就贯穿徒弟的一生。看来，影响还可以化作一种传承，代代绵延下去。

　　一个人按照自己的方式活着，以自己的风格做事，不注意就影响了他人。所以，活着的人若能想到这一点，就该注意自己的活法，不是为了自己，而是为了他人。太阳储备了太多能量，要散发，不小心却给别的星球带来了光和热，别的星球感激它，已经离不开它了，它呢，就必须有所担当，可千万不敢使性子。

　　一个人一生所受到的影响是多方面的，而最重要的，竟然也不那么容易直追根源！你的一言一行、一举一动，或者某种爱好、活人方式等等，究竟是受了谁的影响，你自己说不清，别人更说不清。历史的、社会的、家庭的、朋友和同事的、遗传的、熏陶的……这种种的影响，交织在一起，错乱而复杂，造就了你——这样一个具体的人。这就是世界的复杂性。你不知道你今天为什么会做错了或者说错了，其根源并不在你这儿。你也许犯罪了，这罪恶，或许有一半也不在于你。相反，你的成功，也不全是你的能耐。

　　难道这就是马克思说的，人是条件与环境的产物么？

　　我想，当我在临死的时候，假如不突然，我一定会好好回想这一生，究竟是怎么走过来的？是谁，让我活成了这个样子？当然也会想，我又究竟影响过谁呢？我有"光芒"存留吗？其光芒，又能延伸多久呢？若有人能给我一个肯定的答复，那么我立刻宣布：我必须要好好活上一阵子了！

我观我骨

　　人有骨肉，犹如树有枝叶，世间万物，无外乎由软体与硬体物质相结合而组成。知此大理，人们在建造大楼时，先用钢木做骨，再用泥浆当肉，就巍巍然凝固出一座高大建筑来。细想，就连我们的星球，不也是由坚硬的山石和柔软的海水建构起来的么。坚硬之质，被柔软之质包裹，几乎是所有物象的构造原则。

　　人，是由坚硬的骨头和柔软的皮肉搭建而成的。这其中的道理，我们平常并不去想它。其实我们早就通晓了宇宙间普遍存在的阴阳关系，只是不注意将其具体到骨肉间的软硬关系而已。直到有一日，我的一颗牙齿突然掉落了，我将其捻在指间，反复观看，仔细端详，突然就想，这不是我身上的一块骨头嘛，怎么就掉落了呢？舍不得将其轻易抛弃，置于窗台的一个盒子里，时而拿出看看，看多了，也就有了许多的联想。

　　首先想，人一般是看不见自己的骨头的，能看见的，只有指甲和牙齿。象牙很长，那是大象露骨的部分；鹿角、牛角也不短，但这类动物，将硬骨凸显于头顶，彰显坚硬，并用以防御，而鹿和牛也许看不见自己的骨头。我是通过掉落的牙齿而看见了我的骨头，有了这个机会，便开始断识、判别他的坚硬程度，分析他的成分构造。摸一摸，还是十分坚硬的。又想，我自观自骨，以为坚硬，世上又有何人，看见了自己之骨，说是软骨呢？我用这利齿，咀嚼食物近六十年，咬碎了多少坚硬与柔软，而他人，又何尝不是用自己的牙齿去进食的呢？那么，我之骨，与他人之骨，又有怎样的不同呢？看来，只有通过履历、作为，回顾所发生的许许多多的事儿，来区分我的骨头了。经认真思考，公允评判，像化验血液一样，化验我的骨头，最后得出结论：我这人，有的是硬骨，有的是直骨，而最不具备的，便是软骨和媚骨了。

人是应该看重自己的骨头的。盖楼房时，首先是打地基，再下来就是搭建钢筋的骨架，没有那些钢筋的骨架，楼房就站不起来。做人也一样，没有一副好的坚硬骨架，肉往何处长？人也站不起来。我们通常会使用到两个词语：骨气、风骨。没骨气的人，谁也瞧不起。有了骨气，才能谈得上风骨。前不久，看到贾平凹先生在接受记者采访时说的一段话。他说在写《老生》时，多次通读了《山海经》，由衷喜欢了四个字：海风山骨。我的理解是，此乃他经历诸多人世沧桑变幻之后，再去阅读山水自然，从而获得的一种深切感悟。于是，我来了兴致，在家里用毛笔狠练这四个字。四尺的宣纸，写了十几张，终于，有一幅自觉满意了，才沾沾自喜地罢休。我又一次深悟到，海有风才会波澜，山有骨才会挺立。人会活成什么样子，就看他的骨头了。

我想，还是应该将自己掉落的牙齿保存着，时不时拿出来看看，以检验自己的骨质。

梨，以及其他

　　这水果的字音不好，梨，谐音了离，所以人们不愿分着吃，怕真的就应验了分离二字。可怜的梨，因未取上好名，或许影响了销量乃至口感，便不如其他水果那么好运。相反，苹果就幸运多了。苹果可以誉为平安果，抛开口味不说，送人，自食，看望亲朋及探视病人时提上一些，喻示吉祥平安。照此推论，莓的时运也应不好。草莓、杨梅、蓝莓，都有一个谐音于霉的字在，按说不应走红。但莓类的运气，似乎比梨要好。没见多少人对于莓有更多的非议。

　　在中国文化里，这是个很奇特的现象。比如过年煮饺子，如果个别饺子在锅里裂开，这时就不能说"烂了"，而应当说"挣了"。烂了不好，挣了吉祥。旧时的秀才进京赶考，一路对所居客栈的名称也很看重，不能去住喻音不好的店家，进京之后，争着去住"连升店"之类的名号。中医治病所用的药材，多数也源于想象，蝉的叫声很高，所以就用蝉蜕来治咳嗽，利嗓子。丹参是红的，所以就用来治心脏、补血。许多药材的使用，可能都来源于想象。此类例子实在太多，生活中俯拾即是。鸡喻吉祥，鱼乃有余，莲谓相连等等，期盼吉祥与好运的愿望，体现在生活的随时随处。社会到了市场经济的今天，就连数字号码也被赋予了意义，宁要888，不要444，诸如此类，被生意人看得很重。我想西洋人可能没有这么一说，因为他们说着与我们不一样的话，发的是与我们不一样的声音。因此，也许就有了不同于我们的隐喻和象征的物事。

发出的某种声音，居然就与大自然的运行有了某种对应关系，这实在是件神秘而难以理解的事。这或许就是中国的神秘文化吧。中国人为什么相信红颜色就能辟邪呢？而相信的久了远了，红颜色或许就真能辟邪。世间许多物事，原本毫不相干，但在看不见的区域里，却使之有了关联。冥冥之中，偶合出许多神奇的现象来。中国有本书，名字叫《易经》，其实讲的尽是些不容易的事。易的原意，是更换与变动，或许《易经》的深奥，就是研究天地万物是怎样变化的，研究那些看似毫无相干的物事，在什么境况下因变化而有了关联的。

过去我对任何水果都不会过敏，但有年中秋临近，我在贾平凹家里做客，有人从丹凤捎了些梨来，是贾家院中树上所结，韩氏劝我吃了一个，但没过一时三刻，先是手心红痒，接着连嘴唇也肿胀起来，像猪八戒似的难看。有人说是什么东西过敏了，我马上想到一定是那只梨。因在吃梨时，口感就觉异样，没有平素那么爽朗，而是有些滞涩。身体的自我辨识，已向我发出过信号，但我却浑然不知。回家途中，随购息斯敏服用，相安无事。但至此以后，我对许多水果都开始过敏。葡萄，梨，带皮的苹果，尤其是桃，入口后会立竿见影，浑身骚痒，接着红疙瘩起满皮肤。以致让孙见喜大发感慨：何丹萌天不怕地不怕，就怕水果。更蹊跷的是，自我吃了贾家的那只梨而过敏后，贾平凹不久就离了婚，而我对他们的婚变，也是十分敏感又极不赞同的。再后来，又过了几年之后，奇怪的是我对什么水果又都能吃了，水果过敏的事，在我身上又不复存在了。

人的身体，是天地造就的神奇，造物主为其设置了感知力，多数人一般境况下却不自觉，辜负了天地造设的用意。所谓聪明人，乃曰智者，高出凡人的一筹，或许就高在对于事物有敏锐的感知力，从而洞悉世间万象。老朋友刘军告诉我，如果你今天出门，第一次忘了拿手机，第二次忘了关煤气，第三次忘了拿钥匙，那么，你今天最好就别出门，因为出门后可能有不吉利的事情发生。平凹兄也有名言：当你感觉到身体的某个部位存在着的时候，那个地方一定是病了。人，对于自然现象的感知力，往往不如动物。比如老鼠、蛇，就能感知地震的到来；蚂蚁、燕子，也能感知雨来，而人却常常不能。于是我也感慨，人对自身的认知，也真是太过肤浅了。

前不久，突然牙痛。百无聊赖时出门散步，看见了水果摊上的梨，口水就不自觉地下来。多年不吃梨了，索性买得几个，回来削皮嚼咬，口感不错。连吃两个之后，牙痛竟然有所缓解了，想了想就写下这段文字。

亲　　人

　　什么是亲人？谁是你的亲人？这个看似毫无必要的发问，却忽然在我心口儿变得沉重。在经历了蹉跎岁月之后，在经历了许多变故之后，是谁，逼着我开始重新思量，究竟该如何为"亲人"二字准确定义？

　　爹娘和子女间即为亲人，此话本无可非议。但对天下所有人而言，亦非亘古不变的金科玉律。当然，谁也逃不脱娘生父母养的臼窠。然也很有一些个例，盖因父母贪欢，无意孕育了子女，且生下来就遣与他人，从此与其生身天各一方，乃至终生再无瓜葛。至于后来的成长，无论是养父养母，无论是其他亲属或孤儿院乃至别的养育机构，生之血缘已经没有，而哺育的历程，可能会生发无尽深情，也可能只是敷衍了事地完成了一个养育过程而已。还有一种情形，那就是虽也生了养了，但却在以后的生活中，因为种种原因，使父母与子女间渐渐疏离，乃至形同陌路，甚或深仇大恨，其中咎由，儿女有之，父母亦有之。总而，那种人不如禽兽的事例，并非举不出来。

　　人常说，母亲是伟大的。是的，母亲是人生的第一个老师，是每个人最先崇拜的人。娘的心性和气质，会采取一切方式进入到儿女的意识中去。世界上除了死亡，没有任何力量能够阻止这种影响：礼教、法律和教育，都有年龄的局限。这话一点也不错，但其所言，也只是一般规律和针对其影响而已。在有了许多分歧和变故之后，还能不能为"亲人"二字的定义做有力支撑，就不能那么绝对了。前不久，在央视《挑战不可能》栏目见到一位盲女，她一生下来就被父母抛弃，可怜见地由外婆将其养大，后来，外婆也离开了人世，她孤独、凄苦，却顽强地活着，如今这位盲女二十多岁了，再也不知父母身在何处。她凭借一只导盲犬陪伴，却做出了一系列惊人之举。她的事迹，让在座的评委董卿、周华健以及好多观众泪流难止。

予曾欲写一文，拟定的题目便是：《我的母亲并不伟大》。因予母17岁生予，那时她还少不更事，不知怎么抓养，在刚刚断奶之后，就交由爷奶经管了。母亲曾坦言告我，在我婴儿期，她夜里害怕，常将我置于床边，而自己紧靠墙根，让我为她挡边。12岁前去投亲，在街头与母亲相遇，她已认不出我和弟弟，我也硬是张不开嘴喊妈，眼看就要擦肩而过了，是我跑步追至前边堵住她，叉开双腿"哎嗨"一声，才使她睁大了眼辨认出自己的儿子来。16岁离家工作，带走一只木箱、一套被褥、一只电壶，从此，母亲再没问过我的被褥拆洗、床单更换，连我住的房间是什么境况，门是朝南朝北，她也不曾问及。当然，母亲今已七十又六，父亲故后，弟弟也离开了人世，只有我和妹妹经管着她。多少年过去，我们间怎能没有印象至深的亲情故事发生呢？我这里未涉母亲之好，只是为解析亲人二字的定义寻求分歧而已。我有一友，女，刚刚落草就让人抱走，在养父母家生长，初因这家不育，她至数年，这家生育接踵，她便不冷不热地挨至工作以及出嫁，之后养父母待她以利当先，此间亲情，早已大打折扣。她常言，这世间，除了由自己腹中生出的儿子，真不知何为亲人？凡此事例，不用搜寻便足已得证，父母与子女互为亲人，不尽然也。

兄弟姐妹算是亲人吧，亦不尽然。君不见，多少兄弟姐妹真正的情同手足，又有多少手足相残的悲剧屡屡上演？刘、关、张，不是亲兄弟，但在桃园结义之后，"这一拜，忠肝义胆，患难相随誓不分开；这一拜，生死不改，天地日月壮我情怀……"为了匡扶汉室，兄弟们真是肝脑涂地不畏生死了。与之相反，"煮豆燃豆萁，豆在釜中泣。本是同根生，相煎何太急？"见识了曹氏兄弟演绎的这个人所共知的故事之后，又有多少此类悲剧发生？宫廷有太子位之争，民间有遗产之争，无论在皇宫政坛，还是在民间生活中，姐妹不认、兄弟相残的情境，已经让人经见得太多。为钱财家产，为权力利益，还有其他叠加着的种种缘故，亲兄弟不如好朋友的现象，亦可谓比比皆是。

夫妻应该是亲人吧，更不能一概而论。好夫妻自然是亲人，但也常闻感慨：夫妻好比同林鸟，大难来临各自飞。君在日日说恩情，君死又随人去了。夫妻没有血亲，处得好，比亲人更亲，处得不好，形同陌路者有之，深仇大恨者亦不鲜见。

朋友间可否成为亲人呢？有。有的朋友，不是亲人，胜似亲人。文前所具的刘关张便是，但这种情况不多，多数情况是：有利时趋之若鹜，无利时门可罗雀。有肝胆相照、生死与共的朋友，也有肉林酒池、蝇营狗苟的朋友；有走心的朋友，也有只为做事的朋友。大难来临，或在难以为继时，有的朋友就变成了亲人，有的朋友就遁而无影了。借钱的时候，你才会发现你有没有朋友，谁是你真正的朋友。总而，朋友不是亲人，但亲人也可能在朋友中诞生。

说到底，究竟什么是亲人，谁是亲人？为什么又要来叩问此题呢？倒着说，之所以要来叩问，定然是感到了孤独，感到了无助，感到了人世的冷漠。茫茫人海中，你像一片落叶，像沧海孤舟，像霜杀枯草，像沙洲孤雁。深心里强烈感到，是需要有亲人相伴而投靠了。杜甫在过洞庭时尝言："亲朋无一字，老病有孤舟。戎马关山北，凭轩涕泗流。"细细揣摩诗人彼时之叹，怎能不令人感同身受？小时在歌曲里常唱，党是亲人，解放军是亲人。是的，在危难中，党和军队都为人民送过温暖，可这话对一个和平年月中且有吃有穿的个体生命说来，感觉便如童话一样遥远。李玉和在《红灯记》里唱过："人说道，世间只有骨肉的情谊重，依我看阶级的情谊重于泰山。"无产阶级为了信仰实现，在战争年代可以组成亲人团队，真的可以互为亲人，而我们处在这攘攘熙熙的盛世，谁人不为名来，谁人不为利往？各过各的小日子，各打各的小算盘，哪个又甘愿来为他人做亲人呢？我倒是想成为他人亲人的，可我却真真正正成了无产者，谁愿意让一个一无所有的人成为自己的亲人呢？那样的亲人，怎能去实现期待的意义呢？

其实，亲人是相互的。当你无条件做了别人的亲人的时候，别人就可能成了你的亲人。在此基础上，才可思考为亲人做个定义了。

梦想中的亲人定义，不仅是关爱、给予、包容，还有理解、共识、相通。你有了成绩和进步，乃或一点点好事，他比你还高兴；你有了缺点和错误，甚至闪失与犯罪，他比你还心疼。你平步青云，他高兴却不眼红；你坠入深谷，他除了惋惜同情，还要想尽办法牺牲自己而决心将你扶上新的人生征程。你因罪入狱，他在狱外经年苦等；你被判死刑，他为你收尸守灵，还要将你的香火绵延至永远无人问津的荒冢。人说你好，他暗自庆幸；人说你坏，他心不认同。他没沾你的光，却为你的品质而背地里逢人就传颂；他没受你的惠，却无怨无悔不离不弃要陪你走完漫漫人生。也许，我的关于亲人的定义，只是一个梦，一个找不见影子的梦。

人和大象、猴子、蜜蜂等一样，属于群居动物。社会，是由人际组成的，人，除了男人和女人之分，老、中、青、幼之分，好人坏人之分，还能分为亲人、友人、邻人、众人、路人、仇人、敌人等等。人最需要亲人了，可不知怎么，感觉如今的亲人，是那么稀缺而难以分辨了。

"妈妈是个好东西"

　　在京城读大学的小女十分恋家，每晚皆需借助网络，准时与母视频。车轱辘话早已说得疲惫，但还是不甘中断。妈妈张嘴打哈欠，说，就到这儿吧。她嘴一噘不高兴，仍要继续纠缠。逢节假日，无论长短，她哪儿也不去的，必是早早买火车票回到母亲身边。今年"十一"假期，她照例回来，母女更是如漆似胶，须臾不愿拆分。午饭后，她痴愣愣抱着母亲望了很久，突然冒出一句："妈妈是个好东西！"

　　"妈妈是个好东西"，这话应属病句，但我却深深理解女儿的感受，这是她发自肺腑的表达。

　　此女上世，我夫妻均已 36 岁，又逢妻所在剧团事业萧条，故未雇保姆，她是在剧团小院，经叔叔阿姨们随便搭把手，由妻一人带大。忘不了从小学到初中的那些隆冬，妻总是摸黑做好早点，饭罢，帮其拎着书包，先是送进校门，后来送至巷口，千叮万嘱地相互挥手；晚上一到下自习钟点，妻必会一激灵跑出去，站在雪中的街口翘首等候。算起来，她从 1 岁到 18 岁的 6500 多个日夜，真正遇上母女分开的日子，大约不超过 7 天。那次是妻子外出汇演，交由我来带她，我就每天开车拉她到河边戏水，是想让其亲近大自然。我曾想对其施加一些我的教育理念，但也困扰过，若想用胶把两件物体粘在一体，那是需要一定时间的，苦于我与她的亲密相处总是太短。至今，她一回来必然要母女同寝，我们夫妻分室，自她小时就已形成，那张大床，似乎天经地义属于了她俩。

我隐隐感知到，母女须臾不离的过分亲昵，可能对孩子成长不利，所以在选择上大学时，坚持让她报考到北京去，其中自有万般苦心蕴含。但现在看来，母女的相依相赖，反倒是愈加浓烈了。她说的"妈妈是个好东西"，让我来解读，那就是：咦，在这世上，怎么就有了妈妈这种称谓呢？有个妈妈真好啊，这是生命的摇篮，是上帝的赐福，是幸福的根源！只要有个妈妈，其余什么东西都不重要了。在外经风经雨的一切不适，在妈妈的身边都可得到化解。显然，《世上只有妈妈好》的那首歌，已不足以让她用作表达。歌里说"有妈的孩子像块宝"，那么，有个好妈，千慈百善的妈，自己不就成宝中宝了么？

我不知这是好是坏。但我晓得，妈妈是陪伴不了终生的。爱若成溺，于子无益。假如一个人在幼少时期从未尝舔过孤独与无助的痛苦，那会对他的成长有好处吗？我的女儿是幸福的，可我和妻的童年则无那么幸运。我们遭遇的年代，父母工作忙，生得多，不晓得疼爱，所以我们的童年便有了许多凄凉记忆。9岁，我才离开奶奶来到父母身边，张不开嘴叫爸叫妈，就别说什么撒娇了。几多深秋黄昏，我独自坐在县商业局大院一排平房的台阶上，看那并不很远的苍龙山。山上有稀疏槲树，间杂一些松树，槲树的叶子变黄了，在寒风中飒飒作响，阴冷的院子空空荡荡，即便偶有人出入，也与我毫不相干。鸡该上架时分，才有一辆嘎斯货车大约从省城开来，停在院子里卸货，远远地忙乱一阵，车又开走了，院里回归阴冷和宁静。夜幕，已彻底沉降下来，我痴痴的目光无处可投了，可还依然在台阶上静坐着。父母干什么去了，我不知道。这一儿时情景，不知怎么就深深烙印脑海，终生难忘。联想到朋友王平讲给我的一个细节。他是过继到伯父家的，童年，他常提了草笼在丹江边打猪草，山水总显得那么空落而宁静。有天黄昏，一辆卡车停在不远处，装载那用山里毛竹编就的扫帚，他便默默地注视。终于，车装满了，扬起一阵灰尘，晃晃悠悠驶去。汽车在他视线里消失，似乎带走了他的魂灵，像有什么一下子破灭，留下说不清道不明的怅然，让他久久无法释怀。他的这种感受，我是深谙其味的。我于是想，我的可爱的二女儿，她有过这种体验吗？她能理解这种孤独、孤零，以及被弃置一隅的冷清么？缺了这种体味，也能理会人世的炎凉冷暖、曲直杂芜吗？她以后能读懂"无边落木萧萧下"的句子么？对于"前不见古人，后不见来者，独怆然而涕下"的内涵，又能解读出几层真味呢？

可是，我喜欢着女儿的阳光，她的纯真与清正堪与冰玉。春节闲暇，与两个女儿玩牌，我故意偷了张牌，小女决然劝我不能耍赖；我欠她姐姐一块钱，她也要我必须还清，嘴里说：是啥就是啥么。初中一次考试，有道题难住了，邻座的同学有意让她抄，她反而故意不看人家的答案。一次乘公交车，人挤人，她未及刷卡就被挤到了后厢，司机已不计较，可她还是拼命挤回来补刷。她做事总是丁卯不混，泾渭分明，以致她的中学同学说：何笛无缺点。我想，她的这种成长，会不会与这个有爱的家庭有关？尤其是母爱的力量，温暖了幼稚心灵，让她感知着世界应有的美好和清明。我还想，父母总是遮挡了风雨，生怕让她受丝毫侵害，她也如同在无菌的温室里培养的白菜，自然是绿色、清纯而无污染了。但社会是复杂的，是充满各种细菌的，我总担心她的以后，难保就不会吃亏么？关于这一点，常是我的忧虑和心病。我设想，她学习好，又是学自然科学的，那么学成以后，最好去什么研究所一类的科研机构，面对科学，而少让社会的污泥浊水溅身，这应是对她的妥善安置。

无论怎么说，我还是深深喜欢着小女的阳光与清正，除了常在父母面前表现出依赖和娇恃，我想不出她有什么灵魂的阴暗。这，多半归功于母亲的爱的护育，难怪她会深深感慨：妈妈是个好东西！

母亲节余想

　　从生命繁衍的角度说，天下所有母亲都是伟大的。然又从对子女的教育和濡养等方面衡量，这一立论就不一定成立了。我的母亲并不伟大——这是我早就想好的题目。今年的母亲节那天，这念头被再次撩起，总想写点什么，但还是搁置下来。其不便言说的理由是因母亲依然健在，要论此话题，必然涉及她老人家。毕竟，母亲在 17 岁就生下了我，不容易啊！人是要有点良心的，要懂得感恩，应知跪乳与反哺之情，起码要有恻隐之心才是。我若说出对母亲不恭的话，惹老人生气，那便是我的不孝了。而今天，电视里正播有关倪桂珍的事，前几天又从书本里看到那个叫陆英的母亲，一联想，便有所冲动，借口说母亲不一定能看到我的文章，于是动手开始打字。

　　我不说自己母亲伟大，主要是嫌她那时无力也无暇对子女实施自己的教育。我于一岁零七个月就被送回奶奶身边，叼着奶奶干瘪的乳头长大。我的童年教育，可以说是由奶奶替代了母亲的角色去完成的；而我妹妹何花，则基本是由外婆替代了母亲的角色将其养大；弟弟就不同了，一会儿在外婆处，一会又来到奶奶身边，最终似乎两边都没靠住，故严格追溯起来，生命里缺少了那样一个重要角色的教育，乏此环节，于性格修成不利，人生便不能称作健全。可怜见的他，现已离开人世，就不想再撩拨那些伤心。说着，我不由从母亲、奶奶和外婆而想起了那个叫倪桂珍的人，她生下了宋霭龄、宋庆龄、宋美龄、宋子文、宋子安、宋子良，这三女三男六姐弟，是谁人不知、谁人不晓的角色啊？可倪桂珍三个字，又有多少人知道呢？尽管，少不了传教士出身的宋耀如先生那良好的基因遗传与学养熏陶，但毕竟，母亲是人一生第一个老师，娘的心性和气质，会通过各种方式灌输到儿女的意识中去。宋氏姐弟的成人，怎能少了倪桂珍的功劳？所以我说，倪桂珍是个很伟大的母亲！

还要说到一位鲜为人知的人物，她是安徽合肥人张武陵（冀牖）的夫人，名叫陆英。她生下了四女六男，他们是：张元和、张允和、张兆和、张充和四姐妹；还有张宗和、张宇和、张寰和、张宁和、张宸和、张定和六兄弟。同样，母亲陆英的名字无人知晓，所生的四位才女却人所共知。老大张元和，其夫是昆曲名家顾传玠；二女张允和，其夫为号称中国汉字拼音之父的大学者周有光；三女张兆和，丈夫便是大名鼎鼎的作家沈从文；四女张充和，嫁与了德裔美籍汉学家傅汉斯。其余六个儿子，亦均事业有成，堪称人中优杰。提起在苏州九如巷长大的张家这四位才女，真是要人样有人样，要才华有才华。叶圣陶说："从苏州九如巷出来的张家四姐妹，谁娶了都会幸福一辈子。"张家的父亲张冀牖，与李鸿章同乡，与蔡元培乃同志加好友，祖上即为官宦，又致力于教育事业，家境是有了良好保障，然无论如何，十个优秀儿女的诞生与成长，其母陆英功莫大焉！试想，没有母亲的一言一语、一颦一笑、一招一式、一点一滴、举手投足的影响和熏陶教育，能有那么齐促的一群优秀儿女么？

俗语说：龙生一子定天下，猪生一窝拱墙根。对一般母亲而言，所生好儿女不在多，有一个便可足矣。传说的轩辕之母、周公之母，皆堪称伟大，包括孟母在内，她们首先是清醒了做母亲的天职。又比如，蒋介石就是独子，其母育儿亦可谓含辛茹苦；毛泽东虽有弟弟毛泽民，却英年早逝，然毛母文氏更功不可没。故一家几代里，能出一个名人的，多矣。高尔基有个好母亲，鲁迅有个好母亲……身边的朋友方英文，其母仅生唯一，又多年寡居，吃斋念佛将其育成，我是常念着那位母亲的伟大。不过，这类例子还是信手可拈。最难能可贵的，是一个母亲能生养出一群优秀儿女来，这样的母亲，能不堪称伟大么？

有俚语说：常见烂船靠一湾，鲜闻好花开几树。一位母亲要使自己的儿女个个成才，她自己就必备两个条件：一是有个好基因，能给予儿女个聪明健康的好身体；二是以母亲的大爱品行及明事晓理的宽阔胸襟，塑造出儿女的高尚情操与出众品格。而能够做好这两点的女人，又是多么稀罕啊！若遇一位急势百赖、短见自私、皂白莫辨的糊涂母亲，儿女的性格能够豁朗么？其品行又能好到哪儿去？不仅夫妻过不好，连孙子也可能教坏了。所以，我从千家万户的育儿经中，早就悟得深切感言：一个女人，或曰一位母亲，至少会影响到一个家族三代人，搞不好，甚至会影响家族的千秋万代。如此往下推演，成就一对门当户对的婚姻，也就十分重要了。其意义，可以提升到对人种的负责，对民族历史负责，对人类进化的负责。

母亲节早过了，我的余想还在绵延，尤其是在街上随意碰上一位孕妇，就忍不住内心发问：你准备好了么？有"育儿资质证"吗？这样一问，自己就先笑了。还是让我在内心呼喊吧：愿天下那些堪称伟大的母亲们，万岁，万万岁！

陪女儿高考

二女何笛今年高考，快到考场门口，望着拥堵的人群，她说：这是全球第一考啊！我说别怕，考成啥样子就是啥样子，毫不影响你依旧是老爹的心肝宝贝。她憨纯诚挚地一笑，挥手用普通话说：爸爸，我进去了！然后小跑着冲向了考场。

中国的高考何以成为全球第一考？我想主要是因人多，规模大；其次是全民重视，隆重而森严。

起初，学校老师和校长反复叮嘱我们，要让孩子放松，千万不能紧张，临考的前几天，让我们连学习的事提也不要再提。于是我们做家长的说话小心，故作气定神闲，生怕哪句话或某个行为导致孩子有了压力。我的孩子在以前的模拟考试中曾因紧张而有过失误，所以就格外小心。谁知我们"松弛"的戏，也许演得过头了，孩子受其影响，似乎连审慎认真的必要也给忘了。第一场语文考下来，作文就有点审题不清而有所跑题。我心中不悦，又需故作若无其事。心想，咱是搞文字的，靠写作吃饭，孩子作文考不好，倒成了情理中事。"木匠住的柯杈房，大夫守着病婆娘"嘛！尽管佯装不在乎，但女儿还是看出了我的不悦，只是相互心照不宣，寻找些别的话题岔开了。到了考数学，可能还较为理想吧，我是从她那笑嘻嘻的表情中判断出来的。接下来的几场考，我还是什么都不问，只从她的神情中去感知。

为了孩子考试，我们在离考场最近的地方包了宾馆，吃的是宾馆为考生准备的高考套餐，餐厅里挤满了考生和家长，基本上都是三人一组，父母与孩子"二陪一"。这家星级宾馆，也全被考生和家长占满了。在感受着那两天到处充盈着的高考的隆重氛围中，我想，我一辈子是没享受过那种待遇的。今生里也还算考过不少试，可我的父母几乎连问也不问。由小学考中学那会儿，是在乡下，倒是奶奶为我煮过两个鸡蛋，那便是最好的特殊待遇了。我没参加过高考，但孩子她舅说，他高考时，从考试到填志愿，父母均未参与，只是拿到通知书要走了，才向大人打招呼。前几年每逢高考，因无自己的孩子，看见别家父母和整个家人的那种兴师动众，心中很是不屑，娃考个试嘛，又不是选总统哩！可是"摆子"到了谁的头上都得发烧，到了我，却还是跟着别人亦步亦趋了。本来我做事喜欢另类一点的，但一想在这事情上还是不行，一是那种强烈的氛围感染，逼得人不得不与大家一样；二是不能为孩子留下终身的话柄，考好了还罢，考坏了不能落得终身埋怨。当大人的把该做的做了，剩下的，那是娃的本事娃的命。

　　这些年的高考，何以就越来越隆重了呢？我总在想，本应是"不拘一格选人才"的，而当下的中国，倒是"唯此一试选人才"了。明知此举肯定不对，肯定有问题，可又别无良方。试想，如果是考试加推荐，那么在推荐的环节上，以中国人目前普遍的思想素质，其"后门"之风不知又会刮成何等样子，私欲的严重倾斜，会把道德良心全然淹没，乃或扔去喂狗。所以也是不能体现公平的。比如一级约束一级的机制，乃至到了法院、检察院、纪检委等，本想用机制一环扣一环，最后是每个监督环节都心术不正，最高的管人的人也端不平手中的天平，于是这个世界已从内里就乱了套。当一个社会中持有良知者的比例不足时，公平就难以为继；人才的选拔，也难以综合全面去考察了，只能采取考试，这唯一的遴选手段。这也就是应试教育无法改变的原因。可是，中国历史上并非都是这个样子啊，有过真正的伯乐，有过举贤荐能制度，有过"不拘一格降人才"的氛围。这些，又都哪里去了呢？难道永远也不复再现了吗？

　　有人说，高考考孩子，烤的是家长。女儿的高考结束了，我们夫妻也被架在火上烤了个半熟。之所以是个半熟，因为好多事还是想不通。

麻将声声

　　街巷里弄，麻将声声，这已成近些年来走遍中华大地的常见情景了。

　　一日，路经一个名曰高阳里的弄堂，马路沿上，竟一溜儿摆开十几台麻将桌，其阵势，好一似某少数民族习俗里的吃街饭，又恰如旧时常说的"逛皇会"，人声鼎沸，热闹非凡，蔚为壮观。联想到前年去成都，无论在公园、河岸、茶楼，还是在人家舍内，随处可遇搓麻场景。接着取道重庆，即便在沿江小镇，或华容山道的随意村落，凡有人口聚集，必有搓麻之声。经云阳，在一路边店用餐，刚刚坐定，女主人便以浓郁川腔朗声招呼："上桌子，上桌子！"初不明其意，不是已在桌旁坐着嘛，还上什么桌子？原来，是借后堂炒菜之际，让客人先打几圈麻将，以逸等待之焦。如此招待，是否可窥时风世相之一斑呢？那晚，与上海亲戚网聊，言之刚从麻将桌上下来；又向东北朋友电话询事，说是正打麻将，过会儿回复。可见，大江南北，举国上下，搓麻之风甚盛，已是用不着调查数据来支撑的不争事实，满街的麻将馆、棋牌室，还有美其名曰的中老年活动站，足以证明了一个麻将时代的兴起。

　　曾几何时，玩麻将的游戏开始在国人间盛行而泛滥的呢？反正，秦始皇、汉武帝的年代未听说有人打麻将，唐、宋、元、明等朝代的艺文记事中，以至清朝的那么多影视剧里，也未见有打麻将的生活场景。20世纪初，从推翻封建、民主革命，到八年抗日、解放战争，那些年忙于战乱，民不聊生，人们顾不得打麻将。从旧电影里看到上海、广州等地的阔太太们时而玩玩，也只是少数人的娱乐。回顾毛泽东的年代，好多年轻人说连麻将见也没见过。那么，麻将的起源暂且不考，而麻将之风盛行，应当说是改革开放以后的事。

太平盛世，肚子的饥饿问题解决了，温饱生余事，不少国人的注意力开始游移到麻将上来。围棋高古儒雅，和者盖寡；象棋稍显通俗，然也难抵精深，且虽有博弈，而不便于行赌，输了赢了，莞尔一笑，常不与金钱挂钩；麻将就不同了，雅俗可以共借为具，赌博与怡情亦可兼而有之。既入门容易，一看就会；又变化无穷，盘盘翻新。妇孺皆可通，老少具咸宜，所以就被这个时代推选为大众娱乐工具了，目前，正以燎原之势而风靡全国。

麻将何以会有那么大的磁力吸引？余以为，其原因不在麻将这种游戏本身，而源于许多国人思想与灵魂的空洞。信仰缺失了，心灵的无所事事与无处寄托，使人们内心世界变得飘忽、渺茫、麻木，面对冗长的平庸日月，该如何打发呢？于是，麻将的魅力就凸显出来。你说，国家大事需要你管吗？你管不了也管不着。腐败问题、环境问题，你也只能说说而已，又能奈之若何？你想挣钱吗？钱是那么好挣的？挣钱很累，有了钱却也很无趣。爱情，花前月下，这在如今看来，已是那么幼稚而局限，因为谁的真情，又是靠得住的呢？琴棋书画高雅，那也不是所有人皆可操弄的。喝酒伤身，吃茶寡淡，人们也知酒厚赌薄，然若赌注适中，也便不伤和气；其余如饲养宠物、务弄花鸟虫鱼、健身娱乐、唱歌跳舞，如此等等的爱好，既不能占满24小时，也不与打麻将有什么本质冲突，怀抱小狗打麻将的小赵女士，便是一例。

不知不觉，我也成了这搓麻大军中的一员。我曾恐惧着我的沉沦，然而我发现我的书并没有多少人去读，这让我伤透了脑筋。我想知道如今的世人都关心些什么，也许还有曾闻康熙所言的"小赌怡情"的理论支撑，抑或想探知世相，想麻醉自己，说不清哪个缘由，于是乎，在西安北关的某个麻将馆里，渐渐就有了不少麻友。

　　天天到场的王嫂，小伙子喊他王老太，其实年龄不大，不过六十开外。打牌时候，她指衔香烟，口哼歌曲，显得悠闲自得。我听出来了，她的音乐感觉非常好，且会哼唱许多老歌，比如："旧社会，好比是，黑咕隆咚的苦井万丈深，井底下，压着咱们受苦的老百姓，妇女在最底层……"这些歌，年轻人已觉得很陌生。后得知，王嫂也曾为单位文艺骨干，如今退休，家中躺着个半身不遂的老汉，伺候完毕，她苦闷泼烦，准时来麻将馆消遣。再后来，老汉离开了人世，她孤独难耐，又无牵无挂了，就更成了麻将馆的常客。还有一位铁杆老孙，其实应为小孙，经营着兽药生意，却常在麻将馆里办公，电话遥控着天南地北的发货送货。几日出差不见，归来一下火车，不回家，径直奔向麻将馆，如饥似渴地要过足麻瘾。通宵达旦，不知疲惫。他甚至以馆为家，剃须刀与盥洗用具也放在麻将馆里，几天几夜不与老婆见面。有位中年的结巴男，边打麻将边说："自……自从爱上上上了这……玩意，我老老婆都少少少做多少回回回爱哩！"他的气快出不来了，大家哄堂一笑，有人就插科打诨：你咋知道你老婆就闲着呢？结巴男面红，将一只二筒摔在桌上，说：二……奶！区政府的李科长，黄昏时分来了，一进门就感叹：嗨！十八大要开，又让人到北京遣返上访人员，这回终于推给别人了，真是烦人！他坐下来打牌，我说，你让上访人员都染上麻将瘾，你就省心了，这对维稳有利呢！富平几个进城卖石灰的中年农民也在附近小区租住，白日卖灰，夜来打牌，赢了就是双赢，输了就说：剃头匠忙碌一天，钱包丢了，欻了一天闲球！还有几位长得不错的中年妇女，也是这里的主力，熟悉后得知，她们不是离异待嫁，就是老公在外地或外面有事。老赵俩口子都喜欢玩牌，你占一桌，她占一桌，你赢了，她输了，来五去五，相互一笑，嘻嘻哈哈。北京的胖子常驻此地推销润滑油，上半天办公，下半天打牌，正时正点。那个小山东，居住得虽然很远，但这里是熟门路径，常是驱车赶来玩牌，晚上的请客事宜，也安排在附近酒店，一边电话通知，预约包间，一边说：八万！麻将馆生意好，天南地北的人皆有，老板也就会来事，除了每日的免费茶饭伺候，过年了，请大家集体进一次酒店，且每人发五斤带鱼，以拢络人源，聊表大家对麻将事业的支持。

我想，有没有人统计过，中国究竟有多少闲人哪，他们不是身闲，而是心闲着。幼少时就记住了一句唐诗："乡村四月闲人少，才了蚕桑又插田。"而如今，城镇化的步子正在加紧，人们都纷纷涌进城里，闲了，究竟该干些什么呢？有好几个晚上，我也玩得通宵达旦了。天蒙蒙亮，我昏头颤脑走出麻将馆，见三五个小学生背着书包，正步履匆匆赶往学校，我不禁汗颜，有如干了不正之事的心中愧然，也由衷感叹，现在的中国，可怜最忙的人，大概要数那些中小学生了啊！

灭蟑记

老宅将就屋，曾有蟑螂出没。盛时，成群结对，黑压压穿梭于案板锅台，令予惊悚不已。初不识，疑为何方小虫，后经人辨，知其乃蟑螂也。

生于北，幼时未经蟑螂、白蚁之害，只遭虱子、跳蚤、臭虫之扰，闻蟑螂乃江南沪粤一带物产，不知何故，而今北移，莫非亦属改革开放之成果乎？

将就屋之蟑，曾奋力剿灭。凡见之，手拍，脚踩，开水浇烫。然终不得其要，蟑群愈灭愈众。白昼无踪影，夜来结队生，叹曰：华佗无奈小虫何也。据闻，蟑之命力极强，繁殖迅速，即便身死，仅需躯在，仍可迅疾裂变许多小蟑来。于是乎，如离离原草，野火难使其尽矣。后，将就屋改造，砸其墙，敲其地，土木重组，焕然一新。待"将就屋"易为"讲究屋"时，蟑螂无踪矣。想此次灭蟑，乃革命之举，恰便似推翻一个旧世界，使世道更迭，环境变易，一物种亦随之绝也。

今侨居灞水，小屋又现蟑螂。灭！

始如初，拍，踩，烫，水火并举。后购灭害灵，每夜一喷，逾半月，蟑虽稀，然未绝。又惊然发现，新生之蟑，色形已异，肤色呈黑，体形变圆，且具抗药属性。一日，独坐沙发奇想，莫非此物，在与吾之对抗中神速进化，月余间便派生为新的生物体？叹其顽强之余，忽想到习总反腐之举，打老虎，拍苍蝇，除其害亦如野火焚草，难得净尽。但毕竟，若矢志不渝，并持之以恒，必有喜人成效。待反腐之风蔚然，使世道更、环境改、土壤变，腐败可望渐绝也。

继而又想，当年虱子，今已罕然绝迹；曾遭臭虫之害，而今不再有闻。害物之绝，赖以社会演进，环境改良，此乃人类之为也！继而远想，如此星球，何物该生，何物该灭焉。恐龙绝于亿年之前，剑齿虎、白犀牛，相继绝灭。生态学家疾呼，地球每日有多少物种在急速消亡，呼吁人类保护。予便一时茫然，若以生物多样计，洋洋物种，孰为该存，谁为该灭，此间，何人又能以宇宙标准公允裁定？

灭蟑，灭蟑，吾欲求生，蟑必绝也。

悄悄地过去

　　今年的生日，还有寒食与清明，都在我身边悄悄地过去了。这是我的有意安排。

　　4月2日，是农历的二月二十二日，我的57岁生日。这个时间，妻子记着，两个女儿记着。他们早就问我，要怎么过？我说，不零不整的，过什么呀？我是不看重过生日这种仪式的，因为生得不伟大，一个平凡的生命就那么简单地来到人世，有什么可值得庆贺的呢？再说了，过一岁就老一年，强调着那个已经累积得不小了的岁数，离终点不是越来越近了吗？会让人生出许多悲凉来，我以为还是不要逗惹，让岁月悄悄溜过去。至于心中的紧迫感，留在自己心中罢了。回想这57年的生日，只有在36岁那年，在妻子和友人的纵容下，认真地过了一次。摆了十几桌酒席，鱼在洋与周刚都喝醉了，这让他们终生难忘。当时我身在商州，小城里有这个风俗，门槛年嘛，就随了世俗，如此那般隆重了一次。随后的许多生日，竟连自己也忘了，事过之后才突然想起。还有几年，我只给母亲打个电话，说：今天是母难日呀，你辛苦了。母亲17岁生我，想来不易。可她活得粗糙，不想这些。比如今年，她可能忘了，我也就不吭声。小时候每逢生日，奶奶总是记得清楚，因为日子苦，加上孩子多，她只是煮两个红鸡蛋悄悄塞给我，那情景让我记忆终生。

　　今年的这天，大女儿一早就从睡眼惺忪中打来电话，二女儿也从北京打来电话，都说了"爸爸，生日快乐"。我虽然回应了，可自己内心知道，既没有什么快乐，也没有什么不快乐。妻子还是炒了几个菜，开了半瓶红酒，把大女儿喊回来，三人吃了顿饭，如此这般地过了。社会上的其他单位，比如保险公司、电信公司等，总是在公历的 2 月 22 日发来短信，祝我生日快乐，其实我不过阳历，但所有的表格填写都是那个日子，人家就按阳历记住了。将来的退休，也会是那个日子，这样就会比阴历早一个多月提前退休。

时隔两天，就是清明节了。往年的清明总要回老家祭坟，可是今年没有。一是有事，二是 4 月 6 日表弟结婚，我需赶在那个时段回去，不想来回多次穿梭。所以就与妹妹通了电话，祭祖之事让她们代为操行。我知道母亲有点不悦，她说过祭坟要男人回去的，但我更明白她是想我了，让我早点回去，回去了就多住几天，她不想儿子的忙与闲。其实我没有在清明节之前赶回去的内在缘由，还是近年以来将这些节事看淡了。我总在想，人们以逝者的名义所举行的一切活动，都是活人的自慰。死了的人，是什么也不知道的。我的父亲的骨灰盒是我亲手埋入土中的，我明白那里边就是他的灰，而灰，就不再是生命了。从此我对他说什么他也听不见，我做什么他也就不再知晓。我的爷爷去世较早，中间经过了一次迁坟与坟墓整修，我看见了我那可爱的疼我爱我的爷爷，剩下的只是一点白骨。这些画面，强化了我对死亡就等于永远不复存在的认知，看清了活人对于死人的虚妄。对于"日落狐狸眠冢上，夜归儿女笑灯前"的世态，更是体味深刻。

至于祭祖这种仪式，对于唤醒民族记忆、凝聚民族力量等等的好处，我也是明白的，但究竟有多大作用，我有点怀疑。比如年年都在黄陵祭祖，声势浩大，耗费不小，但对于我们的民族团结，究竟有多大益处呢？这种活动，不搞似乎不行，搞了也就搞了而已。更甚的是，多年以来，总能看见那些外地的经商者、外来务工人员、在外的游子，清明回不去，就在城市的马路沿上烧纸，满街纸灰，飞飞扬扬。可是第二天，他们进入了生意场，该怎么抠门还怎么抠门，该怎么阴险还怎么阴险，烧纸祭祖时的虔诚，与他们做人的灵魂救赎，似乎毫无关系。有些仪式，渐渐就变成了一种空壳，这让我心生不满。所以，今年的清明节，我故意连纸也不烧。我想在内心告诫自己，行为的约束，德行的锤炼，最好借助自己的内在意志，而不依赖于外在仪式。

清明与寒食已经混为同一时间概念了，节令与节日的合并，让许多人弄不清这两者之间的不同含义。人云亦云，人为我为，这是更多人的生存状态。邓小平说的"跟到走"，嚼起来是很有意味的呢。早上，天就阴着，从中午开始，才有了"清明时节雨纷纷"的景象。而路上的行人，谁个又有"欲断魂"的纠结呢？倒是"南来北往各西东，人生好似采花蜂"似乎更为恰切一些。开车去新房看装修，路上车不多，妻问人都哪里去了，我说去乡间了。现在的世态，倒是应将那句大家熟知的诗重新断句："清明时节雨，纷纷路上行人，欲断魂。借问酒家，何处有牧童？遥指杏花村。"妻子笑了。多年来有个夙愿，想到山西的介休绵山去，仰一回那个介子推，可总是未能成行。所以今年的清明，因过得平淡，故油然想起几句旧诗："无花无酒过清明，兴味萧然似野僧。昨日邻家乞新火，晓窗分与读书灯。"留恋这种情景。山间冷清，孤独，无花无酒，没什么意思；寒食刚过，禁烟禁火了，那时还没有什么火柴、打火机之类，所以连火种也没有，从邻家的灶膛里乞得了新的火种，点亮一盏油灯，靠着窗户，读书吧！

年，总算过完了

今日初七，说是成人。天不好，看来今年人不成。也幸亏天不好，不要再成人了，中国早已人多为患，占了地球人的 22%，走到哪儿都是中国人，其他种族的人都有了压力。中国的好多事都不好办，就是因了人多。14 亿早过了，怎么了得？不说成人成马，乃至鸡猫猪狗，还有八谷九豆，其实初六一过，中国人轰轰闹闹的那个年，也就算闹轰完了。

今年的这个年，过得实在无趣。而仔细去想，若用 50 岁以上人的眼光看，哪一个年又是有趣的呢？无非是一个节日，是日历又用去了一本，是汉历重新纪年的开始，确实只是"天增岁月人增寿"而已，至于"春满乾坤福满门"的下句，尤其是所谓"福满门"之类，终归是美好愿望罢了。年复一年，日月经天，贞明不易，地球的转法基本是不变的。什么事情，新鲜了才好，无限度地重复，再好的事情也会烦。孩子们喜欢过年，是因为经得少，过多了也就不喜欢了。就说中国人自 20 世纪 80 年代以后所喜欢的那个"春晚"吧，现在也经多了，觉得索然。尤其是今年的春晚，似乎是没招了，山穷水尽了，举办人江郎才尽了，真没什么看头。是否春晚也上了岁数了，老了。顺便说，赵本山大概只能和范伟、宋丹丹等人同台，才能有红花绿叶的和谐，而强推自己的弟子，一个个脏兮兮的，恶趣多，典雅少，立意浅，品位低，终难制造精品。看来他的时代，许要行将过去。再顺便说，接收的手机短信特多，依旧是不回，习惯了，望发信的朋友谅解。

今早，李丹军小弟发来短信，总结了过年的"十字令"，觉得好，略作修改摘如下：

"累，消费，大聚会，非吃即睡，漫天飞短信，相聚喝酒买醉，借机向领导行贿，探亲旅游纯是受罪，胡吃海喝伤神又伤胃，节日过完还得回原单位。"从一个字说到十个字，也数不出一点好处来。其实细究其创作者的情绪内涵，也就是一个字：烦！

还有，炜评贤弟节日间新作两首七律，昨日发来，亦觉甚好，不妨也作摘录：

一、无题

蝶舞蜂飞复春秋，到头若个结鸾俦。

天鸡惊破短欢梦，情海遍沉长恨舟。

未必佳人皆国色，断无才子不风流。

镜花水月终虚化，枉把杭州作汴州。

二、呈诸兄

醉啸醒歌不自惭，未更本色是儿男。

时将陈酿顷千百，为惜同怀有二三。

血气毫端犹给力，齿唇讲肆耻空谈。

莫嗟晚岁增衰惫，晚岁心旌动远岚。

我说这两首诗好，是我觉得读懂了，也读得很深入。初一览，便会心地笑，因为我知道了他在想什么，他也和我一样，终于悟到了什么。他的性情，他的情感世界，我是基本熟悉的，算是他的"同怀"吧，所以最能心会。第一首，有红楼意，有道家思，乱轰轰你方唱罢我登场，最后静观，他的心收回了旧港，厌了，倦了，无奈了，大地重新干净，有了过来人的感受。有些事和情，看似好，却只是"短欢"，不能"长歌"，他终悟出了"未必佳人皆国色，断无才子不风流"的真谛，明白了"镜花水月终虚化，枉把杭州作汴州"的终局。其实，也就是老了。第二首，是他的真性情的写照，与我相像，就那个怂样，改也难。说是"莫把杭州作汴州"，却仍有"晚岁心旌动远岚"的期盼在。谁又不是呢？那个近年来红火了的90多岁的白胡子老汉莫不如是。人家说这就叫文人性情。如果说第一引句里的作者心境是烦，那么炜评的两首诗也用一个字概括，那就是：真！

顺便也说说"给力"这个新词，今年使用率忒高，我也烦。过去讲"给劲""得力"等等，已有的词，能达意，何必要花样翻新？即便偶而来一次，也不能人云亦云。滥了，就俗了，烦人。

过了一年，多了一层人生体验。年，是短暂的，非平常的。年过完了，还得回到平常中来。平常的日子，才是我们真正要过的日子。

人有病，天知否？

从京城回来，正写着《文化坑旧事之——王军强》的小文，写了不一半，突然就病了。

是患了心脏病，由心绞痛引起，来得突然，痛得我无法忍受。从前也曾有过类似情形，但没有这次厉害，以前是疼上几秒或者十几秒钟，忍一下，做个深呼吸，闭目静养一会，或者口含几粒母亲送我的速效救心丸，坚持片刻也就过去了。但这次不行，感觉是有几十苗针同时刺向了心脏，扎痛难忍，而且持续不断，恰好因妻子前段时间也患了心脏早搏，不舒服，把我常备的速效救心丸吃光了，到了我的病发，无药可施，怎么也退却不去，痛得我双手抱胸，蜷缩在沙发上，张开大嘴喘气，很久也无缓解迹象，我觉得如此下去，心脏随时都可能停止跳动，生命马上就要结束，一种临终前的恐惧感也油然而生。

妻子没有贴身体验而不以为然，喂了我几片她吃的药，就又去灶房洗锅，是我喃喃地骂了一句："你想看着我死吗？还不快打120！"她这才慌了手脚，一边打罢了120急救电话，一边快步跑向药店去买速效救心丸。那会儿，我真不想让她走开，就又说："等你买药回来，我也许已经不在了。"可是不去买药又束手无策，就还是放她去了。等她发疯一般喘着粗气跑回来，急救中心的人也同时上楼了。于是匆忙做了急救处理，很吃力地用担架抬我下楼，将我快速送进了医院，如此，总算是有惊无险地保住了我的性命。住院第三天，医生为我做了心脏造影手术，说是冠心病，局部血管栓塞，就势在心血管里放进去两个金属支架。这一次，算是让我最近距离地体验了与死神擦肩而过的感受。

说来也怪，就在我发病的头天晚上，我连着做梦，梦见的全是已经故去的人，醒来了觉得奇怪，却也不在意什么，小解后继续去睡。然而接着睡的时候，那梦却并不移开，又接续了前梦往下做，还梦见我那去世了好几年的父亲。早上吃早点时，我将夜里的梦讲给妻子听，仍不信有邪。饭后坐在电脑前写王军强，总想着军强不该走得那么早，于是他的音容笑貌，就活灵活现于我的眼前了。中午饭又吃得太饱，两个人把一锅面条硬是分着吃完了，饭后迷糊，想瞌睡，冷得睡不着，躺在沙发上，就犯病了。到了感觉病得严重，似乎将要不久人世时，才又想起了昨夜的梦。我是梦见了最早在电影公司工作时的几位已故的同事，还梦见了京夫和陈正庆先生，虽没梦见军强，可早上起来就正在描写着军强。于是一边忍受着疼痛，还一边想：莫非故去的人都在呼唤我？是要在阴间重新组建个文化局或文化馆什么的么？……然而，我却终于没有去。

我想，或许是我那去往天堂的签证或指标，还没有批下来。就像我当年评职称一样，人家都评了，我却硬是滞后了多年。

先搭了两个支架，冠状动脉前降支堵了的血管算是通了，而侧支的血管还有堵塞，但造影剂已经用了两瓶，为恐造影剂使用过多不利于排出体外，且侧支的血管是弯曲的，支架也不好放置。所以医生在努力了一个半小时后，决定暂时终止手术，将另两个需放的支架等到休息几日后再另行放置。这时，已到了2011年的元旦，医生们除了值班人员以外都休假了，有不少病人也赶在元旦前出了院，有了空床，就将我由大病房转到两人间的小病房修养等待。元旦那日，我写了首歪诗：《元日病中》

每逢元日意气狂，今年此时卧病床。

窗外寒风似利剑，体内衰心如断簧。

护士银针推药剂，老妻铁勺喂饭汤。

短信频祝吉祥句，歪打正着问健康。

这期间，不少朋友知道我病，通过各种方式表示了慰问。王康、许诺、刘炜评夫妇；方英文、丁科民、谭村薇、陈丹洲、殷勤、徐瑶、王茵、王俊杰、曹英卓、刘先印等友人，分别赶往医院和家里看望我；单位的一把手带着班子成员，也都来了。让我在感动之余，又有了愧疚心理。想我秋天里刚送二女子赴京上学，不少朋友都前来祝贺，贺礼也都不轻；这才相隔不久，自己又病了，消息也封锁不住，又来糟害亲朋。想我有何德何能，能给朋友带来何样好处，害大家频频为我操心、跑路、花钱，觉得是又叠加了一份重重的人情债，不知何日才能还清？于是又在笔记本上写下四句话：

平心自问何德能？常遇家事扰亲朋。

门庭高筑人情债，唯恐到死还不清。

元旦过罢，四号早上一上班，主管大夫就通知准备去做第二次手术。与我同病房的病友姓丁，大我 13 岁，他的病情与我一样，也是先放了两个支架，元旦后安排与我同时去放置另两个支架。我们的家属都被叫去签了字，可在几分钟后，大夫又将吾妻叫出，说我的手术比较难做，恰好明日请了四医大的专家来，就移至明日再做，而让我的同房病友当时就去手术室。病友老丁已与我朝夕相处了五日，我俩同病相怜，话也谈得拢，他是搞技术的出身，为人厚道诚实。今早上医院的早餐送来时，我打饭回来，见他未动，问时，他说他那 100 元花不开，要等饭买到最后再去。我当即拿了零钱给他，怨他太呆板，要他趁热去买饭。待他儿子来陪他去做手术时，一进门他就想着让儿子先还我零钱。老丁要去做手术了，他笑着向我挥手，我说，把帽子戴好。他示意棉衣背上就是帽子，往上一翻就行。老丁自己走到轮椅旁，由儿子推着，老伴跟着下楼了，我和妻子、女儿三人在病房里说话。大约在四十分钟以后，老丁的儿子匆匆回到病房找东西，我问："你爸的手术做完了？"他颤着声："人已经不行了。"我一愣，还没回过神来，老丁的儿媳就哭着进了门，惊恐而小心地一问，才知道，老丁已经离开了人世，儿子回来匆忙拿东西，是去开死亡证明的。原来，老丁一下电梯就发病了，许是肺栓塞引起心脏停跳，没有抢救过来。

我脑子嗡的一下，懵了！妻子和女儿都含了泪惊恐地去劝慰老丁的家属，又慌乱得不知说什么好。我僵坐在病床上，双目紧闭了很久。我不相信，活生生的老丁，我的病友，就这么离开了，不见了，永远地消失了……我一直都不相信这是真的，一直到这天夜里，病友老丁的病床空着，我不敢让妻子回家去住，让她躺在躺椅上陪我过夜。一翻身，就看见了老丁睡过的床，床上空着。我睡不着，想，原来我们都是在万丈悬崖的边上行走，一脚踏空，随时就掉下去了，掉下去，就永远也回不来，就阴阳两隔，就这么简单。

第二天，医生来说要为我做手术，我说我不做了，但我说不出理由，只是说：缓一缓，让我缓一缓。其实，我很快就要求出院了。回家躺了几天，突然想起毛泽东《贺新郎》词中的句子：人有病，天知否？

清晨，有一个甜甜的梦

　　第二次住进医院，去放置心血管上必须放置的另外两个支架。住院六天，昨日归来，感受着还是家里自己的小床，总是那么温馨可人。一觉睡到东方泛白，后急而醒，上了趟卫生间，又溜进温热的被窝，就做了个甜甜的梦，直到起床很久，还流连在重温那个梦境的甜美中。

　　那是一个奇妙的地方。仿佛是在一个偏远的山区小镇，怎么就有了一座大屋顶的瓦屋，瓦屋竟有足球场那么大，四面没有墙壁，而是靠许多并不很粗的木柱支撑；屋内，就是商场。有卖青菜的，卖莲藕的，卖肉的，也有卖小百货的。而街道上流着的泉水流着流着就汇成了小河，从对面的几家商店和人家门前流过，也流进了我所处的瓦屋商场里来，脚下，就成了汩汩的清泉，也有大小不等的青石。一会儿，瓦屋商场的外面怎么就纯粹变成了一条不大不小的河，河水清澈见底，有些地方深可没膝，能看见河床上的青苔，有些地方则有簸箕大的顽石，也裹着绿苔，河水从上边翻过，泛起了银白的浪花。在河床的顽石间，跳跃和奔跑着一种小动物，既像小猕猴，尾巴长长的，又有着猫一样的身段和胡子、爪子，这小动物在顽石间和清清流水里灵活地捉鱼吃。我问：这小动物叫什么名字呢？回答说：鱼猫，是这清溪河里特有的动物。不远处，就有了一座石拱桥，桥上有人背着背篓，篓里是龙须草，还有人赶着水牛，悠悠从桥上经过。俨然，这是一幅水乡的美丽图画，我被这美好而独特的情景所吸引。而我问话的人是谁呢？想不到，竟然是我的王晓智叔叔，他还在山阳县文化馆当着馆长。此刻，他怎么就和我共同斜躺在了河岸边，我们都是那种半躺半靠的姿势，各自用一只手支撑起自己的头。我对王叔说：王叔呀，我多么想在你们这里体验一段时间生活，想写点文章，像沈从文写湘西的风情那样，一定能写出让人向往的好地方、好文章来。王叔说：你要体验，尽可以来体验，而那种爱情的生活，你也要体验吗？他似乎冲我诡秘地一笑。我说，那有什么呢？该体验的，遇上了就去体验。他问我还想去哪里，我说，像黄土包啦，柳林岔啦，橡树凹啦……我随口说出了许多真假难辨的地名。

突然，大屋顶的瓦屋商场对面的街楼上挂出了类似广告牌似的大幅画卷，从二层楼的屋顶吊下来，软软的，是布料的质地，黄底色上，画了个大大的蟾蜍，像是民间工艺品。隔壁二楼的山墙上，似乎也有画幅垂下来，我对王叔说，我后悔了，怎么没有带照相机来，这是多么美好的民间工艺美术展览呀！

我似乎醒了，可好像还在梦里。因为我迷迷糊糊想：我现在下去体验生活，已经不像贾平凹20世纪80年代时下去，那是个绝好的历史时期，社会处在百废待兴的变化中，只要忠实地记录生活，生活中就包藏了丰富的意味，有形态，有主题，有思想，有差异和错落，什么都有了。而我这时要去体验，会记录些什么呢？

想着想着，就彻底地醒来了。阳光穿透窗帘，妻子在客厅里走动。我问：起来了？她说：起来了，天好得很，今日二月二哩，是龙抬头的日子。我想，哦！是早春二月了。我该起来，按照往年，是到了我该下乡游走，去各处体验生活的时候了。起来喝药，然后喝茶，而清晨在被窝里的那个梦，那情绪，仍在很久很久伴随着我。

清晨三宝

若遇一个风清气爽的早上，做什么事情最为相宜呢？以我之人生体验，有三件事可入佳境，用通俗表述，且称之为清晨三宝。

第一，做一点户外活动。

早上的太阳总是新的，如同洗过了一般。天地万物，似乎已被淘净了浑浊，变得明亮起来。你的目光，也好像比任何时候都要清澈犀利，看什么都新鲜而透彻。此时，到户外去，或慢走，或跑步，或做一点自己喜欢的任何健身运动，哪怕只是徜徉于山水自然之中，伸伸胳膊蹬蹬腿。做完了，可能是气喘吁吁，也可能只感到有点累，不管运动量的大小，总是完成了呼与吸，吐故纳新，将身体里的昨日污浊，全然吐了出去，吸进新鲜的空气，体内也像被洗涤了一遍，清爽了许多，干净了许多。洗澡洗的只是皮囊，这回洗的却是内脏，其功效，要深入得多。这时的大脑，也许因了吸氧的充足而变得涨满，就像吃饱了的胃，有点慵懒，甚或空荡荡懒得想事。昨日的忧愁烦恼，这会儿好像已经减轻了许多；昨日放不下的事，此时也好像看淡了、看轻了许多。愉悦的周身，让人感受到活着的美好，即便有死亡的念头，也极少在此时冒出。所以，我体会这是清晨三宝之一了。

第二，喝茶与静思。

喝茶，应在吃过早点之后。早点不宜多，一块点心，几片饼干都行，只要胃里不空，就可以喝茶了。喝茶的感觉不仅是在补充水分，也觉得是在洗，直接洗的虽是肠胃系统，但大脑乃至精气神好像都被洗涤了，清爽。

喝茶要喝透，透了的标志是排尿次数增多。不要与他人一起喝茶，最好是独自一人，因为利于静思。喝透了茶，思想的闸门就豁然洞开，你可以自由驰骋，想得很远、很辽阔，也非常灵动，脑子好像比任何时候都好使，你感觉你其实很聪明。平常时段想不清的事理，这会儿都能思考得透彻清晰。其他时段完不成的思考，这会儿也迎刃而解。搞创作的人，也许昨夜里的胡思乱想，今早就被否定了，而现在的构思，好像会更为周密一些。我想，有多少发明创造，也一定会诞生在创造者的清晨时刻，或许是在喝足了茶或咖啡之后。这感觉太强烈了，我已有过无数次体验，所以我说，这是清晨的最佳之境况。我真诚建议，早上应该交还于个人独处，最好别去开那些无聊的会议，乃至俗套的应酬。否则，就把这美好时段给浪费了。

第三，阅读。

在大脑和内脏都被清洗了之后，记忆力、理解力会变得旺盛。这时的阅读，能收到最佳效果。我的中学老师对我说过，说我们年轻人的大脑，像刚刚揩过的黑板，白粉笔在上面轻轻划一道，都会清晰可辨；老年人的大脑，则像使用了很久的黑板，已不那么乌黑明亮，粉笔划上去，也会模糊不清。他的比喻真好，我越是到了有些年岁之后，对此越是体验深刻。然而，面对清晨，我的大脑起码也像是被简单洗刷了一遍，理解和记忆，会比其他时段要强得多。这时看书，是我最为有效的阅读。我虽也有睡前看书的习惯，但那时的记忆已经靠不住，更多的意义是用作了催眠。看来，世世代代的教书先生，都会安排自己的学生晨读，这是科学的选择嘛！

我说的这清晨三件佳事，有个前提，那就是必须在睡一个好觉之后，如果熬了一个通宵，这情形就不复存在了。我曾写过一篇文章，叫《睡一个好觉》，谈到人睡如小死、醒来如新生的话题。的确，生命只有一次，死了便不会复活，但小死和新生的不断重复，才能保证生命有了间歇，因而也延续着生命的时段。我有时想，昼和夜的区别，不过是太阳照到地球的另一面去了而已，怎么就有这么大的不同呢？看来，宇宙的神秘，是需要我们永远探究的了。

早晨真好，早晨应属于每一个人，属于个人。

事影儿婆娑

光一照，树就有了影子，山就有了影子，人也有了影子。理一论，所做过的事情，也会留下各种各样的影子来。

马路边有老人摔倒了，好心的小伙停车去扶，老人却硬说是小伙将他撞倒的。这件事留下的阴影之一，便是以后还敢不敢做好事。街头有人乞讨，本想慷慨解囊，但媒体却报道说有人靠乞讨发家了，那是不劳而获。从此再见到乞讨者，就心生疑惑。还有，许多见义勇为的真实故事，后来的结果都事与愿违，惹得人们议论纷纷。我想，那均是事情在关键部位发生了折射，使影子变得光怪陆离。记得刚参加工作时，我年少气盛，有次单位隔墙的一户顽劣人家来单位闹事，口吐污秽，恣意挑衅，我实在看不下去，勇敢站出来与之对峙，结果遭到那家众弟兄、众妯娌数人围殴，单位里却无一人敢挺身为我解围。此事很可能给我心灵留下浓重阴影：以后单位的事情少管，事不关己，高高挂起，天塌了有大个子顶，自己应以明哲保身为好。好在鄙人有天生的抱不平之勇，秉性难改，若放在他人，也许会常想着那被围殴的心寒，从此休管闲事而麻木不仁了。

雷锋留下过影子，林则徐也留下过影子；清官有影子，贪官也有影子。漫长的人类社会活动史，留下过数不清的奇形怪状的思想影子。

一块大石滚落，压迫了小树，小树就开始斜着生长；一只巨头鲸要吃小鱼，小鱼就进化出奇妙的伪装。生命之所以顽强，就在于懂得吃一堑长一智，换一种活法也要活。哪怕这种活法已经很糟糕，但只要活着就行。活的欲望强烈，对生命繁衍有益，然所有生命，还都有着记吃不记打的悲哀，这便演绎了无尽的前赴后继。沿着欲望这条脉线繁衍的地球文明，越往后走，麻烦越大，迟早会出事情。因为光源的变幻若是太快，一切影子都会迷乱，生命的智慧，终究跟不上欲望的速度；又假如太阳若是正义的，有一天就再也不愿意照耀这污浊而贪恋的地球了。

不发咒语，单说人类社会吧。也许，正义的影子教给人们的只是正义；而邪恶、阴暗的影子，教给人们的，其答案则如三元二次方程的解：$a=-1, a=3$，会生出更多的变数。尤其是在邪恶或阴暗的影子变得强大时，最易生出畸形的思想来。清政府追杀回回，让西海固的回民们似乎变了族性，几百年艰苦隐忍，默默求生；希特勒斩杀犹太人，后来的犹太种族也似乎有了异化，从此毫不张扬。刘胡兰被铡刀铡下的那一刻，如果村人都在观看，村人会是什么反应呢？留在心头的阴影，恐怕会结成终生的疤痕。一场"文化大革命"留下的思想与心灵的影子，多少也难消失。任何一个事件，事件结束了，事影儿还在，只是遗留的长短而已。人们是在事影儿里成长的。

问题在于，有些事的影子可以看得见，而更多的事体，其本身影像模糊，所留给人的往往是一种暗殇，非明眼人不易觉察得到。庄周用梦说事，余以为讲的便是诸多物事的余影。余影又如当今之世的某些好的电影，像在此，影在彼。其实一切好的艺术，均乃以其投影示人。如珠之泪，似玉之烟，不在表象上纠缠，制造凡人不易觉察的光焰，去炙热一个个愚钝的灵魂。所以，好的艺术是靠得住的，而政治是靠不住的，政治只有当下性，永远是急功近利的。

世道好了，风气正了，其好处人们能说得清；世道坏了，风气败了，其坏处人们是说不清、数不尽的。

回到具象，我说个不易说清的例子吧。我们单位在城墙角有一处住房，是单位的老地盘，于20世纪80年代被另一省级单位占用，那家单位就为我们盖了安置楼。这住房的产权归那家单位所有，而我们单位却有永久使用权。产权、永久使用权，这个矛盾导致了这里的房产不能实行房改。这混账合同是哪届领导签的，不去追究了。接下来的是，这是安置房，本应只管过渡，为无房职工提供临时安置，但似乎从来没人去考虑这处住房的性质了，谁占了就是谁的，既可不交房租，也无人管理。有许多人已有了另外的住房，而这里的房子仍还占着，宁肯向外出租，多收一份房费，也不会交出房子。理由是并未参与单位分房。这道理貌似合理，实际上已违背了国家的住房政策。对于在单位已经分到房的人来讲，这里的人没分房，是吃了亏的，占着房似乎也合理，但实际上已经混淆了有房和无房两者之间的概念。再从资源占有和公共物质支配的概念上讲，已有了住房，哪怕是你自己掏钱购买，或者从配偶一方得到，也不应再占有此处的过渡安置房了。举个简单的例子，这使我想起农村的救济粮发放。有些人明明家里还有粮吃，却表象上造成没粮吃的理论事实，也要分得一份救济粮，救济粮是救命的，你已能好好活着，何以要抢占救济资源呢？这就违背了救济粮的发放宗旨，你说这公平吗？尽管我也住在那安置房里，我也将买到经适房，也面临这房子退与不退的选择，尽管这事早已无人过问，但我还是愿意将此事的道理戳透，指出事情的本来性质。因为我由此想到，偌大的国家，会有多少管理上的死角和漏洞，而糊涂的官僚们为官一任，得过且过，是不会去想这些事的。这类事积攒多了，自然就留下许多阴影，比如：你有政策，我就有对策，我迟早会找到国家政策和管理上的漏洞，从而为个人谋些私利。久而久之，便会使民性刁劣起来。貌似公平，实则不公平，同样会使人的心灵渐渐扭曲。政策、法律、制度，所框不进去的部分，是靠道德来填补的，道德沦丧了，自然就会漏洞百出。

做些有益的事，给民族注入正气，实际上会使世界变得简单起来。美利坚的民众，其实心思简单，好管。

国家的治国方略，不应只管当下，要考虑到民族的长远；制定一个政

【随感篇】事影儿婆娑

策，不应只匡一事，要考虑到事后的后遗，要考虑所投下的影子。正如我们教育孩子，不要简单地说这事是对的，那事是错的，因为这会儿是对的，以后也许就是错的了。所以我在教育孩子时很胆怯，生怕害了孩子的以后。

立竿见影，那说的是快速；雁过有声，人过留名，这指的是长远。常言道：身正不怕影子斜。是的，站直了的人，不会有爬下的影子。同样，事情做歪了，事影儿也就成了斜的。人的身后之影，就是所做的许多事情的影子。人死了，影子还在，好的影响还在，这就是成功。想"影响"一词，影子，怎么会"响"呢？我开始琢磨一个个词语：什么叫远见卓识？什么叫入木三分？什么叫由表及里？什么叫真谛？什么叫本质？……单位里有跳舞蹈的女人，长得还算不错，也入了党，也很忙，但我从旁观察，总不解她在忙些什么。说是像采花的蜜蜂，那还倒好，实际上像画皮，像空壳。而我似乎能一眼看穿，她的灵魂里，一定是空荡荡的。其实人家活得很好啊，或许人家会看不起我等呢。哎呀，我们的有些领导，很多人最喜欢土偶木梗般的糊涂人，许是因了这样的人便于奴役吧。你想明察秋毫，想高屋建瓴，别人却不希望你看清人家房上的瓦。

酒醉断语

——看人，酒醉了看，是有道理的。看他的自制力；看他基本的是非观；看他的平素修养与性格本质在非常环境中较量之后的胜负结局；看他在理性约束不住的境况下所表露出的原始野性。可惜，一般人不会这么看人。

——大家都在讲文化，其实多数人不知道文化的大义所在。一般的文化人甚至文化领导者只知道搞了文化活动，便是繁荣或发展了文化，其实不然。所谓先进文化，是要站在人类历史的长河中，乃至宇宙衍化的大坐标中去度量的。按照我的说法，是要站在文化的高位上去理解文化。唉，可惜，眼看人皆醉，何忍独为醒。将这事说清楚要举好多事例，我无能为力说醒世人，就这么醉下去吧！

——我们为什么非要等到一个人死后才去认识这个人的价值呢？原因有二：最首要的，是我们共同存在着的自负，不相信身边就存在着伟人；其二是衡量成标准的错误，那便是以成败论英雄。假如这个人活着时业绩没有凸现，你是不会有那样的慧眼的，因为你自己只能是个凡人。正因如此，也许无数伟人都像男人浪费的精子一样，被白白糟蹋了。

——在中国，多数妻子的智慧要比男人弱，而男人还要迁就着这个女人。这或许为的是一种中国式平衡。老子的文化可以征服世界，但渗透并异化到这一点上，却成了中国人的悲哀。这也许就是中国文化的敝弱。

——人往高处走，水往低处流。为什么呢？何不是人往低处走，水往高处流呢？这是一种价值取向，一种人生观的错误诱导。一个研究生到偏远乡村义务支教，让我们寻找最美乡村教师等等的勇于屈就的行为，便是人往低处走的例证，可为何多数人都不愿响应呢？因为，我们一边倡导着上进，又一边宣传牺牲精神，到底是该去做一棵巨松呢，还是当一株小草，你让人如何适从？加上，人类亦如昆虫，本身是有趋光性的，这会顽强地表现为趋利而动，故而宣传也是白搭，谁都有贪享之欲，上帝也奈何不了。等发现欲乃人本，我们借欲燃欲，点亮了繁荣的灯盏，却也燎原了扑不灭的欲火。

——多数美女，被坏人霸占。其因依然有二：一、凡美女多无眼光；二、美女是上帝创造的毒饵。故事，祸患，磨难，就都发生在其中了。

刚才还想了些什么来着？酒劲上来了，睡吧。

跑城管

穿制服的城管或市容人员来了，小商贩们就开始跑，于是就有了一个词：跑城管。这让我想起汪曾祺的一篇文章——《跑警报》。该文说的是他们早年在昆明西南联大上学时，躲日本飞机轰炸的一些情形和小故事。汪老在文章里解释过这个"跑"字的妙用，我也就想到了"跑城管"的"跑"。为什么不是躲，不是闪，不是藏呢？显然，一个跑字，最能生动地体现当时的动感状态，也能反映驱赶者与被驱赶者之间的强弱关系、明暗关系，等等。跑城管的"跑"，真是为了形象和生动而出现在这里的。我还想起小时候奶奶讲的"跑土匪"，跑李长友，跑白莲教，那是不同的土匪势力。那时，幼小的我也在琢磨，是土匪在跑，还是躲的人在跑，疑惑是双方都处于跑动状态。中国的词语很有意思，有时侯看似语法上不很合理了，却能最生动地表达出物象和事态的真实感来。跑城管，突出的当然是跑了，一个跑字，很能反映小贩们在城管到来时的动作状态和心理状态。

在 A 小区和 B 小区之间，有一条马路，因小区不小，人口稠密，所以小商贩们便看准商机，无孔不入，经常在这条马路边摆摊。卖水果的，卖小吃的，卖蔬菜或内衣内裤的，渐渐就形成了一个市场。但这里是不允许摆摊的，城市管理的执法大队，经常会开着警车鸣响喇叭，并迅速从车上下来一队穿制服的小伙子，驱赶这些摆摊设点的商贩们。小商贩们见人家来了，就迅速收拾东西跑掉。奇怪的是，这现象在这里已经持续好几年了，城管一来，小贩们就跑；城管一走，小贩们就又卷土重来。甚至一天之内，可以发生四五次这样猫逮老鼠的游戏。我就纳闷了：为什么就不能根治呢？

对于城管和小贩，我的认识有一个交替变化的过程。起初，我同情着小贩们。他们要谋生，又没有大的本钱去做像样的生意，只有从批发市场或别的渠道进点货来，既不交房租，也不想承担管理费、税收等等的负担，可怜兮兮地站在马路沿上，经风吹日晒，历冷雨冻雪，赚取一点微薄的差价。我想我这是一种生来的悲悯情怀，就像白居易同情卖炭翁，就像杜甫的"堂前扑枣任西邻"一样，是对弱者的同情与怜悯。有天晚上，我和Y看罢话剧归来，天色很晚了，寒风刺骨，我们从车里一出来就缩了头，瑟瑟发抖着快步回家。但这时，仍有小贩站在灰黄的路灯下，守候着最后的买主。甚或已到夜里三四点，窗外还有小贩的叫卖声。我对Y说，经常看看这些小摊贩，就应该庆幸和珍惜我们所处的幸福境遇。今冬是35年来最冷的一个冬天，零下二十几度的寒冷逼迫着我们不敢出门，可是还有许多小贩十几个小时在风雪里坚守着，他们不知道被窝里的暖和么？一个鞋匠，或一个打烧饼的妇人，常见他们几十年在一个固定的街头摊点上做营生，是怎么过来的呢？其间没有一定的定力，没有坚硬的意志支撑，一定是熬不过来的啊！但是，我也经见过一些小贩的卑琐。比如以次充好，比如短斤少两，比如在买卖过后将干净的街道弄成一片狼藉。我为小贩们带来的方便而欣慰过，也因遭遇小贩的欺骗和戏弄而懊恼过。这时候，我就想城管是对的。尽管，前些年常能看到城管殴打小贩的报道，那种恃强凌弱和野蛮执法的行径，曾让我深恶痛绝。但仔细想想，城管有时候也确实出于无奈，面对那些百劝不听、死缠烂打、驱之不尽、形若蚊蝇般的小贩，城管的执法者们，是很难完成上级交付的执法任务的。毕竟，一个城市，是需要规划和秩序的。

然而，近来我发现，小区门口的小贩与城管，似有着很微妙也很有趣的关系。早上八点多去买煎饼果子，摊煎饼的小伙子说，得抓紧，一会城管就来了。他们知道城管约九点钟会来，届时就主动撤退。但城管待一会就走了，待城管走后，他们又不知从哪儿冒出来一般，呼啦啦蜂拥而出。一天里，这样的拉锯式交替，要上演至少四五次。我见到过，在城管到来时，小贩们慌乱四窜，一会儿就无影无踪了。城管的执法车停在路边，街道萧条肃静。穿城管制服的小伙子们集体坐在面包车里，一人持一部手机，看短信的，玩游戏的，各行其是。不知为什么，他们总是不会长久待在这里，一会儿就要离开。他们前脚刚走，后脚就有小贩们似乎从地下突然冒出来，如雨后春笋，如腐肉与苍蝇，一会儿就热热闹闹，熙熙攘攘，有了一派繁荣的市场气象。日子久了，我发现了一个规律：小贩们一定要来，城管们一定会走。对于小贩们一定要来，这很好理解，为生存嘛，哪里有商机，那里就会有生意。"离离原上草，一岁一枯荣。野火烧不尽，吹风吹又生。"但对于城管们为什么待一会就走了，我却不甚理解。他们斩草，好像不愿意除根。若说此地绝对不许摆摊，你就死守于此，坚持数月，小贩们还敢来吗？若说此地还可以摆摊，那又为何要不厌其烦、每日不断地前来驱赶呢？假如在路边设个执法亭，不撤不离，常年警戒，小贩们又怎能耐得过这样的坚守呢？可是，他们似乎不愿意这样做，他们更愿意天天和小贩们来玩猫和老鼠的游戏。出摊者执着，驱赶者也执着。这是一种什么现象呢？

在百思不解了一段时间之后，有一天我好像明白了，原来城管和小贩，确实像猫和老鼠的关系，也和草原上的角马、斑马，与狮子、豹子一样，是一种生态关系。没有了老鼠，猫就失去了存在意义。没有了食肉动物，草食动物就会疯长。这也让我想起了警察与小偷，曾听公安上的朋友讲，警察与小偷的关系也很是微妙，他们有时候要打压那些贼，有时候又要依靠那些小偷来帮助破案。矛和盾，是在相互对峙也相互依赖中共存的。如果小贩们都规规矩矩在指定的地点和摊位上合法经营，城管们似乎就要失去存在的意义，他们就要被裁员或下岗了。俗语说得好，一物降一物，斑鸠降鸟暴。世间任何一物的存在，都是因了另一物的泛滥应运而生的。现在，城管来了，小贩们不慌不忙地撤退，卖豆腐脑的还在给顾客盛的最后一碗上撒调料，城管车上的喇叭就喊：豆腐脑！还不走？"豆腐脑"笑着说：就走，就走。卖煎饼的正给顾客找钱，执法者无言地站在一旁，等候找完了钱，再接着驱赶。他们现在几乎是和睦相处了，既不争吵，也不对抗，相互理解着对方，心照不宣地各行其是。

如果仅仅记录城管和小贩的相处形态，那不是我的本意。我要说的是，通过对于他们间久而久之的观察，竟然让我的心态变得平和、坦然，甚至凭添了许多包容之心。比如，我不再为城管的骄横跋扈而义愤填膺，也不再为某些小贩那可怜兮兮的假象而轻易徒生怜悯。我知道，他们都是一种合理的存在。是 21 世纪的中国，在市场经济发展到特定阶段时的一道景观。其实，什么时候都有管理与被管理存在。

小时候在商州城生活，记住了一句童谣："热红薯，冷粽子，老李来了夺笼子。"那是割资本主义尾巴时的市场管理，老李是市管会的黑脸大个子，与如今的城管扮演同一角色。不过，那时候是不许买卖，现今是规定着买卖的地点和秩序。社会主义也好，资本主义也罢，总是被生存和欲望打破了秩序，又必须让约束来承担管理。你听，楼下的叫卖声又一次通过喇叭传来："打奶了，打奶了，新鲜的牛奶……"

圣诞晨记

冬至刚过，圣诞又来了。想起去年此时，在宁波听于丹讲座，她说中国人的节日，是按照庄稼的种植生长和季节的变换来决定的，比如谷雨、芒种、秋分、大寒、小寒、冬至等等，其依据来源于天地自然。而西方人的节日，多建立在神话传说和历史人物的基础上，比如圣诞节、万圣节、情人节、母亲节等等，尊崇于人或神。我同意她的看法，这就是很明显的文化差异了。但不管怎么说，节日，都是时间的表述。一个节日挨着一个节日地到来，时间就一天又一天地过去。时间消逝的速度，常让人深感恐慌。不是么？数一数，年关又近了，我尚不知这个春节将怎样度过。

七点半起床，铺纸，提笔，写了王禹偁一首诗："马穿山径菊初黄，信马悠悠野兴长。万壑有声含晚籁，数峰无语立斜阳。棠梨叶落胭脂色，荞麦花开白雪香。何事吟余忽惆怅，村桥原树是似乡。"写毕，烧水泡茶，坐下来翻书。昨日收杂志两本，其一为镇巴文联刘德寿所寄《山之魂》，信手翻阅，其中有李汉荣文章，吸引了眼球。汉荣讲文学的还乡，讲得透彻，深邃，好。他的中心意思，是说现代人缺乏了灵魂的栖息地，没有了心灵的停靠处，因此，诗人和作家们总在做着还乡梦。他认为人们追忆和渴慕的，实际上是一种情义之乡、道德之乡、美善之乡，是一个能够化解焦虑、舒展身心、安放生命、慰藉心魂的生命故乡和情感故乡，是一个葱茏柔软温情的故乡。我以为他的话说得非常到位。但是，我不同意那些刚入道的作家，总是将目光一味地投向故乡，好像一提笔写作，首选的素材就是故乡了，故乡的树，故乡的人，故乡的山水田林路乃至故乡的一切。似乎除了故乡，就没什么可写了，仿佛避开故乡，就无法成就文学了。于是故乡就被人写滥了，显得俗套。固然，文学是离不开故乡的，那是秧苗成长的母地，我们称其为"秧母子"，那里有无尽的情感；其二，文学靠的是形象思维，情和境需要非常具体，而儿时的记忆，镂刻在大脑深层，一草一木，一花一树，一条小路，三间土屋，其形状、色彩、远近关系、方位坐标，都活灵活现地存储在心灵的底片上，最适合作家把有趣的故事放进那些具体的环境中去描写。所以我们发现，贾平凹把哪怕是外边听来的很远的故事，也要放进清风街或棣花村；莫言听到什么样的域外故事，也要搬回高密去。所以我们可以说，文学家的最初成就，都离不开故乡；文学家能不能很顺利地步入文学，童年和故乡就已经决定了。然而，我要说的是，一般人在其文化修为达不到一定层面时，不一定能真正认识了自己的故乡。树长花开，山耸水流，你可以简单地描摹，但不一定能深邃地认知。相反，等得我们老了，再去回忆故乡，有了间离效果，有了时空经验，有了沧桑转换的体味，这时再去看待自己的故乡，将故乡置于更为广阔的人文坐标中去观照，情况就大不一样了。汪曾祺到了老年，才去写高邮的那些旧事。

想起我自己，问，我到底有没有故乡？我随父母而生在山阳，一岁至九岁长在老家洛南古城镇，九岁又到山阳，十岁再回古城，十二岁又到商州上学，十六岁就参加了工作。我曾将跟随爷爷奶奶生长过的古城镇视为故乡，后来就写过一些有关那里的文字，但都不理想。现在反思，我的文学的萌芽阶段，恰好缺少了一个牢固的故乡的根基，使我的故乡的概念，似有些支离破碎了。是不是可以这样说：由于我的故乡的印记不很完整，从而影响着我的文学？再接着追问：如今的都市人，他们还有故乡吗？若说没有，他们会不会由此而远离文学呢？

Y写了一首诗，要拿给我念。诗名《雪花》，我朗诵了一遍，觉得好。

可是，今年的冬至也好，圣诞也罢，西安城里都还没有下雪，并没有雪花飘落。今晚就是平安夜了，洋人的节日，我们不会怎么看重，却在心中有了一些祈愿，但愿今夜，能有一场落雪。圣诞节一过，春节就越来越近，对中国人而言，与圣诞相比，过年，才是真正的大节日，至于年怎么过，那似乎还有一段日子的，到时候再说吧。

天生雷锋必有用

　　愚做一种冥想，雷锋的出生，是为那个将要诞生的共和国的未来，做好了准备的。他生于 1940 年 12 月 18 日，生在湖南长沙的望城县，而湖南湘潭的韶山冲不是出了个毛泽东嘛，他将要成为这个国家的主宰了，在天地的重新洗牌过程中，似乎老天早已为其在将来的治国方略中铺下一道伏笔，埋下一张好牌，到时候，是必有用场的。

　　不是么？何以在 1947 年，解放战争出现转折的时候，7 岁的雷正兴（雷锋原名），已被那个万恶的旧社会逼成了孤儿，赤条条在为那个将要诞生的共和国而准备着。不是么？何以在共和国诞生不久，雷正兴便被县委收留做了通信员，虽然雷锋因心怀感恩而积极报答并努力向上，但冥冥之中，政府已经收留并孕育了一个榜样的苗子，在那里储备着。不是么？何以在1958 年，雷锋就要被以支援鞍钢建设的名义而调到了东北，可谓秧苗移栽大田，红杏探出墙外，榜样的成形，已初见端倪了。不是么？他何以会于 22 岁时就突然因意外事故而亡，死在正需要宣传他的精神的时候。生前力作为，死后成英雄，活着行善事，死后留美名。至于人为什么只有死了才会成为真英雄，才会被大力宣传，比如王杰、欧阳海、焦裕禄乃至孔繁森、杨善洲等，现在鞍钢的那个"活雷锋"，活着就被宣传了，这事情少。许如李大钊所言，有时候的活着，不如壮烈的牺牲更能延长生命的光华与音响。这是另一话题，吾将在另文谈及。

愚做傻想，雷锋 22 岁就牺牲了，怎么就留下了那么多的照片？各个时期的都有，在那个照相术尚不发达的年代，竟然有那么多肖像清晰、生动逼真、微笑感人的图像留下来，实在不易。我们一般人，哪会有那么多影像资料传世呢？我想我如果死了，要把各个时期的照片搜罗出来，那是很困难的。是雷锋爱照相吗？如果是，那也幸亏。试想，如果没有那些照片，以后的宣传，怕也是个麻烦，在雷锋纪念馆里，恐也是空荡荡无什可挂了，报纸等媒体怕也会因缺少有力的图像资料而伤脑筋。还有，雷锋怎么就有了写日记的好习惯呢？如果他虽然内心高洁，但懒得写日记，那对以后的宣传，也会乏力不少，将会多么样捉襟见肘啊？再说，他才 22 岁，可怜见地，就出了那样谁也意想不到的事故，结束了年轻的生命，可谓昙花一现，流星一闪。如果说一人上世来，是专门为一事的，那么，雷锋的使命已经完成了，因为一个榜样已经形成。在 20 世纪 60 年代，国家内忧外患，经济困难，人心浮动，正需要牺牲自我、积极奉献、艰苦朴素，一句话，正需要雷锋精神的时候，雷锋一死，便好比金子出土，明珠外露，这张令牌，其实早为毛泽东准备着，他写了"向雷锋同志学习"的题词，于是，一场学雷锋的运动便轰轰烈烈开始了，这张牌在此时，发挥了不可估量的作用。题词的那几个字也写得真好，那个《学习雷锋好榜样》的歌儿也编得真好。毛泽东、雷锋，都将成为这一历史时期的印记，永远就载入了历史教科书的某个同一的页码上。

　　异想归异想，雷锋确实是值得学习的，我也喜欢学雷锋，因为他的精神，实际上与中国儒家文化所倡导的基本做人原则是相一致的：克己复礼，与人为善。所以，不仅中国人要学雷锋，世界其他国家也应该学雷锋，人类多一点雷锋精神，这个世界才能和谐安定。现在，年年三月都要学一学雷锋，提示我们不要忘了雷锋精神，用这样的方法激励人们律己奉公，互爱互助，使整个社会形成积极向上之风，使整个人民团结友爱起来。今年要学，明年也要学，年年学、月月学，学了就要用。看看，这就更加证明了我的异想是有些道理的，雷锋是天生的，天生雷锋必有用啊！

童车与轮椅

清明后两日，回商州行人情，突然晕倒在酒席桌前，一时不省人事竟达两分钟之久，经在场从医人员紧急抢救，方才苏醒，后被"120"送至医院治疗数日，捡回一命。好险，想来后怕，又算是从阴阳界上走了一程。回西安后，继续住院治疗。

13日清晨，阳光很好，注射液体的护士还没有来，我趴在病房的窗口，向院中的花园张望，看见一位中年女人，用轮椅推着自己患病的年迈父亲，在园中散步。这画面像一块石头，突然投向了我那本已平静了的心湖，让我感触深深而涟漪不断。不知怎么，我立即联想出许多奇特的生命现象来。首先想到的，是那位亭亭的女人的纤纤细手，本应推一辆童车，童车上坐着花朵一样鲜嫩可爱的孩子，在这明媚的早上，在欢歌笑语中，嬉逗着于公园里散步。但现在，她却是用轮椅推着自己病体恹恹的老人，步履缓慢而沉重。不过我想，那中年女人的手，一定是既推过童车，也推过轮椅了。而轮椅上坐着的那位老人，也一定用童车推过她。于是，我想在心里组织出有点诗意或有点嚼头的语句来。比如：用童车推大了儿女，用轮椅推老了父母；父母用童车推大了儿女，儿女用轮椅推走了父母；推轮椅的手也一定推过童车，坐轮椅的人也一定用童车推过推轮椅的人……诸如此类的语言，如贾平凹曾用过的句子："她看了电影上的人，也看了看电影上人的人……"像绕口令一样绕上几圈，绕出点名堂，但当时就是急忙绕不好，绕不出什么意味来。

因为我还在想，人哪，也真有意思，初来人世之时，是不会走，所以需要用童车推着帮助行走；老了，病了，是不能走，所以需要用轮椅帮助行走。难道这仅仅是腿的悲哀？小时不会说话，需要大人大声去教；老了且病重时是说不了话了，需要儿女们大声去喊；童车与轮椅是何等相像？老人与孩子是何等相像？老小，老小，老了就真的和小孩一个样了，智力与心态，有时竟也是那般出奇地相像。这方面经历的例子太多，留待别的文章专门叙述，我在此只是疑惑，嫩芽与枯叶，怎么能相像了呢？新生与死亡，怎么就会在某些焦点上有了重合之处呢？

我躺在病床上，望着输液管里的液体一下一下嘀嗒，思绪信马由缰，恣意驰骋。有些事想通了，有些事怎么也想不通。关于童车与轮椅，我还是要继续想下去的。假若出院时想好了，就重新写点什么吧。

我的穷苦乡党们

　　正在街巷行走，忽然就有一两声熟悉的乡音响于耳际，忍不住回头去看，马路边一定是出现了我的乡党。或蹬一辆三轮车去送蜂窝煤，或拉一辆架子车收破烂，乃或在菜市上摆摊卖菜。他们用那毫不遮掩且自然流露的商州口音大声说话、肆意吆喝、唱喁交流。西安市民也许并未在意，且分辨不清那别样口音中的细微差别，而我却十分敏感，并能一下子听出：谁是山阳的，谁是丹凤的，谁是黑龙口或沙河子的，连那相隔十里的细小差异，也分辨得一清二楚。

　　这二年，偌大的西安城里，已有了不少我的乡党。有在党政界当官者，有在文化、教育、科技界做事者，也有将生意做大了的老板。有些人的口音已经变得混杂，面面相觑也不一定能觉察他就是我的同乡。而那些从事苦力劳作的乡党们，乡音始终不改，且是一支庞大队伍，让我迟早遇见，便生出油然的喜悦和亲切来。同时，时常能听听乡音，亦可排遣我那偶尔的孤独，提醒我，虽在日益繁华并陌生了的大都市生活,但距离我们的乡村，却也并不遥远。近年来，家乡政府常组织一些乡党联谊活动，意在调动那些在外发迹者为家乡发展献计献策，表心表力。此类活动的范围，往往只限副处级以上，及至有钱有势乃或有一定知名度之活跃人物，而我那众多的穷苦乡党，无论在这座城里已混迹了多少年，也不会被列入名单。为此，我心中曾忿忿然。既是乡党会，凡同一籍贯者均应列入，为何来要专捡权势呢？难道那些普通的劳力乡党，就不算是同乡了？他们便不能为家乡发展聊表绵薄？当然，话说回来，若将此类人群统统列入，其阵营就太得宽泛庞杂，且也无法组织通联。所以，虽有怏怏，也只是匿藏于心。世间许多事，都是有看法，没办法；理能讲得通，事却行不通。

我的那些众多的穷苦乡党们，在为这座城市劳力。在建筑工地，在送货路上，在清扫马路的"黄马甲"行列，在大小饭店那端盘子洗碗的工种里，在家政服务与保姆群落内，甚或在近几年的出租车驾驶员中，几乎随处可遇我的乡党身影。他们辛勤劳作，艰难生存，心理负荷沉重，但却大都能一如既往地忍受。他们在为这座城市默默奉献，而他们的目的却是来谋生、来挣钱的。没人能说清西安城里究竟有多少我的穷苦乡党，反正，这几年通往商洛各县的班车班次，每年都在成倍增加。春运前后的票价，会上浮得惊人。火车通了，车厢里也人满为患。于是有了强烈感受：是城市在拼命地肿胀，便需要向周围的乡村无休止地吸纳。像是树长大了，根须就必须伸展得很远。

别看我那劳力的穷苦乡党，多数相貌平平，看似瘦斤斤的，但饭量大，力气好，也不怕脏。谁家的大立柜抬不上高楼，找我的乡党；哪里的粪便淤了出来，找我的乡党。过去关中人雇"麦客"，也喜欢找南山来的。因为他们携带着大山锤炼出的顽韧，能够面对和承受任何沉重苦力。我的穷苦乡党们大多具有同一共性，那就是忠厚、勤苦、朴实。但其中也不乏狡黠者，会使点小聪明、要点小伎俩，表现出猥琐的投机心理。我就曾遇到一位，唤其上楼来收破烂，数瓶子时瞒数，称重时隐匿了斤两。这事被我发现，原本不想计较，一是听口音乃乡党也，二是我想起了杜甫的话："堂前扑枣任西邻，无食无儿一妇人。不为穷困宁有此，遍插疏篱却慎真。"本欲睁只眼闭只眼过去，但一想，不能惯坏了乡党毛病，让外人看扁了我们那地方。就郑重将其请回来坐于沙发，很认真地为其上了一课，大讲特讲做人的道理，直至他诚恳认错了，我才说，那破烂钱也就免了，送给你去卖钱吧。乡党感动无比，表示以后决不再犯那小毛病。我知道，一处土地一处庙，一个地方的民风民性，对那个地方的声誉是多么重要。比如流传于渭南的民谣说："刁蒲城，野渭南，不讲理的大荔县。"蒲城人就都刁吗？渭南人皆粗野吗？大荔人就都不讲理？问题是概念一旦形成，改起来就难了。前多年，有少数商洛乡党初始进得城来，挣钱无门，少数人就大行偷盗之事，下水道的盖子不见了，电线被割了，甚或连变压器也被盗走了。一破案，多为商洛人所为。破案的公安人员疑惑，几百斤的重物，何以会被一人扛走呢？那些不良印记，也曾让我脸上无光。庆幸，这几年不再有类似发生，乡党们已渐渐在西安城树立起吃苦耐劳、乐观大度、风趣幽默的普遍形象和良好口碑。地方虽穷，人的心地却是敞亮的。贾平凹所写的刘高兴，不也就出了名嘛！

我的穷乡党们在西安的形象，常使我联想到华人在西方国家人眼目中的印象来。我们还是要努力改变的。

我的单位门口，常盘踞着一位收破烂者。他叫钢蛋儿，黑龙口人。钢蛋头上发乱如囚，黑硬似鬃，脸上胡子拉碴，一副蓬头垢面的样子，但他时常笑着，笑时，就露出了白牙。我曾问：钢蛋，屋里还有啥人？钢蛋说：媳妇离了，老妈死了，有个老大，在屋里给我管三个娃哩。我一听，就联想着他一家人，如何在那个名叫韩愈川的深山沟里煎熬苦日子。收麦时节，钢蛋回去了；收秋了，钢蛋也回去了。麦秋两忙一过，钢蛋就永远在我的单位门口待着。他有一辆三轮车，车厢里铺几张硬纸壳，他躺在上面，捧着收来的旧书或旧报纸，对着太阳照。他脚上永远是那双褪了色的猪皮鞋，冬夏都不穿袜子。我问：冷不？他说：不冷。我又问：你感冒过没有？他说：没有。我们的办公室装修时，我清理出一批旧书报，叫了钢蛋进来，他很高兴也很小心地收拢着，临了一称，要付钱，我却说，不要钱，你拿走吧。钢蛋惊愕了：那咋行？那咋行？我确实不要钱，钢蛋就忙说：那你要搬啥东西不？有啥劳力活没有？有了，就叫我。自那以后，我要移动办公室的柜子，就想起了钢蛋。

上个周末，下班出大门，看见钢蛋理了发，刮了胡子，上衣也洗得干干净净。我竟然一下子感到新鲜，有着说不清的喜悦。就说：钢蛋，变了，变文明了哇！钢蛋只是憨笑：嘿嘿，嘿嘿嘿。他笑，我也跟着笑。嘿嘿，嘿嘿嘿……

"秦岭最美是商洛"的广告语，已在古城西安覆天盖地。商洛人在西安的名声，也越来越响。这其中的功劳，也少不了我那大批进城打工的穷苦乡党的共同为作。过去，西安人问我是哪里人，我有时会含糊其辞，说是陕南的。而现在，我会永不改口地大声回答：商洛人！

我的蛇马换岗之际

　　年跟前，董子竹先生从江西南昌回到西安，发短信说："我住凤城×路××客栈××房间，盼能一见。"正犹豫该何时拜见这位满腹经纶的常古大师，费秉勋先生电话就来了，言说已和见喜说好，明早九点一块去看老董。于是在此日早，开车接了费老，和见喜等人先后赶到宾馆，与老董侃侃而谈。

　　已多年不见董子竹先生，一见，还是那么精神，还是那么口若悬河般地健谈。想这人生，无论百般经历，其主流性格还是基本不变的。记得二十多年前，他为逃婚也为逃离纷扰，藏匿于药王洞我的将就屋内，我每天给他买一摞烧饼回来，生好蜂窝煤炉子，烧上开水然后上班去。他闭门伏案，像金圣叹批《水浒》似的，夜以继日地开始了《废都》的批注本书写。每晚回来，他会停下笔，盘腿打坐床边，滔滔不绝地对我讲天说地。讲老子孔子，讲佛法道要。我虽听得云山雾罩，却一直叹服着他的学识。十多天后，他批完了《废都》，庄严而神秘地与我告别。我送他至西北三路口，他双手一揖，说："兄弟，我去哪儿，你不要问；我的行踪，不要告诉任何人。几年以后，也许会有我的消息。"说完，他转身扬长而去，穿一件褪色的中山装，扣一顶发黑的旧草帽，有点感人和悲壮，也有点心酸与恓惶。

　　后来得知，他是出家了，在江西九江的一个寺庙里做了十几年和尚。再后来他又还俗，其间也回过西安来，却与我未曾谋面。近二年，我们终于在网上有了联络，知道他被江西一家上市公司敬养起来，人称常古大师。冬里，我接母亲来住，知道母亲身体不好，老董发来他自制的"净土养生法"录音，我让母亲每日听三遍，半月之后，母亲的病情竟然奇迹般消退，只是已变得少言寡语了。

见罢老董，共进午餐之后分手。费老说："你能否送我到西大新区，我要在那儿写几幅字。昆明路这边没有大案子。"我拉着费老来到西大桃园小区，又想起多日未见炜评，便上了 23 楼。炜评送我一本书，是高尔泰的散文集《寻找家园》。显然，他已将这本书读完了，而且十分赏识推崇，故而一次购回 20 本，专送密朋师友。炜评有买书赠友的习好，我为他这一习好很是感动，深觉此举亦属传道之一种，课堂教学生，购书赠师友，在知识领域里搅和着，推波助澜，延展着文化传播的条条路径，此乃雅好，属高尚之举。于是捧书回来，拆封快读，愉悦之情泛滥开来。

年关逼近，少不了有人要送点东西来。妻说，你一不当官，二没有权，竟然有人能给咱家送小礼，图啥呀？我不无得意地回答：人缘嘛！可见你老汉的人缘还是不错的嘛！

但是在这一天，我同时接到了两个电话。一个说：何老师，我是某某办公室的某某，你家住哪儿呀？省上某领导出了一本书，要我给你送来一本，你什么时候在家？我回答全天都在，什么时间送来都行。接着还有一个电话：何老师，你家搬到哪儿了？我给你送点菜来。我一听，就知道是谁了。这是商州孝义村的两个农民，是王扣牢兄弟俩。他们进城打工二十余载，靠为酒店送菜为生，多年来，竟也在西安城建立了家业。但我与他们素不相识，估计是孙见喜兄为其提供了名单，他们便连续几年为我送菜。去年，是半扇猪肉，一箱菜蔬。年后，还在酒店包席，专门宴请商洛籍的一些文化人，我也在被邀之中。当时吃饭，我就在心中嘀咕，咱又给人家帮不了什么，受之有愧呀！接下来一年没联系，如今又来电话说要上门送菜了，我再三推阻，还是抵挡不住。中午，扣牢兄弟骑着一辆电动车，穿越四处拥堵的城市，抱来了一箱子精致菜蔬，还提着好多蒸碗菜，摸索到了我家。我感动不已，我全家都感动不已。这时，我正在写春联，便以两幅自撰自书的春联回赠，觉着还不尽意，又铺开宣纸，为其书写了两首唐诗，看见他俩受宠若惊般高兴，我的愧疚之心也才稍稍平复。送走扣牢兄弟，在家等候那个某某办公室主任，但是，再没有消息。今日已是正月初一，那位领导兄弟的书，还没有送到我的手上。

昨天是除夕，我主厨，为全家做了顿年夜盛宴，有年前韩俊芳送来的干鲍鱼，泡发三日，学做红烧，每人一头，算是奢华了。我门上的春联是：老酒一杯辞旧岁，新房三间过大年。横批：社会主义好！晚宴毕，还想与内弟多喝两杯，四邻的鞭炮声一时大作，手机短信也响个不停，于是随口吟得打油诗四句：

　　除夕之夜炮声疾，

　　千鞭万挂震耳扉。

　　几杯老酒徐徐饮，

　　群发短信时时嘀。

如今的春晚节目，已无心去看，睡了。今早乃初一之晨，推窗，不见希冀中的茫茫白雪，干冬湿年的农谚，在今年不灵验。只想起是马年来了，又过一岁，距离退休更近了，忽然再生紧迫感。幼年听过一句农谚：牛马年，广收田，准备鸡狗饿猴年。我这老猴，在这个马年，是该不待扬鞭自奋蹄了。

无法还原的真实

　　断断续续思考着一个问题，那就是曾经发生过的真实的事件，可否重新真实地再现和还原的问题。得出的结论是：不可能了。因为在宇宙间，无法留住的是时间，时间是不可复制、不可重得、不可还原的。在不同时间和空间里所发生的那个真实的事件，起码因为时间的流逝，就再也无法追回了。所以，对于某些真实事件，当你想重新展示、描述、还原时，无论如何已经无法做到完全真实了。而千方百计追回的，也只能是相对的真实。用一句通俗的话说：真实，是可以经历却无法保鲜的，真实在发生的同时就已经在时间中消亡。所以，人类的一切过往的历史，永远也只能以相对真实的形态存在着。

　　我提出这个问题，并非想研究什么重大的哲学命题，而还是想说明艺术上的一个见解或观点。之所以要提出来，是因为经常遇到一些"半罐子"的所谓艺术家，尤其在影视艺术界，盲目无知地去拼命追求什么"真实"，错误理解现实主义的创作原则，玩弄所谓"逼真""高清""高仿真"等等，要么，就错误理解中国传统艺术中的写意手法，未弄清"意"在何处，胡乱去写，在艺术创造中制造了许多混乱。鉴于此，觉得有必要站出来说说有些话了。

　　在戏剧艺术的领域，有一个斯坦尼拉夫斯基，有一个布莱希特，还有一个梅兰芳。这三者被称作"三大表演体系"，有着对于生活和真实的不同的理解和不同的表现方式。诞生在俄国的斯坦尼，讲究忠于生活、体验生活并真实地再现生活，被称为体验派艺术；诞生于德国的布莱希特，提出了"间离"手法，主张只有保持了一定距离，并制造出陌生化效果，才能准确抵达生活的本真，这一艺术主张，被称作表现派艺术；中国的梅兰芳京剧艺术体系，亦称梅氏体系，则秉承了中国文化和东方哲学的认知原则，既包容了"体验"，又囊括了"表现"，从"神"和"形"两方面同时入手，尤以"神似"为重，虚实结合，传神写意，创造了中国戏曲所独有的对于生活真实的展现手段，令人叹服和敬仰，成为世人公认的神奇艺术。

在其他艺术领域，也不断涌现过各种各样的派别和主义，比如文学和美术界，都先后有"现实主义""超现实主义""魔幻现实主义""现代主义""后现代主义"，等等，无论什么主义和派别，所不同的，就是在探寻表现生活、抵达真实、直逼灵魂和意志本真等方面的最直接的途径。不同的派别，对于抵达事物本真而要使用的手段，有着不同的主张。当然，这里不仅存在着方法论，也有关于整本认识的世界观问题存在。

通过科学，人们普遍懂得了一个道理，即世界上没有哪两片树叶是相同的。也如同人们常说的：我们无法跨越同一条河流。本来，我们应该沿着这个认识继续往下思考，而事实上却常常是停留在了"不同"或"有别"的简单层面，并不去引申更多。其实我们可以接着想：即便是同一物质，在变幻了不同时空之后，也就不能完全等同于原来的那个物质了。比如，一个汉代的铜鼎，当我们将其修整复原之后，还会是汉代的那个铜鼎吗？应该说不完全是了，而只能定义为：今人修复好的汉代流传下来的铜鼎。任何一座古老的遗址、宫殿、楼阁、高塔等等，一经逝去，恢复了的，就不会再是原来的了。所以，失去，就成了绝对的。而我们的艺术，正是以一种姿态，向人们讲述着已经发生了的过去的故事。这哪里会有绝对的真实存在呢？只能最大限度地去假设那就是真实了。所以在中国戏曲里，就最充分地使用了"假定性"的原则，在表现生活时，首先来一个：假定这就是真的，并约定俗成地让人们承认。在此基础上，再去演绎一系列的生活故事。因为真实是无法描摹的，那么不妨直接从假定开始，这无疑就成了智慧而高明的选择。

什么是真实？世间有无真实？艺术又当如何去表现呢？事实上，绝对的真实已经不存在，那么只能去表现一个相对的真实了。而所谓相对真实，也只能是在大体形似的基础上，去最大限度地追求神似了。因为只有神似，才能更加接近本真。包括纯粹的现实主义，也无法完全准确地描摹生活。所以任何一种艺术，都是用艺术家自己眼中的生活，并且将其变形之后，通过艺术的手段表现给人看的。

艺术的真实，就是想办法利用一切手段，特别是利用虚拟的手段，让人们去感觉那就是真实。实际上，是唤起他人的想象之能，调动了他人的生活积累和自怜情节，从而将自己的认知和感受传递出来，制造一种人类通感，寻找着原有的、曾经发生过的真实的意义。这里，就不得不时刻注意使用虚拟、夸张、浪漫的手法了。这一点，必须无时无刻地浸透到艺术家的意识中去，而不是无知地描摹真实。说到底，就是要通过看似的不真实，而最大限度地抵达真实。年轻时听一位名叫张敬尧的老局长讲过一个故事，说是在远古时候，有人的母亲去世了，他张开大嘴哭，妈呀妈呀，声嘶力竭地嚎啕，那是最真实的感情的流露，但旁边的人并不以为然，反而觉得好笑。而另有一人，也是母亲亡故，同样伤悲，但他没有那样嚎啕，而是一边哭一边诉说起来，他哭喊着说：哭一声，喊一声，娘的声音儿爱听，可就是再喊也喊不应！如此以来，围观者不仅没有再去发笑，反倒跟着扑簌簌落泪。事实上，后者已经将那种悲伤的情感艺术化了。老局长说，那就是艺术的起源，他的话，让我一辈子铭记，不断地琢磨。

这次拍摄《天狗》，我原来写了那么多精美的唱段，到了拍摄时都被删了，我想那其中的原因，就是见惯了以往现实主义手法的导演组主创人员，不理解、不知道那些唱段该如何去表现了。他们只有"那一种"想象和手段，产生不了"另一种"想象和手段，无奈何，就将一块做大梁的木料，裁来剪去，做了个弯弯曲曲的镢头把，还以为那就不错了呢。这，还只是"摩擦"的一面，其他不同见解，细数那就更多。我的痛心，就是常常在这种综合性艺术创造中参与了，却不能体现自己的意志。让世人以为，你，也就是那么个水平。说这话，也许不利于团结和友谊，但是不说，总会憋得慌。毛片出来了，现在来看，还是那些有唱段的地方最为感人，而其他的添加，多数都呈现着真实的虚假。当初，曾想据理力争，但只能是对牛弹琴。人哪，往往在事后才变得聪明，而事后的明白，常常已经于事无补，只能留得许多遗憾，这是很无奈的事。所以总结感受，搞影视和戏剧等综合艺术，不如写小说、散文、诗歌那样来得自由和痛快。

无名指上的老茧

病，渐渐好起来。无名指上的那块老茧，也基本消失了。

我的右手无名指上的那块老茧，生得奇怪，肥大时像块瘊子，黄豆般大小，突出在第一与第二关节之间，隆起于靠近指甲根的位置，摸一摸，总觉得别扭。一般人，是没有这样的茧子的，我有，但我不好意思说出为什么会有。因为我知道，那是打麻将时磨出来的，很不光彩。我打麻将时喜欢摸牌，可能因摸牌的姿势与习惯有关，时间长了，那个奇怪的位置就有了奇怪的老茧。

五一节那天，我摸着那块茧子，心里有异样的滋味，很羞涩，也为自己而感到滑稽。意识中沉积着观念，所谓劳动人民，必是双手布满老茧的。童年时清楚记得，爷爷的双手就长满了老茧，他能用两个手指从火盆里捏起一块燃烧的火红木炭，放在烟锅上去点烟。而我不能，因为我的手指很嫩，没有他那样厚厚的老茧。《杜鹃山》里柯湘夸李石匠，说他有一副"铁打的肩膀粗壮的手"，那手，当然是老茧横生的；在一部电影里，有人举起一位青年那带茧的手向人们展示，说他为什么有资格上大学，就因为有那布满老茧的双手。总而，终日劳作的农民、工人，手上必然会布满老茧的，那是勤劳的印记，是劳动者的荣耀。而我呢，我因贪玩耍打麻将而使手上生出茧子来，与之相比，我怎能不感到羞耻呢？

如今，劳动人民的概念被拓展，知识分子等凭借脑力劳动者均被划入劳动人民范畴，于是，我就想起了贾平凹。他的右手中指上就有一块厚厚的老茧。因为他不会使用电脑，如今还坚持用笔写作，又因他的写作是超常的勤奋，久而久之，右手中指就被磨出了厚厚的老茧。与之相比：他的茧长在中指上，他干的是正事，他也干成了正事，修成了正果，他值得骄傲；而我的茧，生在无名指上，我干的是没名堂的事，所以我一事无成，我羞愧难言，羞于启齿。想到这里，我对平凹的敬重之情再次剧增，于是马上打了电话，说是想他了，便于5月2日，在劳动节过后的第二天，请他吃饭。在"平壤银畔"，在一群形如鲜花的朝鲜姑娘簇拥下，向平凹兄——这位勤于耕耘的优秀劳动者，表示了我深深的敬慕之情。

　　回来，我再次望着我的无名指上的老茧，思绪还在翻腾。我想，这根指头为什么就被叫作了无名指呢？人有拇指、食指、中指、小拇指，也非得有个没名堂的无名指么？这根指头，就代表了人多数时间都要干正事，而也会有去干那没名堂的闲事的时候吗？然而，我却看到了一个资料，说是自公元前3世纪起，古希腊人就有了将结婚的戒指戴在左手无名指上的习俗，并将此习俗扩展到世界各地，沿袭至今。因为古希腊人认为，就是这根无名指，恰恰是最直接连着心脏的。哦！我恍然大悟，我病了，我的心脏病了，皆因我于很长时间里都没有好好为正事、为写作之事操劳，而去打麻将、去为没名堂之事劳损，所以我的心脏就出了问题。无名指上生茧，说明上天已经向我做过警告或暗示的，然我却不能自省，不能自觉。

　　是的，我曾经很是苦闷彷徨。我苦于无事无物可写；我厌烦陈词滥调，又难以标新立异；我看到苦苦巴巴写了东西而并没有多少人去读，我憎恨功名利禄，我诅咒这世俗的一切……我不抽大烟不吸毒，所以就去打麻将了。有人说，这理由是我自寻开脱，也许吧。康熙的一句小赌怡情，曾经多次成为宽慰我的理由。我不知我要怡情到什么时候，我只知道，打起麻将来就可以不想别的烦心事。但是，我真的就病了，差一点就死了，而我，又不能在这个时候就死去……

　　我住院一段时间，现在出院了，无名指上的老茧也确实在慢慢消失。接下来，我的任务是且先活着，至于该怎样去活，容我慢慢思量吧。

医院里有个怡心园

　　位于西郊的这家企业医院，看似规模不大，没有气势逼人的高楼大厦，没有声名远播的大牌名医，不比那些超大型医院的设施豪华，但也如小麻雀之五脏，功能是健全的。盖因医疗机构在地段分布上的缘故吧，这家始建于20世纪50年代的医院，不仅承担着企业内部人员的医疗诊治，还更多地担负了周围很大片区社会群众的就医服务。他们以持之以恒的医疗方针，以默默不懈的质朴与严谨医风，久而久之，也在不少人群中留下了良好口碑。我的心脏病发作，就曾两次住进了这家医院。

　　心脏内科在住院部二楼，从病房的窗户望去，见住院部与门诊楼间的儿科病房门前，有个不算很大的院子。我大概数了，院中有三棵硕大的雪松，再有七八株法桐，其间还间杂了槐树、棕榈、月桂等等的树木。今春的入住，正值槐花盛开之际。躺在病床输液，微风挟带一阵槐香吹来。侧目探寻时，就见窗外不远处那棵槐树的顶端，开满了嘟嘟串串的槐花，白如雪霜，繁似谷穗，引惹了蜂儿蝶儿上下飞翻。虽说城里不知季节变换，但此情此景，一下子就将暮春的气息渲染到了极致。是这个还算幽静的院子，更确切地说，是那些茂盛的绿树碧草，吸引了我，于清晨，或于下午输完液体之后，总喜欢来这里走一走。我发现，这里不仅是个小院，而原本就是想建个园子的，并且还有冠名。在那块一人多高的花岗岩石上，便用红漆镂刻着三个字：怡心园。

冠以花园，显然有些简陋了。由于面积所限，虽也想设立曲径、回廊、石凳、太湖石以及假山一类，但距离毕竟太短，无法以曲通幽；有块难得的太湖石，也很随意地埋没在了荒草中；并无多少花卉，看来也未曾配备专门的园丁，只有清洁工每日来此清扫垃圾而已，所以，园中的荒草就扑出了路径的边沿，水泥柱的拱廊上紫藤恣意延伸，绣结得枝枝蔓蔓，却也无人修剪，冬日里枯死的干藤，依旧搅和在新生的嫩叶之间……然而，毕竟有了这样一个空间，便为患者乃至医护人员，提供了一个憩息休闲的好去处。每日清晨，有人伫立于那棵参天的雪松下，深呼深吸，闭目养神；有人拿了扇子，在草坪上轻挥慢舞；还有家属用轮椅推了患者，来园中吐故纳新，呼吸新鲜空气；更有几位妙龄姑娘，手捧书本，或静坐石凳之上，或徜徉林荫树下，阅读，背诵。我便猜想，她们也许今天还是实习生，而明天就要考取护士或医师的资质了，为了就业，为了胸牌上的名分，为了……不管为了什么，她得只争朝夕啊！反正，有了这个园子，毕竟适得其所。要知道，在许多医院里，是难得寻觅这样一个美好空间的。

我历来认为：医院，说穿了就是人体修理厂。在此基础上去联想，心脏、肝脏、胃、心脑血管，便对应如汽车的发动机、化油器、油电路等等，出了毛病，就需来此大修。那么，所做的一些手术，一如机器被拆卸打开，修理、打磨了损坏部位，或更换了零部件，再被重新组装起来。进一步想，那些优秀的大夫，又好比能够熟练解牛的庖丁，对人体的肢解，也如解牛那般，到了随处可见牛骨的地步。这联想有点冷酷而血淋淋的，但似乎更能接近事物本质。不是么？君不见近些年来，由于利益作祟，欲望在四处膨胀，医院也商业化了，以挣钱为目的的医疗，使医院对于人体，与工厂对于汽车、机器、电器的态度，又有什么两样呢？救死扶伤、人道主义，人性与人心的抚慰、修护、关怀，已显得是那般式微。这，也许正是需要医改的本质原因吧。

俗语常说，医生能治疗你的病，却留不住你的命。换句话说，医院能治疗人的肌体，却无力修护人的心思。在这原本的无奈中，同时在这物欲横流、人性扭曲、人情淡漠的世道背景下，再来看这家医院里的怡心园，我硬生生感到了一丝春天般的温暖。

这是一家始建于1959年的医院，受当初苏联人援建时建设思路的影响，场地预留宽裕，故有了那个怡心园的存留吧。医院的房屋布局，俯瞰时发现，形如一个"万"字符，这样既能使各个部门与功能通连畅达，又符合了中国传统文化中的吉祥图案；既科学合理，又耐人寻味。于是，这让我从内心留恋并感谢着那个时代的人的情怀；同时，也希冀着这家医院的新的掌门，能够深深体味医院在始建时的初衷。有位西方名士说过："医院、教堂、学校、太平间，都是为了帮助人们渡过难关而存在的。"细细琢磨那位西方名人的名言，我们真能参透个中滋味么？

不管怎么说，那个难能可贵的怡心园，可千万别在医院的建设扩展中，以种种理由被侵占而消失啊！怡心园，起码可以是医心医身的辅助吧！

有关风雪夜归

在博客里转载了京剧《野猪林》中林冲的那段唱词，是因为喜欢。其实转载别人的那段唱词并不完全准确，是有错别字的，标点符号也不对。然转了就转了，也不会去做修改的电脑操作，尽他去，纯粹是想记住那段唱词而已。二十多年前就知道了那段唱，是那么壮怀激烈、悲凉凄婉，且情景交融，悱恻哀怨。那种英雄气短、虎落平阳、龙困浅滩的无奈，被京剧大师李少春演绎得淋漓尽致。现在是京剧名家于魁智唱的，也不错，有一种悲壮之美，直沁人之心骨。将此唱段，知之悉之，时常学而习之，无疑有熏染陶冶气度与气量之功效。再因，我本人近来是病了，那唱词的名称便叫作"英雄末路"，觉得与我之心境，倒有着异曲同构的效应，有着说不清道不明的惺惺相惜。

大雪飘，扑人面，朔风阵阵透骨寒。彤云低锁山河暗，疏林冷落尽凋残。往事萦怀难排遣，荒村沽酒慰愁烦，望家乡，去路远，别妻千里音书断，关山阻隔两心悬。讲什么雄心欲把星河挽，空怀雪刃未除奸。叹英雄生死离别遭危难，满怀激愤问苍天……

正值冬日，也就联想到了风雪之夜。风雪之夜最能产生些悲凉故事。林冲肩扛长缨，竿系酒壶，顶着漫天大雪，是往山神庙里暂避风寒的；喜儿，即白毛女，也是于年三十的那个风雪之夜，盼着爹爹杨白劳回来，结果后来的悲剧就发生了；吴祖光在 20 世纪 30 年代也曾写过一个剧，剧名就叫

《风雪夜归人》，演出时有过很大影响，后来广州歌舞团还将其改成了芭蕾舞剧。记得好像是版画家彦涵吧，也创作有木刻作品：《风雪夜归人》，很有名的作品，不知怎么就查找不到了，多想重温那幅木刻作品的黑白意境啊！其实这种意境，大概都出自唐人刘长卿的《逢雪宿芙蓉山主人》。其诗曰："日暮苍山远，天寒白屋贫。柴门闻犬吠，风雪夜归人。"

风雪之夜，人应该待在家里烤火，要么溜进被窝，要么煮茶温酒，享受围炉夜话的温暖，而又跑到野地里去干什么呢？尤其是一个人孤孤独独摸索于风雪夜里，那必是有事，有急事，定是无奈了，不得已而为之。也因此，就有了"风雪夜归人"的凄凉。

风雪夜归人，是一幅蕴含丰富、寓意深远、联想空间十分广阔的艺术画面。

元宵杂记

　　"破五"一过，年就完了。正月初八，受铜川市群艺馆之邀，去做"百名老陕吼秦腔"的擂台赛评委。地点设在市府门前广场，历时五天。然只怨天公不作美，雪一直在下，料峭风中，寒气侵骨。而所有参赛者依然精神抖擞，做评委的也只能正襟危坐了。我故意不戴帽子，任风雪打湿头发，目不转睛地注视着舞台上的演员，以此来配合他们的表演，权作一种鼓励吧。听着粗放的秦腔，不知怎么却想起《野猪林》中林冲的唱句。"风雪破瓦屋断苍天弄险，你何苦林冲头上逞威严。埋乾坤难埋英雄怨，我只有山神庙暂避风寒。"多么好的唱段啊，可惜只在京剧里呈现，遗憾秦腔戏里没有。对比秦腔《二堂舍子》的"刘彦昌哭得两泪汪，怀抱娇儿小沉香"，还有王宝钏的"给你娘吃来给你娘穿，把你娘吃得害伤寒"，看来，秦腔戏文在文学性方面，确实是逊了一筹。或许，此乃秦腔在雅俗分道之旅中，朝着通俗的路上多迈了步子。每场赛事临尾，主持人皆会邀我点评。风雪之中，我是不能多说的，庆幸我尚能以鼓励为主，有感而发，每场切入不同角度和侧重点，虽言语不多，却句句中的，留住了将要离去的观众脚步，赢得了台上台下多数人的好感。有人说，我比《秦之声》评委们那些老生常谈更让人爱听。

　　虽然寒冷难耐，好在每天只有约两小时赛事，剩余时间，便躲在温暖的宾馆里看书。此行特意带了高尔泰的《寻找家园》，静心去读，收获颇丰，拟待读完之后，再做一点笔记。还带了一册过期的《散文（海外版）》，偶然发现了晋东南作家葛水平的文章，读罢，钦佩了这位漂亮女作家的才气，记着回去要寻她的小说细读。还有个高宝军，写陕北的一组文章，也极具思想性。这种静心读书的感觉，亦像那纷纷扬扬的雪，滋润了冬田的干燥。褪去春节的喧闹所带来的浮躁，回归于宁静的思考，我心中很觉润适。铜川作家吕学敏也送来了他的长篇新作《腿林》，惊喜着他那质朴的商州话语，还有细致入微的细节描述。读书久了眼花，短暂的寂寞中，开始给朋友打电话。突想起这个正月里，我是否冷落了我所敬爱的朋友呢？于是，决定于正月十四日，在我返回西安的第二天，亦即元宵节的前一天，设场子请客。我的动意竟然如愿以偿。陈彦、贾平凹、蒋慧丽、方英文、孙见喜、费秉勋、刘炜评、樊新河等，相约者无一缺席，在商南茶楼，我们欢聚一堂。简餐土菜，亲情暖语，和谐的气氛，让平凹、英文、炜评三人均已忘记了牙痛。

　　是的，说来奇怪，甲午马年之初，贾、方、刘三位商洛才子，同时患了牙疾。平凹种牙，英文、炜评两人分三次医牙拔牙。牙痛不是病，痛来要人命。我体会过他们几人的痛苦。盖因有了这段特殊经历，故而有了英文的散文《拔牙》，在《西安日报》发表，也有了炜评的诗句："年来齿妒春盘好，痛作如锥竟不休。"他还撰有一副戏谑联语，曰："男女元夜偷情少，烟酒马年坏齿多。"看看，这三位才气逼人者，怎的都坏了牙齿？我便对身旁的孙兄说：上天妒才，先坏其齿。看来咱俩才疏，没害牙痛。孙见喜兄马上捂着右脸："哎！我这边已经开始疼了。"我只有继续玩幽默，说："完了，完了，全完了，拉到牲口市场去，掰开嘴一看，全没人要了。"玩笑归玩笑，朋友几个齐刷刷害牙痛，确实引发了我去寻思。老马齿落成老骥，老牛缺齿惜嫩草。说来说去，关键是朋友们都老了。就想，马齿苋，怎么就是一种草的名字呢？

　　今年的元宵节，与西方的情人节重叠。相信即使是有婚外情之人，也定会"男女元夜偷情少"。谁会在严打期间顶风作案呢？这天，英文、炜评、王锋诸君都有诗来。我不善律，杜撰自度曲一首，名《双节怨》："情节难谋情人面，天南地北空思念。元宵不食夹糖馅，老婆厨房炒米饭。老母依窗探孙眷，短信飞来无心看。岁月漫，似梦幻。多少心仪渐沉淀，只哀叹，万里关山望不断！"写好了，自觉拿不出手，无声息，乖乖待在家里，练毛笔字。默写唐初刘希夷的《代悲白头翁》：

洛阳城东桃李花，飞来飞去落谁家？

洛阳女儿惜颜色，坐见落花长叹息。

今年花落颜色改，明年花开复谁在？

已见松柏摧为薪，更闻桑田变成海。

古人无复洛城东，今人还对落花风。

年年岁岁花相似，岁岁年年人不同。

寄言全盛红颜子，应怜半死白头翁。

此翁白头真可怜，伊昔红颜美少年。

公子王孙芳树下，清歌妙舞落花前。

光禄池台文锦绣，将军楼阁画神仙。

一朝卧病无相识，三春行乐在谁边？

宛转蛾眉能几时？须臾鹤发乱如丝。

但看古来歌舞地，唯有黄昏鸟雀悲。

默写完毕，翻书查对，还是漏掉了"公子王孙"以下四句，憎恨自己的记性，已大不如前了。补写完，盖了印章，唤来长女何苗拿去收藏。不为令其收藏为文墨迹，而是有意让她背诵刘希夷之诗。古人的诗句，将我想说和要说的已经说尽了，我才疏学浅，功力不逮，还有什么可说的呢？

咒男人

陕北民歌里有这样的唱词："……山坡柳树一排排，砍下一排做棺材。他头黑里死了我半夜里埋，赶天明做下一双上轿的鞋。"乍一听，这女人好狠毒，细一想，这女人好可怜。

无奈啊！或因父母包办，或因强取豪夺，甚或绳捆索绑，总而，她是被逼迫嫁给了自己不喜爱的人，乃或是自己憎恨的人。婚后，那男人吃喝嫖赌，好逸恶劳，及至一说二骂三打，让女人遍体鳞伤，备遭欺凌。可有什么办法呢？传统的旧式礼教、规矩、舆论、法律，活像一副沉重的枷锁，牢牢捆死着女人的命运，想挣脱是绝无门路的。女人只有忍受。但忍受总是有限度的。受不了，又挣不脱，便只能在心中希冀、盼望、憧憬，祈求上苍怜悯。实在无望的时候，就只有在心里咒骂了。

陕南民歌里也有此类唱词，听来比陕北民歌有过之而无不及。比如"郎在对面薅黄秧，姐在房中打嫁妆。我不要你柜子和钱箱，我到婆屋不久长。前腿进门公公死，后腿进门婆婆亡；小叔子放羊滚坡死，小姑子担水滚长江。一家大小都死净，我原旧转来配我的郎。后院里有棵苦李子树啊，未曾开花你先尝。"可怜啊，心爱的人儿就在对面山上薅草，可她明日就要出嫁了，嫁的却并非对面山上那个近在咫尺的恋人，她只有用歌声告诉他，等着吧，我去了那个虎穴狼窝是不会长久的，待一家老小死净，我就会回来嫁你的。哦，对了，我的贞操还在，初夜权为你留着……

多么悲切而伤惨的歌唱呀，听罢这样的陈述，谁能笑出来？还有谁会痛恨那样的女人？

类似的歌儿很多，女人只有哀叹："奴命苦啊奴命苦，小奴家没有一个好丈夫……"当然，这都是发生在旧社会的事。那时社会黑暗，"好比是黑咕隆咚的枯井万丈深，井底下压着咱们受苦的老百姓，妇女在最底层。"实际上，妇女们的咒骂，任何作用也不起。咒着令其死，真就能死？发泄一下而已。潘金莲或许没有咒骂过武大，但她是以出轨的方式反抗了，并以谋害的方式追求了，而她的下场明显更惨，不仅死在了小叔子刀下，还落下了百代骂名。女人呀，能有什么办法呢？能责怪她们缺少人性吗？在那个毁灭人性的年代，人性，只有以畸形方式表露出来了。

近期下乡采风，了解了世界工艺美术大师、民间剪纸艺术家库淑兰的生平事迹。库淑兰有句引人注目的话：我一辈子让老汉打扎了。她将老汉称作"老害货"，但她却硬是忍受了近 70 年而没有离散。她除了忍受，便是将心中的美好追求，以"铰花花"的形式呈现出来，比如她剪的《江娃拉马梅香骑》《剪花娘子》等。生活的无奈与苦焦，被转化成了艺术，并在其中寄托了全部的精神天地。内心世界与现实世界分离了，躯壳与灵魂不在一起，便以麻醉的方式靠惯性而活着。

旧社会不好，新社会好。前不久的一次饭局上，我唱了咒男人的歌，有朋友问，有没有男人咒女人的歌？我说，过去可能没有。因为那是男权社会，对娶来的女人不满意，或者休了，或者另娶一房，男人即便可以杀害女人，也没有必要通过咒骂去盼望着女人死。而现今社会，倒是有男女间在心中相互咒骂而盼望对方早死的可能。在座的另一朋友就立即举例说：某局长，老婆患绝症。局长仍以工作忙而淡然置之。人们叹曰，那是盼着老婆早死哩，死了换新的。我想，婚姻的不满，哪个社会都会有，不全是喜新厌旧。如今虽然婚姻自由，但究竟能自由到什么程度呢？新的婚姻，可能都是自由恋爱，自由选择的。问题是选择也有失误，也有后悔的时候。

而一旦形成事实，组成了一定的社会关系，自由便需要受到限制。多数的情形是，在一个正确的时间，在该爱的时候，爱上了不该爱的人；在一个错误的时间，在不该爱的时候，遇上了真该爱的人。人生的许多悖论，其中也表现在婚姻上。还有一种情形，那就是爱也会变的。当时是真爱，但发展中却变得不爱了。这时候，责任感一旦不足以控制情感，离婚的事就经常发生了。反过来说，所谓责任感，也常会对人性的自由形成巨大制约。于是，即便在现代社会，许多人也都会像库淑兰一样，活着，也忍受着。

中国的文化，主张男女从一而终，这是好事，当然也是坏事。正如门前的篱笆，有了它，出入不便，没有它，什么野物都可能跑进来。具体到个人，要不要门前的那道篱笆，就看你选择怎么样的活法了，甚或是两个人共同选择怎么样的活法。反正，尼采说了：人生是痛苦与无聊之间的摆钟的锤儿。重复着的，也只是幸福与痛苦间的不断交替。虽然知道了这些，希望却永远不会泯灭，这就是我们的梦吧，我们的中国梦！

咒骂，也不过是一种希望而已。很奇怪，中国人在十分喜欢的时候也会用咒骂的方式表达。比如，"郎在对面唱山歌，姐在房中织绫罗，我把你个发瘟死的、挨刀死的、早不死的唱得这样的好哒，唱得奴家脚跛腿软腿软脚跛踩不动云板听山歌……""打是亲，骂是爱。"以恨示爱，爱得咬牙切齿，也是爱的一种？所以说，中国的文化很复杂，外国人常常弄不懂。

漫议篇
MAN YI PIAN

《见证贾平凹》自序

从 1975 年在公开刊物发表第一篇文学作品算起，贾平凹已有了 36 年写作史。这 36 年间，文坛上经历了几多"思潮"的时涨时落，经历了屡次"风向"的偏东偏西，不说是"城头变幻大王旗"的景象屡屡上演，却也算得有了些沧桑。但不管沧桑如何变换，贾平凹从未停止过手中的笔。正因如此，他成了当代中国为数不多的高产作家：积年所著长篇小说 13 部，中篇小说几十部，短篇小说上百篇，还有难以计数的散文、随笔、诗歌，乃至曲艺、题跋、尺牍等。在漫长的 14000 多个日子里，他大约平均每天书写 2000 个字，这应是个保守估计。如此推算，他的写作总量已超过 2000 万字。——因为目下尚无人做过准确统计，允我权作这样的基本判断。另外，从 20 世纪 80 年代以来，他的书法、绘画作品，也有了广泛的影响。

中外各种出版机构出版的不同文本的贾平凹作品，少说也逾 300 种了。对贾氏来说，这些著作堆在一起，已不是等身而是淹身，乃至成倍于他的身高了。从网上查阅，全球有史以来著述最丰的作家，是一位名叫艾萨克·阿西莫夫的美籍俄裔人，一生出版了 470 多部各类著作。但他生于 1920 年，卒于 1992 年，活了七十又二。贾平凹年仅 59 岁，仍笔健不衰，若追得阿西莫夫寿数或更长，去做全球著述丰厚第一人，不是没有可能。

贾平凹至今拒绝使用电脑而坚持手写，他的右手中指与食指间已结出了厚厚的茧壳。写作之于他早已成瘾，如同他的烟瘾一样，是须臾不可离开的生活伴随。前些年使用钢笔，如今到他书房去，发现消费最高的是香烟和一次性圆珠笔。烟是几十条地存放，笔是几十盒地购买。脚下的铁皮垃圾桶里，除了无数烟蒂，就是众多笔尸。

一年四季，贾平凹几乎成了一台写作机器。一种近乎永动的写作惯性，使他无法克制转动而消停下来。长期的写作习性，也使他在现实生活世界与文学艺术的意象世界里交替出入而不能自拔。他像佛教里的喇嘛，多数时间都处在了冥想之中，从而构成了只属于他的独有生态，也正是这种生态，平衡着他的灵与肉。而在世俗之人看来，他的目光有点痴，言语有点讷，甚至有了些畸人态。何谓"畸人"？《庄子·大宗师》说："畸人者，畸于人而侔于天。"司空图《二十四诗品》云："畸人乘真，手把芙蓉。泛彼浩劫，窅然空踪。月出东斗，好风相从。"其意并在强调：畸人是人间的另类，其情怀、思致、做派，皆自有高格而不从故常。

关于贾平凹，文坛和媒体总会有说不完的话题。有人说他是鬼才，有人说他是中国文坛的独行侠，林林总总，不一而足。我曾猜想，全球 15 亿多的华人，知"贾平凹"三字者会有多少呢？这怕难得说清。但以我之体验，无论游历到中国任何地方，但凡在稍有文化或有点文学爱好的人群中，一谈起贾平凹，几乎都有呼应。尽管有人将其读作"贾平 wā"，有人读作"贾平 āo"，但都承认，他是一位大名鼎鼎的中国作家。

纸质出版物已步入一个萧条冷落的生存境地，众多出版界人士共同慨叹，无论选择出版哪位作家的书，十有八九会有亏损的风险。但截至目前，贾平凹的书还始终是个例外。他的任何一部新作，都能给出版社带来效益，因此他的新书常在尚未脱稿时，就被好几家出版单位盯梢、跟踪、哄抢着早日签订合同。凭此一点，就足以看出贾平凹拥有的读者之广泛。每次去他府上，或与他聚谈于饭桌，都能遇见购了他的书来求他签名者络绎而至。

除了著述丰富、读者众多以外，贾平凹对中国文学的贡献，还在于努力在传统与现代之间探寻着一条相互契合的创作路径，并独树一帜地坚持了自己与众不同的风格。有人喜欢他的小说，有人更多赞美他的散文。在文学的几个领域，他都建造了自己的品牌，从而在新时期的文学进程中，成为了影响广泛的大牌作家。

很多人试图评量贾平凹在中国文学史上的地位，却不能确立定论之议，因为他的创作激情，还在如喷泉般汩汩涌动着。有创作激情在，说明他从未放弃过探索。尤其是那只前额和后脑勺都有点凸出的头颅，一直在剧烈思考，在为中国的乡村、城市的底层人群的命运和情感而苦思冥想。悲天悯人的情怀，始终萦绕在他的心头。活着，写作着，是他人生的全部。他说过，一人上世来，专情为一事。的确，他便是为写作而生的。天赋的文学才华，加上数十载笔耕不辍的精神，成就斐然，则成必然。他59岁生日时，商洛籍作家、评论家刘炜评写过一首贺诗："不世鸿才出野乡，风流椽笔著华章。骋风骋骨自高翥，亦哭亦歌亦惋凉。此日夔龙将耳顺，当年声誉已鹰扬。回眸槲叶商山路，未愧为文少即狂。"诗中说他是文坛"鸿才"、"夔龙"云云，无人以异议相持。

客观地讲，贾平凹不是学贯中西、通彻古今的学者型作家。对于中学与西学的浸淫与把握，他显然不能与梁启超、鲁迅、周作人、胡适、吴宓、郁达夫、郭沫若、钱钟书、茅盾等那辈人相比。即便单论领会中国传统文化，他也赶不上比鲁迅更晚些的沈从文、姚雪垠、孙犁、汪曾祺等人。然而这种不足，又怪不得他。他出生于1952年，赶上了一个文化断裂的时代。20世纪50年代以后的作家，有哪个能有过硬的中西会通的文化修造？同样客观地讲，这也是中国现代文化激进者们自己制造的恶果。"五四"前后，新文化运动的旗手胡适、陈独秀、鲁迅等人举起了反传统、弃旧学的旗帜，用意固然良好，却为后来者留下了断裂古国文化根脉的局限。但有一点还是值得庆幸的，像贾平凹这类作家，似乎仍有良好的传统悟性在，虽旧学功底欠丰，缺乏扎实的唐风宋韵垫底，然骨子里仍有着崇尚传统的执着追逐与向往，以致在习性、爱好、做派等方面，依旧熏染了传统文人和士大夫的不少气味。这一点，从贾平凹的书法、绘画、尺牍、题跋、手札中均可以窥得一斑。其中的原因大概是传统在民间土壤中的深厚沉淀，难以为新文化运动所荡涤净尽。有了这些，贾平凹才能做到在他不断开拓着的文学世界里，自觉与不自觉地留存下较多的"古风"元素。比如在小说创作领域，照他的话说，就一直努力地"去探索一种中国式的小说表达"。其实，贾平凹对中国传统文化审美趣味的承继，在其散文创作中则表现得更为充分。

刘炜评在他的《放飞作家的智慧树》的文章里说："贾平凹为人朴质，不善言辞，外表谦和，而内心慧性充盈且王者气十足，属于那种真正成了精的人物。他没有家学承传，也未有幸得到过某某公爵夫人或提奥式的兄弟相助，硬是靠一支健笔玉成了精彩人生，委实令人敬佩。"这就又使我想到了贾平凹的性格、文风、气象等综合特征的形成。在地域特征方面，不以全国作家而论，且以陕西的三位著名作家比较，无疑，路遥代表着陕北，陈忠实代表着关中，贾平凹代表了陕南。陕北是苍凉浑厚的，关中是广袤无垠的，陕南则是峰峦叠翠、跌宕起伏的。一方水土养一方人，三秦大地的不同区域，恰好成就了这三位风格不同的代表性作家。若用一个字来形容这三位作家，赐路遥以"雄"，给忠实以"厚"，予平凹以"秀"，看来也合情理，却遗憾不能尽然，因为他们显然还各自有着更多的"面"。评论家邢小利曾以季节特征来比喻陕西作家的文学风格，他说路遥属于春寒料峭的早春；那么，我想陈忠实应是初冬的风格，是农历十月以后，田畴村畔上地净场光的时候；而贾平凹呢，我未看到邢先生的评论，我推断贾氏更多应属于夏秋之交的风格，有着热烈、灵秀、乖巧，以及一叶知秋的悲凉之意等等。一个作家文学风格的形成，与他生长的时代、地域、家庭环境，有着那么密切的联系，这一定论，在我所举的以上三位作家身上，同样得到了有力印证。

贾平凹生长于丹凤棣花，那是个陕南山地上的江岸村落，有山亦有水。

有山则不显峥嵘，有水则并无壮阔；虽也有莲池藕荷与稻花芦荡的江南意味，然并无那种规模与气韵；也有连片的田畴，却并无广袤无垠的感觉。富足是谈不上，贫穷倒也不至于之极。这就是培养了贾平凹的地理土壤，他自己也多次言及，说是居于秦头楚尾，具有雄秦秀楚的兼容特征。生长的自然环境，给了他以灵秀和细腻，也给了他雄心勃勃的追求与向往；成就了他的智慧和乖巧，不幸也使他染上了某些狷介与小气。再说他的家境，那是个"一头沉"的小教师之家，濡染了他的对于文化的极度崇尚，当然也让他尝到了谋生度日中的种种艰辛，所以在喜爱文化的同时，他也非常爱钱。他从小个头低矮，不受人重视，酿就了他的胆小怕事、喜欢独处和静思的习性，迁想、移情、幻化，便成了他的个性化思维特征。这一切，都属于"先天"的成因，至于以后的文化与文明在他身上的修造，加减与取舍，肯定也会有许多的变化，但却不会与那与生俱来的大模样相去甚远。总而言之，我眼里的贾平凹，既是一个普通而平实的贾平凹，又是一个独特而神奇的贾平凹，他在人神之间，也在人鬼之间，却绝对不会在人妖之间，因为不管他有什么缺点，他的天才、勤苦、大善良，是毋庸置疑的。他的这些，我将试图在这本书里去努力展示。

　　我与贾平凹结识于 20 世纪 70 年代末，到了 80 年代，我们就相交甚笃了。在他回商洛体验生活的那段日子里，我们曾形影不离。他曾说过："我们是白天里穿乡过寨，天黑了在小旅馆或农民家里投宿，分别趴在床沿上写见闻笔录……然后就去买酒，有一次夜深了商店关门，在卫生站买了咳嗽糖浆划着拳喝……那时候我们是多么青春，狂热文学，放浪生命，在人生最单纯而欢乐的阶段建立了长久的友谊。"但在后来，他的名气渐大，身旁围拢的人越来越多，甚至到了水泄不通的程度，我便主动退避三舍，与他的来往渐渐稀少。再说，每个人的朋友的交替更叠，也属一种再正常不过的情形，我宁愿与他保持淡淡如水的君子之交，有了事就说事，没事便各忙各的。所以，当出版界朋友约我写有关他的书时，我心情复杂，为写与不写犹豫良久，但最终还是写了。几年前，《贾平凹透视》出版后，有读者在网上留言，将我归入了贾先生的吹鼓手行列，我并不以为然，因为我坚信我是个敢于说真话的人，有人不相信我说的有关贾平凹的话是真话，说明他更需了解贾平凹。这本《见证贾平凹》，不仅对"透视"做了全面修订，还新增补了三个章节五万余言，将贾氏的创作与生活，讲述至2011年《古炉》出版时。所述之言，均为耳闻目睹。一言以蔽之，我力求向读者介绍一个尽量具体的贾平凹。

目前，国内外已有了多家专门研究贾平凹的机构，虽均非官办，却也多具实力。相信有关贾平凹的研究，会越来越贴近事实，贴近学理。我不是贾平凹研究专家，但我与他曾经耳鬓厮磨，无话不谈；他的家族与亲朋，我也是十分地熟悉。知我的朋友们都知道，鼓捣阿谀奉迎之类文字，不合我的秉性和做人原则，所以我眼里的贾平凹，自以为还是能最大限度接近真实的。

浅悟中国精神

包容，坚韧，和合，中庸。

人问何为中国精神，思忖良久，索检以上八字，疑未全然概之。

于网上随览，见一八旬孤寡老妪，佝偻着腰颤巍巍满地拾荒，可怜她，是在为逝去的儿子偿还看病的欠债。恍然有悟，这不就是中国精神么？

携小女上街买菜，至小巷，见那打烧饼者，记得 30 年前即在此，如今依旧，躬身，啪的一声脆响，将擀好的面饼扣向铁锅，小擀杖尚辅以喀啦啦颤音；再往前，又见那鞋匠，30 年前便在遮阳伞下，今亦如故。随想，风霜雨雪，寒来暑去，烧饼已打多少？鞋子已修几双？他们恒守如一，往复常律，这其中，难道没有中国精神？

回家操起电视遥控，随意搜至一台，正播出《亮剑》，想，该剧所宣扬的"亮剑"精神，不也属中国精神之一种？

夜静，在案头信手翻阅，发现我们所言之中国精神，其实早已蕴藏在了中国的方块字里。故使思维漫漶开来……

耸入天际的喜马拉雅，依次降递的昆仑雪山，孕育了黄河长江。祖先们面对的，要么洪荒遍野，浊浪排空；要么干旱连年，赤地千里。严酷的生存环境，哪比得温柔的地中海？于是，造就了先祖血脉中的禀赋：敬畏自然，含蓄容纳；讲求和合，追寻中庸；由天人顺应，至天人合一。在漫漫岁月中，伴斗转星移，坚强顽韧，不断进取，克己复礼，生生不息。从尧、舜、禹，到老、庄、孔，实践、总结并提炼出了中国人应有的基本精神。这也是区别于异域其他民族的特有精神。之后的一切，便是在此基础上的绵延承袭。倒是应该审计，在传承之路上，我们已经丢失了多少？

愚见，若以物象而喻，中国精神更趋于水，乃黄河长江一类，衔远山，吞众溪，穿谷越野，川流不息，直奔汪洋。老子言"上善"，即喻其"若水"。观山水相依，明仁智双修。火，显然不能盖之；雷电风雨，亦不宜与之相喻。

体现于具体人物，会发现，上至三皇五帝，下至黎民百姓，凡这片土地上生息的龙的传人，身上无不浸染了中国精神。再往后数，不仅屈原身上有中国精神，如愚公般的代代劳动者，均有中国精神；荆轲、田横、公孙杵臼等人有中国精神，其实李鸿章身上也有中国精神；钱学森、袁隆平等等，凡一切为中国进步而做出贡献的杰出人物，更彰显了鲜明的中国精神。

尝曰，观其像不像个中国人，就看其身上有无中国精神。换言之，要做个堂堂正正的中国人，就需有鲜明的中国精神。中国精神，既不同于罗马精神，亦不同于印度精神；既非日耳曼的纳粹精神，更非小东瀛的武士道精神！此精神，就是纯正的中国味，乃东方文化之结晶，博大而崇高，与天地相和谐，最能代表优秀文化。如今有人鼓呼彰显，不属标新立异，愿国人常觉常醒，使精神不死，让中国永生！

诗来诗往

在西安城，在我的朋友圈中，有一批喜欢写古体诗的人。常以诗会友，诗来诗往者约有刘炜评、王锋、周晓鹿、丁斯、赵熊、方英文、姚敏杰、李芳民等十几位。如今，以手机短信为媒，非常方便，滴滴一响，一首七律或七绝就过来了。读罢，有时心领神会，有时莞尔一笑，有时拍案叫绝。

我以为，这种以诗为媒的交流，实在是值得大加赞赏的雅好，此乃传播中国传统文化、继承与沿袭国风的有益之举！可谓弘扬国粹的一种新风尚。

中国是一个诗的国度。从诗经开始，到楚骚汉赋，奠定了诗国的基础。到了整整一个唐朝，从初、至盛、及晚，几乎全是以诗贯穿的。这风尚，一直延续到清末民初。就连清朝的几位建树卓著的皇帝，虽也想顽持满人风节，但却对汉文化崇尚有加，对汉字的表达魅力更是五体投地，仅康、乾二人，就写有近万首格律诗词。可见中国传统的诗风，真有着玩味无尽的妙处。"五四"以后，随着白话文运动的兴起，喜欢写古体诗的人愈见稀少，虽然还遗留了一些诗词大家，但在识文断字者中所占的比例，应属凤毛麟角了。现在的中小学以及大学课本中，也选有一部分古诗词，但从来不见谁人在考试中，会以一二首古体诗作为答卷。如果真的这样做了，老师也不会给予分数。记得在上戏读书时，一次考试，老师让我们针对一位剧作家新编的《武松杀嫂》写一篇剧评，我心血来潮，标新立异，用了元曲连缀体写了卷子，先是"混江龙"，再接"油葫芦"，又续"仙侣·点绛唇"。毕了自鸣得意。可老师虽在事后也给予了表扬，但最终只给了 60 分的及格成绩而已。关于传统诗风的式微，大概应始于西学东渐和白话文运动。我想，西方的好东西，我们是应该学习的，但是我们自己的好东西，也不应丢弃呀！这种对于诗词国粹的轻视与遗忘，说轻了，是对传统文化的漠视；说重了，是对国风国体的丢失。家有风，国亦有风，一个国家的文化不看重自己的个性风格，那么这个国家的国体也必将被损。现今世界，随着科技发达与物质繁荣，物欲横流，利字当先，人们贪娱享乐，急功近利，而思想飘忽空洞，灵魂游弋甚至卑微，以及心理空间的狭隘，所谓世风日下之象，是愈来愈加显著了。日子看来好过，心灵却愈显逼仄。说到底，是民性中缺少了诗性。

尽管王国维也曾说过："凡一代有一代之文学。楚之骚，汉之赋，六代之骈语，唐之诗，宋之词，元之曲，皆所谓一代之文学而后世莫能继焉者。"然余以为，楚骚汉赋、宋词元曲，虽形式有异，而魂魄不断的，仍为一脉诗情。诗性，一直是中国的文化内核需要外化或呈现的重要载体，因为有了长期的诗的浸淫，甚至已经形成了中国人文化生活的浑圆宇宙。失去诗性，便失去了中国人看世界的独特眼光，中国人的文化心理轨迹也就会变得茫然无序。不错，西方也有西方的诗，并能伴随而产生滑稽与幽默，开放了西方人的思维，有利于冒险与探索。但真能让文字做到字字珠玑的，也许只有中国的方块字了。这不仅历练了国人思维的缜密，而且自中国的象形字诞生，也便为中国人安上了有别于其他民族的独特的想象翅膀。随物赋形，以形写意，迁想妙得。个中趣味，是其他语言所不能的。即便在目下，古体诗虽显式微，但我想，中国的戏曲尚未消亡，中国的书法和国画还在流行，那么，中国的诗词就该与之共生，并一同创造新的辉煌。

前文引用唐初刘希夷《代悲白头翁》中，有"年年岁岁花相似，岁岁年年人不同"的名句，相传因争抢此句的原创版权，曾出过命案。再反复细品杜甫的"无边落木萧萧下，不尽长江滚滚来"，真可谓上天赐赠的妙句。那些经典诗句，已将中国的汉字表达，玩味到了至高境界。那些数不清且脍炙人口的唐宋名句，被人们诵之不竭、品味无尽，那些好诗，怡悦与滋润着多少后来文化人的曼妙心田。这些诗，和中国的琴棋书画，并与中国的菜肴一样，共同彪炳着我们的优秀文化，实在是不可丢弃的国宝呀！

我的西安朋友的诗来诗往之好，大约始于2004年那场雪后，记不清是谁，先写了一首咏雪的诗，引来了几十位诗友的唱和，被刘炜评收集起来，并以文字形式记录存留。后来，或逢年过节，或因事有感，乃或席间即兴，凡一人出句，必有多人唱和。方英文赴汉阴挂职，越秦岭偶得佳句，引得炜评、王锋诗性大发；王锋患胆结石切了胆，炜评拔了牙，这些生活琐事，也以诗为怀，抒发感受，同样有人唱和不已。这其中，以炜评与王锋诗兴最浓，隔三岔五，就有诗来，逼着其他人不得不痒。菊花赋诗夺魁首，海棠起社斗清新。若要真成立诗社，当推他们二人为长。想起农村的村社，自乐班也罢，社火队也罢，总是会有一两个热心好事者，才能使活动得以开展。此为引教，若一个村子出了几个编席的把式，引教得一村人都编席，这便是风尚的形成吧。写诗的队伍，眼看在壮大：合阳人端木公，身居深圳，也加入其中了；江苏的大徐，也不请自来。炜评还发展了两位年轻人，一男一女，我谓之金童玉女，古诗词功力不凡，早让我刮目相看了。

我有诗心，却乏诗力，短板是不懂平仄，怨恨幼时未将汉语拼音学好，常弄不清四声关系。但我想慢慢补学，让自己也能跟上这支队伍。因为我深深觉得，此风，乃雅风也，有了这种嗜好，比天天打麻将不知强多少倍。即便偶尔打打麻将，也不要忘了写诗、读诗，不至因丢失诗性而活得寡淡。希望这诗来诗往之风，真能蔚然成风！

黄梅戏《小辞店》赏析

　　《小辞店》是黄梅戏的传统小戏，解放前就由著名黄梅戏表演艺术家严凤英唱红长江中游沿岸的诸多码头，后来被各团名角不断演绎完善，成为该剧种的代表性保留剧目之一。这是一出只有两个人物的小戏，如同秦腔里的《张连卖布》、花鼓戏的《夫妻观灯》等一样，具有浓厚的民间小戏风格。

　　《小辞店》的故事情节非常简单，讲的是开客店的柳凤英，年轻貌美，乖觉灵秀，情感世界又极为丰富，然而她的婚姻却非常不幸。旧时的婚姻，一定是包办而成的"布袋卖猫"式组合。这一点虽在剧情中并未交代，但她与客人蔡鸣凤的红杏出墙，就从侧面得以有力佐证。柳凤英"正人君子也不爱"，也不贪富豪客有钱有财，前来住店的客"人山人海"，她却偏偏看中了黄州来的客人蔡鸣凤，忍禁不住的情火，使她瞒着公婆和丈夫，与其私配了"鸾俦"。这在封建时期，是何等大逆不道啊，然而正所谓色胆包天，她还是跨越了雷池，做出了越轨之事。但在观众眼里，对其并无猥亵睥睨之感，反而看到的是柳凤英大胆追求自由的勇气，更还有对于爱的执着。该剧之所以在那个年代就被人们喜爱，不单是具有人性解放的心理暗流涌动，还在于柳凤英这一人物性格的鲜明、生动、可爱。她爱上了客人蔡鸣凤，但毕竟只能是"露水夫妻"。这天，客人终于要走了，于是，戏就从这里开始。短短二十几分钟的小戏，就全然集中在了一个"别"字上，制造了易于抒情的良好戏剧情境。多情自古伤离别，通过离别时的痛楚，把一个"情"字演绎得酣畅淋漓。这种离情别绪，不仅属于文人墨客、仕途官宦，普通的劳苦大众也同样感同身受。《小辞店》中的柳凤英，就是其中一个极具典型性的人物。

戏是从一种甚为欢喜的氛围开始的，而这种喜悦的氛围铺垫，也是为了衬托后面那忧的悲切，是谓以喜衬忧。看吧，正是春暖花开，女主角开场唱道：

花开花放花花世界

艳阳天春光好百鸟飞来

柳凤英在十字街做买做卖

有一位大方客送我一块招牌

上写着四个字绅商学界

下写着四个字仕官行台

烟丝瓜子门前摆

带卖麻糖带卖草鞋

到春来宿的是芜湖南京上海

到夏来宿的是宿松望江石牌

到秋来宿的是桐城岳西一带

到冬来宿的是徽州屯溪石台

奴店中来往的客人山人海

哪一个不想我除非是个痴呆

就是那正人君子奴心也不爱

就是那富豪客小女子也不贪财

也只有蔡客人令人可爱

瞒公婆与丈夫私配鸾偕

掸掸灰尘哥房踩

又只见蔡郎哥收账回来

往日里回店来笑容面带

今日里为什么愁眉不开

解不开其中意打坐哥哥一块

蔡郎冤家心腹上的哥，哥哥奴的客

有什么心腹话对妹说来

这段唱，开门见山，点出了季节、环境、人物心情，交代了人物的身份及幕前就已发生的故事。在这平实而生动朴质的叙述性唱段中，配角演员，她所心爱的蔡郎哥哥就上场了，因见他与往日大不相同，一副愁眉不开的样子，于是戏剧冲突也就此展开。

这段有着 24 句的唱腔，写出来似乎冗长，但用黄梅戏那既婉约又明快的调子唱出，一点也不嫌冗。特别是唱词写得生动朴实、生活气息浓厚，生活质感强烈，情景转换自如，言之有物，活灵活现，就有了优美动听的吸引力而毫无拖赘感。你看，前八句的信息容量为：花开鸟鸣，良辰美景，柳凤英心情愉快地做着开店营生。她笑迎绅商学界、善待仕官行台，并带卖些烟丝、瓜子、麻糖、草鞋等小商品。只这么轻轻一勾描，便让观众有了逼真的生活具象与画面质感。接下来用了四个排比句，以春夏秋冬说事，表明来店投宿者大凡哪路客人，列举了芜湖、南京、上海、宿松、望江、石牌、桐城、岳西几个地名。谁也不会苛求指责，追究非得在春日里歇着上海客？秋日里一定只有桐城客住店？这里的春夏秋冬，分明是虚写，谓指一年四季，此乃一切民间艺术中的常用手法，比如各地民歌中的表现相思，就常常使用春、夏、秋、冬四季里如何思念心上人的手法。有时还采用十二个月来排序，从正月起始，直唱到腊月如何，以此来表述时光流逝而相思无尽。在将时光虚写的同时，对于地名又采用了绝对写实，如此虚实结合，无形中增添了逼真感和地域特色，使黄梅戏流行区的那一带观众，徒增熟悉亲切感。在做足了这般铺垫后，又将话锋突转，紧接着唱出："奴店中来往的客，人山人海；哪一个不想我除非是个痴呆。"仅此一句，就把柳氏其人的美丽动人和盘托出，让人不禁联想，这开店的娘子呀，一定是人见人爱的万人迷了。若加上扮演此角的演员扮相姣好、声腔诱人、表演生动，必会拨动观众心弦，吸引其眼球与耳膜，使之心旌摇曳。在后面的几句唱中，道出了她与蔡郎的关系，点明配角此刻的心绪形容，为后面将要发生的戏埋下伏笔。尤其是最后两句："蔡郎冤家心腹上的哥，哥哥奴的客，有什么心腹话对妹说来。"唱得奴、嗲、亲昵，露出几分娇，活脱脱将人物性格和可爱形象全然展露了出来。

当得知蔡郎要走，戏剧情绪转化了，二人展开了一段对唱：

柳：蔡郎哥哥他要走

　　绝了妹妹的路

　　忍住了伤心泪

　　来把我的哥哥求

　　要骂就开口

　　要打就伸手

　　哥哥你不能走

　　撇下妹妹没有活头

蔡：妹妹待我情义厚

　　知心话儿听从头

　　月亮有圆也有缺

　　露水夫妻怎到头

柳：蔡郎哥哥他要走

　　妹妹实难留

　　手拉哥哥手

　　哥哥你听从头

　　妹妹不怕名声臭

生意买卖也能丢

要走我们一道走

跟我哥哥回黄州

蔡：妹妹是个聪明人

一时聪明一时糊涂

舌头底下压死人

走遍天下难出头

柳：心上人儿一心要走

伤心泪儿止不住流

肠断心也碎，来把哥哥求

随哥转回家，恩爱到白头

百分情义给她九十九

留下一分解我忧愁

蔡：妹妹待我情义厚

永生永世记心头

我两人离心不离

一颗心永伴妹妹游

这段对唱，几乎完全采用了民歌形式，很像陕北民歌中的某些唱段。情真意切，死死活活，坚贞不弃，把那爱的炽热，推到了不顾一切的程度。民间戏剧的唱词，韵脚虽也来得自然，很注重口语化，但有时有个别字韵重复使用的现象，这在专家正剧的编写中是很少出现的。比如《西厢记》或《牡丹亭》，就决然不会像该剧中那样将一个"头"字去做那般使用。倘若出现重复或叠用，那必是讲究了严格对仗，乃有意而为，是为制造奇异效果的。而民间戏剧在此方面则相对宽松，不甚苛求，只要情绪表达生动、准确即可。

在这段对唱中，人物的内心矛盾得以充分展示，情感经过了反复揉搓，柳凤英已经做了最大退让，宁愿将"百分情义给她九十九，留下一分解我忧愁"。即便如此，而最后的结局仍是不能长相厮守，分离便成定局，于是，就引出了下来的那段感人肺腑，也是全剧最重要的高潮唱段来：

来来来……

上前逮住了客人的手

叙一叙你我当初

曾记得客人哥店前一走

肩背包裹手拿雨伞口叫投宿

我将客人迎进店后

亲手倒杯香茶问哥哥的情由

彼时间问哥哥何事为路

你说道贩翠花苏杭二州

我问客人父母高堂可有

你说道二爹娘早把我的哥丢

我问客人昆仲有几首

你说道无有弟兄独占鳌头

我问客人妻房可有

扯谎的鬼哎——

你说道无有妻子在江湖上漂流

我看客人为人忠厚

瞒公婆和丈夫私配鸳俦

实指望我们配夫妻天长地久，夫喂——

未想到狠心人要将我抛丢

你好比那顺风船扯篷就走

我好比波浪中无舵之舟

你好比春三月发青的杨柳

我好比路旁的草哪有日子出头

你好比屋檐水不得长久

天未晴路未干水就断流

哥去后妹好比风筝失手

哥去后妹好比雁落在孤洲

哥去后妹好比霜打杨柳

哥去后妹好比望月犀牛

哥要学韩湘子常把妻渡

且莫学陈世美不认香莲女流

哥要学松柏木四季长久

且莫学荒地草有春无秋

哥要学红灯笼照前照后

且莫学蜡烛芯点不到头

为我的哥哥娘家路三年少走

我为哥与亲戚朋友们做下了对头

我为哥与公婆常常角口

我为哥挨了丈夫多少拳头

千诉万诉诉不清楚

我好比搭上了强盗的船错在当初

唱戏唱戏，戏是唱出来的。在这出小戏里，几乎只有三五句对白，而所有的戏剧故事演绎，基本上全靠唱段完成。该剧的唱段只有三部分：一是柳凤英开场的那段"花开花放花花世界"；二是二人的对唱；其三，就是"来来来"这板四十多句的重点唱段了。这段唱把剧情唱到了高潮，把人物情感唱到了高潮，使人物性格也得以充分展示，于是戛然而止，戏的使命完成了，戏也及时收场。

说实话，《小辞店》也就是靠了"来来来……"这板感人肺腑的优秀唱段，才得以经久不衰地流传下来。这段唱词很自然地选用了"由求"韵，抑扬顿挫，对仗自如，朗朗上口，朴实生动，真切感人。开口，采用了"来来来"的呼唤式切入，然后就"逮"住了哥哥的手，开始了倒叙式讲述。这讲述，是通过问和答实现的，几个"我问客人"，几个"你说道"，便把当初的情景活灵活现地表述出来了。问到最后，插进一句："扯谎的鬼哎——"这句类似于哭白的哀叹，是当初的祸根，也是戏眼，是这场悲剧的发源，也是矛盾的焦点和人物恍然明白的转折点，其中有怨恨，有心痛，也有无奈，蕴含颇丰。在两人"生米做成熟饭"之后，剧作者并未去描写两人的鱼欢之好，一点也不正面透漏，而将笔触直接转向离别后将会造成的莫大痛苦上，以此来映衬那种必然的美好，给观众留下想象空间。茫茫人海，相见难，别更难啊！相见是美好的，离别却痛苦无限；相见是缘，离别却少不了怨。哥哥，你走了，往后我会是什么样子呢？唱词里连续使用了九个"好比"。开始时是你好比什么，我好比什么，到后来就只剩"妹好比"了，妹妹好比什么呢？好比风筝失手、雁落孤洲、霜打杨柳、望月犀牛。这种排比式叠加，让那种凄苦的痛楚如雨点般敲击，仿佛影视画面的连续闪回，不断叩击观众心扉，有一种语不感人誓不休的劲头，确能收到感人至深的效果。"好比"使用完了，又情意缠绵地转向了叮嘱，劝哥哥要学什么和莫学什么，用的也是生动比喻的手法。接着，讲述了"我"为了与哥哥相好而付出的代价，众叛亲离，甚至被丈夫拳脚相加。这一切，是诉也诉不尽说也说不完的呀，最后又回归到一个"好比"上，一言以蔽之，归结为"我好比搭上了强盗的船错在当初"。算起来，这就是整整十个"好比"了。余以为，这最后一个比喻，将其喻作"强盗的船"，算不得十分恰切，但作者的意思也明白敞晓，意思是搭错了车，上错了船，既有今日，一切都归罪于当初了。这便是一种无奈之怨，怨恨中，情义还在绵延。

可以试问，剧作者何以要在此大胆连用那么多的"好比"呢？这是一种移情，一种迁想。但凡中国的一切艺术，都禁忌正面描写，是谓"随物

【漫议篇】黄梅戏《小辞店》赏析

279

赋形，以形写意，迁想妙得"，亦所谓曲径通幽。当要描述甲事物的某种形态时，往往要由此及彼，再由彼射此，通过乙事物、丁事物、丙事物，及至与那甲事物有同构关联的一切其他事物，来关照、影射、反衬所要描述的事物状态。简明在《诗客诗论》中说："比喻的意义不在于一个事物拟指了另一个事物，而在于唤醒或激活了两种毫不相干的事物之间的神奇联系。"中国是一个诗的国度，诗中首先就讲比兴，不比不喻，就事论事，不仅什么也说不清楚，而且就没了诗意，不成艺术。这一比一喻的过程，所产生的路途距离，也就成了情感的旅行游历，人们随之走过，通过同感，引起通感，唤起个人的生命阅历和自怜情结，使其思想、情感、经验，得到又一次刷新。这便完成了艺术寓教于乐的目的。所以作者要采取这种抛出去又收回来的手法，在全剧实现起承转合，在每一唱段中也实施起承转合。通俗地讲，就是引领人们（观众、读者）去转一圈，领进去，引出来，绾一个环，结一个扣，再去自自然然地解开，最终就完成了一个艺术的体验过程，这实质上也就是一切艺术作品的创作路径。

唱词好，曲子也要好。《小辞店》的生动唱词，用黄梅戏那优美音乐去承载，水乳交融，相得益彰。加上该剧种的诸多名角在演出实践中不断完善，赋予其诱人的演唱和表演，已使这出小戏显得浑然天成了。我们引用的这个版本，就是安庆黄梅剧团韩再芬的演出本，另还有李文等人的演出本，在个别字句上稍有不同。李文、韩再芬等人的演唱，各具特色，风格小异，但都发扬了严凤英的艺术基调，能够引人入胜。各个地方剧种的优秀民间小戏，之所以堪称优秀，也都能与其地方音乐结合得天衣无缝。再则，之所以称为民间小戏，那首先是戏剧的内部精神所具有的人民性，是其贴近下层、贴近百姓生活的显著特征，以及在风格上的自然淳朴、禁忌华丽辞藻等追求，做到了言百姓事、抒百姓情、说百姓话、给百姓看，具备了这些，才能成为百姓拥戴的好的民间戏剧。

我曾想，严凤英当年因演了《小辞店》里的柳凤英，而被一地方恶霸看中，那恶霸强取豪夺，意欲霸占。且不说那恶人的无道，却也从侧面说明，这出戏好，严凤英也演得好，是这两方面的魅力之和，勾起了那恶人的欲火，招致了那场祸患。严凤英因《小辞店》唱红而得福，也因此惹祸。好一个苦命的剧里剧外的"凤英"女啊！

我们一些业余戏剧作者写戏，首先是不懂得如何截取生活事件，即不知谋篇布局。学习和揣摩《小辞店》的做法，会觉得创作并不难，关键是找到了开锁的钥匙，打开生活的库门，得其窍道，即可驾轻就熟。该剧的特点就是将事件选在了一个"别"字上，写两个有情人的分离时刻，通过辞别的焦点，往两头延伸，虚写辞别前与辞别后，便成就了"辞店"全剧。因为将"点"选准了，也易于制造出戏剧情境来，而在良好的戏剧情境中，也才能充分使用生动的唱腔去抒发。如果戏剧情境制造不好，观众不揪心，再好的唱段也就成了无的之矢，派不上用场了。至于唱词如何写，我们在前边针对此剧已做了较详尽的剖析，在此不再赘言。再说，写好唱词也是冰冻三尺，非一日之寒，要靠博学苦练才行。总之，我剖析《小辞店》的目的，是想让我们的业余剧作者注意向优秀的民间小戏学习，领悟其法度，提高自己的写作能力。

评剧《花为媒》报花名浅赏兼谈其他

评剧《花为媒》，名剧也！其中的"报花名"一折，更是脍炙人口，被众多戏迷喜爱而赞叹不绝。这段戏好在哪里？余反复盘算琢磨，感到真是"天生地造"的精品。平实中不乏优雅的唱词，配合以评剧那独特的音乐旋律，结合得严丝合缝，加上新凤霞与赵丽蓉的个性化和创造性表演，使这出戏玉成精美绝伦一版，为后来的评剧艺人们效法之模，而盖莫能超也。

性格倔犟可人的闺中女张五可，爱慕公子王俊卿，但王俊卿心媛表妹李月娥，媒婆阮妈为串合姻缘，使双双成其好事，欲把五可介绍于贾生，将其骗至花园相见，而贾生迟迟未至，阮妈为拖延时间，缠着五可让其报花名，这段美妙的戏剧便由此开始。

张五可哪有心思报什么花名啊，"你想听报花名？姑娘今日不高兴！"这句话从新凤霞口中出来，嗲中带快脆，娇中含决绝，活，美，鲜明，贴切人物，是他人所难以模仿的。而赵丽蓉饰的阮妈，也冒出了富于特色的一句："别看我活了这么大岁数，啥时开啥花，我愣是不知道。"苍苍的嗓音，丑丑的容貌，持一杆长长的旱烟锅，将一个"愣"字突出强调，顿生喜剧效果。拗不过阮妈纠缠，当然也想显一显姑娘的本事，于是就报开了花名。先来两句白口："花开四季皆应景，均是天生地造成。"这是引子，也是传统戏曲中的常用手法和程式，但这里用得活而不僵，突出了姑娘的柔美与雅兴，不比花脸式的愣倔。接下来呼唱："阮妈妈呀……"，就此正式叫板。然弦索刚刚响动，妙的是阮妈抢先见缝插针嵌入一句："他怎么还不来呀……"。显然，阮妈也不想听什么报花名，她的心思在于等人。也为后边的插唱埋下伏笔，预定基调。

张五可从春季开唱：

春季里风吹万物生，

花红叶绿草青青。

桃花艳，李花浓，杏花茂盛，

扑人面的杨花飞满城。

阮妈插唱：

你再报夏季给我听。

张五可又唱：

夏季里端阳五月天，

火红的石榴白玉簪。

爱它一阵黄呀黄昏雨，

出水的荷花，亭亭玉立在晚风前。

阮妈总结一句：

都是那个并蒂莲！（寓意，双关，暗示，言外之意，也尽含其中）

五可再唱：

秋季里天高气转凉，

登高赏菊过重阳。

枫叶流丹就在那秋山上，

丹桂飘飘分外香。

阮妈用自己的见解概括：

朵朵都是黄啊！

张五可唱到了冬季：

冬季里，雪纷纷，

梅花雪里显精神。

水仙在案头添风韵，

迎春花开一片金。

冬去春自来，阮妈唱出大实话：

转眼是新春。

五可将春夏秋冬的花儿唱完了，忽然感慨良多，猛想起自身遭遇，话

锋一转：

我一言说不尽，

春夏秋冬花似锦。

叫阮妈，

却怎么还有不爱花的人？

阮妈故作不知，挑逗，反问：

能有这样的人？

张五可发牢骚了，埋怨的自然是不解她心的王俊卿，姑娘我如此姣好，

你有什么弹嫌？她语速入泻，不吐不快：

爱花的人，惜花护花把花养，

恨花的人，厌花骂花把花伤！

牡丹本是花中王，

花中的仙子压群芳。

百花相比无颜色，

他偏说牡丹虽美花不香。

玫瑰花开香又美，

他又说玫瑰有刺扎得慌。

好花哪怕众人讲，

经风经雨分外香。

大风吹倒了梧桐树，

自有旁人论短长。

虽然是满园花好无心赏，

阮妈你带路我要回绣房。

五可躁了，没心情了，阮妈赶紧阻拦。她再想不出什么主意来打岔，提出自己也要报花名。五可笑了，轻视中略带睥睨与疑惑：你也会报花名？但阮妈按照自己的见识与生活经验，癞蛤蟆支桌子，硬是就报开了。于是接下来的风趣幽默，如薛蟠作诗，自然便有了另一番喜剧效果。

阮妈唱：正月里开迎春十四五六。五可插问：正月里哪来的六啊？阮妈说有，却想不出来，一急，冒出一句：六月六看谷秀，春打的六九头。她乱绕圈子，绕到了六月，可是终于又回到正月了，观众刚刚为之小忧，紧接着就释怀，于是生会心一笑。这里也有"弄险"手法时时暗埋。如接着唱道：二月里开杏花，杏子如豆。怎么又出了个"豆"呢？五可说错了，连着反驳，阮妈坚持说没错，又急忙反不上来，终于"急中生智"：豆腐脑就切糕还有两个大馒头。再听接下来的唱：

三月里开桃花清明以后，后甥子去上坟哭他的舅舅。

四月里开梨花大雨没下透，下不透种高粱尽出些稂头。

五月里开石榴，锅底漏，漏了锅洒了米没有法子熬粥。

六月里开荷花，荷莲生藕，藕坑里去摸鱼……（五可连问阮妈你摸什么呀？）阮妈忙着应对那个迟来的相亲人贾生，慌乱中接唱：摸了一个大泥鳅。（这里又能引发观众的诸多联想）

那个贾生终于来了，因阮妈并未说明让五可会见的是贾公子，贾公子也只知要来相亲，又不晓五可的内情。阮妈还得周旋。她既要藏掖贾生，又得应对五可，还要想着报花名，于是就笑料百出。

阮妈的报花名，用陕西话说就是"胡然面馆子"。但这种"胡然"里，又充满了生活气息，反应的尽是劳苦人的生活际遇，如"看谷秀""种高梁""锅底漏""摸泥鳅"等，均为农村生活场景，与赏花观花似不搭界，其认知和所见，在情急中、在规定情境中或有机或无机地串接在一起，既有智慧，又有憨朴，表层混乱，内里合情，便有笑料迭出。媒婆，历来是戏剧中的喜剧人物，但阮妈这个人物，作者并未赋予贬意，而是增加了其可爱成分。如果说张五可的报花名中具有雅的意味，那么阮妈的报花名中就极具俗的色彩。雅俗并陈，鲜明对比，既从人物性格出发，又符合人物塑造之需，且收雅俗共赏之效，是谓完美的艺术创造格局。

《花为媒》是评剧创始人、评剧表演艺术家成兆才的代表作之一。其名作还有《杨三姐告状》等等。成兆才（1874—1929），滦州（今唐山滦县一带）人，苦出身，没上过学，只靠在私塾窗外偷窥而认得些字，后自学成才。他自幼聪慧，艺赋天成，童年即学唱莲花落，后入艺班游走江湖，在坎坷多难、流离颠沛的演艺生涯中，把原属民间曲艺形式的地方说唱，演义为评剧这一剧种。他能演戏，通音律，会多种乐器演奏。一身艺术细胞的他，加上苦难遭遇纷至沓来、生死离别应接不暇的生活经历，练就了他的顽忍与达观，他将复杂而多元的人生感悟注入戏剧，虽只活了55岁，一生却留下了上百出戏剧作品，成就了评剧这一艺术形式，为中国戏剧舞台留下一份不动产。知其身世后，我对其敬仰迭迭。

由于身世所致，你看成先生的作品，在雅与俗的比例分布方面，通俗总是居多。而且写到通俗处，似乎更显得心应手。比如张五可的报花名，他是极力想雅的，虽也入情入理，情景交融，但细究起来，还不纯属"雅"的玩法。在韵脚使用上，并未一韵到底；在字词使用上，也并非十分准确周密。如"丹桂飘飘分外香"一句，"飘飘"就不算十分妥帖。"大风吹倒了梧桐树，自有别人论短长"一句，也属随意拈来的句子，合了辙韵之需，少了意义涵盖，不能说是精雕细刻。再明白地说吧，若把成兆才的剧词与田汉的剧词相比，田汉是绝不会那样去写的。田汉为《关汉卿》一剧写的插曲唱段："将碧血，写忠烈，做厉鬼，除逆贼，这血儿啊，化作黄河扬子浪千叠。常与英雄共魂魄，强似写佳人绣户描花叶，学士锦袍趋殿阙，浪子朱窗弄风月……行时节共戴半窗云，坐时节相应一身铁，我与你发不同青心同热，生不同床死同穴……"。此类词语组合，又用了仄声韵，成先生显然写不出来。再比如李少春在京剧《野猪林》里的那段唱："大雪飘，扑人面，朔风阵阵透骨寒。彤云底锁山河暗，疏林冷落备凋残。望家乡，去路远，别妻千里音书断，关山阻隔两心悬……"这类唱词，成先生也许更是不易涉足。一句话，好的、大雅的、有气势的戏剧唱词，更多地是沿用了古词牌的风格，作者的古诗词功力必须深厚。是的，想象成先生也绝然写不出《西厢记》和《牡丹亭》那样的剧词，但阮妈的那段唱，却又是其他任何人也难以创造出来的。因为成先生吸收的，多为民间艺术，是底层老百姓的表述方式。比如他的报花名，就偏重于民歌体。唱四句，让另一角色插一句，有点象"三句半"，也有二人转的一些味道融入。这种创造，亦可谓自成一家。所以，我要表达的意思，首先是深深感到：具体的人，所处的时代，其文化背景、出身、性格、修养等一切因素，会决定一个成功艺术家的艺术创造轨迹，造就该艺术家的创作风格，影响该艺术家的创作成就。正应了马克思所言：人，是环境和条件的产物。

我还想表达一个意思，那就是戏剧艺术在生产过程中有一种独特现象，这便是：假如能集编、导、演于一身，方能更有益于优秀作品的诞生。比如元杂剧里的许多优秀剧本，只合案头阅读，舞台演出困难多多，因那剧本，多是未能中举、没做成官的落魄文人，借助此种形式的自我抒发。唯关汉卿不同，他是"浪子班头，梨园领袖"，在勾栏里生活着，并培养了像珠帘秀等人那样的表演艺术家，所以他的剧本，就更能适合舞台演出，其生命力也更显强盛。成兆才也生活在艺班里，他培养了艺人月明珠，这显然为他的艺术实践提供了便利。我想，成兆才实际上就是不同时代的、缩小版的、评剧界的关汉卿，所以他有他的成功。引申到陕西戏剧，当年易俗社的孙仁玉，能有那么多剧本至今活在舞台，因了他就是易俗社的创办人之一，就生活在班社里；省戏曲研究院能出《梁秋燕》《两颗铃》等作品，编剧马健翎、黄俊耀分别就是先后的院长身份；如今研究院有《迟开的玫瑰》《西京故事》等优秀剧作，编剧陈彦就是演员出身的现任院长；商洛的《屠夫状元》《六斤县长》等戏的成功，也因了陈正庆、田井制、冀福记、刘安民等人皆为演员和导演出身，有的还当过多年团长。我们可以试想，成兆才在写《花为媒》那些精彩片段时，首先自己就熟悉评剧的唱腔旋律，落笔不仅仅是写，而是在心中唱出来的。到了排练时，又根据演员的特点和条件，添枝加叶，取长补短，哪一句长了，哪一句短了，哪个字放在此处不便唱出来，随时调整。你一言，我一语，集体打磨。到了演出实践，也还在不断修正，在漫长的戏剧生产中日渐精进。比如张五可后边在洞房唱的数数儿套路："七十七，八十八，九十九……"，心中没有那样的旋律，就生不出那样的词，也无法卯榫严接而恰如其分。故而，也常有了十年磨一戏之说。所以我认为，对于戏曲艺术的创作者而言，不在戏曲团队里生活，成功者难。这是戏曲艺术的极大综合性决定了的，话剧和电影、电视，也是综合艺术，但较之戏曲，编剧的介入程度可稍低一些。江青当年打造样板戏，那是倾权力之威，强行捏合了各门类艺术家，集思广益的共同创造。

说到这里，我想起我的苦衷。我本是学写戏剧的，但一生都游离于演出团体之外，写了剧本，常在抽屉里藏着，偶尔有人发现，在排练结合时又困难重重，常因见解不合，有许多纠纷，许多伤心事，让我备受困扰而终生难忘。《天狗》的舞台排练和电视拍摄，都曾与导演起过冲突，好朋友也落得不快。

前不久帮人写了一剧，在讨论剧本时就与一资深导演闹得不悦。因我对在场的作曲提出，最好在谱曲时也让我随时参与，起码常能听一听合适否。但那导演仁兄不高兴了，他说，剧本出来，编剧的任务就完成了，下来是作曲的事，再下来是导演和演员的事，这是戏剧生产的流程和规矩，你做编剧的有什么权力干涉作曲？我当时愣了，真不知该怎么反驳。是的，一些戏曲院团的戏曲生产流程确是他说的那般模样，但他忘了，或者根本不懂，一出好的戏曲作品的诞生，戏和曲，那天衣无缝的结合，是首先要完成的创作，是剧本创作的一部分。词曲不分家。京剧《某某某》，绝不是秦腔《某某某》，更不会是黄梅戏《某某某》。一个剧种，自有这个剧种的特点和适宜表现的内容。剧本的打印稿上标上了剧种，编剧和作曲就应有共同的责任，最少编剧要熟悉该剧种独有的表现特征，以便于字、词的使用和巧妙填充、镶嵌。我不懂某些剧种的特色，要求现学，该是不过分的要求吧！矛盾闹了就闹了，不为钱财，为了艺术，我不在意。我伤心的是一些号称权威的艺术家，却并无大家度量和大家见解，其威望，是否靠欺世盗名得来的呢？这里不牵涉人品，我常说，艺术无对错之分，只有高下之别。我更为艺术追求上的高矮见解之争而痛心，什么是最佳，这常是永远也说不清的事。尤其在艺术作品尚未面世的生产过程中，因为此时还未得到广大观众或读者的票数，高下之争，无法判定，最易被庸者拖拽而误入歧途。真知灼见在早期常被视为谬误。啥时我当了官，当了某一艺术部门的决策者，我才能说了算。即便说错，别人也得顺着听。

　　这是戏曲艺术生产中的悲哀。算了，我还是写一点小说、散文、诗歌吧，不说愉悦别人了，起码能愉悦自己！

看吉剧《焦裕禄》

央视 11 套播出的吉剧《焦裕禄》刚刚看罢，忍不住想坐在电脑前记下一点联想。

目前，全党上下都在搞路线教育，吉林省推出的《焦裕禄》，正是时候。焦裕禄出在河南，吉林人在舞台上推出，是他们的原创？还是移植上演？若是原创，这个创作班子去河南的兰考采访和体验生活了吗？戏是不错的，演员齐促，阵容整齐，舞台视觉美观，舞蹈设计入时。吉剧以前很少听到，今日一听，很美。有点评剧的味道，也有二人转的音乐元素。就想了，要搞好这么一台戏，一定需有一个好的文化局长，至少有个好的剧团团长。否则，去采风，去体验，去创作，组织各路人马投入精力排练和打磨，其间的工程量是相当巨大的：费钱、费时间、费周折。搞戏之间的抽扯、纠葛、是非、矛盾，没有一个扛硬的领头人，是摆不平的。没有强大的财力人力支持，是拿不下来的。戏的功夫往往在戏外。我便猜想着他们的整个创作与排练过程，实想前去做一番采访，总结一点经验出来，看看是否对我们的戏曲事业有益。

焦裕禄的事迹众所周知。他是中国人心中无私、崇高、亲民而过硬的最优秀县委书记。但他的事迹，体现在漫长而繁冗的工作事件中。这就引发了我对于戏剧写人物的一点思考。戏剧长于讲故事，多半要有中心事件，而凭借在工作与生活中一点一滴完成形象塑造的焦裕禄，究竟怎么样用戏剧去表现呢？该剧中选了几个点，比如，上任、访贫、平冤、治沙、购粮、抗洪等事件。但这些事件之间，是没有直接关联的。就说人物吧，除了焦裕禄以外，其他众多人物也是不好贯穿始终的。这是戏剧写人物的一大困难。老戏中写人物，往往只写人物的一件事，而很少用串冰糖葫芦的手法。比如写樊梨花，就写《三请樊梨花》；写秦香莲，就写他状告陈世美的那一件事；写《锁麟囊》，就围绕锁麟囊的易主过程，来写薛湘灵等人的命运变迁，借以刻画人物心灵。新戏也一样，写《红灯记》，就写密电码的事和红灯（号志灯）相传的事；《杜鹃山》就写三起三落的闹革命过程；《沙家浜》也只围绕新四军在沙家浜养伤的中心事件来写；《智取威虎山》更典型，就写端掉威虎山那件事。所以我想，既然焦裕禄已经成了名人，不妨就写他的一件事，比如写焦裕禄治沙，或者焦裕禄放粮，这样，事件就集中了，故事性也就强了，戏便好写些。想想也是，如关于诸葛亮的戏就很多，写《空城计》，写《吊孝》，写群英会或祭东风，哪一件，都可以单独成戏。如此说来，焦裕禄的戏也可以写很多折。戏，就是要细，是局部的，不能是《清明上河图》式的全景。

还有一件事，让我不得不将联想记下来。这就是焦裕禄安排从异地购粮以救兰考饥民的事。他带领人民治沙，可群众没啥吃，饥肠辘辘，浮肿病已夺去了好多人的生命。这时，他暗中安排人去尚有余粮的登封县购粮。而此一举，在当时是违反粮食政策的。果然事发，上边追查下来。面对地委调查组的追责，焦裕禄说，共产党就没有让人饿死的政策！有责任，我焦裕禄一人承担！这件事，最能反映焦裕禄一心为民、敢于担当、从实际出发、救民于水火的真共产党员的形象和品格。联想今天的多数官员，哪个能够做到？出了事，先强调按政策执行，按程序办事，根本不管事件的本质是什么，又揭示了什么，反映了什么，代表了什么，共产党最根本的目的是什么。在党的某些政策与所处的实际情形发生冲突时，如今的官员是生硬的使用政策，根本不考虑党的目的，不考虑真理是什么，人民群众的根本利益是什么。他们那样做，一味用条条框框说话，全然只是为了保住自己的乌纱帽。他们想的，是在最后处理和审查阶段，能始终让自己首先站在有利的位置，而实际上，却是将责任推给了党，宁愿在政策不能盖全的漏洞的日积月累中，去破坏党的形象，让人民去骂党，也不去补救，而先让自己逃脱干系。并还会理直气壮地问，我哪里做错了？我是忠实执行着党的政策的。这样的党员，在今天的中国，有多少？而共产党就靠着这样的人在执政，因此党必须下决定解决这个问题。号召学习焦裕禄，只是号召，有的人不学，奈之若何？不能说你不是焦裕禄就别当县委书记，英雄毕竟是少数嘛。

商州有个民营铁矿，矿渣在雨后坍塌，死了几个群众，地方党政与公安一见事情闹大，就只知道一味地抓人，因为不抓人，自己不好向上级交代。抓了矿主，却没人出来拿钱安置死者与赔偿损失，事件就搁置下来。我想如果此事让焦裕禄遇上，他会怎么处理呢？我自己为什么不入党，不做官？因为我想，起码，给共产党当官，吃人家共产党的饭，拿人家的俸禄，享受着人家给予的好处，就要想着党的最终目的是要干什么。即便是受雇于私人老板吧，人家给你开工资，你总需替人家着想，不能干吃谁的饭砸谁的锅的事吧？再说说一些单位评职称的事吧，领导一般不管谁的本事大，谁有真才实学，谁究竟够资格；而是看谁的材料整理得好，凑出的所谓成绩显著，只看所谓"硬杠杠"够不够。忘了评职称的最终目的，究竟是评什么，凭什么？甚或，收受些小恩小惠，就不讲原则了，就把不该的设法变成应该的，将应该的以种种理由变成不应该的或者是遗憾和无奈的。完全以个人利益的需要去运作。捧着政策，戴着正义的面具，干着见不得人的事。这类人，实际上是吃着党的饭，干着砸党的锅之事，而党却看不清这一点。

再一件事，即焦裕禄不让自己的女儿到县委来当打字员，而到街道食品厂去熬酱油。原因是女儿不该是县委书记的女儿。此事若在今天，有人就会问了：县委书记的女儿就不能一视同仁了？我女儿是考上的，我女儿本身就是优秀的，将优秀者放在合适位置并且不是我本人暗箱操作的，有什么不对吗？但焦裕禄不那样做，陈云不那样做，朱德、毛泽东都不那样做。他们当共产党的官，不是为了谋私利、占便宜的。而当今的众多官员，就是为了占便宜的。他们占据了那个位置，就是要将不应该的事想方设法变成合理合法的事，从而使自己占尽便宜。

陕西的郭秀明，是感人的优秀村支书，编成戏曲和话剧，演了几年，就无声无息了。陕西的当官的都看过郭秀明或郭双印，谁还记着学他呢？想起原新华社记者穆青真了不起，是他报道了焦裕禄，使之成为不朽的英雄。雷锋是谁首先报道出来的，不知道，但此人功亦大矣！

最后，我想设问：你说共产党不好吧，什么党好呢？国民党好吗？民盟、民革好吗？他们的那些党里，出过焦裕禄吗？出过孔繁森、杨善洲、邱少云、黄继光、雷锋、王杰等等的好人物吗？最后的答案可能是，没有党也好。几千年来，在没有党的时候，我们就有了孔子、老子，以及张骞、司马迁、霍去病、诸葛亮、苏东坡、岳飞、林则徐等等数不清的英雄人物，同样也感动过我们！我们的民族，是靠我们优秀的民族文化而生生不息、发展壮大的。

修改一首歌词

　　游刃于洛南县城的吴全喜，是几十年的老熟人了。那日携其女来访，眼睛一挤一挤地，不停地发烟，不停地说话。全喜有个本领，他能在轻描淡写中吹捧别人，也会在轻描淡写中炫耀自己。吹捧与炫耀，行云流水般暗藏于貌似不经意间。他对女儿说："拿出来，快拿出来让你叔给看看，这才找到地方了，专家么！"我接过一看，是全喜女儿吴文娜写的一首歌词，洛南县征集县歌的歌词，娃也应征了，试写了一首，想让我看看并予以修改。我大概浏览一遍，只顾说话，就放在了案头。几天后坐进办公室，望着文娜写的歌词，想，这是我的家乡在征集县歌，娃们都参与了，我不能无动于衷吧？于是，在文娜的原稿边上，提笔修改起来。文娜的原词大约是：

哎——

喊一声我的云蒙山，

心头浮起了吉祥的云。

捧一抔我的洛河水，

滚烫了迷醉你的心。

吆——这山雄伟，这水流韵，

这山这水造就了方方中华汉字魂。

结绳记事终了断，

开启文明新纪元。

来寻，来寻中华汉字根。

这样的风格和追求，一共写了三段，我觉得娃还是不太懂得歌词的格律，韵辙也差，应帮其改一改，起码是领个路吧，就在那页纸的另半边写随手写道：

远远望见云蒙山，

胸中乡情起波澜。

掬起一捧洛河水，

恰似甘露润心田。

吆，这山壮观，这水清甜。

在这里方方中华汉字生根源。

结绳记事断，

文明启新端。

来吧，来吧！

来看看仓圣当年石崖留奇观。

登上巍巍云蒙山，

苍碧如翠映眼前。

喝上一口洛河水，

男儿有志闯雄关。

吆，粮丰林茂，锦绣山川。

更有那苍苍千年古柏美名传。

七搂八拃半，

六人抱不严。

来吧，来吧！

来看看清凉夏都绿色生态园。

梦中难忘云蒙山，

苍鹭飞舞松林间。

常怀清清洛河水，

女儿如花养桑蚕。

吆，核桃满树，金堆矿山。

还有那洞天流云仙境乾坤湾。

地在华岳北，

名曰洛水南。

唱不尽秦岭明珠璀璨在明天。

啊——洛南美，美洛南！

随手改了一遍，算是对娃们的帮助，也算对老家尽了衷心。匆忙，顾不得精雕细刻了，先挂在博客，待有时间再做修改。

"夜话"并非温柔乡

　　年事递高,睡眠渐少,老母与濡妻都有伴收音机入睡的习惯,受其影响,我也听起广播来。这些年电视红火,倒把电台的事业冷落了,收音机一响,忽想起广播电台在我们过往岁月里曾是那么举足轻重。幼时,家里那台"红灯"牌箱式收音机,不仅是唯一时髦的奢华家电,且通过其声传播,完成了我难以估量的蒙学教育。红波传万里,飞入百姓家,当年之时事世态、天知地识,以及动听音乐和样板戏那诸多精美唱段,无一不是从中聆听来或学会的。如今打开枕边袖珍收音机,先就有了崇敬感。然而,当我连续收听了几期市台的《长安夜话》和省台的《秦岭夜话》之后,心却一下子凉了。不仅是凉,还如梗在喉,别扭与痛楚已使我不吐不快了。

　　说起"夜话",首先想起《燕山夜话》,那是邓拓先生以马南邨的笔名于 20 世纪 60 年代在《北京晚报》开设的一个杂文栏目,后来集结成书,分五册出版。那些杂文,知识渊博,匡正时弊,悲天悯人。虽因毛泽东在与康生谈话中点名批评,故使邓拓、吴晗、廖沫沙被指为反党"三家村"而一同受到严酷打击,但时过境迁重新审视,《燕山夜话》不失为充满热血和忧患的温情文章。邓拓本属学者型老革命,曾任《晋察冀日报》社长兼总编,其见解与眼光,足以启智民众;其学养与文采,对后学者不无教益。然我们的《长安夜话》与《秦岭夜话》,是谈心与对话类节目,初衷应是好的,亦想启智民众。开设时也许效法了中央人民广播电台或港台等地的类似广播节目(我断然指其有效法之嫌,是判定他们不会有独辟蹊径的创造。——因为水平在哪儿摆着），原本是想建立一个温馨而贴近百姓生活的对话平台，跟进时代，提高收听率，但现在看来，收听率可能还不低，而节目的质量，就实在不敢恭维了！

原以为"夜话"类节目，应是心灵的救助站，是心理疾病的门诊，是氤氲着温馨氛围的救护所，像医院的专家门诊，患者来投，是把健康或生的希望寄予了神圣的大夫，希冀着"妙手回春"的奇迹发生。但我听过的几个"夜话"，却像是"审判台"，像监狱里的训话室，打进电话的听众则像犯人一般，起码像犯了错误的小学生，垂着双手听从老师教训。而且，这"老师"或"警官"，还属于冷酷无情的缺少人性者一类。《长安夜话》曾经有位主持人，有人反映说不错，我的母亲和秋凤姨甚至将其视为"偶像"，甘愿做了其"粉丝"，来西安看儿子时，还有一睹"偶像"尊荣之欲。但我听了其主持，感觉还是缺少温和，显得耐心不足。至于那位姓刘的女主持，就很是糟糕了。有一回，一位失恋的女青年打进电话，大概是着魔般痴恋某男，而那男人之心，早已黄鹤一去，她明知人家另有新欢，还要容忍，甚至甘愿贴钱供养人家二位鱼欢，也想争回一席地位，但怎么也拴不住那男人之心。电话里询问她该怎么办？这位刘姓女主持劝解了几句，怎奈那女青年执迷不悟，后来她就躁了，竟然出言不逊，说："你咋不去死呢？"听到这里，我身上的鸡皮疙瘩一下就起来了。此类现象甚多，对那些糊涂的听众，主持人常用极不耐烦的口吻教训，貌似恨铁不成钢，实则把人不当人，言语冷酷，甚至讽刺挖苦，总以高明者自居，居高临下，对求助者缺少应有的尊重。省台《秦岭夜话》的那位主持人，也和《长安夜话》的主持人不相上下，其口吻和"范儿"基本一致，因为基本素质都相差无几，所以也好不到哪儿去。有几次，正听其节目，我按捺不住也想打电话进去，想郑重批评他们几句，怎奈电话总是打不通。

说实话，我已非常气愤，主持人素养低下，爱心不足，缺少包容之心和悲悯情怀，怎能主持"夜话"类节目呢？天下之人，智愚不等，良莠不齐，善恶参差，灵顿错落，然均在无边苦海里游走；即便智者，也有犯浑之时，而佛的心胸是博大的，不仅能够包容，而且以慈悲为怀，总是慈眉善目地微笑看待芸芸众生，指点迷津，耐心超度，引涉苦海，领航彼岸。我们的"夜话"主持人，是否应有那么一点点佛心呢？我想，电台在创建此类栏目时，大概并非因人设事，而是先想到了建"庙"，庙建好了才来寻找着"安神"。殊不知揽下了"瓷器活"，却并无金刚钻，事情就难办了。经验告诉我们，因人而设事，因神而建庙，会被与之相反的境况要好。比如，没有邓拓、吴晗、廖沫沙，就不会有《燕山夜话》和《三家村夜话》的报纸栏目创建；没有荆轲，就别想刺秦之事。央视 11 套节目因有白燕升，所以"戏曲采风"就办得不错；12 套节目吸纳了张越进去，"夜线"节目也有了特色，另如毕福剑于《星光大道》，李咏于《非常 6+1》，还有港台的《一虎一席谈》等等。当然，央视与港、京、沪等大地方的电台或电视台，可从全国选人，毕竟人与事还能相称；省、市、县三级，越往下走，情况就越糟。退一步说，这也怪不得台里的决策者，因为如今社会，真人、才人实在太少，这是个金钱和俗人当道的世界，滥竽充数者多，"帽子"底下，难见真人，高职不高，专家不专，权威没威；职位，花钱就能买；奖项，贿赂就能得；即便真的有能耐者，也会被世俗所掩埋，如此世界，有什么好歹对错可言？在许多单位或战线上，常见烂船靠一湾，鲜有好花开一树，决策者想法虽好，设了事，却无人来做，于是筷子里挑旗杆，只好赶鸭子上了鸡架。人说事在人为，更应是事靠人为，本应是吃饭穿衣量家当，但却是没有金刚钻，也揽瓷器活，我们的主事者虽也明白这一点，却也无奈，因为即便犹如"击鼓传花"，也得把自己任上的事情往下行；钟磬敲得好与不好，庙门开了，响动还需要有啊。其实，那几位主持人与一般人相比，学识还是可以的，也许应算是单位里的佼佼者了，只是要胜任此节目，还需努力修心才是。

　　话说回来，我更为我们那众多的糊涂而愚钝的听众而感悲哀！不少人打进电话，尽说些没棱没角没里没面没盐没醋的糊涂话，基本生活常识与应世能力极度欠缺，甚至连表述也无法清楚，足见其生命质量的低下，真可谓芸芸者，算是赖活着了。而中国人的哲学，就是好死不如赖活着，所以人口的精英比率极低，只会以多为患。难怪那刘姓女主持劝其去死，大概也缘于怒其不争。

通过此类节目的这个窗口，更让我忧患的，是国民的整体素质。这些年过分追求经济价值导向，致使民众的价值观、人生观混乱，人心思钱，物欲旺盛，是非混淆，真伪难辨，道德沦丧，假话连篇，真理隐匿，真诚荡然。还是前话：事靠人为呀！中国的许多事情何以都很难办，难就难在人上，难在人心上，难在人的整体素质上。国人灵魂的疾疴与心灵结构的变异与扭曲，已是积弊深重了，这种内在伤痛，远比某种新生的病毒或地震海啸还要难对付，然若不治，使之长期下去，迟早会酿成国难的。朋友高信就曾转述另一学者言论，说现今世道的普遍现象是：老年人为老不尊，中年人欺世盗名，青年人稀里糊涂。这话真是不假，更为甚者，是大批的官员，嘴上喊着拥护党，心里谋着去盗娼；站在台上做报告，下了台后行肮脏；你有律法，我有办法；你有政策，我有对策；今日树立个好典范，明日却是个大贪官。许多人空谈党和社会主义，只是为了去吃党和社会主义。人心已全然向背，反社会之薪柴早已堆满，只差星火即燃，此情若置秦末汉末，早有人一呼百应、揭竿而起了。面对此情，我们又能抬出几个杨善洲或孔繁森呢？即便抬出来了，也会被更多人在内心里嗤之以鼻。或者当时感动流泪，过后敛财成倍。信仰缺失，心灵的千疮百孔，远比制度的漏洞更难堵塞。一药不医百病，杯水难救车薪，如此下去，余恐真会应了鲁迅的旧话"长此以往，国将不国了"啊！

大概，中央领导人似乎也清楚地看到了这一点，最近的全会上，就提出大力去抓文化建设，想从此入手，花力气去以文化育人，重修人格，再塑人心，提高国民整体素质，真正能"立于世界民族之林"，而别在世界范围去丢人现眼。但愿此举属亡羊补牢，为时未晚矣！

爱幼容易敬老难

　　小女放假回来，又从老家将老母接来，这就开始过年了。我发现，中国人的年味，也就是老少贤集；主持过年的人——我和妻，其实要做的就是想方设法做给她们吃，吃好喝好，也算是尊老和爱幼了。

　　初一，天气不好不坏。吃罢饺子，两个女儿提议去环城公园散步、锻炼，动员母亲同往，母亲说困倦了不想出门，我就携了孩子们去。两个女儿与妻子轮换打羽毛球，我偶尔也上去抢几拍。最数小女何笛活跃，一刻也不闲着，不打球时就在一旁跳绳，一次能跳 200 余下。回途中，她看见什么器械都要上去玩几下，走路也是一弹一跳的，见个低垂的树枝，蹦起来就要触摸，像一只欢快的小鹿。不知累地连续运动，使她脸蛋白里透红，粉嘟嘟的靓丽，特别是那一身的青春气息，让我感到是那么可爱而又羡慕。不由想起家中坐在电脑前打麻将的老母，她走路总要驼着腰，步履蹒跚，反应迟钝，耳朵也不好使，总爱打岔。将这一老一少放在一起，我就又想起了那个思索了很久的话题：爱幼容易敬老难啊！

　　中国民间有俗语说："前檐水不往后檐流，点点入地。人心朝下长。"这话，道出了人对下一代关怀和爱护的自然属性。是的，无论什么样的人，对于儿女、子孙的心疼与呵护，确是与生俱来的天性。所以，爱儿女，这似乎没什么难度。因为人的这种天性，与动物甚至有些植物所具有的生命繁衍天性几乎毫无二致。常言道：虎毒不食子。豺狼虎豹再凶恶，对其子女的呵护与关爱也毋容置疑，甚至能做到感人至深。一只狼仔走失或遇难了，母狼的嚎哭，会让人悲从中来。小狮子、小豹子，乃至小鸡、小鸭、小猫、小狗等一切小动物，都能在父母的怀抱中寻求到安全和温暖，如果遭遇强敌欺侮而遇险，其父母会与之展开殊死拼搏。有些植物，为了不使自己的种子或花蕊流失，若遇风雨，会自觉地将自己的叶子收拢起来。所以说，爱幼，是生物的天性使然。除了造物主所赋予的这种生命天性以外，还有个原因，那就是一切幼小，都代表了新生。除了病菌之外，可以有个定义：但凡新生的，都是美好的。你看那春天的幼芽、新蕾、花朵、秧苗，你看那初升的太阳和傍晚的月牙，你看那毛茸茸的小鸡、小鸭、小猫、小狗，这些崭新的生命，看上去怎能不让人心生爱怜呢？所以我们将孩子比喻为"花朵朵、秧苗苗、玫瑰、牡丹，祖国的未来，人类的理想……"那是由不得你要去热爱，天性让你要去由衷地热爱的。

与之相反，老人就不同了。老了便开始腐朽，肌体里再生的细胞总是敌不过死亡的细胞。气息开始衰老，没有了芳香，散发的是浊气；皮肤皱裂，肢体僵硬，目光呆滞，听觉失灵。这又是无论如何也无法抗拒的，像是冬日里悬在树梢的一枚枯叶，随时会被狂风凋落。所以，老人也会自称自己为风烛残年。衰老，能有什么好呢？即便是一位或善良了一生、或有过显赫的历史、或曾经感动过天下、或建立过丰功伟绩而至今仍魅力不减的老人，但从生命肌理上讲，毕竟没有多少可爱的自然吸引力了。尽管说老有老的美，尽管说最美夕阳红，但与那新生的旺盛生命力比较，毕竟已呈枯萎状。而要从心底里孝敬这样的人，就不是那么容易的事了。所以我说：孝敬老人，是需要克制自己的，那是一种修养之后的后天行为。换句话说：自然和生理告诉你，老了并不可爱；而道德、理智、修养告诉你，你必须孝敬老人。

我曾在讲座中举例说，女儿小时鼻子不通了，我用嘴去为她吸鼻，不感到有什么不悦；而假如我的老人大便失禁于内，当我为其料理时，又会是什么感受呢？这，似乎就能窥出爱幼容易敬老难的原因之一种了。而正因为做起来不易，才有了可贵的"王祥卧冰""哭竹生笋""卖身葬父""百里负米"等24孝的楷模，让人们代代颂扬着。

　　前两年收到来自关中农村诸多业余作者的剧本，不少都以农村的行孝问题为素材，看了总不能令我满意，觉得他们都只写了些表象，没有揭示问题的本质。农村中有些不孝之人，除了自己生活的窘迫等条件所致以外，更重要的，我以为出在文明的修造上。老人多为好老人，很可能也有一些不可爱者，但做儿女的，必须无条件孝敬，因为这是社会人应有的天伦秩序。既便心中不悦，也必须压制不悦，克服障碍，并转换成和颜悦色、真诚细腻、无微不至，甚至化为一种信念，去实施孝道。这便是一种文化了的文明行为。中国人发明的"孝"字，本身就是一幅象形的图画，上边是半个"老"人，底下的那个"子"，跪着，将老人高高敬奉于头顶。孔子早就提倡并诠释了孝道的真谛，好多王朝，也都提出过以孝治国。在朱明理学中，甚至强调无论父母对与错都需无条件孝顺。效乌鸦反哺，学羊羔跪乳，这一切，都是为了维持正常的社会伦理秩序，使之与动物或植物界拉开距离。因为，人之所以为人，就必须有所克制，而不能完全放纵于自然的喜好。所以看一个人，如果他只爱儿女，不敬老人，便不是一个合格的人；若真能做到尊老爱幼，才是个合格的社会人。

我读《古炉》

　　从《浮躁》开始，若将《高老庄》《西路上》《病相报告》剔除，贾
平凹其余的长篇小说几乎都喜欢用两个字来命名，比如《商州》《土门》《废
都》《白夜》《秦腔》《古炉》，还有刚刚完成的《带灯》。这似乎是他
的有意追求了，或许这世上的事，原本只需用两个字便可以概括，可能就
是阴阳吧。看似纷纭的世界，其实就这么简单。一生二，二生三，三生万物，
说来简单的世界，然需用许多万字去作注解也不一定解释清楚。要知详情
么？那就从第一页开始阅读吧。作家的每部长篇，都是对世相剖析的不同
版本，是作者以自己的认知与体会，从不同角度、视觉、侧面，利用不同
故事，采用不同艺术风格所做的解读。常常，一部书也只能、或只需完成
两三个字的主题。所谓的多义性，均为共生物或副产品而已。

　　读完《古炉》已经很久，当时还做了笔记，想说点什么的。但因为懒，
因为贪玩，也因没有完全想透，就搁置下来。后来莫言获了诺奖，平凹的
新作《带灯》也已问世，感觉文坛上的世事又往前出溜了很大一截子，一
页页翻得太快，害怕抹煞了曾经的记忆，加之今早起来觉得睡眠充足，一
阵茶后，便敲出些许话来。

　　当初阅读《古炉》，我就隐隐感觉到，平凹在煞有介事地、津津有味
地做着他的小说游戏。尽管也倾注了极大感情，那也应看作是游戏做得很
投入，如同在棋局中厮杀博弈，痴迷了。生活的事件，在贾平凹面前犹如

一根根火柴棒，亦如小孩子面前的积木块儿，他按照自己的意志认真而信意地置放，并不考虑一般力学或建筑学意义的限制，于是就出现了造型别异的景况。能看出有时他确实是在由着意儿，放纵情绪，信马由缰地驰骋。他像写散文一样来写小说，能借助小说抒发某时某刻的个性化情绪，这不是一般的小说家们能做得到的。因为散文是真实事件或生活细节以及语言情绪的搬弄，而小说则会受到设定人物、故事脉络、结构需求等方面的限制。就是说，小说是在"他象"中行进的，散文则是在"己意"中生成。一般的小说家，是小说拖着作家走，为了小说本身的营造深陷其中，忙还忙不过来，而贾平凹不然，他能让小说信着自己意儿来。

我说贾平凹利用小说玩游戏，这并非对他贬低，而是惊叹，他已进入了一个很高境界。治大国如烹小鲜，著长篇似发感言，并非易事啊。再说了，天下事无非是戏，世上人何须认真？我曾有篇短文，题曰《玩的天性》，就粗浅解释了人生的最终目的，那便是玩耍。不是么？你试着将人生或者所有生命存活的意义步步穷追，追到最后，发现就剩下了一个字：玩。一切文明、进步，包括马克思设想的共产主义，也不过是想让整个人类都更好地活着。而人类即便最好状况地活着，又是为了什么呢？在这个星球上，无论提出什么样的主张，都会有七股八岔的看法，唯有搞个奥运会，把大家叫到一起来玩，似乎分歧意见就不太大了。人类的智慧，乃至文明与进步，也就是靠了玩耍，才得以发展起来；一切社会制度与道德秩序，包括法律，皆可看作是不同的游戏规则。人吃饱了穿暖了活着，你可以玩政治、玩经济、玩宗教、玩艺术、玩人事等等，这与爱好下象棋是一个道理。路遥是拿命来玩文学的，结果英年早逝。其精神虽然可贵，但这与麻将桌上突然溜下去死了的人相比，有多大区别呢？你说路遥是在务正，而这世上，什么才是"正"呢？换个角度说，你会发现，真正有了"玩心"的人，才能活得明白，活得超脱，才能举重若轻地做事。王世襄算得一个玩家，他爱好广泛，涉猎领域诸多，最后学问纵横，很洒脱地活了90多岁；马未都开始是很认真地搞文学，名不见经传，后来暂时搁置，玩起了收藏，之后再回来写文章，俨然成了世事洞明的学问家。莫言、贾平凹玩文学，聂卫平玩围棋，这是他们对各自喜爱的这一游戏的眷恋与痴迷，坚持不懈，持之以恒，所以就都玩出了名堂，玩出了境界。专一地、矢志不渝地爱好一种游戏形式，加上有这方面的灵性，最后就归位了，成精了。我发现自己与人家的区别，就在于玩耍的爱好太多太杂，且均不够专注，算不得玩家，灵性也差些，所以才一事无成。

贾平凹在《古炉》里玩耍，如同孙猴子钻进了太上老君的炼丹炉，既有人性的抽筋剥皮式解剖，也有严峻的生命考问，却也有戏谑意味的象征性闹腾成分。你先看他为主人翁取的名字：狗尿苔，还有众多其他人物如：蚕婆、水皮、杏开、天布、守灯、半香、满盆、跟后、马勺、面鱼儿等等，仅人名琢磨起来就很有意思。除了物名喻人名，他也敢将动词和形容词也用到人名中来，玩得别致而调皮。中国人在姓名中融入象征和寄寓，这在刚刚有了姓名的初始阶段并不明显，只是到后来才愈加注重，比如蚩尤、尧、舜、禹等，只具有代号意义。而平凹为作品中的人物取名，我以为多少是想从象征与希冀里再回归一些代号意义。再看他对于故事的叙述，压着行子书写，似乎懒得分段，人物对话也不用引号区分，一揽子交代过去，有一种写到哪里哪里黑的感觉。狗尿苔的人与物的相通，善人云山雾罩的、抽扯得无边无际的说病，如此等等，既似乎在现实之中，又似乎在现实之外，写出了象征、玄奥、魔幻，也有癫狂之风。至于他引领和借助某个描写间隙或空档信意儿抒发自己，在写到有些场面时，他自己首先是那么样深深地陶醉，以致不舍跳离当时的氛围。这情形我看得清楚，这里就懒得翻寻具体页码而举例说明了。一句话，他将小说写得率性而游刃有余，这种现象在贾平凹后期小说中渐次增多，到《古炉》就更加明显。而早期小说，还未做到"弃艰难劳苦之态"。在体操和跳水比赛中有"难度系数"一说，要使难度系数提高，比如翻转 720 度，那么基本功就要好。贾平凹在小说创作中腾挪反转，潇洒自如，那是他的基本功太好了。所以我说，郭晶晶是世界一流的跳水运动员，贾平凹是国家一流的小说运动员了。他们都耍得好！

如果纯粹归结到耍，那也浅薄了意义。贾平凹毕竟拥有那么多读者，当人们捧读他的作品的时候，仅在时间占有上，就可能减少多少犯罪的时空和几率啊！还有，他自己玩了，也带着大家玩了，这也是不小的贡献呀。关于《古炉》，专家与职业评论家说了不少，我基本都阅读了。而我要说的，只是我该说的和想说的。

我说《天狗》

二十多年前,我接受了董子竹先生的建议,将贾平凹的中篇小说《天狗》改编成了山歌剧。

舞台剧的第一稿是在常州完成的,住在妻的二姐家,是一个叫做龙船浜的地方,紧邻运河。白日里,亲戚一家人上班、上学了,我站在五楼的窗前,望着运河上那拖挂了很长的船队,在"不,不,不"的汽笛声中来往穿梭,脑子的思绪就渐渐虚幻开来,回归到陕南山地的那个天狗身上。夜里,一家人睡静了,我开始伏案写作,写那个善良、贤惠、美丽的五兴娘,她是天狗的师娘,更是他心目中的菩萨和月亮。但是,在师傅塌伤瘫痪后因为日子过不下去,却要天狗来做她的丈夫,并以此为由而挑起一家人的生活重担。生活的重担,天狗是义无反顾地挑在了肩头,可要他和师娘做夫妻,这让天狗的灵魂倍受煎熬,同样善良的他,怎能跨越这艰难的一步呢?于是,笔下就出现了一段段自鸣得意的唱段:"菩萨般的女人,她是你的师娘;你的那个师娘,是你心中的月亮。如今要你把丈夫当,看你天狗怎收场?"女人呢,也是柔肠百结。她在寒夜里等待,"关上了门儿又把栓儿松,女人她泪眼婆娑对着孤灯……"两个人,虽已领了结婚证,却还各自睡在自己的老地方,漫漫长夜,辗转反侧,"炕是从前的炕哪,枕是从前的枕,为什么今夜睡得浑身疼?"人都说,天狗是要吞月亮的,可是,"天蒙胧,月初上,山村秋夜分外凉;不见天狗来吞月,巷陌上走回牛和羊。"天狗、五兴娘、李正，三个人的情感如藤蔓一般交织纠结，我的心儿，也被人物的心绪所熏染，蒙上了一种沉重而又崇高、圣洁的云翳。人的自然属性，与其所扮演的社会角色的属性，在此展开了最具张力和典型性的冲突，我终于发现了人性的美好之处，仿佛自己的灵魂也得以升华，变得高大起来。我感谢贾平凹的原著，给了我这种力量。半个月以后，我兴冲冲背着《天狗》的剧本回到西安。

改编好了，拿回来却没人排演。1989 年我在上海戏剧学院进修时，当作毕业的作业，又进行了认真修改。记得，上戏的老师是给了我 95 分的最高分数的。可是，剧本依然在抽屉里躺着。到了 1992 年，商州区文工团要参加省第二届艺术节，苦于没有剧本。时任团长王俊杰找到我，就把《天狗》拿到宣传部和文化局去讨论，没想齐声说好，于是进了排练场。经过了九九八十一难呀，《天狗》总算排练上演了，在东关影剧院连演 13 场，得到了许多人的好评。可是，《天狗》因种种原因还是没有翻过秦岭，终被搁置了下来。谁料时过境迁，在 18 年后，人们似乎还是不能忘记《天狗》。在一次聚会的饭桌上，霍秉全与孙见喜听到王俊杰哼唱《天狗》的主题歌，顿时心血来潮，当下煽风点火，鼓动现今的商州区广电局书记王俊杰，将《天狗》重新策划上马。没想到王俊杰汇报给宣传部长谢成早，谢又提交了常委会，于是，定下了"实景商洛花鼓山歌电视连续剧《天狗》"的投入拍摄。我在心中庆幸：《天狗》不死，《天狗》有命！

《天狗》的投入拍摄，得益于商洛市提出的以"秦岭最美是商洛"为主题的旅游开发宣传的大背景，得益于商州区委和政府领导的高瞻远瞩。这是《天狗》喜逢了好机遇。

电视剧和舞台剧一样，都属于综合艺术。所谓综合艺术，牵涉的部门必然很广，各个艺术门类，都有自己的创造权利。而每个艺术门类的主创人员的创造，又都是按照自己对艺术的理解去发挥的，因为艺术修养并不在一个层面上，于是免不了有许多分歧产生。在以导演为中心的影视行业，导演的意志，必然会决定艺术作品的基本格调与走向。然而我的深切体验是，许多影视行当的所谓导演，除了那些大家以外，并不一定懂得文学。文学是什么？是情与境交融之后所制造的更具意味的感悟，是事件、细节乃至生活表象背后的深层潜流，是一种说不清道不明的感知，是一团气，是一股烟，是现象组合之后而形成的内在魂灵，是感受之后的感染和感动。"沧海月明珠有泪，蓝田日暖玉生烟。"谁见过珠子的泪？谁见过玉石的烟？这些东西，一般的导演想用他的所谓镜头语言去表述，那是很难很难的啊！电影《城南旧事》的导演是懂文学的，所以就拍出了那种意味；还有大导演谢晋，他的《牧马人》《天云山传奇》，以及《许茂和他的女儿们》的导演等等，都会将文学的和诗化的意味深藏于镜头与画面中；颜学恕的《野山》，也有这方面的追求。而我们的创作班底，连同我自己在内，都处在同一起跑线上，可谓"知道一些"，却并非"知道一切"，属于"半罐子"而已，缺少能够浑圆地统领一个艺术创造团队的权威或大家人物。"半罐子"们的执拗坚持，常常自以为是，而都可能是盲人摸象。然而，我们又别无选择，我们选择了"实景商洛花鼓山歌电视连续剧"这种形式，并在限定的经费和时间内完成，就只有仓促组织起导演、演员、摄像、音乐、美术、道具、服装等等方面的同仁一起介入而共同创造了。意见和分歧在所难免，坚持，有时倒成了制造矛盾和阻力的根源。不要说大的风格把握、情节编排了，即便一个画面、一句台词、一件道具、一个细节、一招一式、乃至一个字的使用和读音，或在一句话中应将哪个字放在重音上，等等这些，我以为都不能似是而非，大致看似对了，实则相去甚远；缺乏精准、严密、细腻、恰到好处的把握，虽说差之毫厘，最终失之千里，必然影响艺术的整体感觉。这些，我们创作团队的灵魂人物都不一定懂得，缺少了这方面的严格而刻意的要求。加之，影视艺术也确实是遗憾的艺术，过后发现了什么，却往往已难以补救了。所以，关于电视剧《天狗》的得与失，我实在不愿多说什么。我只能在心中庆幸：它总算是拍摄完成了，而且通过了审核，并赢得了不少观众的好评。这算是在王俊杰等人的努力撮合下，完成了地方政府的重托，了却了我的一桩心事。对于平凹，也是个交代。平凹是开通的，《高兴》拍成了那个样子，与原著相去甚远，他却说："没想到，艺术还能这样表现。"

我要说的是，电视剧《天狗》在实地拍摄中，映现了商州山地的秀美、朴质与厚重；在弘扬善和爱方面，在揭示人性的美好、展现感恩的主题、表现凄美的艺术风格等方面，都还基本保持了原著与剧本的精神风貌，所以，这个剧获得了它应有的成功。做成一件事情不容易，各部门都尽心尽力了，水平归水平，努力是显而易见、功不可没的。音乐对全剧的增色，可谓点睛提神了。我对其他创作力量的辛勤付出，对地方政府的关怀与支持，一并表示衷心感谢！

亲爱的观众同志们，你们用心去看吧，好与不好，你们说了算。

阅读《履影回眸》的感想

　　从商洛拿到梁喜员先生的《履影回眸》一书，刚回西安就坐在沙发上翻阅。不觉间，没抬屁股已坐了四五个小时，竟将有着 252 个页码的厚书翻完了。茶也没顾上泡，是因此书对我的吸引。吸引力的重要来源：一是所写的人和事，不少都为我较熟悉，读来有亲切感；再则，有些事我原来只知一点影儿，明白个大概轮廓，是谓只知其一，通过《履影回眸》，让我分晓了还有其二，有着解密般探究详情的阅读快感。另外，通过那些熟悉的文字和照片，也引发了我自己对过往岁月的顾盼，特别是勾起对老一辈人物自新中国建立以来在商洛革命和建设历程中的往事的怀恋，并促发了我的诸多联想。于是，很快就读完了梁先生花几年功夫著就的大书。我想，现今这年头，谁人都可出书，可是谁人又在读书呢？然而正所谓"酒逢知己饮，诗向会人"。吟可见多数自印的书本，都是应有自己定向的读者群。那么梁先生写的书，我判断其目的之一，就是想写给他的熟人看的吧。否则，他怎么会托人捎话让我到他家去拿这本书呢？看来我的判断没错。论辈分，我应喊梁喜员先生为叔，他仅比家父小三岁，也曾一同"在朝为官"，同属 20 世纪 50 年代从商洛冒出来的本土干部。但为了叙述的公允和便利，就不套这个近乎，还是称其梁先生罢。

　　梁先生一生从政，当过大小不同的官，从县委书记算起，做过商洛地委副书记、商洛市政协主席、陕西省决咨委委员，退休后还做过很长时间商洛慈善协会会长。今年75岁了，彻底退休后，他既不会下象棋，也不会打麻将，更不会跳舞唱歌，所以就静静地待在家里思考，思考和回望的结果，就有了这本《履影回眸》。

　　不少当过官的人，到老来都喜欢写一点回忆录之类的文字，但梁先生这本书的可贵，不仅在于有着较为翔实的史料和资料价值，更在于涉猎了为官时的心路历程，有心灵解剖和灵魂反思在。按旧时的官阶而论，他大约官至五品，属今天的正厅级干部。中国是个官本位意识很浓的国度，尤其在小地方，科级干部也被视为了"官"；当个县委书记，那便是"叱咤风云"人物，可以威威乎荡荡乎了；做到地市级领导，更会显赫而神秘一时。而一般人，只见过当官者的"官模样"和"官面孔"，对其内心世界，又能知之多少？放下了官，就是一般的社会人，凡人都有血肉，都有心灵的轨迹，从《履影回眸》中，我就读出了这一点。

　　我和梁喜员先生结识，是1979年在镇安蹲点。他38岁就做了县委书记，小城谁人不识？但他刚风风火火干了四年半，端端被从显赫位置撤免，理由很含糊，大约是说他有"四人帮"爪牙或"余毒"之嫌，上级要他"说清楚"。他很委屈，怎么也说不清楚。（实际上，他可能无意中得罪了当时的地委书记，这话或许永远也不便明说）说不清楚，也只能不了了之，最后，他被派到镇安县米粮区白塔公社蹲点。这已是他参与蹲点的第二年了，头年在灵龙公社，不过上届只有半年。这次他被委以蹲点组长，带队来到白塔，我就是其中的组员。能觉察，他受了整，心情不佳，但工作依然积极负责，毫无懈怠。蹲点组成员六人，分住八一和清泉两个大队。他住清泉三队，我住清泉四队；他在沟道，我在梁上，相距不过二三里路。那年我23岁，他42岁。感觉他是比较喜欢我的，曾多次爬上我住的文家梁来看我，提溜起我那摆在枕边的臭袜子笑说："你看这，你看这，睡觉还在闻香气啊！"我俩的房东都姓文，他也经常以交代工作的名义，捎话让我到他的房东家喝酒，夜深了就一同挤在他的单人床上，半夜起来，抖开被子在墙角捉臭虫。他的房东院中有棵很大的枇杷树，枇杷熟了，他采下一抓，挂在檐下，说，不要动啊，这是给丹萌留的。

我们似成忘年之交，有时也谈些私己话。知道他身陷被人屈解际遇，前程难料，命运未卜，少不了偶尔会有抑郁彷徨，为了自勉和宽慰，我们常一同吟诵白居易写给元稹的那首《放言》诗："赠君一法决狐疑，不用钻龟与祝蓍。试玉要烧三日满，辨材须待七年期。周公恐惧流言日，王莽谦恭未篡时。向使当初身便死，一生真伪复谁知？"他的遭遇，倒是与白居易和元稹当年被贬有相似，我们便借用了人家的诗句来暗自宽慰。虽然身遭不恭，但他并未消沉。记得他指着村前那道水渠对我说："这是1965年段凤岐下放来这儿时带着村民修的，几十年了，村人还是念念不忘老段的名字。人过留名，雁过留声，看来所到一处，还是为老百姓办件实事，这样才最显长久。"

后来，白塔公社要修水电站，老梁就积极扶持公社书记肖立正。忘不了的，是那每晚的有线喇叭上，公社都在向各个小队催劳力上工地："清泉二队，你们还差四名劳力，明天必须到位！月明三队，你们的施工质量不合格，明天必须返工！……"喇叭喊完了，工作组的干部也随队长一起，挨家挨户去动员劳力。老梁呢，人虽被"贬"，曾经的县委书记的余威还在，他借助老关系，向县里和地区水电部门求助，解决了不少资金和物资供应问题。再后来，听说柿园子大队的间作套种搞得好，粮食产量大增，老梁就主动带上我和邢文峰一块去调研总结。在田间地头查看，召开各种座谈会，最后由他列出提纲，命我执笔，他又反复斟酌修改，写出了六千多字的调查报告：《石头窝飞出了金凤凰》。此文被当时的《商洛工作》转载，惹得地委书记还亲自坐小车前来实地查看。

秋天，连阴雨摧垮了道路，我们想回地区休整又不通车，有人提出步行回家，可白塔距商州城是有二百多里山路的！老梁有些犹豫。那时流行一个词叫"新长征"，我和邢文峰就鼓捣动员老梁，激他，说是你后半生能否跟上时代，就看你能不能走回去了。最终，老梁还是带着周迎春、邢文峰、贾庆堂和我，来了一次"新长征"。清晨四点出发，翻赛虎岭，涉金钱河，越牛耳川，历14小时，行130华里，至山阳氮肥厂门口，个个已人困马乏。我实在走不动了，一扑踏坐在一个卖桃的担子旁起不来了。这个厂的厂长认识老梁和老周，出来接待我们，安排洗澡，并派车送我们县城住进招待所。

到了这年冬天，在镇安执政的书记任兴哲和县长王敦志，暗自怜惜着老梁在蹲点组吃苦，以研究开发镇安山地特产的名义，将老梁召唤到了县里，可老梁总是忘不了像带个小秘书一样要带上我，我们便一同住进了常委小院，多次列席常委会，并有通信员每天早上为我们打洗脸水，也可以在常委小灶上填充那寡淡了许久的肠胃。记得，任兴哲书记到任稍晚，我们曾与县长王敦志一起，乘坐县里仅有的两辆北京吉普中的一辆，上东川，下铁厂，过柴坪，往木王，踏勘镇安山水，规划未来发展。蹲点虽只一年，我们相处意笃，一同裹着黄大衣蜷缩在大卡车车厢里赶赴蹲点地，一同在水电工地挥镢抡锨。他教我怎样树立正确人生观，甚至劝我怎样谈恋爱和如何看待一个女孩的品质；我也心疼他膀胱炎犯了一夜小解好几次，劝他不要着凉。还记得他曾带我一同看望他刚参加工作时的老领导，那人名唤彭志超，老梁说他刚入革命阵营，人家就是区长，给过他许多帮助与提携。可我们看望老彭时，他只是镇安邮电局的一位干部，家有八女一儿，生活很是艰辛。看望归来，老梁不胜唏嘘。后来得知，此人就是现今著名作家方英文的老岳父，是彭书霞之父亲。那一年里，我与老梁几乎形影不离，从他身上学到了不少。其实共产党阵营里有一个普遍现象，那就是跟人。四野的人跟林彪，二野的干部跟随刘、邓，上层领导发展顺利，下边跟着水涨船高。地方也一样，不少为领导做秘书的人，后来就得到了提拔。我曾对此不屑，后来想通，其实这也如工厂的师徒关系一样，属于一种传帮带式的接力传递。

老梁自己也曾近距离陪伴过不少地委书记，比如王杰、高明月等。他从这些战争年代过来的老领导身上，学习做人、做派，也学会了工作方法。他和王敦志先生曾拍着我的肩膀劝我留在镇安从政，暗示欲扶我走上仕途，可我自那时就厌恶了做官，不愿过早"失身"。在那一年里，我敬他为可亲长辈，他待我也视如己出，可谓在那患难或艰苦岁月里，建立了忘年之谊。有多少场景和画面，让我历历在目，经久难忘。《履影回眸》中，就有我俩共同题词曰"风雪七里峡"的存照，依稀佐证着那段难忘时光。

蹲点结束不久，老梁"背黑锅"的霉运似乎走到了尽头，官运开始好转。先到地区林业局当局长，几年后，就做了地委常务副书记。他的官越做越大了，而我还做我的平民，充其量要求自己做个清贫文化人。他在林业局时，我有时还去看看他，自他做了副书记，我们的来往越是稀少，再后来我调入省城，仅剩了街头相遇时的问候。我这人自己有毛病，似乎人家官做大了，自然就与自己有了距离，怕有攀高结贵、趋炎附势之嫌，躲得远远的，无事不登三宝殿，有事也怕找人家给人添麻烦。只是到了他退休以后，我才偶尔主动去看望他。

现在又回头来说《履影回眸》这本书。该书虽属个人履历的大事记，但也能较全面地映现商洛自20世纪50年代以来的发展变化历程。因他所处位置特殊，加之有公允之心和开阔视野，便能记录下许多别人无法通晓的事件原貌。比如商洛历任地委书记人选及重大政绩与个人魅力；比如核桃产业的起根发苗和如今现状；比如商洛革命斗争史的回顾与史料整理；再比如商洛搞"农业学大寨"时期的一些情形，以及后来的扶贫、救灾、慈善等事业的发展，甚至包括杨永年书记的突然病故与抢救全程，等等。让我更感亲切的，还有他自小就做过"卖炭翁"的苦难经历。他是丹凤庾家河人，与我的老家洛南古城镇只隔一条蟒岭，相距仅40华里。他十几岁就挑担去卖木炭，所赶的便是古城镇的集市。我立即想起爷爷于春节前在集市上"挂"木炭的情景。我小时进南山担柴，欲寻干柴，也就是翻蟒岭到庾家河去捡拾人家烧过木炭的"窑稍子"。他家的小地名叫"何疙瘩"，他的母亲就姓何，而我们村有着方圆百里最大的"何家祠堂"。他考上了洛南中学，临行前母亲外出去借学费，天黑了却含泪空手而归，实在无奈，夜里从箱底翻出出嫁时的几块银元，让他拿着上路，到洛南县城的银匠铺去换纸币。母亲送她到蟒岭顶上，依依与十二岁的儿子惜别。看到这里，我不禁泪花蓬蓬。我甚至遗憾老梁不是搞文学的，不善情景铺陈与细节刻画，否则，他有更多经历，写出来都是会催人泪下的。好在，老梁的文字也还干净准确，高兴时也常能吟出几句古体诗，基本都能合辙押韵，平仄对仗，比有些强而为之的官员的"臭诗"是强多了。他毕竟也是"笔杆子"出身。不过，还是能从文中读出那种写材料的笔调，使用的是论和据的逻辑思维，喜欢用概括性语言，说出来的往往是一个"面"而少了"点"的个性特征，不利于唤起读者的弹性联想。这是多年从政遗留下的"起手"，或曰"职业病"，怪不得他。

若允许我来评价梁先生的一生，评价他从政的作为，我要公允地说，他是一个合格的共产党员，也是个难得的好官。他不谋私，不整人，严于律己，光明磊落，一心只为工作。有人说他胆子小，不轻易给人办事，这是谋私者自己的丑陋观点。当官就是要为"人"去办"事"的么？那一定是些不好办的苟且之事。而我则认为，他出生在深山，从小经受了过于贫苦的磨难，让他畏惧了世事的繁复与艰深，工作后又受到许多作风过硬的老干部的熏陶培养，仕途中又遭受过挫折打击，加之原始性格所致，以致工作上认真而谨小慎微，稍逊了开拓精神，这倒是符合相对真实的评价。但他有一个十分光鲜的亮点，那就是始终如一、保持终生的惜民情怀。老百姓的疾苦，始终是他放心不下的事，见到弱者，易动怜悯之心，这就是心存大善大爱的悲悯情怀。听说他在商县县委书记位上，常于夜里披衣出来看天，看杨斜下雨了没有，看北宽坪有云没有。之后的多年，他总能理直气壮地利用职务为农民谋福利，其事例不胜枚举。到了老来，他牵挂家乡，修桥建校，也为商洛的慈善事业豁出老命奔波。这些，正是老梁一生最为可贵的优点，但是，一般人却不易觉察，不认为这有多么难能可贵。说到这里，我想起《柞水县志》上记载的清咸丰年间任直隶孝义厅之职的侯鸣珂，离任前曾写有一段《劝民歌》，不妨摘录其前边一段，以资聊慰：

> 奉宪檄来义川历官五载，
>
> 正遇着灾荒后满目鸿哀。
>
> 都只望得好官倒悬早解，
>
> 怎奈我风尘史无智无才。
>
> 利未兴弊未除德政何在，
>
> 国恩深宪眷厚哪报涓埃。
>
> 官虽好也不过良心不坏，
>
> 何能够把百姓共济春台。
>
> 就说我不要钱民还爱戴，
>
> 这都是地方官职分应该。
>
> 幸如今后任来瓜期已代，
>
> 还有些未了事替民关怀。
>
> 且作歌三五句叮咛劝诫，
>
> 望我民莫当作俗语丢开……

我相信，这首《劝民歌》中的序语，是能符合梁先生的某些心境的。作为晚辈，我这里唯愿他：放宽心境，无怨无悔，乐观坦荡，永葆健康。

（本书正在编辑之时，梁喜员先生已经去世了，收入此文，权作对我十分敬重的这位前辈的深切怀念）

牧歌的守望

　　并不知牧歌其名来历，猜想应为穆姓吧，穆斯林的穆，他也恰系回族。取笔名牧歌，定有艺术追求之取向暗含其中。田园牧歌，是多么的诗意。

　　牧歌，即牧童之歌，如乡民所言，是放牛娃子唱山歌；而诗人则云："牧童归去横牛背，短笛无腔信口吹。"这是宋代诗人雷震《村晚》中的句子，也许自此名句一出，田园牧歌的悠然美景，便被更为频密地嵌入诗画意境而令人企羡，遂成中国文化人审美追求之一雅，包含了超然物外的恬静，其诗意、禅意、人与自然和谐相处的宁静，也都昭然若现了。

　　而我的朋友牧歌，他并不在乡野田园，倒是一座陵园的守护人，他是商南县烈士陵园的园长。在那幽静的园子，有他的办公兼书画工作室，那日我去，见画案阔朗，墨香四溢，一时手痒，随手涂下田汉为《关汉卿》一剧所撰之词："……常与英雄共魂魄，强似写佳人秀户描花叶、学士锦袍趋殿阙、浪子朱窗弄风月，虽留得绮词丽语满江湖，怎及得傲杆奇枝斗霜雪……"确实，牧歌是常与英雄共魂魄的了，因此易于宁静致远，真能淡泊明志。我羡慕牧歌的生活与工作环境，那是城边上依山而筑的陵园，安放着为了革命成功、为山城解放而捐躯的诸多先烈。如今的山城，现代气息使之日新月异，物质繁荣造就琳琅满目，虽也繁花似锦，遍见物欲横流；看似应有尽有，却也躁闹喧嚣。庆幸市场经济大潮，尚对烈士陵园无多大冲击，烈士的英灵，对这一切仿佛视而不见，或不知当年为之奋斗牺牲，就为着换来今天的有与无。若能预知，不知会怎么想。只是到了每年清明，待牧歌等人敞开园门，迎接一队队红领巾前来缅怀祭奠，那就是对烈士们的最大慰藉了。而朋友牧歌呢，他常年陪伴于斯，除了修枝剪叶、培土浇园，更多的闲暇，就是画自己的画，写自己的字，静心处幽，文化自己。我以为这不失为对于烈士忠魂的最好守护了。

牧歌写字画画，并不为着出名，他似乎明白文化艺术的最本质功用，除了通过传播去实现教化的普世意义外，其更大的价值，还在于文化所具有的私人性。私下里把玩，可以陶冶、浇灌、滋养自己那随时都可能荒芜的心田。文化艺术本身便有这种功效，蔡元培当年提出以美育代宗教，就是想到了这一点。牧歌深谙个中道理，所以每每见他，总觉他能静如处子，言语不紧不慢，开口从无宏阔，仿佛习练着太极八卦一类的内功，功于内而不张牙舞爪于外。他的目光在凡人看来似已有了些微的呆滞，但我分明觉察出他内心深处的宁静与祥和。近日相聚，他双手捧过新出的《牧歌书画册》赠我，我是十分的欣喜。阅览画册，知道了他的书画艺术目前已抵达的层面。猜想一年四季，无论外面世界风霜雨雪怎么交替，花开花落如何变换，也不管花花世界鸳鸯蝴蝶，牧歌总会深居简出，用那蝇头行草，一遍又一遍抄录陶渊明的《桃花源记》和《归去来兮辞》，王羲之的《兰亭序》已被他临摹得很有了几分模样。他临魏碑，描汉隶，阅曹篆，赏章草，并尝试着从传统经典中走出来，渐渐地，使自己的书法功力已有了七分造化。他的绘画，师从西安美院名师陈国勇，上追古代大师石涛，力求意境高远，造像传神，崇尚飘逸旷达的禅意。几年前，他画了一幅白山黑水的《长江诗画图》，风格别异，请贾平凹题字，平凹就很赏识地题写了画名，成了与名家的联袂。其实牧歌的母亲就是一位普通的山城小学体音美教师，他的血管里，似乎早就流淌着艺术的血液。其母已故多年，无长物所留，唯有几幅朴拙的剪纸，被牧歌视为家传珍宝审慎收藏，类于供奉。

说实话，我说的牧歌，并无美丽嘹亮的歌喉，他名不见经传，外人并不知晓。只是在那个小小县城，因了他多年的孜孜以求，潜心研度，遂被圈内人们渐渐认可，于是他的书法作品也被镌刻在了新建的文化广场上。他也开始带学生了，有不少家长，很放心地将孩子送至门下，以求牧歌点化素描与色彩，指导习练柳公权或颜真卿。这样，牧歌就开始从以文化己，继而去以文化人了。余以为，正是因了牧歌不浮躁，不纵欲，不急功近利，耐得住寂寞，潜心守望着烈士的陵园和心灵的家园，所以他的艺术走的是正道，只要这样走着，就会着着寸进，洋洋万里。弄不好，牧歌在不知不觉中就有大名气了，也许百年之后才有大名，也不要紧。

牧歌貌似羸弱清瘦，其实也是有激情的，只不过他的激情是一种山溪般的潺缓流泻。那日饮酒，席间那膀大腰圆的老牛错估牧歌量小，与之铰劲对饮，欲以量大欺之，结果老牛醉了，牧歌却安然无事。县文联主席姚家明说，他就没见牧歌醉过。我便想，牧歌是烙铁，而不是明火。

我说过，在中国的文化人里，还有多少不肆张扬的人，他们在市井、在小城、在乡镇，居陋巷，临乡野，儒雅而清淡地活着，原本只想以文化己，无意间通过濡染而做到了以文化人，实际上暗暗支撑了我们民族的文化。这些人，不要说是文化的脊梁了，但起码应是一支看不见却很庞大的文化队伍。官办的文化，被媒体炒作得张牙舞爪的文化，替代不了这些人的力量。牧歌，就是这队伍中的一员。

酒席间的争执

近些时候，发现不少朋友都喜欢谈政治。在一起相聚了吃茶饮酒，不过三分钟，话题不知不觉就扯到政治上去了。往往是由中省级某位要员的人事变动、报载的某个官员的腐败暴露或某个牵动面与影响力较大的政治事件、民生事件而引发，归咎到政治体制，归咎到执政党的能耐与毛病，然后大发感慨，义愤填膺。其间又有不同政见者，于是动辄争执不休，常常弄得脸红脖子粗。

我以为这是件好事，标志着大家对国家前途命运的关心与忧虑，可谓忧天下之忧。政治，即行政治理，乃经邦治国之道，是执政者的操行与作为。虽说政治本是政治家的事，但它既牵动国运，更密连民生，与每个人都会息息相关。然朋友们对于政治现状与局势的关切，似乎并未与自己的工资挂钩，不由哪顿饭吃不好而引发，他们的评析和愤慨，更偏重于治国之道，重在"道"上。因而所发表的评论，就好像某某报的评论员文章，既能入理在行，又有"旁观者清"的高瞻远瞩。从身边朋友的亢奋与激情中，我首先感受的是一种觉醒，不再如陈腐时代国民之民性中的麻木，而是民性中民主意识的张扬。所以，聆听他们的侃侃而谈，我多少还是有点兴奋的。

然回家之后，于静夜时分，思想的烧饼翻来覆去良久，最后，就有些意懒而淡然处之了。我曾想到过一种比喻，将热衷于谈政治的朋友比作"球迷"。想那一场场激烈的足球赛事，球迷们在看台上大呼小叫，有甚者起哄、打闹，做出种种过激之举，为之生死者亦有屡见。而除了参与赌球者之外，其实那赛事并不与自己的温饱有多大牵连，纯属爱好而已。球迷们的谈论、品评，似客观实际，也入理在行，甚或能切中某些要害，然他们既不是马拉多纳，也不是小贝或鲁尼，一言以蔽之，球，并不在自己脚下，踢得好与坏，你便是将嗓子喊破也无济于事。尤其是中国足球，尽管球迷人数众多，热情甚高，期望殷切，但总是马尾穿豆腐——提不起。我们国家的各级管理，也如中国的足球，看球的人盼望着能踢得好一些，却总是事与愿违，留作了失望；踢球的人或许也一心想踢好，但体能、基本功、心理等综合素质限定了，可能心有余而力不佳，怎么也踢不好。最后两方面均留下两个字：无奈！

看球的人，绝对不会理解，他已号称足球先生了，那一脚怎么就能踢偏了呢？因为他们不知道他刚好跑到了场地的不平处，支撑脚还没站稳，身体还在失衡状；或者他的小腿肌肉有点痉挛；或者他眼睛里刚刚飞进了一只虫子；总而，你不是他，你不知道当时的内情和外情。谈政治的局外人，同样不会理解的，是某个执政者决策时的瞬间心理，因为你不是他，你不知他处事时的具体的内背景和外环境，当然还有他的种种心思，历史的和瞬间的，包括后天的和与生俱来的。所以，谈归谈，不一定都能击中要害。但不管咋说，球迷和球员以及球队，是一种生态存在，相互有着依存关系，缺了一方，另一方也就没有生存必要了。双方互动着，必然就有促进。执政者与谈论政治的民众的关系，也许和球迷与球员的关系一样。有人来谈论，总比没人关心要好。想到了这么一层，我反而就烦了，于是懒得谈政治，更嫌有些事情不好说，说不清，说清了，也无用。

不谈政治，又能谈些什么呢？谈人生？稚嫩、浅薄；谈艺术？有些人进不来；谈性，讲黄段子？过时了；谝闲传？无聊！我想我的这种情绪，是否属于有些麻木呢？不然。我以为我的这种厌烦，是经历与思考过后的回避与逃遁，是心生老茧之后的麻木。比如说到民主，时尚者会常提起美国人如何如何，我一听就厌了。美国人经见过什么呀？以我之见，中国在春秋时候，民众的民主意识是非常强烈的，想说什么，自由；想做什么，自由。于是诞生了那么多的思想家，产生了对后世影响深远的哲学思想。在相当长的历史时期里，中国人的心灵是很鲜、很嫩、很敏锐的。政治不好，民怨就沸腾，如干柴遍野，无论是陈胜吴广还是黄巢或李自成，只要有人点起星火，堆积的干柴便可顿时呈燎原之势。问题是中国后来发生的事情太多，代代易主，换汤不换药，不解决问题；或刚刚解决了这个问题，又带来了那个麻烦。于是战乱频仍，朝代更迭，各种政治交替使用，此一时，彼一时，翻云覆雨，对错混淆，似乎已莫衷一是了。民性，在漫长的历史中被消磨腐蚀，仿佛基因里也有了老茧，觉得自我二字，已是何等的渺小，于是夹起尾巴来，不再逞能说自己有天大的本事。谦卑得过了头，就好像有点麻木，实则是见怪不怪了。这现象也是在周而复始地循环着，就像人的一天，有时亢奋，有时低迷。亢奋时争究，低迷时怂管。到了孙中山与毛泽东发动革命时，正是国民低迷麻木时，困难就比较大了。后来又经历了许多革命，尤其是"文化革命"等等。这样的历史更迭，反复交替，如锯如锉，风刀霜剑，到如今，人心的老茧，是更厚了。基因里已养成眯着眼儿看世界的生性，心里知道，人生苦短，活着不易，管把她妈嫁给谁！有了过来人的漠然。所以，美国人给中国人谈民主，好比一个精明能干的小伙子给一位耄耋老人谈人生经验，告诉说：你应该挺直腰杆振作奋发啊！人生是要拼搏的。老汉嘴上不语，心里说，去你妈的，我的腰杆不是没直过，可如今直得了吗？鄙人前不久在一篇短文里就写过，老子跌了一跤，儿子埋怨老子不小心，老子就躁了：我还不知道小心？小心些不是栽不了！故而，我总觉一味崇洋的人，说到底还是稚嫩了一些，浅薄了一些。

年轻人喜欢谈政治，喜欢谈政治的人心理上一定还年轻，我暂时是这么想的。要说得清楚，就又是另一篇文章的事了。

学唱两板秦腔

作为秦人，学唱两板秦腔，在外出参加活动时，遇上联欢联谊类相聚，或在盛邀之下，或应自觉挺身而出，不做缩头乌龟，站出来吼两板秦腔以展秦人风采，当是很有必要的才艺储备。

那年赴东海岸边舟山群岛的岱山县，协办"中国首届海洋文化节"。活动结束，县里四套班子为答谢主创人员，乘坐新购置的游艇游海联欢。夜来，但见周边岛屿灯火迷离，艇上群贤杯觥交错，酒酣兴浓，便如八仙过海，沪浙等地友人各显才能。此时，县委书记点名要躲在一隅的我唱一板秦腔助兴，倒让我一时抓耳挠腮犯了难。不唱吧，难拂情，也怕折了秦人颜面；唱吧，会唱的段落确实太少，有些唱段并不宜于当时情景。比如"黑头"包拯的花脸唱腔，粗犷、费嗓音、语速又快，生怕沿海人听不懂、不接受而难以收效。当时就想，回去以后，是得好好学唱两板秦腔戏了。

其他地方剧种，都有众所周知且耳熟能详的代表性剧目。比如要唱黄梅戏，首先就会想到《天仙配》的"满工对唱"，或是《女驸马》里"中状元"的那一段；一提越剧，多半会从《红楼梦》或《梁祝》里寻唱段；评剧有《花为媒》，有《刘巧儿》；豫剧则有《花木兰》《穆桂英挂帅》《朝阳沟》等。而秦腔几乎和京剧一样，因了代表剧目众多，反倒难以选择出哪一段拿来清唱。

秦腔是古老的板腔体戏剧，因此叫作"一板"，而不像其他戏叫作一段。

要自娱性地学唱好几板秦腔戏，应该如何选择呢？余以为首当因人而异，要根据自己的兴趣爱好和嗓音条件，选择相宜的花脸、须生乃或旦角唱段。秦腔衰派老生刘毓中的唱腔堪称一绝，曾获不少京剧名家赞羡，但那唱段学之不易，不具嗓音条件则难以传神。一般须生戏，喜欢任哲中者多，而其神韵也难效法，学时应需认真揣度研磨才是。负宗汉、雷开元的有些唱段，倒是建议男性戏迷倾心去学。然而有人也常说，秦腔毕竟是45岁以上人的热爱，没有足够的生活阅历，没有酸辛的生命体验，也难承载那种悲怆苍凉的沧桑之感。其次，要广泛了解秦腔剧目，回避那些冗长的大板唱段，选择精悍的四、六、八句唱段为宜，最长不超十来句，或苦音或花音的"二六"板，易学易唱，收效迅速。再则，学上两板苦音，也应学点花音，所谓花音，便是欢快之音，以便遇上喜事时添彩，不至于人家结婚你唱哭灵。朋友刘炜评酷爱秦腔，却也闹过笑话。他自己的新婚之夜，人家闹房，要他唱戏，他唱了《祝福》中贺老六的唱段，面对新人，他唱"盼新人到家中喜气盈盈……"这倒不错，但他故意发嘎，还要接着往下唱，就出现了"不愿嫁我就随你去，天亮前送你下山林"，惹得在场人哄堂大笑。当然，他那是在有意演绎笑话。

老秦腔唱词的文学性相对较差，这是事实。建国初田汉先生来西安，曾与时任省戏曲研究院院长的马健翎戏言：我佩服你的戏剧结构，却不敢恭维你的戏曲唱词。是的，田汉所作戏剧唱词的文学性，使秦腔相形见拙。记得他改编京剧《白蛇传》，曾在白娘子与婴孩儿分别时唱道："亲儿的脸，吻儿的腮，点点滴滴泪下来……"开腔便催人泪下，真可谓"一声唱到融神处，毛骨悚然六月寒"了。田汉与夫人安娥还改过《王魁负义》，为敫桂英写的大段唱，也可谓千回百折、纵横开阖、情真意切。其实余以为，外地人只知秦腔唯有雄浑粗犷，不知秦腔也有悱恻缠绵、委婉动听的时候。比如《火焰驹》中黄桂英与丫鬟云香的那段"对花"，就是雅俗兼济、情境交融的范例。评剧《花为媒》有"报花名"，而《火焰驹》显然在早，且意绪更佳。姑娘、丫鬟来到花园，待将那金簪、玉簪、凌霄、牡丹、紫藤、牵牛等等的花儿都对上，又只叹"各样花儿少比方"，丫鬟接唱："叫姑娘，你莫忙，听我把各样花儿说比方。海棠姐，紫薇郎，牡丹帐子芭蕉床，绣球枕头荷叶被，窈窕淑女梦才郎……"这段唱，一下子就让人物心境与环境交相辉映，制造出极佳的戏剧情境来了。这段戏原为肖玉玲和李应真所唱，现在被侯红琴等人演绎得更具时尚美感，秦中的女娥们，若能学得此番唱腔，继而再搜寻些更宜于自己的唱腔，而不仅仅是《王宝钏》或《三娘教子》，这样不仅可以自我怡情，出门时拿来演唱，也定能为秦人博得良好的别样印象。

我曾说过，秦腔的音乐结构，就等同于秦人的内在心灵结构式。从小听惯了秦腔的秦人，耳音早经熏染而被灌好了秦音，学唱好两板秦腔戏，应说不是难事。会唱几板经典的秦腔，足以怡情，足以博彩；对秦腔戏剧的发展，也是极大促进。真正做到"三千万人民齐唱秦腔"，让秦声秦韵响彻大江南北，乃至海内外，那就更是"强秦"之道的壮举和善举了。

吹牛不用脸红吗

我们党带领人民取得革命胜利，依靠的重要法宝便是实事求是和群众路线。"文革"后为了强调实事求是这一点，党的最高刊物特由《红旗》更名为《求是》，党的权威报纸仍为《人民日报》。然而，看看如今真实的世风与人心，却已与之相背甚远了。假若谁还在现今的世道中固执坚持实事求是，可能会被视为异类，唤作"傻帽儿"，从而也会使自己寸步难行。不信，我们不妨睁眼看看。

以身边的事实为例。在某机关单位里，有我一位仁兄，他常对领导的政绩持怀疑态度，领导在总结或报告里所讲的话，他总是挑三拣四，指出一些不实之词，弄得领导对他极为不满。尽管他说的都是实话，但就连单位里的同事们也不支持他，说他太"较真""一根筋"，是"傻帽儿"，不明事理。最后的结局是：领导被越提越高了，他却因种种理由被越贬越低了。

还有一位贤妹，因演艺团体不景气而设法调进了报社，半年过去了，她采写的稿子除了一些简单的消息外，其他稿子总是上不了版面。虽然她采访的都是些真人真事，但总编嘴上不说，心里却说，我并不需要那样的真实。甚至还怀疑她所采写的真实。不久，她便因"没有新闻眼光"而在那家媒体混不下去了。

我们党要求说真话，但在有些时候或有些事情上却并不希望你说真话。

大概因为如此，从而影响了世风，诱使得满世界都在说假话。渐渐地，吹牛就不觉脸红了，做假也明目张胆了。比如在一位朋友的单位，有几个年轻女性要评职称，因没有获过省级以上的奖项，就将我那朋友的获奖证书偷拿去复印，贴换成自己的名字。朋友将此事反映给领导，领导却说："人家也辛辛苦苦工作了那么多年，评个中级职称嘛，总该行个方便，反正咱单位的指标总不能闲着。"于是，反弄得我那朋友无言了，只叹道："明白了，这世上，啥都可以是假的。"让我那朋友能够想通的还有很多事例，比如连续报道的许多教授的抄袭、剽窃、造假，还有那个王林，靠着造假而瞒天过海，竟能骗取几亿元的资产。种种虚假的事实，让他只有从心底里慨叹：这是一个适宜于造假的时代，因为已有着良好的造假土壤。朋友的慨叹，我当然是深有同感的。

不是么？如果我们随意走上街头，可能一抬头就能看见巨型广告牌上会频繁出现一个"御"字。房地产商任意开发的楼盘，要么冠名"御园"，要么称之"御景"，或者是"御庭""御所"之类；寻常一个酒店，也可冠之以"御宴宫""御品轩"等等。一个"御"字，本有四层含义：一、驾驶车马：御车，御者，指赶车的人。二、称与皇帝有关的：御用。三、封建时上级对下级的管理和使用：御下。四、抵挡：防御，御敌，御寒。显然，商业宣传中所使用的"御"，是取了皇家专用之意。试问，那样的商品，真就有了皇家的尊贵？再说了，满世界的平头百姓，放着好好的百姓日子不过，非要与皇家沾什么边？享用那种商品，住上那种楼盘，真就是皇亲国戚了？还有那些假药、假医乃至各类商品的吹牛和虚假广告，充盈得到处皆是，真是不胜枚举。

商品广告的言过其实和弄虚作假，已被人们司空见惯。甚而，连人的长相，也都没有了真实。理容的变幻术且先不说，先说恭维得过头与虚伪，比如只要是个年轻点的女子，无论究竟长得如何，都会被称作美女的。即便年长一点，也会被誉为资深美女或者老美女。俨然一个泛美女时代，凡女人皆可享受美誉，美女已成为所有女人的代名词。一次，鄙人在一家药店的收银台前排队，收银员本是个丑女子，但前边一位时髦女郎为了讨好，言说："来，美女，我有点急事……"，此言一出，令我顿生作呕之感，并非歧视那个收银员的长相，而是这貌似摩登的女郎将"美女"一词的滥用，让我周身起了不少鸡皮疙瘩。这便如"见了姑娘叫大娘"，又真是睁着眼睛说瞎话，让人怎么能够接受呢？

仔细寻想，如今这世上，吹牛确已用不着脸红，弄虚作假也不必心虚了，哪里还用得着"实事求是"呢？风气持而久之，世人大都认假不认真，故而，要做一个真人，就可能会遭受多舛的命运了。其实，我以为"实事求是"是一件很轻松的事，因为是什么就是什么，用不着拐弯抹角地周折。相反，弄虚作假倒是件很费神也很累人的事，却不知为什么，世人何以要舍其易而求其难呢？原来，这一切行为，都通向了两个字："私欲"。正是这大大小小、无穷无尽的私欲，扰乱了这世上的一切纲常。商品经济和市场经济，本是要繁荣世上的物质，但却大大激起了人们私欲的极度膨胀，同时，世间也原本没有那么多的物质，没有那么多的油，没有那么多的酒，于是油和酒里就被兑了水。目前看来，物质在一定程度上确是繁荣了，但私欲的膨胀，伴随着滋生的是偷、盗、骗、抢、坑、蒙、拐、嫖、赌，还有贿赂、虚假、凶杀等等。私欲膨胀到一定程度，犹如潘多拉的魔盒被打开，一切怪相会应运而生。纵观所有犯罪，案发林林总总，根由深系一端，皆因私欲泛滥。无论法制如何健全，也拦不住一颗因欲而生的丑恶之心。再好比美女一词的滥用，一切丑恶都可以被堂而皇之美化或遮掩，但丑恶的本质还在。所以我说，不仅是战争可以酿成乱世，商战同样可以制造乱世。

不是说市场经济就不好，只是说，有了这个，必然就会有了那个，此谓时也，世也。只怜惜，鄙人本想做个堂堂正正的真人，恐怕遇上如今的世道，是没有什么好果子吃了。所以，我常常怀念魏晋时代，崇尚陶渊明的活法，这叫不识时务，世人该笑我傻了。我生性直率而懒惰，喜欢简单，不善吹牛，也学不会虚假与变通之类权术，故无好运临头，这当然是正常报应。不过我想得开，穷就穷着，冷落就冷落着，不被人解也由他去，我认命了，还不行么？

巴山深处百灵鸟，长歌隽舞动古城

巴山深处百灵鸟，是当地人民对镇巴县剧团的誉称。这个有着50多年优秀历史、始终坚持贴近山民、为深山群众送欢乐、备受当地人民爱戴的剧团，在这丰收的十月，带着巴山的奇峻、汉水的灵秀，以一台题为《秦巴山水间》的精彩歌舞，步入了本届艺术节，使古城西安观众眼前一亮，并为之振奋不已。

该节目于10月24日晚在五四剧院进行了首场演出。走出剧场，观众仍意犹未尽，心潮涌动后的余波，久久还在荡漾。有心的观众定会琢磨，这台晚会好，好在哪里？结论是：乡土气息浓厚，地方色彩强烈，艺术品相上乘，表现风格迥异。此乃观众由衷感受，而绝非溢美之辞。

只见大幕徐开，先是辽远悠扬的高山号子阵阵传来，嵯峨叠嶂的巴山峻景，一下子就跃然眼前了。紧接着是《拉石头号子》，这节目属镇巴剧团原创，源于生活，朴质真切，风趣幽默，诗韵铿锵又跌宕起伏，将山民们开山撬石、修田筑路的劳作场面，历历在目地呈现于舞台，此乃歌舞精品，曾多次获省级和国家奖励。有人说，绝美的风光，多在奇险的山川；绝壮的音乐，多是悲凉的韵调。然而，旖旎的镇巴虽高山丛立，却也物产丰饶。一曲茶歌中，采茶女蹁跹而舞，一股茶香就沁人心脾了。山险峻，石嶙峋，离不开打铁的行当，《打铁的哥哥歇口气》便将那铁与石的碰撞、铁骨与柔情的契合，生动地展现出来。山里姑娘柔似水，躲在家里《绣荷包》，因为终有一天，她要抛向那心仪的情郎哥哥；灵山秀水，孕育了山妹子靓美的貌相和端庄耐劳的品格，《情妹长得好人品》，那就是山里小伙的倾心向往。长大了的山哥么妹，常会在竹林幽会，《竹林歌》就情调十足，悱恻缠绵；而到了出嫁那天，却有了《哭嫁》的习俗，要离开亲娘家父、儿时伙伴，还有那熟悉的远山近水了，热泪里，饱含着多少悲喜交集？山高路远，何日里才能回一次娘家？单庄独户，婚事多靠媒人撮合，就有了《戏媒》的真实生活情趣；《迎亲路上》，唢呐声声穿山林，滑竿悠悠盘山道，早上去迎亲，日落跨进门，吹吹打打到了家，几坛老酒待亲人。苞谷酒、甘榨酒、红薯酒、柿子酒、拐枣酒都是自酿的酒，一曲《巴山酒歌》，就让地域鲜明的酒文化浓情尽现了。这特有的迎亲风俗，已成为民族的非物质文化遗产，被得以保护传承。镇巴，还是苗民之乡，红军之乡，苗汉同居，且有当年红军留下的革命传统。那一只鼓上三个面的"三面鼓"，实为苗家独有，别处十分罕见。《苗鼓声声》，便奏响着丰收和喜庆时的热烈。镇巴，更是民歌之乡，原出巴山的《郎在对门唱山歌》，那"发瘟死的、挨刀死的、滚坡死的、早不死的"情郎哥哥唱得个样好啊，唱得在家织绫罗的奴家"脚跛腿软、腿软脚跛踩不动云板听山歌"。这种嗔恨里，原来却是述说无尽的爱呀！乖巧的姐儿出嫁了，在家缝补浆洗，烧茶做饭，《姐儿下河洗衣裳》，婀娜身姿映入清溪，是山中即景美不胜收；汉子们呢，依旧出门劳作，时常就撑起竹排，《一路号子走汉江》，去闯荡外面的世界，为着《拥抱明天》，拥抱美好的明天！

这台节目，土乡故色，优美怡情，演艺精湛，民间色彩浓烈，使遥远的巴山风情得以淋漓展现，与享誉已久的陕北歌舞形成鲜明的南北对照。看罢这台节目，会强烈感到以往对如此美好的巴山艺术知之甚少，关注不够。如今联想：有了南北不同的优秀民歌与舞蹈，再加上关中地区那正宗的秦腔唱响，三秦艺坛原来是如此绚丽多姿。有了这台节目，便使陕西文化艺术特色尽显，会让秦人引以为豪。少了这台陕南风味浓郁的山光水色节目，是否会有三秦浑天倾一柱的缺憾呢？

有感于矫枉过正

上月下乡赴陕南，正吃饭，一地方文化官员告知，省委某常委带着某厅长也来了。我说，那就让来一块吃饭吧。答曰，人家自带了干粮、矿泉水，还自带了马扎，是来搞调研的，不在任何地方吃饭。我一听，恼了，嘿嘿一笑，说，过了吧？扎势给谁看呢？弄得跟真的一样，像演戏似的。是包拯的陈州放粮？是康熙的微服私访？是狄仁杰的乔装探案？是况钟的体察民情？

在一种形势逼迫下，有身份的人，曾经耀武扬威的人，也突然间像个孩子，在玩过家家似的，你扮演着爸爸，他扮演着妈妈，是儿戏般的可笑。我不由发问，样子做出来了，心呢？你的主心骨呢？你心里一直清廉着，又有什么害怕的呀？你从来都不曾铺张奢华过，又何必弄得连一顿普通的饭也不敢吃了呢？身正者，何惧影子会斜呢？当然自己身正着，有时也有影子变斜的时候，那也属于非常规光影下的异常影像，这不怪你，也不必过分计较。若连这个也计较，那就小心翼翼到不成常人了。我只能说，害怕吃西瓜，肚子一定有冷病。

中央提出反"四风"，结合着反腐倡廉的重大举措，打击力度甚大，吓坏了一些官员。你看今年的中秋节，该送的礼，该走动的人情，也收敛得悄然匿迹。我以为这样不好，乃真正的矫枉过正也。一股狂风刮过来了，我们有必要关上窗子，可也不必连吸口气也不敢，岂不将人憋死！我对于一些矫枉过正的行为是极为反感的。一股风来了，大家集体朝这边倒，另一股风来了，大家又集体朝那边倒。弄得我们这条船上，老是重心不稳，老是摇摆不定。一个厨师，饭菜老是盐重，你提了意见，第二次又一点盐也不放了，这饭，还怎么吃呢？

历史的曲线，总是围绕一条向前的、看不见的直线，上下波动着前行的。直线好比一条无形的 x 轴，曲线则像蛇行线一样盘绕着蠕动。多少年来，我们经见了太多矫枉过正的事例。共产党自从一成立，在其内部，在取胜和治国等诸方面，几乎就一直是围绕"左"和"右"的路线斗争而成长的。时而反左，时而反右。有过多少次矫正，就有过多少次矫枉过正。看得人心里已经起了老茧，已经麻木不仁了。毛泽东在延安搞整风，搞肃反，搞得人人自危，似乎谁都有毛病，都有叛徒嫌疑，闹出了不少笑话。建国后的"打老虎""三反五反"，五七年反右，大跃进、社教运动、四清运动，及至"文化大革命"，运动搞扎了，而在这所有运动中，几乎都有矫枉过正出现。到了邓小平，力抓经济建设，抓了此，就掩盖或忽略了彼，结果是人的私欲膨胀，留下了诸多的后遗症，其危害已逐步显现出来。比如当今的多数犯罪与一切腐败，无不与此有关。以后的江泽民、胡锦涛、习近平，他们所做的一切，实际上都是在矫枉。枉，不直也，矫枉，即取直也。矫枉过正，常常乃不得已而为之。这样做，最容易留下的，是一些后遗症。比如一个人得了胆结石，无奈切了胆，病是好了，不疼了，但后遗症却是消化系统易出问题。又比如治疗癌症，在杀伤癌细胞的同时，将好细胞也错杀了不少。汪精卫为了消灭共产党，就提出过"宁可错杀一千，也不漏掉一个"的口号。采取的，就仿佛是治癌的手段，也属于"矫枉过正"的另一种变异形式。

矫枉过正，原出自南朝·宋·范晔《后汉书·仲长统传》，其言曰："逮至清世，则复入矫枉过正之检。"汉·董仲舒《春秋繁露·一·玉杯》亦云："《春秋》为人不知恶，而恬行不备也，是故垂累责之，以矫枉世而直之。矫者不过其正，弗能直。知此而义毕矣。"是的，要矫其枉，常常需要过一点，不然则不得正其身影。这使我想起了卷起来的画轴，要伸平，就需反过来卷一下，不然则不能平。小时候，经常将书本的一角弄卷了，反向折叠一下，就又复归于平了，这是连小孩子都懂得的事。当过工人的人都知道，一根钢条弯曲了，要使其直，按在钳工台上，反向弯曲，则令其直。但是，对于有些物质，是不能这样做的。比如玻璃，比如玉石，比如干透了的木板，比如很硬的合金等等。有许多材料，若出现弯曲，再反向曲折，势必出现断折现象。从物理上讲，就是形变中的弹性形变和范性形变之区别。可以实现弹性形变的，反向矫正，可矣；而只能发生范性形变者，则需用范（模具）而使其直。生活中的矫枉过正，政治上的矫枉过正，有时让人看了有作呕之感。一个女孩为了减肥，这也不敢吃，那也不敢吃，我说，你还不如死了算了。这和反"四风"中的领导不敢出去吃饭一样，本来是一帮老朋友，不牵涉官场的任何事体，随便吃个便饭，聚一下。但人家不敢来了，怕将自己牵连进什么不正之风里去了，我一听就来气。大不了那个狗屁官儿不当算了，有什么了不起？连一顿饭也不让人吃了？放在我，就不会在乎。是什么就是什么，即便是被人错误举报了，受了委屈，那也无妨。错杀的事情亦有，心是清白的，终究清白。

为了矫正，有时需要过一点，但有一些事，却千万不能过。这些，全在于"把握"二字。孔圣人有云："极高明而道中庸。"可见要做到中庸，那是需要极高明的境界的。中庸，就是恰到好处。要做到不偏不倚，恰到好处，全在于心灵的正与不正。矫行易，矫心难啊！人心不正，如何样矫正其行为，那也是表面的，假象的。过了风头，该是什么样子，还会回归于什么样子，本是歪歪树，怎么也难直。生活中的矫枉过正，我们自己学着掌握，慢慢调整。政治上的矫枉过正，我们有看法却没办法，所谓治大国如烹小鲜，盐轻盐重，是决策者掌握的事，我们只是食客，只能品尝了提意见，谈口感。

说金刚绘画

　　祝金刚从故乡洛南来，与我供职同一单位，我们就同乡加同事了。几多清晨，我刚至单位门口，他也随之进来，手拎一只蓝布袋子，步履沉沉。他有时骑自行车，车头上还挂着那袋子。我猜想那里边一定装着画册或书。前不久见面，他从那袋子摸出本画册递我，说是他的新辑，要我看看，并为之写点什么，可我不懂绘画，犯难了。

　　金刚耳笨，需大声送话，交流滞涩，所以略显木讷。然我想耳笨之人倒有一好，便是滤去了噪闹喧嚣，易于静心。当今之世，心静之人寡矣。几年前的一日，他邀我和画家李相虎同去他的北关住处看画，除了墙上的新作，还抱出一捆 50 米长卷，在地上一点点展开，是巨幅太白山水图，雄浑壮阔，工程浩大。他为此画，历时数载，先后五次攀登太白峰巅，这让我佩服了他的敬业与吃苦。时隔不久，我刚打开办公室门，就见门缝已塞进一份《文化艺术报》，正不知谁之所为，翻见有一整版篇幅在介绍金刚的绘画。一面感叹他的勤奋，一面揣度他艺术攀爬所抵达的高度。听说他的画作曾作为礼品赠送过泰国总理，在省和国家几次大展中也曾入选并获奖。那么他的绘画究竟优长何在呢？我确实身居门外，遑论技法现丑。但我知道，一切艺术都在通过自有的形式去完成一种表达。音乐靠音符形成旋律，文学是文字的排列组合，绘画则是线条、笔墨和色彩。起码，金刚在勤奋地通过绘画表达自己。至于一个艺术家要表达什么，表达得讨人喜欢否，就要看其思想、情感、审美、观念、技艺等等方面所修炼的高度了。我从金刚在几次会上的发言，还有辅导业余作者的讲座中，约略窥得金刚读过的书、阅读的量，以及认知和思考的高度。俗语说："行家一开口，便知有没有。"但凡判人，许多情形下只需几句话便可知其半斤八两了。一个善思考、有追求的艺术家，若再加上勤奋，同时不钻牛角，其造诣终有一日会彰显出来。

金刚对中国传统文化充盈着深深的敬畏，他的绘画走的是继承传统之路。进一步品咂，发现他的众多山水画，都在苍茫中蕴含了恬适与宁静，如《穿越》《家在山脚下》《商山秋浓》等等，都是他的审美追求，也是他性格主征的外化。至于《关中》《长安月》这类作品，则是他沉思凝虑和考问之后的深层表达。

绘画艺术，从幼教期便被称作美术。视觉上不美，何谈美术？艺术的美，又建立在真和善的基础之上。基于此，我曾对西方现代派绘画生疑，对邯郸学步的某些"派别"和"主义"不屑。后来明白，人们总是苦于原有的表达方式不足以承载日趋复杂的心灵世界。金刚的山水画一直坚守中国传统，并不断融入自我感悟，且试图从中脱颖。他也曾苦恼徘徊，郁闷着不知如何走出。我对他说，何必急于走出呢？凭借案头笔墨，尽力呈现自己内心世界的物象，不也是十分愉悦之事么？别管名分如何，不要驻笔就好。这又如文学界常借用契诃夫大狗小狗一起叫的说法，亦所谓"苔花如米大，也学牡丹开"。画自己的画，不凑热闹，不急功近利，以绘画愉悦自己，长此以往，我相信金刚也能画圆自己那精彩的绘画人生。

我感觉，金刚不是一个天才的画家，却是一个勤奋的画家，常言：勤能补拙，天道酬勤，他又有一些文化叛逆和文化探寻精神，如是，期望陕西的美术长廊里，也常能看见金刚的一抹亮色。

看一次书展

11 月 23 日早上，去陕西省美术博物馆参加一个书法展览的开幕式。因为早已收到吴振锋先生手机短信邀请，知晓了此事，便记着。自觉能入振锋先生法眼者，以为幸，不敢怠慢，于寒冷的蒙蒙细雨中，准时赶到。

去了，抬眼观阵，陕西书法界的名流云集，群英荟萃。我一时噤若寒蝉，喏喏怯怯于一隅，如林姑娘初入荣国府，不敢多说一句话，不敢多走一步路了。座签上自然没有我的名字，我便规规矩矩站在旁围的人群中，面带微笑。仪式就要开始，一群要员从贵宾休息室走出，贾平凹主席看见了我，匆忙中说了句："给你弄的事，咋不见你人呢？"我急忙回答："谁通知我了？"这就走了过去。他说的是省作协将我纳入签约作家之事，我确实不知情由，报上登了消息，方知有此一事。陈彦副部长过来了，喊了声："何老——！"我笑应一句："陈部长好！"也就擦肩而过了。其他的人，如钟明善、周一波、王改名等等，我认识人家，人家不认识我，就只有行注目礼了。赵熊我认识，相视互点头。递高亮向我挥手，让我于嘉宾席落座，我摆手坚辞；但史兴文过来，不说话，将我强推硬按到座位上。于是，我坐在了张红春的身后，前面是方英文的座签，他没有来。

书生味道——吴振锋师生十人书法作品展。这个展览的名称取得好。接到短信之时，首先是因出自振锋的邀请，我便决计要去的，他们又取了个"书生味道"的展名，就更增添了一层吸引。这年头，物欲泛滥，人或为鱼鳖，书生稀罕，我倒要品一品真正的书生味道了。果然，这里充盈着十足的书生气。正如钟明善先生在开幕讲话中的诠释：书生，就是读书的人。这群读书的人，散发出的是什么味道呢？不是酸的味道，不是迂腐的味道，而是一种清正的气息。

一个仪式举行下来，就让我感到了惬意和舒适。振锋先生携九位弟子，身着统一的琵琶扣儿灰色唐装，恭恭敬敬站立主席台后，前面就坐着两排贵宾，对面有四排嘉宾入席，周围是前来观展的人群。场面井然有序，记者如蜂蝶点缀其中，动静之间，就恰如了一幅书法作品的布局。这场面，首先让我想到了一个字：礼。这个礼，是书生之礼，是儒雅之礼，是文化之礼，确实还有点周孔之礼的遗韵在。我也立即联想到了现今有些匆忙应付的不伦不类的典礼仪式，乃至诸多人的婚丧之礼，原本是想讲求排场礼仪的，但因不懂礼数和礼节，就让人觉得非驴非马了。最关键的，是这个仪式中的每个人的言辞，无论介绍人物也好，讲话、致辞也罢，凡出口言语，均准确得当，情理恰切，没有言不由衷，没有文过饰非，当然更无词不达意的低级错误。我便在心中感慨：这些年来，不知参加过多少类似的活动或仪式，因了世风的混乱，人的素养参差，水平良莠不齐，依样画葫芦、貌似而神离者有之；邯郸学步、东施效颦者亦有之，然形不准神不似者甚多，于是惹人反感，不愿再去参加。而振锋他们搞此活动，是认真而周密的。我常说，一个人的言谈举止，能做到"得体"二字，就实属不易了。所谓得体，就是一切言辞、细节和氛围相溶得恰到好处。振锋他们所搞的活动，在我看来已是很为得体了。不一样就是不一样，水平与修养的高低，外化于言谈及做事，在许多细节上都能立见分晓。我感觉，他们是在克己复礼，于有意无意中传承着中国传统文化，于不言不语中垂率着楷模和风范的意义。

走进展厅，观看展览。说实话，我对书法与绘画均乃外行，特别低次的尚能分辨，但凡到了一定层面，在我眼里就分不出高下了。我的标准，是只要悦目就行。然而看振锋的书作，让我突然产生了一种联想，就好比逛商场，而我今天来到的，在西安便如世纪金花一类的殿堂，在北京便如王府或燕莎一类的城堡，而绝不是三府湾或轻工市场一类的商铺。豪华高档商城与普通百姓出入的地摊货位所陈列的商品，一眼即可识得质量差异。同为一件衬衫，其价格相差是会令人瞠目结舌的。有的区别于质地，有的区别于做工。即便同样材质，其做工与包装的考究程度，差别就大了去。再比如去不同档次的酒店吃饭，同样一道炒腰花，高档酒店和普通大排档端出来的，就是截然不同的品相了。宝马车是汽车，熊猫车也是汽车，都能在路上走，身价却是以许多倍数来比量的。我这般比喻振锋的书法，将其喻为高档商品，似有不甚恰切处，但感觉却是真实的。文化产品，当然也有高下真伪存在。在这个鱼目混珠的年代，不能只听叫卖者的吆喝声，是该有点自己的鉴宝常识的。比如许多人都在出画册，送来乍一看，印刷精美，似乎档次不低。但你翻开细看，在序言部分，或文字介绍部分去探寻，若有胡吹冒料，有言不由衷，甚至有言语不通或欠妥当、欠周密、不熨帖之处，你马上就能分辨出这个人所处的位次，以及他的艺术追求所能抵达的层面。这好比一个乡下人，突然有钱了，买了一身西服出入在高档酒店，但你总能从那些细枝末节处，一眼就认出了他是个乡下人。

看振锋的书法，是成熟而老道的，不仅纯正，而且似乎在骨子里就有贵胄气。振锋的隶书，若去掉落款，我便以为是秦汉时期某个人物的遗存；他的小章草，我尤为喜欢，真能窥得唐人案牍的缕缕墨香。整体作品中，真的就发散着浓浓的书生味道，透射着中国文化人的内心向往与追求和期冀，所传达的，自然是中国传统文化的气息。我又想了，这尘世，这文坛，谁都在写文章，但文章与文章的档次，能比吗？谁都在出书，而书和书的质量，能比吗？谁都可以粉墨登场去演戏，但扮演出的角色，能比吗？谁都可以在宣纸上写毛笔字，且可号称书法，但写出来的字，其格局、品相、及文化道德内涵，是能相比的吗？大家就是大家，小人就是小人。振锋在全国书法理论界堪称大家人物了，除了曾获最高奖"兰亭奖"以外，他还是许多全国最高书法展事的评委。而论及个人创作的书品成就，似乎距离大家尚有些许路程，这是我的看法。但最重要的，是振锋目前所做的一切，我以为都是在朝着一个标准的中国文化人的方向去追赶。这就让我欣喜了，他似乎有着苏东坡一般的志向，而唯一缺乏的，就是苏东坡那样的与生俱来的性格。

吴振锋带出了九位弟子，他和他们亦师亦友，相处和谐，让人羡慕。他为每位弟子都写了一段评介，我是逐一阅读了，他称弟子为君，对其褒奖有度，抑评含蓄，亦可用得文前所言的得体二字。看来，振锋身上那种文化人的自重和自谦，是随时显露着了。他尊钟明善和周俊杰为恩师，钟明善却特意解释说，他只比振锋年长，交往也多一些，恩师，谈不上。一个感恩推崇，一个谦和推让，如此往来，君子之风就得以彰显而令人悦服。想象振锋和他的弟子们平素的交往，有干脩相奉么？有曲觞流饮么？是孔圣门庭式的传道解惑，还是竹林七贤式的海阔天空，乃或苏氏门下的鹰飞凤舞？

看完了展览，我浑身愉悦。无论怎么说，在目前的中国西安，发现了这样一群人，出现了这样的一种文化人际关系，是值得欣喜的事。这天，是节令小雪，可是小雨还在下，滋润着长安城郭。我想写一首七言律诗发给振锋的，刚有了好韵萌生，却被堵车的焦躁掠了去，回来再忆时，诗兴就捡拾不回来了。

由蚊子说开去

屋子很严实的，不知怎么就有了两只蚊子，一只在我耳畔嗡嗡，一只悄无声息在脚踝处叮咬。迷糊中伸手拍打不中，因睡意渐浓也未多虑。可不一会儿，身上就起了好几个红包，痒痛难耐，抓挠不止，于是愤怒中生。开了灯，坐起来四下环顾，搜寻那可恶踪影。终于，在南墙角发现一只，轻手轻脚，稳、准、狠地将其拍死，血溅白墙。心不死，又搜寻另一只，终于在北窗墙棱发现其诡异踪迹，依旧小心伏击，终也血溅白墙了。我虽大获全胜，但望着自己的血，殷红在两面墙上，很不是滋味，便用钥匙屁股将其轻轻刮掉，然后端坐床上，睡不着了，思绪驰骋得很远。

睡前，读了费秉勋先生一篇文章，题为《老子思想的现实意义》，文中由老子的哲学讲到世界发展观，讲到"无为、静虚、道法自然"等等，也引申到全球的生物多样性保护。我就想，蚊子这一物种，是镶嵌在哪一条生物链中的呢？它除了叮人血而活着以外，还有别的食物吗？而它的存在，难道又仅仅是为壁虎、蜘蛛、青蛙等其他物种提供食物么？继而推想，壁虎、蜘蛛一类的物种存在，又是为着何来呢？我知道，非洲草原上有大量角马、斑马，以及大象、长颈鹿等，它们是为了食草。没有它们，草原便会疯长。角马和斑马一类的动物低头向下，大象啃食中层植物，长颈鹿则向高处修剪，其实它们都是草原的园艺师，没有它们，草原会过于茂盛，过分密集，如土语讲的"锈蚀"了，一是对生长不利，二则也会因储水太多而影响到气候变化。但是角马和斑马类的动物性欲旺盛，繁殖迅速，其过量存在又会毁灭草原，于是就有了狮子、豹子、猎狗等等的食肉动物，它们又是为着修剪那些食草动物而存在的。这些肉食动物的存在数量，似乎本由上帝掌管，譬如为食肉猛兽设置了生殖上的困难，使其不能像角马那般繁殖得迅猛，在肉食类和食草类动物之间，似乎有一个合理的配比，以多少比多少为宜，就保持了生态平衡。本来，这世间万物是在自然中平衡着，但因有了人类这种高智能动物的介入与搅和，却并不明白上天的用意，一下子就将这种平衡打破了。想到此，我就再回到被我打死的两只蚊子身上，思考它们到底该不该死？最后的结局是：想不通，整不明白。因为我不知道上天设置的蚊子所在的这条生物链的存在，到底有什么意义。接着马上想到，人类看似聪明智慧，其实未知的东西也太多了，就连蚊子这种司空见惯的物种也不置可否，那么于宇宙的宏观与微观探寻，该有多大的盲区啊！

　　想不通，更睡不着了，就打开电脑在博客里游荡。偶尔在一博友的博文中发现了一个题目：活着的意义。思绪又由此漫溉开来。说实话，对于人的生命意义之话题，我早已反复思量，且自觉是有独到见解的。在我的《将就屋笔记》中，就收有一篇名为《玩的天性》的文章，此文曾在《西安晚报》刊出，不被人注意。我的观点是：人上世来，就是为着游戏、为着玩的。植物没有头脑，仅靠生长惯性而活。于是我从所有动物开始推想，发现老虎吃饱了，是在慵懒地睡眠和玩耍，猴子不用说更是贪玩，鸟儿从这一枝头飞往那一枝头，一边为觅食，一边为玩耍；细想所有动物，第一是为活着，活着若不想什么了，那就只剩下玩耍。人类是高级动物，总能以智慧活得更美好。而美好地活着，又是为了什么呢？组织举办奥运会呗，看谁跑得快呗，看谁跳得高呗，看谁投得准而远呗。我还想到了圣人、领袖、科学家、政治家、艺术家等等，一切活得冠冕堂皇的人，我说他们也都是在玩，玩思想、玩哲学、玩统治术、玩人、玩艺术。一切"名堂"，都是玩出来的。

　　记得方英文的文章里写过一种情形，是甲乙二人的一段对话，大意是：

甲：你要好好学习呀！乙：能咋？甲：能有知识呀！乙：能咋？甲：有知识就能找到好工作呀！乙：能咋？甲：有好工作就能生活得更美好呀！乙：能咋？最后，不管那个人说什么，这个人都用"能咋"两个字来反问，最终就回答不上来了。万事都经不起穷追，临近本真了，就不知道了，那便被称作奥秘，奥秘一旦揭穿，活着还有什么意思？在我的字典里，汉字的"玩"，是很有意思的，玩，拆开来，那便是王化的开端。在游戏中产生了规则，才由此渐渐建立了秩序社会。人类在茹毛饮血时并不懂得这些，确实是在后来，是在游戏中历练了智慧，活得人模人样了，就走得越来越远，倒将自己上世来的初衷忘得一干二净。

其实还可以这么说：上帝设置了人这一物种，既让其食用植物，又另其食用动物，安排其位居地球生物链的最高层，是要其起到调节和掌管地球生命平衡的。比如荒野里的猛兽，只有人类才能对付，否则过盛，无什可控，平衡也会失去；譬如让人类懂得培植和剪灭植物，使之该生者生，该灭者灭，保持植被的正常荣枯。然而，由于人类天性中的贪玩，玩就玩吧，没想到使智慧和智能发展过快，竟然懂得了创造工具，乃至发展科技事业，还有种种欲望的无穷尽驱使，最后竟玩物丧志了，辜负了上苍安排其物种的用意，将地球搞得乱哄哄不可收拾。于是，上苍只有时不时地降下些人类并不明白的灾难来，让人类吃吃苦头。而人类总是能不够，以为定能胜天，竟向太空发展，于是，宇宙之神总有一天会来惩罚地球的了。魔高一尺，道高一丈，你管我，我管你，天地间小环套大环，是在无穷尽地循环。

想了一夜，由蚊子想到老子，又由西方的柏拉图、达尔文，乃至尼采、叔本华等想回来，再回到孔子、孟子、庄子、荀子等等，想得头昏脑涨，一夜睡不好。第二天，索性去打麻将。牌一揭起，看见的又是条子、筒子、万子，立即回想我是从蚊子开始想起的，想到过老子、孔子、庄子、孟子、荀子，于是骂了声：锤子！心里自己就笑了。